Scarlet
스카-렛

Scarlet

스칼렛

네가 머무는 곳에

네가 머무는 곳에

1판 1쇄 찍음 2014년 5월 26일
1판 1쇄 펴냄 2014년 5월 30일

지은이 | 양해연
펴낸이 | 정 필
펴낸곳 | 도서출판 뿔미디어

편집장 | 이재권
기획·편집 | 주종숙, 이은정

출판등록 | 2002년 9월 11일 (제1081-1-132호)
주소 | 경기도 부천시 원미구 상동로 117번길 49(상동) 503호
전화 | 032)651-6513 / 팩스 032)651-6094
E-mail | scarlets2012@hanmail.net
블로그 | http://blog.naver.com/dahyangs
홈페이지 | http://bbulmedia.com

값 9,000원

ISBN 979-11-315-1158-9 03810

네가 머무는 곳에

양해연 장편 소설

contents

1장.
날 위한 이별

골목 깊숙한 곳에 위치해 인적이 드문 한 카페 안, 가장 구석진 자리에 앉아 있음에도 뭇시선을 끄는 한 여자가 있었다. 하얀 피부에 가슴께까지 닿는 진갈색의 생머리를 늘어뜨린 그녀는 꽤나 미인형의 얼굴이었다.

'혹시 못 오는 걸까.'

이미 바닥을 드러낸 커피 잔을 힐긋 본 은서가 낮게 한숨을 흘렸다. 그 때, 지척에서 저벅거리는 발소리가 들려왔다. 소리가 나는 곳을 향해 몸을 튼 그녀 앞엔 어느새 한 남자가 다가와 있었다.

"많이 기다렸지? 스케줄이 예정보다 좀 늦게 끝나서."

남자는 곧바로 맞은편에 앉았다. 그의 얼굴은 언제나처럼 모자로 반쯤 가려져 있었지만 쭉 뻗은 콧대를 시작으로 살짝 드러나는 옆태는 잘생긴 외모라는 것을 짐작하게 했다.

"괜찮아. 얼마 안 기다렸어."

빈 커피 잔을 내려다보는 은서의 낯빛이 쓸쓸함으로 물들었다. 하지만 알게 모르게 테이블로 쏟아지는 시선들에 모자를 더욱 깊게 눌러쓰던 태인은 그녀의 애잔한 얼굴을 미처 보지 못했다.

"미안해. 대신 조만간 휴가 받을 수 있을 것 같으니까 그 때 우리 같이 여행이라도……."

"태인아."

"응?"

"나……."

어렵게 말문을 뗀 은서의 말꼬리가 길게 늘어졌다. 고작 말꼬리를 늘어뜨렸을 뿐인데, 그것은 잔잔하던 태인의 마음에 미세한 파동을 일으켰다.

"이제 그만하고 싶어."

한참을 머뭇거리다가 내뱉은 은서의 말에, 일순간 테이블엔 무거운 침묵이 흘렀다. 고요함을 넘어선 싸늘함이 느껴지는 깊은 정적이었다.

"뭘 그만해?"

태인은 침착함을 되찾기 위해 길게 호흡했다. 하지만 용솟음치듯 끓어오르는 감정은 쉽사리 진정되지 않았다.

"우리 그만 만나자, 태인아."

종잇장 구기듯 그의 심장이 사정없이 구겨졌다. 일순간 혼미해진 그가 숨을 흑 들이마셨다.

"진심이야?"

"응, 진심이야."

기다렸다는 듯 받아친 은서의 대답에 태인의 얼굴이 단번에 일그러졌다. 덩달아 은서의 표정도 살짝 일그러진다.

"혹시 요즘 자주 연락도 못 하고, 얼굴도 거의 못 보고 그래서 많이 서운했어? 그래서 그런 생각까지 한 거야?"

은서가 뭐라고 대꾸하기 전에 그가 조급한 얼굴로 다시 입을 열었다.

"하긴 요 근래는 내가 너무 심하게 바빴지? 그게 사실 제대로 된 휴가 받으려고 내가 일부러 일을 몰아서 한 거거든. 그래서 아마……."

"태인아."

은서의 그 한 마디에 태인의 입이 굳게 다물렸다. 막힌 것은 말문만이 아니었다. 덤덤해 보이는 그녀의 얼굴에 그의 가슴까지도 마구잡이로 짓눌려지고 있었다.

"갑자기 이런 말을 하는 게 어디 있어."

손으로 거칠게 마른세수를 하는 그에게서 답답한 마음이 그대로 묻어났다. 금방이라도 무너질 것 같은 태인의 모습을 보며 은서의 마음도 덩달아 아파 왔다.

하지만 이미 이별의 의사를 그에게 전달한 이상 동정심은 사치일 뿐이었다. 은서가 할 수 있는 것이라고는.

"미안해."

얼마 전부터 속으로 끊임없이 되뇌었던 그 말을 뱉는 것뿐이었다.

"내가 너 못 놓을 거라는 거, 네가 더 잘 알잖아."

"내가 너 놓을 거야."

의연한 얼굴로 대꾸하는 은서를 보며 태인은 직감했다. 여기서 붙잡지 못하면 정말 그녀와 이별하게 될지도 모른다는 것을.

"그래도 난 너 못 놔."

단언하려던 그의 의지와는 다르게 목소리가 잘게 떨렸다.

"갑작스럽다는 거 알아. 그래서 너한테 정말 미안해. 나 혼자 이런 결정 내려버려서 정말 미안한데, 아무리 생각하고 또 생각해봐도 우리한테는 이게 최선인 것 같아서……."

"이게 최선이라고? 우리가 그냥 이렇게 헤어지는 게? 넌 어떻게 그게 최선이 돼?"

차라리 날이 선 음성이었다면, 자신을 힐난하는 목소리였다면 마음이라도 편했겠지만 태인의 목소리는 지독하게 쓸쓸했고, 공허했다. 그래서 더 아프게 다가왔다.

"난 이대론 못 헤어져. 뭐든 내가 다 고칠게. 그럼 되잖아."

태인의 말에 뭐라고 대꾸하려던 찰나, 테이블 근처로 향하는 다급한 발걸음에 은서가 고개를 비틀었다. 그들이 있는 쪽으로 트레이닝복 차림의 한 남자가 다가오고 있었다. 태인의 로드매니저인 민행이었다.

"누나, 안녕하세요."

은서가 약한 고갯짓으로 대답을 대신했다. 그러자 곧바로 태인 쪽으로 몸을 튼 민행은 그를 재촉하기 시작했다.

"형, 얼른요. 지금 가셔야 해요."

민행과 은서를 번갈아 보던 태인은 벌써? 하고 물으며 마지못해 몸을 일으켰다.

"아직 하실 말씀 많이 남으셨어요? 그럼 같이 가세요, 누나. 이동하는 차 안에서라도……."

"아니, 난 할 말 끝났어."

그 말에 태인의 얼굴이 밉게 일그러졌다. 은서는 차마 그의 얼굴을 보지 못하고 창가 쪽으로 시선을 틀었다.

"그 얘긴 다음에 다시 하자. 못 데려다줘서 미안해."

태인은 도망치듯 서둘러 카페를 빠져나갔다. 출입문에서 미세하게 들려오는 종소리가 사그라지자 은서는 금방까지 태인의 온기를 머금었던 제 맞은편으로 눈길을 돌렸다. 주인을 잃은 빈 의자가 덩그러니 놓여 있는 꼴이 퍽이나 애처롭다.

버릇처럼 한숨짓던 은서는 작게 들려온 진동소리에 가방을 뒤적였다. 핸드폰에 온 메시지 한 통. 그것을 확인한 은서의 얼굴에 쓰디쓴 미소가 번진다.

-스케줄 끝나면 원룸 앞으로 갈게. 마저 얘기하자.

밤이 되자 꽤 쌀쌀한 바람이 불어왔다. 시원한 바람이 몰고 온 찬기는 태인의 얼굴을 식혀주었지만 불안하게 들끓는 그의 마음까지 식혀주진 못했다. 아무래도 이상했다. 출발하기 전에 전화를 걸었을 때 핸드폰이 꺼져 있더니, 열 시 남짓한 이른 시각에 그녀가 사는 원룸의 불도 꺼져 있었다.

고민 끝에 태인은 차에서 내린 뒤 은서의 원룸으로 향했다. 거침

없던 그의 걸음은 그녀의 원룸 문 앞에서 잠시 머뭇댔다. 곧바로 들어갈까 하다가 짧게 노크했지만 돌아오는 대답은 없었다.

하는 수 없이 비밀번호를 눌렀지만 도어락에선 낯선 소리만 들려올 뿐 문은 열리지 않았다. 설마 하는 마음에 비밀번호를 다시 눌러 보았지만 반응은 같았다.

바뀐 비밀번호, 그것이 의미하는 바는 꽤 컸다. 태인은 급한 마음에 문을 두드렸다. 막 은서의 이름을 부르려던 찰나 위층 계단에서 인기척이 들려왔다. 아랫입술을 질끈 문 태인은 굳게 닫힌 원룸 문을 두고 별수 없이 걸음을 돌렸다.

그날 이후로도 그는 몇 번이나 그녀의 원룸 앞을 찾았다. 드물게 원룸의 불이 켜지는 날도 있었지만 끝내 그녀를 만날 순 없었다. 수시로 전화도 걸어 보았지만 그가 들을 수 있는 것이라곤 무감한 기계음이 다였다.

'정말 이대로 끝인 거야?'

태인은 비로소 현실을 직시했다. 카페에서 그가 기약했던 '다음'이란 없다는 것을.

은서와 함께 보내기 위해 기다렸던 휴가가 내일부터 시작이었지만, 정작 그의 곁엔 그녀가 없다.

그동안 무엇을 위해 그렇게 악착같이 스케줄을 소화했던 걸까.

태인에게 남은 것이라곤 허망한 웃음뿐이었다.

집에 돌아온 태인은 침대에 누워 그저 숨만 쉬며 하루를 흘려보냈다. 뜬 눈으로 꼬박 밤을 지새운 태인은 아무 생각도, 행동도 하지 않고 철저하게 숨을 내뱉고 들이마시는 것에만 집중했다.

그래야 했다. 생각이라는 걸, 행동이라는 걸 하는 순간 은서와의 이별이 각인될 테고 그렇게 되면 간신히 만들어놓은 평온의 시간이 끝남을 알기에.

당분간만이라도 깨지지 않길 바랐던 그 시간이 산산이 부서져버린 건 저녁 늦게 집으로 걸려온 전화 때문이었다. 정확히는 자동응답으로 넘어간 전화기에 치프 매니저인 소라가 남겨놓은 음성 메시지 때문이었다.

─태인아, 휴가 방해해서 정말 미안한데, 내일 아침에 급하게 스케줄 하나 해야 할 것 같거든? 그러니까 메시지 확인하면 바로 전화 한 통만 좀 줘. 스케줄은 금방 끝날 거니까, 끝나고 바로 은서 만날 수 있을 거야.

송장처럼 누워 있던 태인이 몸을 움찔한 건 소라의 입에서 은서가 언급된 바로 그 순간이었다. 태인은 침대에서 천천히 몸을 일으켰다. 뻐근하다 못해 뻣뻣해진 몸이 몇 번이나 주춤댔지만 그는 아랑곳하지 않고 성큼성큼 거실로 걸어 나갔다.

─그러니까 툴툴대지 말고 얼른 연락 좀…….

소라의 목소리는 더 이상 들려오지 않았다. 벽면에 부딪혀 박살나버린 전화기에서 삐─하는 듣기 싫은 전자음이 흘러나왔고, 그 소리를 시작으로 태인의 집 안엔 둔탁한 파열음이 계속 이어졌다. 평온의 시대는 종말을 고했다.

집 안으로 막 발을 들여놓은 소라의 입에서 탄성과도 같은 한숨이 새어 나왔다. 난장판이 따로 없었다. 불과 며칠 전까지만 해도 깨끗했던 태인의 집이 기억이 나지 않을 정도로 집안 꼴은 엉망이었다.

민행은 소라가 들어오는 소리조차 듣지 못한 채, 한쪽 구석에서 열심히 진공청소기를 돌리고 있었다. 다른 한쪽에선 로봇청소기도 가동 중이었다. 황당한 꼴에 헛웃음이 나온 것도 잠깐이었다. 소라는 곧장 민행에게로 다가섰다.

"민행아, 태인이는?"

어렴풋이 들려온 소라의 목소리에 청소기를 멈추고 그녀를 돌아보는 민행의 눈빛은 흡사 구세주를 접견하는 모양새였다. 금방이라도 울먹거릴 것 같은 민행의 눈빛을 본 소라는 단번에 이번 사태의 심각성을 깨달았다.

"침실에요."

민행의 어깨를 토닥여 주는 걸로 위로를 대신한 소라는 곧장 태인의 침실로 향했다.

"나 들어간다."

굳게 닫힌 방문 앞에서 일부러 큰 목소리로 말했건만 돌아온 건 묵묵부답이었다. 애초에 대답을 기대하고 한 말은 아니었지만 청승맞게도 한숨이 새어나왔다. 소라는 한 손으로 이마를 긁적이곤 이내 방문을 열었다.

"도대체 무슨 일……."

방에 들어가자마자 소라의 눈에 들어온 건, 죽은 듯 눈을 감고 누워 있는 태인의 얼굴이 아니었다. 심플한 모노톤의 방 안에 확

튀는 붉은색이 있었다. 소라가 경악을 금치 못한 건 그 붉은색의 향연이 태인의 손 위로 펼쳐져 있기 때문이었다.

"너 손 왜 그래? 다쳤어?"

소라가 잔뜩 격양된 목소리로 물었음에도 태인은 요지부동이었다. 그에게선 그 어떠한 것도 돌아오지 않았다. 말도, 심지어 시선조차도.

접착제를 붙여 놓기라도 한 건지 감긴 눈은 도무지 뜨일 줄 몰랐다. 덕분에 머리카락 끝까지 열이 뻗치는 생소한 경험을 한 소라는 애써 호흡을 가다듬었다.

"다쳤으면 말을 해야지. 왜 말도 안 하고 가만히 있어. 얼른 일어나. 병원 가게."

내내 연락이 안 되었던 태인을 타박하려던 마음은 사그라진 지 오래였다. 지금 태인의 방 안엔 그를 배우로서 끔찍하게 아끼는 매니저로서의 소라만 존재할 뿐이었다.

"태인아, 좀 일어나 봐. 병원 가자. 응?"

"……."

"아니면 내가 응급처치라도 좀 할까?"

소라가 가까이 다가와 태인에게 손을 뻗으려던 찰나였다. 굳게 닫혀 버린 줄만 알았던 그의 입이 열렸다.

"나한테 손대지 마."

위압적인 태인의 목소리에 머리가 지끈거리는지 소라가 한 손으로 이마를 꾹 눌렀다. 여기서 무슨 말을 해야 태인을 일어나게 할 수 있을지 떠오르지 않아 짧게 심호흡을 해야 했다. 그사이에 청소를 끝낸 민행이 조심스럽게 방 안에 들어왔다.

"형, 치료만이라도 받으세요."

민행이 옆에서 거들어도 끄떡없었다. 소라는 아랫입술을 잘근 씹으며 태인의 손으로 다시 눈을 돌렸다. 피딱지가 아무렇게나 엉겨붙어 있는 꽤나 심각한 상처에 한 번, 분명 아플 텐데 그걸 그대로 방치해 둔 태인에게 또 한 번 기막혔다.

결국 소라는 태인에게만 통하는 극약처방을 꺼내 들었다. 소라가 알고 있는 것 중 그를 움직일 수 있는 유일한 처방이었다.

"은서가 너 다친 거 알아, 몰라? 너 이렇게 치료도 안 하고 있는 거 알면 은서가 속 많이 상할 텐데 진짜 이대로 있을 거야?"

은서의 이름에 태인의 몸이 저절로 움찔했다. 그 미세한 움직임을 놓칠 소라가 아니었다.

"은서한테는 네가 직접 말하기 전까지 나도 비밀로 할 테니까 병원이라도 가자. 제발."

이제 은서와는 헤어졌으니 더 이상 그녀에게 연락하지 말라는 말을 하든지 헤어지지 않은 척 소라의 말을 따르든지, 태인은 둘 중 하나를 선택해야 했다.

소라가 이별에 대해 알게 되는 건 시간문제였지만, 지금은 도저히 입이 떨어지지 않았다. 그녀와 헤어진 걸 감춘다고 해서 없던 일이 될 수 없는데, 이별했다는 그 한 마디를 차마 뱉을 수 없었다.

태인은 천천히 눈을 뜨면서 생각했다. 소라의 입에서 은서가 언급된 순간, 어쩌면 처음부터 선택할 수 있는 건 하나뿐이었을지도 모른다고.

"형, 어디 가시게요?"

"화장실."

민행에게 그렇게 말해 놓고 병원을 빠져나온 기억까지는 생생했다. 모자를 푹 눌러쓴 채로 한참을 생각 없이 걸었던 것도 어렴풋이 기억에 남아 있었다. 그런데 어째서 자신이 이 건물 앞에 서 있는 건지는 도무지 기억이 나질 않았다.

태인은 모자를 살짝 젖히고 눈앞의 건물을 올려다봤다. 대리석으로 되어 있는 건물 외관은 햇살을 그대로 투영해 내며 빛을 발하고 있었다. 이틀 전 어둠 속에서 숨죽이고 있던 모습과는 사뭇 달랐다.

태인은 마음을 가다듬듯 제 모자를 아래로 꾹 눌렀다. 원하는 대로 시야가 가려졌는데 도리어 한숨을 쉬는 그였다. 병원에서 이곳까지 오는 길을 전혀 모르는데 어떻게 은서의 원룸 앞에 서 있는 건지. 그저 미친놈이라고, 한심한 놈이라고 스스로를 원망할밖에.

애잔한 눈길로 원룸 건물을 한 번 더 눈에 담고 나서야 태인은 돌아섰다. 대낮이라 사람들이 알아볼까 싶어 황급히 은서의 원룸 앞을 벗어나던 태인의 발걸음이 우뚝 멈춰 선다. 골목을 빠져나갈 것처럼 똑바로 나아가던 그의 발걸음이 돌연 방향을 틀더니 골목 어귀로 향한다.

욕망은 기어이 싹을 피웠다.

골목 담벼락에 서서 얼마나 기다렸는지는 모른다. 태인은 그저 은서를 딱 한 번만 더 보겠다는 일념 하나로 망부석처럼 자리를 지키고 있었다. 그리고 숭고한 바람은 끝내 이뤄졌다.

"태인이니?"

그를 미친 듯이 갈증 나게 했던 목소리였다. 딱 한 번만 더 듣고 싶어서, 듣지 않으면 안 될 것 같아서 핸드폰이 꺼져 있다는 걸 알면서도 그를 수백 번 전화하게 만들었던 바로 그 목소리.

지난 며칠간, 사는 게 사는 것 같지 않던 태인의 숨통이 이제야 트였다. 태인의 두 눈동자에는 다른 어떤 것도 담겨 있지 않았다. 오로지 은서뿐이었다. 그녀를 향한 그의 오롯한 마음처럼.

"네가 어떻게 이 시간에……. 여긴 언제부터 있었던 거야?"

걱정스러운 기색이 담긴 은서의 목소리에 심장이 두근거리고, 제게로 다가오는 그녀의 발걸음에 심장이 거칠게 뛰기 시작한다.

"……."

태인은 아무 말도 하지 않았다. 그저 은서의 어떤 모습도 놓치지 않겠다는 듯, 그녀를 계속 쳐다보기만 했다. 마치 어디론가 증발해 버릴 것만 같은 그의 위태로운 모습에 은서는 그저 안타까운 눈길을 보낼 뿐이었다.

"우리 이대로 진짜 끝인 거야? 내가 뭘 어떻게 노력해도 안 되는 거야?"

은서에게선 대답이 없었다. 태인은 비참한 기분을 뒤로한 채 다시 입을 열었다.

"힘들었을 거 알아. 짐작하고 있었는데도 더 못 챙겨 줘서 미안해. 그건 정말 미안한데 갑자기 이러면 난 진짜……."

"태인아, 요 근래 나 정말 힘들었어. 견딜 수 없을 정도로 힘든 일이 있었어."

얼굴 위로 번졌던 쓸쓸한 기색이 순식간에 사라졌을 때, 그녀는 다시 입을 열었다.

"근데 내가 더 지친 게 뭐냐면 나한테는 분명 애인이 있는데도 기댈 수 없었다는 거야. 막상 힘든 일이 닥쳤을 때 난 그냥 네 목소리만 들어도 위로가 될 것 같았어. 근데 정작 너랑 연락이 안 되더라."

"……."

그녀는 알까? 애써 웃음 짓는 얼굴이 오히려 애달프게 다가온다는 것을. 그녀의 미소에 묻어나는 처연함은 태인의 가슴을 답답하게 옥죄었다.

"참 웃기지. 너랑 사귀면서 연락이 안 됐던 게 하루 이틀 일도 아니고, 난 이제 그런 거엔 익숙해진 줄 알았는데……."

익숙해진 게 아니었다. 그냥 익숙해졌다는 착각이 들 만큼 무뎌진 거였다. 은서는 그와 연락이 되지 않을 때마다, 그의 핸드폰이 꺼져 있다는 기계음을 들을 때마다 매번 아팠던 거였다.

"그 일이 있고 난 후로 마음을 단단히 먹으려고 했는데 자꾸만 이런 생각이 들더라. 차라리 애인이 없었다면 기대고 싶다는 약한 마음조차 들지 않았을 텐데, 기대를 하지 않았다면 실망도 하지 않았을 텐데 하는……."

그 말을 끝으로 은서의 고개가 힘없이 떨어졌다. 그를 향한 기대감이 상실감으로 바뀔 때마다 그녀는 좌절했다. 그리고 어느 순간부터는 그에게 기대조차 하지 않는 자신을 발견했을 때, 그녀는 그와의 이별이 머지않았음을 직감했다.

반면 태인은 깊은 자괴감의 늪에 빠져 있었다. 이런 상황에 오기까지 그녀를 방치한 자신이 한심스러웠다. 또 원망스러웠다. 하지만 이미 엎질러진 물이었다. 증발해 버려서 흔적조차 찾을 수 없는.

찰나 동안 서로의 미약한 숨소리만 오가던 때에, 별안간 은서의 눈이 커졌다. 어스름한 가로등 불빛 아래였지만 태인의 손등과 손가락 경계에 짙은 색의 무언가가 엉켜 있었다. 검붉은 피가 굳어서 흉측하게 피딱지가 된 상처는 은서가 저도 모르게 아랫입술을 꼭 깨물 정도로 처참한 모습이었다.

"너 손 왜 그래?"

태인은 대답하지 않고 돌아서서 곧바로 걸음을 떼었다.

"태인아, 잠깐만!"

하지만 은서가 부르자 곧장 멈춰 섰다. 그녀가 잡아주기만 한다면 그는 얼마든지 멈춰 설 각오가 되어 있었다.

"응급처치라도 해 줄게. 잠깐만 기다려."

잠시나마 은서가 잡아줄 거란 기대에 두근거린 심장이 미련하다. 보기 좋게 제 기대와는 어긋났는데도 불구하고 자신을 향한 은서의 걱정스런 목소리에 여전히 뛰는 심장이 한심하다 못해 처량했다.

"됐어, 그냥 갈게."

태인은 여전히 뒤돌아선 채 대답했다.

"아니면 약이라도 갖다……."

"나 잡아 줄 거 아니면 넌 그냥 나 모른 척해."

"어떻게 모른 척해?"

그녀가 힐난하듯 물었다. 눈앞에 서 있는 태인을 보는 것만으로도 가슴이 먹먹해 숨을 제대로 못 쉴 지경이었다. 그가 그녀를 모른 척하는 게 불가능하듯 그녀에게도 그를 외면하는 건 불가능한 일이었다.

"넌 나 보지 마. 나만 너 볼게. 그것까지 막으려고 하진 마."

속에선 끊임없이 뭐라고 외쳐 댔지만 그중 은서의 입 밖으로 나간 말은 단 한 마디도 없었다. 그저 은서의 입 안에서만 맴맴 돌고 있을 뿐이었다.

"태인아, 이러면 우리 둘 다 힘들어."

끝까지 뒤를 보지 않으려던 태인은 힘겹게 들리는 은서의 목소리에 다시 뒤를 돌았다. 역시나 은서는 눈가에 눈물을 그렁그렁 단 채로 그를 쳐다보고 있었다.

"이렇게라도 안 하면 나 진짜 죽을지도 몰라. 너랑 헤어졌다는 이유 하나로 멀쩡히 숨을 쉬다가도 갑자기 턱턱 숨이 막혀와. 네 목소리 안 들으니까 불안하고, 안 보니까 보고 싶어 미치겠는데 나보고 어떡하라고."

태인의 말 한 마디, 한 마디가 그녀의 심장으로 날아와 날카롭게 박혔다. 아무 말도 하지 못하는 은서에게 태인은 한 발짝 다가섰다. 그녀의 이성은 어서 뒤로 물러나야 한다고 외치고 있었지만 땅에 발이라도 붙은 듯 옴짝달싹할 수 없었다. 그리고 태인은 멀뚱히 서 있는 은서를 향해 한 발 더 내딛었다.

"내 옆엔 너밖에 없는 거 알잖아."

그의 절절한 외침에 심장이 무너지듯 내려앉았다. 어느새 손이 벌벌 떨려왔다. 아니, 사시나무 떨듯 흔들리는 건 일부가 아닌 그녀의 몸 전체였다.

"내가 어떻게 해야 하는지 제발 좀 알려 줘."

간신히 붙잡고 있던 이성의 끈은 나지막이 이어진 그의 말에 결국 끊어져 버리고 말았다.

"……미안해. 다친 거 꼭 치료해."

참고 참았던 눈물이 그녀의 얼굴 위로 왈칵 쏟아져 나왔다. 그 꼴을 차마 보일 수가 없어 은서는 원룸 쪽으로 무작정 뛰었다. 하지만 골목을 채 빠져나가기도 전, 그에게 붙잡혔다. 태인은 은서가 어떻게 할 새도 없이 그녀를 뒤로 돌려 그녀의 양어깨를 붙잡았다.

"이대로는 나 너 못 놔. 알잖아."

"그냥, 그냥……. 널 더 이해해 줄 수 있는 여자를 만나, 태인아."

은서의 울음기 섞인 목소리에 태인은 그녀를 꽉 껴안았다. 그녀가 도망이라도 갈까 싶어 은서의 어깨를 감싸 안은 태인의 팔엔 점점 더 힘이 가해졌다.

"내가 다른 여자 만나도 넌 괜찮아?"

건조한 음성으로 건네 온 질문에 심장이 쿵 하고 내려앉았다. 은서는 혹여 태인을 바라보는 제 눈빛에 동요가 일까 봐, 그 눈빛을 태인이 눈치챌까 봐 눈을 질끈 감아 버렸다.

"난 안 괜찮아. 널 내 옆에 두면 네가 불행하다는 거 알겠는데, 그거 아는데도 잡고 싶어. 사랑해서 보내 준다는 거, 그딴 거 난 못

하겠어."

"태인아, 제발."

놓아 달라는 뒷말은 그녀의 울음 속에 묻혔다.

"내가 너 힘들지 않게 할게. 스케줄 반절로 줄이고 그 시간에 너랑 같이 있을게."

"그런 말 하지 마. 말도 안 되는 말로 나 현혹시키지 마."

굵은 눈물을 뚝뚝 흘리는 은서를 보며 태인이 할 말을 잃은 듯 입을 꾹 다물었다.

"자꾸 너한테 기대하게 하지 마. 기대하게 해놓고, 또 힘들게 할 거잖아. 나 혼자 둘 거잖아."

아니라는 말이 나와야 하는데, 차마 뱉지 못했다. 내일도, 모레도, 그다음 날도 스케줄로 일정이 가득 차 있을 걸 정작 태인 본인이 더 잘 알고 있기 때문이다.

허울 좋은 말로 잠깐 그녀를 붙잡아 둘 순 있을지라도 뱉어 놓은 말을 지키지 못하면, 결국 이별의 수순을 다시 밟게 될 거라는 건 너무나도 자명했다. 이런 식으로 그녀를 잡아선 안 된다. 무엇보다 지금 당장의 충동적인 감정 때문에 은서에게 똑같은 상처를 줄 순 없었다. 아무런 대책도 없는 지금은 그녀를 놓아야 했다.

"……미안."

영원히 풀지 않을 것처럼 은서를 안고 있던 그의 팔이 거짓말처럼 풀렸다.

2장.
길을 잃다

　화창한 일요일 오후였다. 따스한 햇살 때문에 외부의 온도는 꽤 높은 편이었지만 원룸 안은 선선했다. 패브릭 소파에 앉아 다소 미지근해진 커피를 홀짝이던 은서는 속이 점점 더부룩해지는 기분에 미간을 좁혔다. 가슴께에 체증같이 걸려 있는 무언가가 도무지 내려가질 않는다. 소화제를 먹어도 그대로고, 쓰디쓴 블랙커피를 마셔도 꼼짝하지 않았다.

　애매하게 두 모금 정도 남은 커피가 담긴 커피 잔을 테이블 위에 내려놓은 은서는 소파에 등을 기대고는 이내 눈을 감았다.

　'또 시작이네.'

　갑자기 눈물이 흐를 것만 같아 은서는 고개를 한껏 뒤로 젖혔다. 그럼에도 눈물은 기어이 비집고 나왔다. 태인과 헤어진 후 이따금씩 눈물이 흘러내렸다. 양쪽 뺨에 사이좋게 한 방울씩 흘러내리다

24

가 그녀가 손으로 쓱 닦으면 이내 마르지만 갑자기 세수를 하다가도 불쑥, TV를 보다가도 불쑥 눈물이 찾아왔다.

'차라리 펑펑 울면 괜찮아지려나.'

은서는 볼 위로 흘러내리는 차가운 감촉을 외면하며 허공을 응시했다. 흐릿했던 초점이 돌아오면서 그녀의 시선이 집 안 구석구석에 닿았다. 어느 곳 하나, 태인의 손길이 닿지 않은 곳이 없었다. 머리로는 그와의 이별을 떠올리는 것을 철저히 회피하고 있었지만 이 집 안에 그대로 남아 있는 그의 자취를 보니 심장이 죄어들듯 아파 왔다.

이별이라는 건, 상상했던 것보다도 훨씬 끔찍하고 지독한 일이었다. 그와의 사소했던 추억 하나하나 모두 비수가 되어 제 가슴에 꽂힌 듯했다.

경험이라도 있었다면 좋으련만 그녀에게는 태인과의 이별이 처음이었다. 처음이라는 건 늘 서툴고 모르는 것투성이다. 은서에게 태인은 첫사랑의 대상이었고 첫 애인이었다. 자연스레 첫 이별의 대상까지도 그였다. 그리고 그건 태인에게도 마찬가지였다.

'우린 모든 게 서로가 처음이었으니까 이별을 겪는 것도 당연히 서로가 처음일 수밖에 없었던 거네.'

서로가 서로에게 첫사랑, 첫 애인이라는 것에 기뻤고, 우습지만 운명이라고도 생각한 적도 있었다.

'그런데 결국 끝은 서로에게 첫 이별로 끝나버렸으니 그저 얄궂은 운명이었나.'

첫사랑이든 첫 애인이든 이별이라는 이름 앞에선 한낱 봄꿈에 불과하다는 생각에 은서는 저도 모르게 자조 섞인 웃음을 내뱉었다.

'이상하네.'

운전석에 앉아 은서가 사는 원룸 창문을 올려다보는 태인의 얼굴은 어딘지 모르게 초조해 보였다. 은서가 못내 그리울 때는 이렇게 집 앞에 찾아왔다가 그녀의 원룸에 켜진 불빛을 보며 한참 동안 마음을 가다듬고 돌아가곤 했다.

그런데 요 며칠, 은서의 원룸 앞에 찾아올 때마다 불이 꺼져 있었다. 그게 계속 마음에 걸려서 스케줄이 빨리 끝난 어제와 오늘, 연달아 이틀을 와 본 것이었지만 역시나 오늘도 불이 꺼져 있었다.

PM 11:17.

12시 이전에 자는 법이 없는 은서였기에 아직 깨어 있을 시간이었다. 불안한 마음에 은서에게 전화를 걸었지만 역시나 핸드폰이 꺼져 있었다.

좀처럼 찝찝한 마음이 사라지지 않자 태인은 은서의 원룸으로 향했다. 어떤 핑계를 대야 하나 고심하던 중에 태인은 이렇게 해야만 그녀를 한 번 더 볼 수 있다는 사실을 문득 깨달았다. 그러자 주책없게도 가슴이 뛰기 시작했다.

뭔가에 홀린 듯 걸음을 재촉한 태인은 이내 원룸 앞에 당도했다. 굳게 닫힌 문 위로 가볍게 노크하자 잠시 뒤, 누구세요? 하고 묻는 앙칼진 목소리와 함께 문이 열렸다. 부스스한 머리를 한 여자가 모습을 드러냈으나 은서가 아니었다.

"여기 사시는 분이세요?"

"그런데요?"

여자가 모자를 눌러쓴 태인을 곁눈질로 흘긋 보자 그가 모자를 위로 젖혔다. 가려져 있던 얼굴이 드러나자 여자의 입이 반쯤 벌어졌다. 그리 밝지 않은 복도의 불빛 아래지만 그의 얼굴만은 그녀의 시야에 또렷이 잡혔다.

"죄송합니다. 제 동창이 예전에 여기 살아서 가끔 놀러왔었거든요. 오랜만에 온 건데 이사 가 버렸나 보네요."

태인이 멋쩍은 웃음을 흘리며 말했다.

"괜찮아요. 오랜만에 찾은 거면 그럴 수도 있죠. 저도 일주일 전에 이사 온 거거든요."

손사래까지 치며 대답하는 여자에게서 경계심은 사라진 지 오래였다.

"일주일 전이요? 그럼 혹시 전에 살던 사람 어디로 갔는지 아세요?"

"아뇨. 그건 자세히……. 아! 주인아저씨가 고향에 내려간다고 얼핏 그랬던 것도 같네요."

생각지도 못한 전개에 헛웃음이 나려던 차에 태인은 제 얼굴로 향하는 여자의 집요한 시선을 느끼곤 억지웃음을 지어 보였다.

"감사합니다. 친구한테 직접 연락해 봐야겠네요."

"저기 사인 한 장만……."

허겁지겁 종이와 펜을 들고 나온 여자에게 사인을 해 준 태인은 곧바로 원룸을 빠져나갔다. 차에 올라타자마자 은서에게 전화를 걸어 보았지만 역시나 그녀의 목소리를 들을 순 없었다.

헤어졌다는 걸 인지하면서도 버틸 수 있었던 건, 손닿을 거리에 은서가 있기 때문이었다. 그런데 은서는 눈앞에서조차 아예 자취를 감춰 버렸다. 손을 뻗어도 닿을 수 없다는 사실은 그나마 멀쩡히 숨 쉬던 그를 절망케 했다.

깊은 한숨을 내쉰 태인은 카시트에 몸을 기댔다. 어깨를 들썩이며 가쁜 호흡을 하던 그는 급기야 가슴 윗부분의 상의를 쥐어짜듯 잡아챘다. 고통에 일그러진 얼굴로 그는 나지막이 중얼거렸다.

"이래 가지곤 내가 버틸 수도 없잖아."

그가 할 수 있는 것이라곤 손안에 있는 핸드폰을 으스러질 듯 쥐는 것뿐이었다.

가을과 썩 어울리지 않는 소낙비가 몇 차례 내렸다. 점심쯤 되어서야 따스한 햇발이 비쳤다. 언제 세찬 비를 뿌렸냐는 듯 창문 틈으로 훈풍이 불어왔다. 어느덧 제 앞에서 살랑대는 바람결에 은서는 밥을 먹다 말고 창문 밖 풍경으로 눈을 돌렸다.

부서져 내리는 가을 햇살 아래에 있는 모든 것들이 따뜻해 보였다. 건물 안에서 내다 보고 있는 은서에게도 그 온기가 전해져 오는 착각이 들 정도로.

'저 햇살 아래에서 나도 어쩌면⋯⋯.'

은서는 곧바로 고개를 작게 젓고는 생각했다. 한겨울, 차가운 눈밭에 있는 것과 다름없는 자신은 그들과 결코 동화되지 못할 거라고.

"은서야, 밥 좀 팍팍 먹어. 엄만 벌써 다 먹어 가는데."

분주하게 숟가락질과 젓가락질을 하던 성희가 좀처럼 미동이 느껴지지 않던 은서 쪽을 힐긋 쳐다보며 말했다.

"응. 먹고 있어."

은서는 숟가락으로 애꿏은 밥알을 툭툭 건드리며 말했다.

"먹고 있긴, 아까랑 양이 똑같은데 뭐."

눈을 가늘게 뜬 성희가 타박하듯 은서의 밥그릇을 향해 손가락질 했다. 은서와는 다르게 성희의 밥그릇은 거의 다 비워진 상태였다.

"그러게, 완전 신기하네. 먹어도 안 줄고."

아직 반절이나 남아 있는 자신의 밥을 보며 은서는 푸념이 아닌 농담을 뱉었지만, 성희는 그녀의 말장난에 맞장구치며 웃지 않았다. 성희의 눈빛엔 고향에 내려온 뒤로 좀처럼 웃질 않는 딸에 대한 걱정이 한가득 담겨 있었다.

"오늘은 나가서 바람 좀 쐬고 와."

"응?"

"어차피 건우가 병실에 자주 들러 주니까 걱정 말고 오늘 하루는 좀 쉬어."

건우는 부모님끼리 잘 아는 사이라 어렸을 때부터 친분이 각별했던 동네 오빠였다. 은서의 부모님이 살고 있는 고향의 대형병원 의사인 그는 태인과 헤어지기 한 달 전, 그녀의 아버지가 쓰러졌다고 알려 준 장본인이기도 했다.

"휴학한 뒤로 계속 놀고먹기만 해서 그런지 무기력한가 봐. 알 바라도 구해 볼게."

"그래, 그렇게 해."

익숙한 거리들이 차례로 은서의 눈에 스쳐 갔고, 어느덧 번화가에 다다른 은서가 서서히 걸음을 늦추기 시작했다. 곧 카페가 밀집되어 있는 거리에 당도한 은서는 혹시나 가게 위에 공고문이 붙어 있지는 않은지 확인하기 위해 계속 두리번거리며 거리를 거닐었다.

최대한 사람들과 부딪히지 않게 전방을 계속 주시하며, 조심스럽게 걷던 은서는 갑자기 우뚝 멈춰 섰다.

'아직도 이 카페가 있었구나.'

은서는 멀리서부터 자신의 시선을 사로잡았던 그곳으로 천천히 걸음을 옮겼다. 하얀색 2층 건물 위로 놓인 진갈색의 간판. 그 간판 안엔 다시 하얀색으로 '세잎 클로버'라는 카페명이 적혀 있었다. 다소 간판이 바랜 것을 제외하고는 은서의 기억 속에 존재하던 카페와 지금 그녀의 눈앞에 카페는 완벽하게 일치했다.

주춤주춤 카페 앞으로 더 가까이 다가간 은서는, 카페가 하나도 변하지 않았다는 판단에 더욱더 확신을 실었다. 입구 한 편에 놓여 있던, 메뉴 알림판까지도 여전했다. 앙증맞은 글씨체도 그대로였다.

'하나도 안 변했네.'

태인이 은서에게 고백을 했던 곳이 바로 이 카페였다. 절로 떠오르는 그와의 추억에 쓸쓸한 미소를 지으며 돌아서려던 은서의 눈이 별안간 커졌다. 마지막으로 그녀의 시선이 닿은 곳에 분명 하얀 종이 같은 것이 붙어 있었다.

설마 하는 얼굴로 은서는 천천히 걸음을 뗐다. 통유리의 한쪽 벽면에 붙어 있던 하얀 종이, 그 위에 적힌 네 글자짜리 문구가 그녀의 눈에 꽉 들어찼다.

직원 구함

그 아래는 작게 무언가가 더 적혀 있었다. 곧바로 그게 아르바이트를 구하는 시간임을 생각해 낸 은서는 시선을 깔아 나머지 문구들도 확인했다. 믿을 수 없게도 '1시부터 7시까지'라고 적혀 있었다. 시간상으로는 은서가 원하던 그 시간대였다.

'하필 왜……'

들어갈까 말까 망설이던 은서는 우선 다른 곳도 더 돌아보자는 심산으로 돌아섰다. 그리고 1시간이 훌쩍 지난 후, 그녀가 다시 찾은 곳은 '세잎 클로버' 앞이었다.

집으로 돌아오는 은서의 표정은 애매했다. 무표정인 것도 아닌데 좋은 건지 나쁜 건지 좀체 가늠할 수 없는 얼굴이었다.

'꼭 뭔가에 홀린 기분이야.'

세잎 클로버를 그냥 지나친 은서는 주변에 아르바이트할 만한 곳을 천천히 뒤져보았지만 아르바이트생을 구하는 곳이 현저히 적었다. 간간이 아르바이트생을 구하는 가게들도 있었지만 하나같이 시간대가 맞지 않아, 하는 수 없이 세잎 클로버를 다시 찾은 것이었다.

아르바이트를 하려고 한다는 은서의 말에 카페 사장이 그녀에게 몇 가지 질문을 던졌고, 은서는 그저 대답만 했을 뿐인데 그 자리에서 곧바로 합격 통보를 들었다.

당황한 얼굴로 그럼 이력서는 어떻게 하냐는 은서의 물음에, 카페 사장은 다음 주 월요일에 출근할 때 가지고 오라며 쿨하게 그녀를 보내 주었다.

'원래 이렇게 아르바이트 면접이라는 게 간단한 건가. 아니면 아르바이트생이 많이 급했던 건가.'

한 번도 아르바이트를 해 본 적 없었기에 은서는 그저 얼떨떨하기만 했다. 한편으로는 면접이라는 것을 너무 거창하게 생각했나 싶기도 했다. 그래도 아르바이트를 쉽게 구할 수 있게 되어서 내심 다행스러운 마음이었다. 하필 그곳이 태인과의 추억이 깃든 장소라는 것만 빼고는 모든 게 마음에 들었다.

생각에 빠져 느릿느릿 걸음을 옮기던 은서는 어느덧 곧게 뻗은 길과 돌아가는 길의 갈림길에 섰다. 아르바이트도 구했겠다, 마음에 여유가 가득한 덕분에 은서는 일부러 돌아가는 길을 택했다. 구불구불 골목으로 이어진 길 곳곳에 곱게 물든 단풍나무가 있었다.

가을의 정취를 한껏 느끼며 걷는 은서의 표정이 눈에 띄게 밝아졌다. 단정한 걸음으로 찬찬히 걷던 은서는 어느새 또 하나의 갈림길 앞에 섰다. 왼쪽으로 가면 그녀가 살고 있는 아파트가 있었고 오른쪽으로 가면 그녀가 다니던 고등학교가 있었다.

'가을 되면 우리 학교 단풍 참 예뻤는데.'

이왕 이 길로 온 거, 학교에 한 번 들러 볼까 하는 생각에 은서는 학교 쪽으로 걸음을 뗐다. 가까운 거리였기에 은서는 곧바로 학교에 당도했다. 바깥에서만 쓱 눈으로 보고 그냥 돌아가려고 했는데 토요일이라, 학교가 비었기에 은서는 학교 안으로 걸음을 옮겼다.

단풍나무를 따라 길을 걷던 은서는 어느새 운동장에 다다랐다. 운동장 안에서는 흙냄새가 가득 퍼졌다.

'이 냄새가 향긋하게 느껴지는 건, 아마도 내가 지금 고등학교를 졸업해서겠지?'

예전엔 그저 흙먼지였을 뿐인데, 시간이 지나고 나서 그 시절을 회상할 땐 이런 사소한 것에도 괜히 아련해지곤 한다.

'그래도 향긋한 흙냄새라니, 좀 심했나.'

모처럼 기분 좋은 두근거림을 느끼며 은서는 웃는 얼굴로 다시 걸음을 뗐다. 고등학교를 졸업하고 나서, 대학생이 되었을 때 가장 좋았던 건 이렇게 낮에 맘껏 돌아다닐 수 있다는 거였다. 아침에 가서 저녁 늦게까지 학교에 붙잡혀 하루 종일 공부를 하다 보니, 그나마 숨이 트이는 건 점심시간 때 정도였다. 이렇게 따뜻한 오후 햇살을 느끼며 학교 교정을 여유롭게 거닐어 본 건 손에 꼽을 정도로 적었다.

새록새록 떠오르는 옛날 기억에 막연히 걷던 그녀가 어느덧 벤치 앞에 당도했다. 그녀는 자신이 즐겨 앉았던 벤치, 그 앞에 서서 그것을 한참 내려 보았다. 앉을까 말까 머뭇거리던 그녀는 뭔가에 이끌리듯 그 벤치에 앉았다. 어디선가 아련한 바람이 불어왔다. 절로 눈이 감겼다. 불현듯 은서의 머릿속에 한 장면이 스쳐 지나갔다.

'추운데 또 나와 있네.'

은서가 혼자 앉아 있던 벤치에 익숙하다는 듯 옆자리를 차지한
건 지금보다 앳된 모습의 태인이었다.

'시원하고 좋은데, 뭐.'

한껏 기지개를 켜며 대답하는 은서도 지금보다 동글동글한 이미
지를 풍기는 앳된 모습이었다.

'시원하다면서 코는 왜 빨개졌는데?'

'진짜 빨개졌어? 으, 아직 들어가기 싫은데.'

투정을 부리는 듯 작게 중얼거리는 은서를 지그시 쳐다보던 태
인은 이내 자신이 입고 있던 교복 상의를 벗었다.

'그럼 이거라도 덮고 있던가.'

차마 다정하게 걸쳐 주지는 못하고, 무심한 듯 은서의 무릎 위로
자켓을 놓던 태인이었다. 그즈음이었던 것 같다. 그에게 조금씩 마
음이 향하기 시작한 게.

은서는 더 이상 떠올리지 말자 속으로 다짐하곤, 세차게 고개를
저었다. 잡념이 다 떨어져 나가길 바랐다. 그래서 더 이상 어떤 것
도 떠오르지 않았으면 했는데, 또 다른 기억이 그녀를 찾아왔다.

이번에는 둘 다 교복이 아닌 사복을 입고 있었다. 어둑어둑한 하
늘 아래, 아무도 없는 교정 한가운데서 태인은 은서를 제 품에 꼭
안고 있었다.

'우리 나중에 학교 꼭 다시 와 보자.'

'왜?'

'그냥. 학교에 오면 뭔가 아련한 기분이 드는 게 좋거든.'

그의 품에서 온기를 느끼며 행복하다는 듯 웃으며 말하는 여자

는 바로 그녀, 은서였다.

'음, 네가 뽀뽀해 주면 한번 생각해 볼게.'

'넌 머리에 그런 생각밖에 없지?'

은서가 태인의 허리에 감싸고 있던 손을 떼어 낸 뒤, 그의 가슴 팍을 밀쳤지만 쉽게 밀려날 태인이 아니었다. 오히려 은서가 떨어지지 못하게 그녀의 어깨를 안고 있던 팔에 힘을 주었다.

'응. 온통 네 생각밖에 없어.'

'으, 닭살.'

분위기가 조금 달라진 것 같아 은서는 일부러 장난스럽게 말했지만, 그런 은서의 마음까지도 다 알고 있다는 듯 태인은 말없이 씩 웃어 보였다. 웃는 얼굴 사이로 다가온 그의 눈빛은 진지했다. 지그시 눈을 맞춰 오는 태인을 보며 은서가 마른침을 삼켰다.

침묵 속에 둘의 눈빛이 몇 번 오갔고, 그는 은서의 얼굴 위로 제 고개를 숙인 뒤 천천히 입을 맞춰 왔다. 흔히들 첫 키스라고 하는, 그의 품에 안겨 그의 입술을 처음으로 느꼈던 바로 그 순간의 기억이었다.

'이러지 말자. 여기서도 이러면 어쩌자는 건데.'

뒤늦게 자신을 책망해 봤지만 달라지는 건 없었다. 태인과의 추억을 버텨 낼 자신이 없어서 도망치듯 온 것이었는데, 이곳에서도 여전히 그와의 추억은 존재했다. 은서는 문득 두려워졌다.

'도망치고 도망쳤는데도 벗어날 수 없으면 그땐 어떡하지?'

시린 바람이 몰아치는 은서의 마음과는 다르게, 눈앞의 풍경은 여전히 따스했다. 그 괴리감에, 그녀는 못내 슬퍼졌다.

3장.
닿을 수 없는 네게
닿았다

"저기요?"

깜빡 넋을 놓고 있었다. 카페 안에 들어선 한 여자 손님이 카운터 앞에 와서 은서를 부르지 않았더라면 아마 내내 그랬을 거다.

"네, 손님. 어떤 걸로 주문하시겠어요?"

애써 놀란 표정을 감춘 은서는 곧바로 아르바이트생으로서의 본분을 찾았다. 손님을 향해 싱긋 웃곤, 최대한 상냥한 어조로 물었다.

"카라멜 마끼아또랑 카페 라떼 아이스로요."

"네, 총 8,000원입니다. 음료는 앉아서 기다리시면 가져다 드릴게요."

더디게 흘러가던 하루하루는 달라졌다. 오전 내에는 병원에서, 오후 내에는 카페에서 시간을 보내는 덕에 매일이 바쁘게 흘러갔다. 아르바이트를 하지 않는 주말을 기다리며 월요일을 시작하면 눈 깜빡할 새에 주말이 되어 있었다.

은서는 앞다투어 빠르게 흘러가는 시간들을 그저 넋 놓고 바라만 보고 있었다. 서서히 시간 감각에 무뎌지던 중에, 은서는 옷장 깊숙한 곳에 있던 두툼한 패딩점퍼를 꺼내 입게 되었고 집을 나선 그녀의 앞엔 어느덧 새하얀 눈이 내리기 시작했다.

가을 같지 않던 가을에서 한겨울로 계절이 바뀌면서 몇 달이라는 시간이 흘렀다. 긴 시간이라고 할 순 없지만 마냥 짧지도 않은 그사이, 은서에게는 좋은 일이 생겼다. 뇌출혈로 수술을 받은 뒤 의식을 찾지 못했던 아빠가 깨어난 것이었다.

꽤 오랫동안 의식이 없던 것치고는 양호하다는 영환의 상태 또한 행운이었다. 아직 거동이 어렵긴 하지만 재활치료를 받으면 나아질 수 있다는 의사의 말에 은서네 가족은 희망을 보았다.

극적으로 흘러가는 것만 같았던 것들이 차츰 제자리를 찾았다. 그럼에도 어딘지 모르게 허한 마음이 드는 건, 잃은 것이 하나 있기 때문일까.

"은서야, 음료 나왔다."

"네."

쟁반에 음료들을 담고 빨대와 냅킨까지 챙긴 은서는 주문한 손님이 앉아 있는 테이블로 향했다. 주문할 때는 혼자였던 여자 손님은 어느새 둘이 되어 있었다. 재미난 이야기라도 하는 건지, 둘은 서로를 마주 보며 까르르 웃고 있었다. 은서가 그들이 있는 테이블 앞에 막 당도하려던 차였다.

"요즘 박태인 진짜 멋있지 않냐?"

낯익은 이름에 은서가 잠시 주춤했다.

"살이 좀 빠진 것 같던데, 더 멋있더라."

"난 외모도 외몬데, 목소리가 아주 그냥……. 솔직히 여자들이 좋아하는 목소리론 박태인이 최고인 것 같아."

태인은 요 몇 달 새, 활발한 활동을 하고 있었다. 승승장구라는 말을 써도 무색하지 않을 정도였다. 최근 그의 행보를 지켜보고 있자면, 마치 그의 오름세엔 한계선이란 존재하지 않는 것 같았다. 더 닿을 수 없는 곳으로 멀어진 태인, 그걸 보는 은서에게 찾아든 감정은 완벽한 괴리감이었다.

'이제 태인이는 완전히 잊은 걸까.'

만약 그런 거라면 다행스러운 마음이 드는 게 맞았다. 축복해 주는 게 맞는 거였다. 그런데 가슴 한편을 스치고 지나는 쓸쓸한 마음이 쉬이 떨쳐지지 않았다.

"주문하신 음료 나왔습니다."

테이블에 쟁반을 놓고 돌아선 은서의 입에선 알 수 없는 긴 숨이 새어 나왔다.

주말 아침부터 볕이 좋았다. 실컷 늦잠을 자고 오후쯤 병원을 향하는 길에 우연히 고교 동창인 솔을 만난 은서는 그녀와 함께 영환의 병실을 찾았다.

당연히 엄마가 지키고 있을 거라고 생각했던 병실엔 건우가 있었다. 은서는 잠시 고개를 갸웃하고는 의아한 얼굴로 서로를 쳐다보고 있는 건우와 솔에게 통성명을 나누게 했다. 곤히 잠들어 있는 아빠에게 시선을 한 번 두었다 거두고, 이내 건우에게 엄마의 행방을 물었다.

"연예인 보러 가셨어. 병원에 촬영 왔거든."

"연예인이요? 누구요?"

솔이 눈을 반짝이며 물었다. 건우의 입에서 남자연예인 이름이 나온다면 좋아하지 않는 연예인이더라도 곧장 뛰어갈 기세였다. 그 모습이 한심하다는 듯 은서는 고개를 절레절레 젓고는 냉장고를 향해 다가갔다. 어제 오전에 들렀을 때 음료수가 별로 남아 있지 않았던 기억이 나, 확인차 열어 보려던 것이었다. 냉장고 앞엔 이미 도착했고, 손잡이에도 손을 갖다 댄 상태였다. 이제 힘을 주어 냉장고 문을 열기만 하면 됐다.

"박태인이요. 이 지역 출신이라면서요. 은서 너랑 같은 고등학교 나왔다던데……."

건우의 입에서 흘러나온 뜻밖의 이름에 은서는 그대로 부동자세가 되었다. 손잡이를 꽉 잡은 손에 힘이 풀려 몇 번이고 손잡이를 고쳐 잡았다.

'윤재가 말했던 반창회 시간이랑 겹친다던 촬영이 설마 이 병원에서 하는 촬영인 건가?'

"태인이가 여기서 촬영한다고요?"

"네. 5층에서 촬영 중이에요. 박태인 씨 팬이신가 봐요."

친근하게 '태인'이라고 부르는 것도 그렇고, 심하게 놀란 것처럼 보이는 모습에 영락없는 태인의 팬이라고 생각했는지 건우는 그녀를 보며 슬며시 미소 지었다. 그가 이렇게 웃을 수 있는 건, 솔의 반응도 한몫했지만 은서에게서는 별 반응이 없어서이기도 했다.

병원 내의 거의 모든 여자들이 박태인이라는 이름에 열렬한 반응을 보였는데 은서에게서는 시답잖은 반응뿐이었다는 게 묘하게 건우를 즐겁게 했다. 하지만 그의 즐거움은 그다지 오래가지 않았다.

"태인이랑 저희랑 친구예요. 저랑 은서랑 태인이랑 셋이 같은 반이었거든요."

건우가 태인에 대해서는 아는 건 그다지 많지 않았다. 정확한 나이도 몰랐고, 그저 자신과 같은 지역 출신이라는 것 정도와 현재 가장 인기 많은 남자 배우라는 것 정도만 알았다. 은서와 같은 고등학교를 나왔다는 건, 간호사들이 수다 떠는 내용을 어쩌다 듣게 되어 알게 되었지만 설마 둘이 아는 사이일 거라고는 미처 생각하지 못했다.

'동창이라……. 게다가 같은 반이었다고?'

큰 의미가 부여되는 연결고리는 아니지만 아무 관련 없을 거라고 생각했던 은서와 태인이 연결되어 있다니, 건우는 왠지 모를 위화감을 느꼈다.

"아, 그래요? 그럼 가서 인사라도 나누세요. 아마 5층에 있을 걸요."

"은서야, 같이 가 볼래?"

겉으로는 호기롭게 뱉은 말이지만 건우는 은서가 정말 솔을 따라 나갈까 싶어 속으로는 노심초사했다. 고작 동창 얼굴 보고 오는 일인데, 왜 이렇게 말리고 싶은 기분이 드는지 건우 자신도 스스로를 이해할 수 없었다. 어쩌면 태인과 은서, 썩 잘 어울릴 것 같은 둘이 붙어 있는 모습을 상상하는 것 자체가 싫은 걸지도 모르겠다.

"난 냉장고에 음료수가 얼마 없어서 음료수 사러 갔다 오려고."

솔이 건우를 의식해 일부러 내뱉은 말이라는 건 지레짐작으로 눈치챘다. 은서는 그저 건우 앞에서 그럴싸한 핑계가 필요했던 건데, 말을 내뱉고 나서야 뒤늦게 열어 본 냉장고 안엔 정말로 음료수가 몇 개 남아 있지 않았다.

"그러네."

"오빠, 나 음료수 사 올 때까지만 자리 지켜 줄래?"

"알겠어. 다녀와."

태인이 한 건물 내에 있다는 걸 안 이상 되도록 병실 밖으로는 나가지 않는 게 최선이었지만, 은서는 구내매점이 있는 층과 태인이 있는 층이 다르다는 것을 그나마 위안으로 삼았다.

"가자, 은서야."

"응."

태인을 만나러 가는 것도 아닌데 솔을 따라 병실 밖으로 나서는 기분이 왜 이렇게 싱숭생숭한지, 은서는 여전히 제 마음의 갈피를 잡기 어려웠다.

"촬영 잠깐 쉬었다 가겠습니다."

병실 밖에 많은 인파가 모인 탓에 촬영은 계속 지연됐다. 벌써 네 번째 촬영 중단에 지칠 법도 한데 태인은 아랑곳하지 않았다.

제 앞에 앉아 히죽 웃고 있는 꼬마 숙녀에게 정신이 팔려 사소한 짜증조차 낼 겨를이 없었다.

태인은 이번에 새로 시작하는 '희망 전도사'라는 프로그램의 첫 번째 게스트였다. 소아암에 걸려 웃음을 잃어버린 6살짜리 꼬마아이가 TV에 나온 저를 보면 환히 웃으며 좋아해 준다기에 그 아이를 만나기 위해 망설임 없이 출연을 결심했다.

"뭐 먹고 싶은 거 있어?"

"히."

창문으로 새어 들어오는 햇살보다 더 따스한 웃음이었다. 멍하니 그 미소를 지켜보는 태인의 입가에도 어느새 작은 미소가 걸렸다.

"연서, 왜 웃어?"

아이의 이름은 '연서'였다. 성을 붙여서 부르면 '이연서'지만 '연서야' 하고 이름을 부를 땐 어쩐지 은서를 부르는 것 같아 기분이 묘했다. 꼭 은서와 한 공간에 있는 것 같은 기분이라고나 할까. 애를 상대로 별생각을 다한다는 생각이 들면서도 태인은 연서라는 그 이름을 자꾸만 입에 머금고 싶었다.

"다 먹고 싶어. 히."

"알겠어, 연서야. 오빠가 금방 가서 맛있는 거 다 사 올 테니까 여기서 기다리고 있어."

"응, 빨리 와."

고사리 같은 손을 흔들며 인사를 해 주는 모습이 퍽이나 귀여워 웃음이 절로 났다. 연서를 뒤로한 채 병실 밖으로 향하는 태인의 뒤를 민행이 자연스레 따랐다.

"태인 오빠, 사인 한 장만 해 주세요."

"태인 오빠 여기도요!"

"잠시만요, 죄송합니다. 좀 지나갈게요."

태인에게 우르르 몰려드는 인파에 민행이 태인의 앞을 막아섰다. 민행이 제 뒤를 따라붙을 때만 해도 저지하려다가 그냥 둔 것이었는데 민행이 없었다면 팬들에게 파묻혀 버렸을지도 모를 정도로 병실 밖은 인산인해였다.

몇몇에게서 받아 든 종이에 사인을 해 주고 다시 건네던 찰나에, 태인 바로 옆까지 밀려온 한 아주머니가 있었다. 스스로 태인 옆까지 밀고 들어온 게 아니라 밀리고 밀리다가 얼떨결에 태인 옆까지 오게 된 것 같았다. 그를 가까이서 보는 그녀의 얼굴이 상당히 얼떨떨한 표정이었으니까.

"어머, 태인 군. TV보다 실물이 훨씬 잘생겼네요."

"감사합니다."

자신보다 한참 연배가 높은 아주머니 앞에서 태인은 고개를 꾸벅 숙였다.

"내 딸이 태인 군이랑 동창인데……."

"아, 그러세요? 따님 이름이 어떻게 되시는……."

이름은 묻지 않았어도 되었는데, 왜였을까. 동창이라고 해서 딱히 관심이 가는 것도 아니었는데 대답이 그렇게 흘러 나갔다. 제 대답에 뒤늦게 놀란 태인이 말끝을 흐렸지만 태인에게 먼저 말을 던졌던 아주머니는 점점 멀어지고 있었다. 정확히 말하자면 태인과 아주머니 사이를 밀고 들어오려는 인파 때문에 뒤로 밀린 것이었다.

"어, 은서야. 엄마 지금 여기 5층이야. 여기 글쎄 누가 왔냐면……. 얘가 오늘따라 왜 이렇게 보채. 그게 중요한 게 아니라 글쎄, 엄마 지금 누구 봤는지 알아?"

전화 통화를 하며 점점 멀어져 가는 아주머니 입에서 들려온 '은서'라는 이름을 태인은 용케 들었다. 고작 같은 이름을 들은 것뿐인데도 속에서 홧홧거리는 기운이 일었다. 그저 동명이인이겠지 싶었는데, 순간 아주머니가 했던 말이 태인의 머릿속을 강타했다.

'내 딸이 태인 군이랑 동창인데…….'

태인은 혹시나 하는 마음으로 아주머니를 돌아봤다. 아깐 주의 깊게 보지 않아 미처 눈치채지 못했지만, 은서와 꽤나 닮은 생김이었다. 특히나 살짝 올라간 고양이 눈매가 매우 흡사했다.

"알았어, 알았어. 엄마 지금 가. 병실에 가서 얘기해 줄 테니까 조금만 기다리고 있어."

은서의 엄마로 추정되는 아주머니는 재빠르게 자리를 벗어났다. 그녀는 병실에 올라간다고 했고, 환자복을 입고 있지 않았다.

'그렇다면 병실에 있는 건 은서라는 건가?'

물론 다른 사람이 입원했고 은서와 은서 어머니가 병문안을 함께 왔을 가능성도 있지만, 은서가 입원했을 거라는 가능성도 마냥 배제할 순 없었다.

'만약 은서가 아파서 입원한 거라면?'

태인은 저도 모르게 제 입술의 살점을 꽉 깨물고 있었다. 고작 생각일 뿐인데도 신경세포들이 미친 듯 날뛴다. 지금 당장 확인해 보지 않고서는 아무 일도 할 수 없을 것 같다.

태인을 보러 간다던 솔은 결국 은서와 함께 매점으로 향했다. 은서가 거의 반강제적으로 그녀를 끌고 갔다고 해야 옳았다. 은서가 무엇을 걱정하는지 알기에 솔도 굳이 태인에게 가 보겠다고 고집을 부리지 않았고, 둘의 동행은 마찰 없이 가능했다.

은서는 솔과 나란히 음료수박스를 들고 병실에 돌아오는 길에 문득 태인을 보기 위해 5층에 갔다던 엄마가 생각나 전화를 걸었다. 통화가 연결되자마자 시끌벅적한 소리부터 들리는 걸 보니 아직도 5층에 있는 모양이었다.

"엄마, 어디야?"

—어, 은서야. 엄마 지금 여기 5층이야. 여기 글쎄 누가 왔냐면…….

"엄마, 지금 그런 게 중요해? 아빠 깨어나면 엄마부터 찾는 거 몰라?"

조금 오버스러운 말이었다. 은서든 엄마든 심지어 건우든 아빠는 잠에서 깨어나면 곁에 있는 이에게 태연하게 말을 걸어왔다. 의식을 차린 뒤부터는 곁에 아무도 없을 때 다소 불안해하는 감이 있었지만 눈을 떴을 때 누군가 곁에 있기만 하면 대수롭지 않아했다.

—얘가 오늘따라 왜 이렇게 보채. 그게 아니라 글쎄, 엄마 지금 누구 봤는지 알아?

"몰라. 얼른 와. 솔이도 같이 왔단 말이야."

—알았어, 알았어. 엄마 지금 가. 병실에 가서 얘기해 줄 테니까 조금만 기다리고 있어.

거짓말이 아니라는 것을 증명하듯 핸드폰 너머로 들려오는 와자지껄한 소리는 점점 줄어들었다. 전화를 끊기 직전에는 소음이 현저히 적었다. 통화 종료를 터치하고서 핸드폰을 주머니에 밀어 넣는 은서의 입에선 괜스레 한숨이 새어 나왔다.

"웬 한숨이야? 아주머니 지금 바로 내려오신다는 거 아니야?"

솔과 워낙 붙어 있던 터라 그녀에게도 통화 내용이 다 들렸나 보다. 시끄러운 곳에서 덩달아 목소리가 커진 엄마의 목소리가 핸드폰 너머로 유난히 크게 들려온 탓도 있었다.

"그냥……. 좋아하는 연예인을 엄마 마음대로 못 보게 하는 못난 딸이 된 것 같아서."

"야, 그건 좀 오버고. 난 너희 어머니가 태인이를 그렇게 좋아한다는 사실이 더 놀랍다. 연예인엔 별 관심 없지 않으셨나?"

솔의 말대로 원래 연예인엔 관심이 없던 엄마였는데, 아빠를 두고 그를 보러 갈 정도면 좋아하는 마음이 적진 않아 보였다. 그게 조금 낯설기도 했고 하필이면 그 연예인이 태인이라는 것에 불편하기도 했다.

문득 은서는 한참 전에 건우와 저를 보며 잘 어울린다던 엄마의 말이 떠올랐다.

'어쩌면, 우리를 보고서도 잘 어울린다던 그 말해 주지 않았을까?'

"춥다, 얼른 가."

"응. 연락할게."

솔을 태우고 멀어지는 택시를 잠시 지켜보다 은서는 병원 안으로 다시 들어왔다. 진료시간이 곧 끝나갈 참인지라 병원 내에 사람이 많지는 않았다. 로비에 앉아 있는 사람들에게 잠시 머물렀던 시선을 거두고 엘리베이터 앞에 서서 멍하니 층수 표시 램프를 올려다보던 은서는 돌연 비상계단 쪽으로 몸을 틀었다.

6층에서 내려오던 엘리베이터가 아직 태인이 있을지도 모르는 5층에 멈췄다 내려오는 걸 보니 타고 싶은 마음이 단번에 사라졌다. 지나친 비약이라는 걸 알지만, 태인이 엘리베이터를 타고 내려올 확률이 1%라도 있다면 피하고 싶었다.

스스로도 제 생각이 우습긴 했다. 계단 쪽으로 걸음을 옮기는 도중에 헛웃음이 계속 터져 나올 정도로 어이도 없었다. 5층에서 내려온다고 무조건 태인이 타고 있을 거라고 생각하지는 않지만, 그래도 5층에서 1층까지 내려올 일이 생긴다면 그 누구라도 엘리베이터를 이용할 거다. 2층이나 3층도 아니고 5층에서 계단으로 내려오는 일은 없겠지, 라는 확신이 서자 은서는 곧장 계단 위로 발을 디뎠다.

다들 엘리베이터를 이용하는지 비상계단엔 은서의 발소리만 울렸다. 은서가 한 2층쯤 올라왔을 땐, 비상계단에 은서 말고도 한 사람의 발소리가 더 울려 퍼졌다. 위에서부터 쿵쿵대고 울리는 걸 보니, 누군가가 아래층으로 내려오는 듯했다.

한 걸음, 한 걸음 조용하게 내딛는 은서와는 다르게 꽤나 분주한 듯 들려오는 발걸음은 투박한 소리를 냈다. 그렇게 두 사람의 발걸음 소리가 사이좋게 계단을 울리는 중에 은서는 3층에 다다랐고, 의도치 않게 위에서부터 내려온 사람과도 마주쳤다.

이 병원 안의 어떤 사람과 마주치게 되더라도 상관없었다. 단 한 명을 제외하고서 말이다.

"이런 데서 다 보게 되네."

그런데 지금 은서의 바로 위 계단에 서서 그녀를 내려다보고 있는 사람은 하필 그 단 한 명에 속하는 태인이었다.

"나랑은 이제 말도 안 섞을 거야?"

은서는 놀라서 쿵쿵 뛰어 대는 심장박동을 오롯이 느끼고 있었다. 빨라지려는 호흡을 가다듬으며 애써 침착하려 하는 중에 은서는 제 앞에 있는 태인이 너무나도 태연자약하다는 걸 깨달았다. 그러자 곧바로 튀어오를 것처럼 세게 뛰던 심장박동이 차분히 가라앉았다.

"⋯⋯."

"진짜 한 마디도 안 할 생각인가 보네."

제게선 결코 찾아볼 수 없는 여유가 태인에게선 느껴졌다.

그는 확실히 달라졌다.

"아니야, 잠깐 놀라서 그래."

쉴 새 없이 말을 붙여 대는 태인 앞에서 정말 어렵사리 입을 뗐다.

"우리 꽤 오랜만이지?"

이제껏 제 마음속에서 태인을 열심히 분리시키고 있었는데 그의 입에서 흘러나온 '우리'라는 단어 하나에 혹하는 마음이 야속할 지경이다. 애써 떼어 놓으려던 마음이 그의 한 마디에 다시 찰싹 붙어 버린 듯했다.

"응."

"잘 지냈어? 병원엔 무슨 일로 온 거야?"

"병문안 왔어. 보다시피 잘 지내고 있고."

자신도 모르는 사이 태인의 손을 살피던 은서는 헛하고 놀라며 시선을 거두었다. 다행히 태인은 그런 그녀를 눈치채지 못한 듯했다.

"난 촬영차 왔어."

"그렇구나. 그럼 난 이만 올라가 볼게."

다소 급한 감이 있었지만 은서는 여기서 태인과의 대화를 마치고 싶었다. 그와 더 이상 말을 나눠서는 안 된다고 어디선가 끊임없이 경보음이 울려 대는 것 같았다. 그도 그럴 것이, 그와의 눈 마주침과 짧은 대화에 은서의 마음속에선 이미 큰 동요가 일고 있었다.

"진짜 잘 지내는 거 맞아?"

자신보다 한 계단 위에 서 있는 태인을 비스듬히 지나치려 할 때, 그가 질문을 던졌다.

"어? 어, 그럼."

어쩔 수 없이 잠깐 멈춰 서서 그에게 대답을 하는데.

"근데 왜 이렇게……."

태인의 손이 순식간에 은서의 빰 위로 내려앉았다. 은서가 그의 온기를 느낄 새도 없이, 그의 손은 그녀의 뺨 위에서 곧장 멀어져 갔다.

"야위었어."

"요즘 잠을 잘 설쳐서."

"그래? 난 또 나 때문에 그런 줄 알았네."

슬픈 기색 하나 없이, 농담에 불과한 장난스러운 어조였다. 태인의 속마음은 어떨지 몰라도, 겉으로 보이는 모습에서는 은서를 전혀 그리워하는 것 같지 않았다. 미련도 없는 것 같았다. 아직은 겉으로도 태연한 척할 수 없는 은서와는 사뭇 달랐다.

그래서일까, 참 이상했다. 자신과는 사뭇 다른 그의 모습을 보니 서운함이 밀려왔다.

'솔직하지 못한 건 말할 것도 없고. 나도 참 이기적이네.'

은서는 못난 생각이나 하고 있는 스스로가 비참했다. 그리고 태인의 앞에서 태연하게 굴지도 못할 정도로 그를 잊지 못한 제 자신이 한심했다.

하지만 문득 이게 당연한 걸지도 모른다는 생각이 들었다. 태인은 그녀를 잡으려 했고 이별에 대해 저항하기도 했다. 최소한 어떠한 노력이라도 했기에, 그로서는 이별에 대한 미련을 버리는 게 더 쉬웠을지도 모른다. 모든 걸 혼자 짊어지려던 은서와는 분명 다를 터였다.

"진짜 가 봐야겠다."

"그래, 잘 가."

태인은 더 이상 은서를 붙잡지 않았다. 먼저 돌아서는 은서의 뒷모습을 바라보고 애틋한 눈빛을 보내던 그는 이제 없다. 애틋한 눈을 하고서 태인을 먼저 돌아서려는 은서만 남았을 뿐이다.

"밥 잘 챙겨먹고 다녀."

"응, 너도."

태인은 먼저 뒤돌아섰다. 그리고 은서가 보는 그의 뒷모습엔 어떠한 미련도 없어 보였다.

시내버스에서 내려, 집까지 오는 동안 왜 이렇게 눈물이 났는지 모르겠다. 꺽꺽대며 운 건 아니었지만 흐르는 눈물을 훔치기가 무섭게 또 흐르고, 흘렀다.

태인이 저를 온전히 잊었다고 생각해서 슬픈 걸까. 아니면 언젠가는 이런 날이 올 줄 알았지만, 아직 마음의 준비도 하지 못한 상태에서 갑작스럽게 마주한 현실에 놀란 걸까. 이유가 뭘까에 대해 확답을 내릴 것도 없이 은서는 지금 그냥 슬펐다.

퉁퉁 부어 버린 눈을 감추기 위해 은서는 최대한 고개를 아래로 내린 채로 아파트 입구에 들어섰다. 혹여 근처에 사는 아는 사람이라도 만날까 싶어 빠른 걸음으로 걸었다. 칼바람이 여기저기 스쳐 지나가도 아랑곳하지 않고 걸음을 재촉했다.

거침없이 걷던 그녀는 어느 순간 우뚝 멈춰 섰다. 바로 코앞에 자신이 들어갈 아파트 입구가 있음을 인식한 은서는 그제야 마음을 푹 놓고, 고개를 푹 숙인 채로 마저 걸었다.

그런데 고개를 숙인 지 얼마 지나지 않아, 얄궂게도 누군가와 부딪혔다. 분명 1분 전까지 아무도 없던 입구 앞에 누가 있다는 건,

그 안에서 누군가 나왔다는 걸 의미했다.

"죄송합니다."

은서는 고개를 꾸벅 숙이며, 사과를 건넸다. 그리고 여전히 고개를 숙인 채로 몸을 오른 쪽으로 틀어 아파트 안으로 들어가려는데.

"얼굴은 보고 사과해야 하는 거 아닌가?"

은서가 우뚝 멈춰 섰다. 부딪힌 사람에게서 들려온 목소리가 말의 내용과는 다르게 장난스러웠다는 것에 의아했고, 또한 그 목소리가 상당히 익숙하다는 것에 의아했다. 문제는 앞에 서 있는 남자와 비슷한 음성의 주인공이 태인이라는 것이었다.

하지만 태인이 지금 여기 있을 리 없다. 짧은 시간 동안 급하게 머리를 굴려 보았지만, 은서는 그가 이곳에 올 만한 이유를 단 한 가지도 찾을 수 없었다.

오늘 오후에 병원에서 그를 만났을 때만 하더라도 그는 완전히 은서를 잊은 듯했다. 그런 그가 지금 이 시간에 제가 사는 아파트 앞에 있을 리가 없었다. 그걸 충분히 인지하면서도 은서는 차마 고개를 돌릴 수가 없었다. 정말 태인이 서 있을 것 같았으니까.

은서가 망부석처럼 굳어 있자 남자가 그녀 앞으로 다가왔다. 남자가 제게로 다가옴을 알면서도 그녀는 단 한 발 자국도 움직일 수 없었다. 그가 다가오면서 일으킨 바람이 뺨에 닿자 심장이 요란하게도 뛰어 댔다.

"고개 좀 들어 봐. 앞으로 자주 볼 사이 같은데."

100%였다. 정말 말도 안 되는 일이지만, 그녀의 모든 오감이 말해 주었다. 지금 제 앞에 선 남자가 태인이라고.

"그게 무슨 소리야? 앞으로 자주 볼 사이라니?"

고개를 푹 숙인 채로 대답한 은서가 못마땅하다는 듯 태인이 그녀의 얼굴을 잡아끌어 자신을 향하게 했다. 그것으로도 만족할 수 없다는 듯, 태인은 이내 은서의 코앞까지 제 얼굴을 들이밀었다. 그녀의 얼굴에서 느껴지는 어마어마한 찬기에 태인은 잠시 얼굴을 찡그렸다.

찬찬히 그녀의 얼굴을 들여다보던 태인의 눈이 별안간 커졌다. 병원에서 봤을 때와는 달리 퉁퉁 부은 그녀의 눈두덩을 감지한 그의 얼굴이 어느새 잔뜩 일그러졌다.

"울었네."

"내가 물어본 거, 얼른 대답해 줘."

"혹시 나 때문에 울었어? 아까 내가 한 말들 때문에?"

아까 병원에서와는 사뭇 다른 목소리다. 마치 저를 조롱이라도 하듯 장난스럽던 목소리는 어느새 걱정 가득한 목소리가 되어 있었다. 분명 미안하다는 기색도 함께 보였다. 은서는 도대체 어느 장단에 맞춰야 할지 혼란스러웠다. 최악의 생각은 이거였다. 태인이 혹시 자신을 두고 흔히 말하는 밀고 당기기를 하는 건 아닌가 하는…….

"박태인."

그래서 다소 화기 어린 음성이 태인을 향했다. 단단히 굳은 눈매도 지금 은서의 기분이 썩 좋지 않다는 걸 여실히 보여 주고 있었다.

"알았어, 말할게."

"……."

그의 대답을 기다리는 은서의 눈에 긴장감이 감돌았다. 속으로는 그의 입에서 어떠한 말이 나오더라도 침착함을 잃지 말자, 하고 끊임없이 되뇌는 중이었다.

"나 오늘 이사 왔어. 702호로."

"뭐?"

그가 이곳에 올 이유를 추측조차 하지 못했기에, 어떤 대답이 나오더라도 그녀가 놀랄 건 자명했다. 그걸 알기에 어떻게든 침착함을 유지하려고 세뇌를 하던 것이었다. 하지만 그 노력이 무색해질 만큼 그의 대답이 가져온 파장은 컸다.

그가 자신이 사는 아파트로 이사 왔다는 것 자체만으로도 기가 막힐 노릇인데, 하필 그가 이사 온 702호는 은서가 살고 있는 701호의 바로 옆집이었다.

"우리 앞으로 자주 보게 되겠네."

말하는 그의 입가에 살포시 미소가 번진다. 다소 짓궂게 보이는 그 웃음을 은서는 멍하니 바라만 보았다.

어디선가 아득하게 자동차의 클랙슨 소리가 들려왔다. 그 날카로운 소리에 은서는 퍼뜩 정신을 차렸다.

"여기로 이사를 왔다는 게 도대체 무슨 소리야?"

은서가 부어오른 눈을 끔뻑거리며 물었다. 통통하게 부은 눈조차도 퍽이나 사랑스러운 그녀를 내려다보던 태인은 픽 소리를 내며 웃었다. 잡고 있던 은서의 뺨을 놓은 그는 그녀의 머리를 가볍게 토닥거렸다. 하지만 이미 넋이 나가 버린 은서는 그를 저지해야 한다는 생각조차 하지 못하고 있었다.

"이사 왔다는 게 그렇게 어려운 말은 아닌 것 같은데."

몇 달 전 에이전시에서 제시했고 태인의 맘에도 들었던 한 영화는 초반부는 홍콩에서, 후반부는 지방의 한 세트장에서 촬영이 예정되어 있었다. 처음부터 그 영화를 하려던 건 아니었지만 세트장이 있는 지방이 은서가 있는 곳과 30분도 채 떨어지지 않은 곳이라는 걸 알고 태인은 영화를 하겠노라고 선언했다.

그리고 제작사 측에서 마련해 준 숙소가 아닌 은서의 집 앞인 702호로 이사를 왔다. 그것은 차마 그녀를 놓을 수 없던 그가 그녀의 곁으로 돌아가기 위해 야심차게 짠 계획의 초석이기도 했다.

얼마 전까지 빠듯하게 진행되었던 해외 로케는 막 끝이 났고, 영화는 이제 지방에서의 촬영분만을 남겨 놓고 있었다. 은서의 앞집을 사수하기 위해 공을 들인 만큼 태인은 제대로 이사 온 뒤에 그녀의 앞에 서려고 했다.

그런 그의 계획이 틀어진 건 병원을 떠나기 전에 연서가 좋아하던 것들을 더 사 놓으려고 2층에 있는 매점에 가려던 길에 우연히 은서를 만난 뒤였다.

짧은 스킨십이었지만 이미 그녀의 온기에 취한 심장은 제멋대로 날뛰어 댔고 어쩌면 태인은 그때 무의식중에 느꼈을지도 모른다. 목소리 듣고 싶고, 보고 싶고, 만지고 싶던 욕구를 꾹꾹 참아 냈던 게 이미 터져 나왔다는 것을. 그래서 더 이상의 여유는 부릴 수 없게 되었다는 것을.

무의식이 머릿속을 흐트러뜨리는 와중에 태인은 그녀가 자신을 잊었는지 시험해 보고 싶은 욕구에 잠식당해 있었다. 꽤나 오만한 말을 내뱉었던 그는 병원에서 빠져나오는 차 안에서 문득 마지막으로 봤던 은서의 표정을 떠올렸다.

처연함이 묻어나던 그 표정을 상기시키니 어디 가서 혼자 울고 있는 건 아닌지 애가 탔다. 전화라도 걸어 묻고 싶은 마음이 불쑥 올라왔지만 그녀가 제 전화를 받으리라는 보장도 없었다. 그러니 그녀를 만날 수 있는 확실한 수가 필요했다. 그는 무슨 수를 써서라도 그녀의 얼굴을 봐야 했다.

서울로 향하던 차가 은서가 살고 있는 아파트 쪽으로 급커브를 튼 것처럼 계획은 갑작스레 바뀌었다. 타당한 이유 따윈 없다. 며칠 뒤가 아닌 오늘이어야만 하는 어쭙잖은 핑계들만 존재할 뿐이다. 아무래도 상관없었다. 태인에게 중요한 건 지금 그의 눈앞에 은서가 있다는 것이었다.

"우선 안에 들어가자."

은서는 태인의 손목을 붙잡은 채 아파트 안으로 들어갔다. 하는 수 없이 부모님과 함께 사는 집 안에 그를 들였지만 여전히 얼떨떨한 얼굴이었다.

하지만 태인은 달랐다. 그는 어느새 익숙한 자태로 거실에 놓여 있는 소파에 앉아 몸을 기댄 채로 그녀를 바라보고 있었다. 그 모습은 그녀의 원룸 안, 패브릭 소파에 앉아 있던 그의 익숙한 자태를 떠오르게 했다.

'다시는 이 모습을 볼 수 없을 거라고 생각했는데……'

꽤 오랜만에 본 모습인데도 생소하지 않고, 여전히 눈에 익어 있는 그 모습에 은서는 그와 같은 공간에 있다는 것이 비로소 실감이 났다.

"근데 어머님이랑 아버님은 어디 가셨어?"

"어디 가셔서 오늘은 안 오셔. 넌 702호로 이사 왔다고 했지?"

은서는 그가 혹여 부모님의 부재에 대해서 깊게 물어올까 싶어 재빨리 말을 돌렸다. 다행히 태인의 얼굴에서 궁금증은 일부 가신 듯했다.

"응. 여기 나가면 보이는 바로 맞은편 집."

태인은 손가락으로 은서네 집 현관문을 가리켰다. 경악할 만한 일을 저질러 놓고 어쩜 저렇게 능청스러운 얼굴인 건지, 기가 차서 헛웃음이 나오는 은서로서는 그저 어처구니없다는 표정만 지을 뿐이었다.

"언제 이사 온 건데?"

"오늘."

"아까 내내 병원에 있었잖아."

"그랬지."

"짐도 벌써 옮긴 거야?"

공방전이라도 펼치듯 질문과 답변이 치열하게 둘 사이를 오갔다.

"아직 짐을 옮긴 건 아니고 우선은 그냥 몸만 왔어."

태인은 능청스럽게 어깨를 으쓱하며 말했다.

"그럼 전에 살던 집은?"

"그 집은 아직 그대로 있어. 근데 다리 안 아파? 좀 앉아. 여기 앉으면 더 좋고."

태인은 표정 하나 바뀌지 않고 비어 있는 제 옆자리를 툭툭 쳤다. 하지만 은서는 아직 소파에 차분히 앉아 있을 만큼 흥분이 가라앉지 않은 상태였다. 또한 그의 옆자리에 태연히 앉아 있을 수도 없을 것 같았다.

"그 집을 두고 여긴 도대체 왜 온 건데?"

자신의 옆에 앉으라는 태인의 말에 대답 대신 질문으로 응수하려던 은서는 그에게 질문을 던지자마자 곧바로 후회했다. 마치 헤어지기 전으로 돌아온 것 같은 착각을 불러일으키던 태인의 여유 있는 낯빛이 그녀의 물음에 처음으로 진지하게 바뀌었기 때문이다.

"몰라서 묻는 거야? 몰라서 묻는 거라면……."

"아니야, 됐어. 말하지 마."

뒤늦게 그의 입에서 튀어나올 말을 막아 보려 했지만 이미 주도권은 태인에게 넘어간 뒤였다. 은서가 간절한 눈으로 고개를 절레절레 젓는 걸 보면서도 그는 아랑곳하지 않고 입을 뗐다.

"너 보고 싶어서. 너랑 같이 있으려고."

그는 어느새 고개를 옆으로 살짝 튼 채로 은서를 바라보고 있었다. 다소 진지한 눈 맞춤에 은서가 엄지를 꽉 쥐며 마른침을 삼켰다.

은서는 제 심장이 튀어오를 것 같은 기세로 세차게 뛰는 걸 느끼고 애써 호흡을 가다듬었다. 하지만 가슴께가 간질거리는 오묘한 기분까지 다 떨쳐 낼 순 없었다.

"이제 그 얘긴 다 끝난 거 아니었어?"

지금 그녀의 마음이 잔잔하게 떨리듯 그를 향한 그녀의 목소리 끝도 조금씩 떨려 왔다.

태인은 카페에서 제게 이별을 고하던 은서가 참 모질다고 생각했다. 은서의 미운 입술이 내뱉는 단호한 말 한마디에 심장이 쿵

떨어지고, 그다음 말엔 심장이 내려앉았고 이내 밑도 끝도 없이 추락하는 기분을 느꼈었으니까.

그런데 지금 은서의 표정을 보니 그때의 기억이 어쩌면 왜곡된 것일지도 모른다는 생각이 들었다. 그땐, 헤어지자던 그녀의 말에 이성을 잃은 상태였고 그랬기에 그녀의 표정 하나하나 세세히 살펴볼 겨를이 없었다.

왜 하필 수많은 표정들 중에 그녀의 의연했던 얼굴을 봤던 걸까? 이별 얘기를 꺼낼 때 슬프지 않은 척, 괜찮은 척하던 그녀가 조금만 방심하면 이렇게나 아픈 얼굴을 하고 있는데 말이다.

"그래, 헤어진 거 인정할게. 근데 나 너 포기 안 했어."

"태인아."

은서는 알까, 나긋한 목소리로 자신의 이름을 부르는 그 한 마디가 잔뜩 올라 있는 태인의 사기를 무참히 꺾어 버린다는 것을.

예전의 태인이라면 꿀 먹은 벙어리처럼 입을 닫고 그녀의 말을 기다렸겠지만 그는 이제 달라졌다. 지난 몇 달 동안 은서가 없어 끔찍했던 시간을 겪어내면서 전보다 많이 성숙해졌고 훨씬 단단해졌다.

"너무 심각해지진 마. 나 일 때문에 온 거기도 하니까."

"일이라니?"

"이 근처 세트장에서 영화 촬영 있거든. 근데 한 달 넘게 진행되는 촬영이라 숙소를 정해야 했고, 보다시피 내 숙소는 바로 이 옆집이 된 거고."

지방 촬영이니 숙소니 하는 그의 말은 허울뿐인 명분이었다. 주목적은 처음부터 은서였지만 태인은 차마 그렇게 말할 수 없었다. 갑작스럽게 다가가면 그녀가 달아나버릴 걸 알기에.

"어찌 됐든 여기로 온 게 우연은 아닌 거잖아."

"부정은 안 할게. 근데 혹시 기억나? 너랑 나랑 같은 대학교 붙었을 때, 서로 이렇게 맞은편 집 구해서 살면 재밌을 것 같다고 했잖아."

태인의 말이 끝나기가 무섭게 묻어 두었던 은서의 기억이 쏟아져 나왔다. 마치 환영이 눈앞을 스쳐 지나는 듯했고 귓가엔 그 기억 속의 목소리까지 들려오는 듯하자 은서가 눈을 질끈 감았다.

"기억나지? 우리 그때 카페에서……."

"그래, 기억해. 근데 태인아……."

또 그만두라는 목소리다. 아직 아무것도 한 게 없고, 고작 그녀의 앞집으로 이사를 온 것뿐이었다. 그는 그녀를 향해 고작 한 발을 내딛었는데 그녀는 벌써 열 걸음은 뒤로 물러난 듯했다.

"잠깐만, 나 너 포기 안 한 건 맞아. 맞는데, 여기 너 붙잡으러 온 거 아니야."

그래서 태인은 제 마음과는 다른 말을 내뱉었다. 그녀를 붙잡기 위해서 온 것이었고, 어떻게든 그녀를 다시 잡기 위해 발버둥 쳐보려고 온 것이었다. 하지만 여기서 그렇게 말해 버린다면 은서는 대놓고 저를 밀어내 버릴지도 모른다.

"그럼?"

그러니까 우선은 방어막이 필요했다.

"말 했잖아. 너랑 같이 있으려고 왔다고. 애인이 더 이상 안 될 것 같으면……."

그것도 아주 단단한 방어막. 예를 들면.

"친구로라도 같이 있으려고."

'친구' 같은.

"우리가 다시 친구로 돌아갈 수 있을 거라고 생각해?"

당황스러움으로 인해 은서의 온몸이 뻣뻣하게 굳어져갔다. 연인이었던 그와 친구라니, 현실감이 전혀 느껴지지 않아 은서는 저도 모르게 미간을 찡그렸다.

"왜? 안 돼?"

마음 같아선 지금 당장이라도 제 곁에 있어달라고 붙잡고 싶었다. 하지만 그랬다간 은서는 또 어딘가로 도망 가 버릴지도 모른다. 그러니 우선은 은서가 제게 다시 마음을 열 수 있을 때까지 기다려야 했다. 당분간은 친구라는 이름을 빌려서 달라진 제 모습을 보이며 다시 제게 믿음이라는 게 생길 때까지 기다려야 했다.

"네 말처럼 언젠가는 다시 친구가 될 수도 있겠지. 그런데 그건 아주 나중에, 시간이 많이 흐른 뒤에……."

"너도 아직 나 못 잊은 거지?"

은서가 입을 꾹 다물었다.

"그럼 다시 나랑 연애하면 되겠네."

장난스러운 태인의 목소리에 은서의 얼굴이 살짝 일그러졌다.

"그렇게 간단한 문제가 아니잖아."

"복잡할 건 또 뭔데."

화가 난 건지 점점 더 심각하게 변해가는 은서의 얼굴을 보는 태인이 입가엔 체념 섞인 미소가 스쳤다.

"알았어. 헤어지는 일 없던 걸로 해달라고 너 귀찮게 안 할 테니까 친구라도 해 줘. 그렇게라도 너 안 보면 생활 자체가 안 돼서 그래, 내가."

태인은 사람 마음에 커다란 파동을 일으킬 말을 해놓고 아무 일 아니라는 듯 비죽 웃었다.

"그러니까 앞으로 잘 부탁해, 친구."

친구라는 단어에 은서의 어깨가 움찔댔다. 하지만 적어도 그를 밀어내려 들진 않았다.

그런 은서의 모습을 눈에 담고 있던 태인은 턱을 괴고 있던 손을 내리더니 슬쩍 입가를 가렸다. 그 아래서 천천히 피어오르는 태인의 미소엔 다소 비장감이 흘렀다.

11시가 갓 넘은 시각이었다. 노트북에 졸업논문을 띄워 놓은 게 어언 2시간째였지만 문서 안의 커서는 어째 제자리만 맴맴 도는 것 같았다. 은서는 도통 집중을 할 수 없던 자신의 모습을 떠올리며 맥없는 한숨을 흘렸다.

은서는 뻑뻑해져 오는 눈을 감았다 뜨며 의자에서 일어났다. 냉수를 마시고 서서히 밀려오는 잠이라도 쫓아 보자는 심산으로 부엌으로 향하는데 별안간 초인종이 울렸다. 이 시간에 누군가 집을 찾을 일은 현저히 드물었기에 은서는 경계 어린 눈빛으로 비디오 폰을 들여다봤다. 화면 안엔 모자를 쓰고 있는 남자가 보였다.

"누구세요?"

"나야."

익숙한 목소리가 들려오자 잠시나마 일렁이던 가슴은 곧바로 진정됐다. 직접 현관으로 달려간 은서는 서로의 얼굴만 확인할 정도로 문을 열어젖혔다. 그러자 그 좁은 문틈 새로 그가 얼굴을 가까이 쓱 붙여 왔다.

"왜?"

그가 다가오자 그녀는 고개를 뒤로 쓱 내빼며 물었다. 살짝 멀어지니 아까와는 달라진 태인의 옷차림이 온전히 눈에 들어왔다. 트레이닝복을 입고 있는 그는 한결 편안해 보였다.

"혹시 예전에 내가 네 원룸 소파에서 깜빡 잠들었을 때 네가 덮어 줬던 담요 기억나? 네 머리색보다 조금 더 밝은 갈색이었던가? 아무튼 그 정도 두께의 담요 있으면 좀 빌려 주라."

은서가 그저 황당하다는 표정으로 태인을 쳐다보기만 하자.

"이불 가져올 생각을 못 했어. 방도 완전 춥던데 그냥 잘 순 없잖아."

태인은 자신이 지을 수 있는 최대한의 불쌍한 표정을 지어 보였다. 그 모습에 또 마음이 동하는 은서였다.

"그러게, 왜 몸만 와. 이삿짐을 먼저 옮기고 왔어야지. 지금이라도 서울 갈 수 있으면 가."

"못 가. 민행이가 차 가지고 가 버렸어. 없으면 그냥 갈게. 잘 자."

태인은 돌아서서 나가는 척하다 갑자기 은서 쪽으로 몸을 틀었다. 다시 그녀의 코앞까지 얼굴을 불쑥 들이민 그가 씩 웃으며 입을 열었다.

"아, 내일 또 보자. 친구."

뭐라고 대답할 새도 없이 태인은 맞은편 집으로 자취를 감추었다. 은서 또한 문을 닫고 거실 쪽으로 돌아서긴 했지만 가구도 없을 황량한 아파트에 이불도 없이 누워 있을 태인을 생각하니 슬슬 죄책감이 밀려왔다.

차마 그를 모른 척할 순 없어, 은서는 태인이 말했던 것과 비슷한 두께의 담요를 찾아냈다. 하나로는 모자랄 것 같아 넉넉하게 두 개를 챙겼다. 그리고 제 방 침대에 놓아둔 쿠션까지 하나 챙겨 들었다.

딩동―

초인종을 누르자마자 기다렸다는 듯 문을 여는 그의 행동에 은서가 고개를 살짝 비틀었다. 꼭 그의 술수에 당하기라도 한 기분이다. 하지만 방이 춥다는 그의 말은 거짓이 아닌 듯했다. 보통 밖에 있다가 문을 열면 훈기가 느껴져야 하는데 태인의 집 안엔 싸늘한 기운뿐이었다.

"들어와."

"됐어. 이거 받아."

은서는 담요 두 장과 쿠션을 던져 주다시피 태인의 품에 안겨 주고 휙 돌아서 버렸다. 이런 제 행동을 예상이라도 했다는 듯 핏, 하는 웃음소리가 태인에게서 새어 나오자 집으로 향하는 은서의 걸음은 더욱 빨라졌다. 문득 그의 시선이 자신의 뒷모습을 좇고 있다는 기분이 들었지만 그녀는 끝내 돌아보지 않고 후다닥 집 안으로 들어왔다.

태인의 집 현관문이 닫히는 소리가 나자, 은서는 자신의 집 현관
문에 그대로 몸을 기대며 한숨을 폭 내쉬었다. 문 두 개를 두고 그
와 한 공간에 있다는 게, 새삼 와 닿는다.

'맞은편에 산다는 건 이렇게 가까운 거리에 사는 거구나.'

돌연 기분이 이상해졌다. 아직 슬리퍼도 벗지 않은 채로 현관에
우두커니 서 있는데 주머니에 넣어 두었던 핸드폰에서 카톡 알람음
이 울렸다.

–담요랑 쿠션 빌려준 대가로 내일 밥 사 줄까?

발신자는 태인이었다. 그가 보낸 메시지에 애써 태연해지려 했
지만 심장이 주책없이 울렁거렸다.

–대가는 됐으니까 보일러 꼭 켜고 자. 전원 버튼 누르고 온도
높이면 돼. 27도 정도로 해 놓으면 곧 따뜻해질 거야.

–밥 먹자. 내일.

달랑 다섯 글자가 다였다. 대체 자신의 문자를 보기는 한 건지,
보일러 얘기는 쏙 빼놓은 태인의 답에 은서가 애꿎은 아랫입술을
지그시 깨물었다.

–보일러 켰어?

머릿속으로는 태인에게 동요하고 있는 제가 한심하다고 생각하
고 있으면서, 그에게 보일러 얘기를 다시 묻고야마는 자신이 참 못
나 보였다. 하지만 그런 생각도 잠시, 은서는 다시금 그에게서 올
대답을 기다렸다.

–밥 먹자.

이번에도 기다리던 대답이 오지 않자 걱정 가득하던 은서의 눈빛이 꽤나 전투적으로 바뀌었다. 이젠 누가 이기나 하는 싸움이다. 은서는 태인의 입에서 보일러 얘기가 나올 때까지 물어볼 심산이었다. 막 전송 버튼을 누르려 하는데 그에게서 하나의 메시지가 더 왔다.

−나 같이 밥 먹을 사람도 없어.

은서는 자신이 보내려던 메시지를 말끔히 지워 버렸다. 그리곤 그가 보낸 메시지를 몇 번이나 다시 읽었다. 고향으로 내려왔음에도 그가 기댈 곳 하나 없다는 걸 알기에 읽을수록 마음이 아려 왔다. 그가 동정심을 유발하기 위해 작정하고 보낸 메시지라는 걸 알면서도 숨이 턱턱 막히는 기분이었다.

"이건 반칙이지."

낮게 중얼거린 은서는 그대로 주저앉았다. 눈으론 여전히 메시지 창을 들여다보고 있었다. 길게 한숨을 내쉰 은서가 천천히 키보드를 터치하기 시작했다.

−보일러부터 켜. 밥은 내일 같이 먹자.

−당연히 켰지. 잘 자고 내일 보자. 친구.

그에게 당했다는 걸 알아채 놓고도 보일러를 켰다는 그의 말에 안도하는 것이 먼저였다. 이렇게나 걱정하고 좋아하면서, 그와의 이별을 꽤나 잘도 버렸다.

그가 흔드는 대로 흔들리는 자신이 속상한지 은서는 씁쓸한 얼굴을 하고서 다시 카톡 창을 내려다보았다. 그러자 아까는 미처 발견하지 못했던 '친구'라는 문구가 그녀의 눈을 사로잡았다.

'친구? 이게 무슨 친구야. 친구 코스프레일 뿐이지.'

그걸 알면서도 그의 행동이 크게 부담스럽지 않게 느껴지는 건 친구라는 그 단어가 주는 편안함 때문일까? 한때, 그와 사귀기 전 순수한 의미의 이성 친구였던 적이 있었다. 서로에게 감정은 있으나 아직 친구라는 이름에 묶여 있던 그 시절의 추억이 밀려들자 은서는 벌떡 몸을 일으키곤 거실 안으로 발을 들여놓았다.

아까 켜 두고 간 노트북은 절전모드인 검은 화면으로 바뀐 채 은서를 반겼다. 다시 전원 버튼을 누르자 노트북이 켜지기 시작했고, 그 모습을 멍하니 지켜보던 은서는 주머니에 넣어 둔 핸드폰을 다시 꺼냈다. 손은 자연스럽게 태인과의 대화창으로 향했다. 혼란스러워 보이는 얼굴이었으나 시선은 화면에 줄곧 고정되어 있었다. 얼마 뒤 은서는 책상 위에 핸드폰을 뒤집은 채로 내려놓았다.

붙잡지 않겠다는 그의 말에 안심했으면서 내일 보자던 그의 메시지에 불쑥 불쑥 찾아오는 설렘이 은서는 그저 야속할 뿐이다.

'이러다 늦겠어.'

일요일인 오늘은 아르바이트에 가는 날이 아니었지만 은서는 오전 10시쯤 카페 사장님에게 한 통의 전화를 받았다. 주말에 나오는 아르바이트생이 갑자기 못 나오게 되었다며 1시까지 나와 줄 수 있겠냐는 사장님의 호출이었고, 그 때문에 지금 나서는 길이었다.

신발을 재빨리 신고 문을 열자, 굳게 닫힌 702호 문이 가장 먼저 그녀를 반겼다. 어제 아침에도 마주했던 702호인데 새삼 느낌이 다르다. 정말 하루아침에 달라져 버렸다.

은서는 도착하기까지 시간이 촉박하다는 것도 잠시 잊은 채, 여전히 닫혀 있는 702호 문을 빤히 쳐다보았다. 이 문을 열면 그 안엔 태인이 있다는 사실이 아직도 얼떨떨하다. 아니, 그 말도 충분하지 않거니와 다른 어떤 말로도 이 애매한 감정을 표현할 수 없었다.

간밤에 침대에 누워 잠을 청하려던 그녀를 내내 괴롭히던 싱숭생숭한 기분이 다시금 밀려오는 건지 가슴께가 자꾸만 답답해져 왔다. 친구라는 허울 좋은 단어를 내세우는 그에게 동요되지 말자, 스스로 세뇌시켰으면서 태인 때문에 밤잠조차 제대로 이루지 못하던 제 한심한 모습까지 오버랩되자 가슴께를 묵직하게 누르는 압박은 배가 됐다.

그 압박 탓인지 입 밖으로 자연스레 터져 나오는 한숨을 의식한 은서가 이내 엘리베이터 쪽으로 고개를 틀려는데.

별안간 문이 벌컥 열렸다. 살짝 열린 문 사이로 태인이 고개를 쑥 내민다. 어정쩡한 모습으로 굳어 버린 은서와 태인의 눈이 허공에서 마주쳤다.

"뭐해? 거기서?"

그는 정말 궁금하다는 얼굴로 은서를 빤히 쳐다보았다.

"어? 지, 지금 나가려고."

당황한 나머지, 그 앞에서 은서는 말을 살짝 더듬어 버렸다.

"일요일에 어디 가?"

"아르바이트."

구체적으로는 아르바이트 대타였지만 은서는 그냥 짧게 대답하곤 엘리베이터를 힐끗거렸다. 그런 은서를 가만히 지켜보던 태인은 곧바로 그녀가 지금 바쁘다는 걸 짐작해 냈다.

"데려다 줄까? 주차장에 차 있는데."

"어제는 차 없다고 하지 않았어?"

은서가 의심 가득한 눈초리로 태인을 쳐다보았다. 어제 저녁까지 없던 차가 갑자기 뚝딱 생겨날 가능성은 희박했다. 하지만.

"민행이가 새벽에 왔다 갔거든. 이것저것 급하게 가져왔더라고."

민행이라는 그 이름에 은서는 의심을 단번에 거뒀다. 아마도 몸만 딸랑 이사 온 태인이 마음에 걸려 새벽부터 그를 찾아온 모양이었다. 항상 일을 벌이는 것은 태인 쪽이었고, 수습하는 쪽은 민행이었으니 충분히 예상 가능한 시나리오였다.

"아, 그래? 난 괜찮아. 뛰어가면 돼."

차라리 택시를 타고 간다고 말을 할 걸 그랬다.

'아무리 당황해도 그렇지, 거기서 뛰어가겠다는 말이 왜 나와.'

차로 데려다 주겠다는 그의 호의를 거절하기엔 너무나도 터무니없는 대답이었다. 적어도 그가 '그래?' 하고 물어올 정도의 타당한 대답이었어야 했다.

눈을 질끈 감았다 뜬 은서는 문득 저를 내려다보는 태인의 표정이 심상찮다는 걸 깨달았다. 꽤나 언짢아 보이는 그의 얼굴을 멍하니 바라보고만 있는데, 그런 은서의 시선을 의식이라도 한 듯 그가 장난스럽게 씩 웃어 보였다.

"나 너 안 잡아먹어. 그냥 내 차 타고 가."

은서가 뭐라고 대답할 타이밍도 주지 않고, 태인은 잠깐 기다리라는 말을 한 마디 더 뱉고는 곧바로 제 집 안으로 들어갔다. 기다려야 하나 그냥 가야 하나를 고민하던 은서는 30초도 채 지나기 전에 모자를 눌러쓰고 나와 버린 그 때문에 꼼짝없이 그와 함께 주차장으로 향해야 했다.

"오늘은 스케줄 없어?"

은서가 안전벨트를 매며 물었다.

"하나 있어. 너랑 밥 먹는 거."

은서와 눈이 마주치자 태인은 기다렸다는 듯 싱긋 웃어 보였다. 전에도 익히 느꼈던 거지만 그는 참 웃는 모습이 예뻤다. 은서는 자신도 모르게 그의 얼굴을 멍하니 쳐다보다가 화들짝 놀라며 그에게 두었던 시선을 거두었다. 그녀는 창 측으로 고개를 틀어 버리곤 도착할 때까지 되도록 그의 얼굴을 보지 않겠노라고 다짐했다.

"아르바이트 늦게 끝날지도 모르는데 괜찮아?"

"응. 기다릴게. 근데 어디 쪽으로 가야 해?"

"세……. 아니, 그 번화가에 큰 농협 알아? 거기에 내려 주면 돼."

하마터면 '세잎 클로버'라고 얘기를 할 뻔했다. 그가 세잎 클로버에서 아르바이트한다는 사실을 안다고 달라질 건 없는데, 은서는 제 입으로 그와의 추억이 담겨 있는 장소를 그에게 상기시키고 싶진 않았다.

"농협? 알겠다. 그 근처에 세잎 클로버 카페도 있지 않아? 아직도 있으려나?"

하지만 그녀의 가상한 노력을 그는 몰라도 너무 몰라 주었다. 그도 그럴 것이 태인은 어떻게든 은서와의 추억을 꺼내 보려는 쪽이었다. 미래가 불확실한 그에게, 확실한 건 그녀와의 과거가 깃든 추억뿐이었기에.

"아마 없을걸?"

"그래?"

은서는 대답 대신 고개를 천천히 끄덕였다. 태인이 아쉽다는 듯 입술을 비죽댔다. 그녀는 그가 자신의 말을 곧이곧대로 믿는 것에 속으로 안도하며 다시 고개를 돌렸다.

'아뿔싸, 내가 언제부터 태인이를 보고 있었던 거지?'

은서는 뒤늦게야 깨달았다. 줏대 없는 고개가 그녀의 의지를 배반하고 내내 그를 향해 있었다는 것을.

"짐은 언제 옮겨?"

"내일쯤."

"그래? 아, 난 여기서 세워 주면 돼."

태인의 차는 농협에 도착하기 전에 있는 마트를 막 지나쳤다. 1시까지는 아직 약 10분 정도가 남았다. 이 근처에서 내려서 걸어가면 얼추 시간이 맞을 터였다.

"조금 더 가야 하잖아."

"응. 그렇긴 한데……."

"그 앞까지 데려다 줄게."

태인은 단호했다. 그 앞에서 딱히 떠오르는 핑계거리도 없었기에 은서는 더 이상 토를 달지 않았다. 그러고 보니 그가 오후나 저녁쯤에 데리러 온 적은 몇 번 있었지만, 오전에 이렇게 어딜 데려다준 일은 드물었다.

은서가 확실하게 기억하는 건 자신이 심하게 아팠던 날이었다. 태인은 이른 아침부터 전화를 걸어 학교에 가는 것을 말렸지만 중간고사가 코앞이라 은서는 기어이 학교를 간다며 고집을 부렸다. 전화를 끊자마자 태인은 원룸 앞으로 찾아왔었다. 아픈 은서를 학교까지 데려다 주고 아프면 언제든지 다시 연락하라고, 데리러 오겠다고 말했던 그였는데…….

막상 수업을 듣다 못 견디겠어서 그에게 전화를 걸었을 땐, 그와 연락이 되지 않았었다. 연락을 하고 나서 2시간쯤 있다가 뒤늦게 그에게서 전화가 걸려 왔지만 이미 대학 동기의 부축을 받아 택시를 타고 집에 온 뒤였다.

농협 근방엔 금세 도착했다. 차가 서서히 멈추는 걸 느낀 은서는 안전벨트를 풀었다. 그 모습을 가만히 지켜보던 태인이 한 마디 툭 내뱉었다.

"연락 꼭 줘."

마침 연락이라는 말이 그의 입에서 나오자, 은서는 괜히 움찔했다.

"응."

꽤 좋은 기억은 아니었는데, 괜히 떠올렸나 보다. 마음이 또다시 뒤숭숭했다.

"그럼 저 들어가 볼게요."

"그래. 오늘 수고했어. 조심히 들어 가."

사장님께 고개를 꾸벅 숙이는 걸로 대답을 대신한 은서는 부랴 부랴 카페를 빠져나왔다. 아직 6시인데도 날은 벌써 어둑어둑해졌다. 낮에 추위가 풀렸나 싶더니, 해가 떨어지자 금세 추워졌다. 두번 감고도 남은 목도리를 한 번 더 휘감은 은서는 횡단보도 앞에 서서 태인에게 왔던 메시지를 살폈다.

–나 아까 너 내려 줬던 곳 근처야. 기다리고 있을게.

아르바이트 끝날 시간 말미에 핸드폰에서 진동이 느껴지기에 그의 연락이겠거니 했는데 벌써 도착했다는 그의 말에 그때부터 마음이 급해졌었다. 이 메시지가 온 게 약 20분 전, 그리고 횡단보도에서 농협까지 걸리는 시간이 얼추 3분이었다.

이미 20분을 기다린 그가 3분을 더 못 기다리겠느냐마는 횡단보도의 신호가 초록색 신호로 바뀌기 무섭게 은서는 걸음을 재촉했다. 뛰다시피 걷는 그녀의 뺨 위론 더 많은 냉기가 스쳤다.

그가 말한 장소에 당도했지만 그의 차는 없었다. 은서는 고개를 갸웃거리곤 다소 빠른 걸음으로 근처를 돌아보았다. 꽤 많은 차들이 주차되어 있지만 그 사이에 태인의 차는 보이지 않았다.

"나 찾아?"

당연히 차 안에서 저를 기다릴 거라고 생각했던 태인의 목소리가 뒤에서 들려오자 은서는 화들짝 놀라며 뒤를 돌아보았다. 아침에 보았던 트레이닝복 차림이 아닌 하얀 셔츠 위로 깔끔한 회색 코트 차림을 한 그가 있었다. 거기에 어울리지도 않는 캡 모자를 푹 눌러쓰고 있는 꼴이란……. 묘하게 어울리지 않는 그 모습이 은서의 눈엔 퍽이나 귀여웠다.

"왜 나와 있어? 그러다 누가 보기라도 하면 어쩌려고."

은서가 걱정스러운 목소리로 자신을 타박하자 태인의 입꼬리가 씩 올라갔다. 그녀의 잔소리를 듣고 있자니 꼭 예전으로 돌아온 기분이었다.

"줄 거 있어. 손 좀 줘 봐."

쉽사리 손을 내밀지 않고 머뭇거리는 은서의 손목을 태인이 잡았다. 꽉 부여잡은 탓에 다소 빠르게 뛰는 그녀의 맥박이 그의 손 안에서 고스란히 느껴졌다.

태인은 은서의 맥박과 함께 어우러지는 자신의 맥박을 느끼며 그녀의 작은 손을 제 주머니 안에 넣었다. 따뜻한 감촉에 은서가 놀란 얼굴로 그를 올려다봤다. 주머니 안엔 온기 가득한 캔 커피가 있었다.

"따뜻하지?"

"어? 어. 혹시 이거 사러 자판기에 갔다 온 거야?"

근처에 편의점도 있었지만, 은서의 눈에 이상하게 멀찌감치 떨어져 있는 자판기가 들어왔다. 편의점이면 바로 코앞인데, 그곳에서 나왔다면 그의 코트에 찬 기운이 이렇게 많이 배어 있을 리가 없었다. 그래서 혹시나 하고 물은 것이었다.

"응. 차에서 너 기다리고 있는데 자판기 앞에 사람이 아무도 없더라고."

한때 은서가 바라던 로망이 이런 거였다. 비록 장소는 조금 다르긴 하지만, 단대 앞에서 자신을 기다리는 태인, 그리고 그의 주머니에 함께 손을 넣고 캠퍼스를 누비는 그런 소박한……

손끝에 닿은 캔 커피의 뜨뜻한 열기 때문일까? 아니면 여전히 손목을 잡고 있는 태인의 손아귀에서 느껴지는 온기 때문일까? 은서는 몸에 훅 하고 열이 오르는 기분이었다. 술을 먹거나 몸에 이상이 있다거나 해서 오르는 열과는 조금 달랐다. 뭐랄까, 심장이 쿵쿵거리며 머리끝까지 열이 오르는 것 같은 조금은 부끄러운 그런 기분이었다.

"무슨 생각을 그렇게 해?"

"아니야. 캔 커피 잘 마실게."

은서는 태인의 주머니에서 캔 커피와 함께 손을 쏙 빼냈다. 금방까지 제 손안에서 느껴지던 은서의 온기가 사라지자 태인은 아쉽다는 듯 애꿎은 주먹을 쥐었다 폈다.

"차에 갈까?"

"응."

차는 근처 공영 주차장에 있었다. 은서는 가방을 제 무릎 위에 올려두고, 두 손으로는 캔 커피를 꽉 쥐어 보았다. 이내 캔 커피를 뒤집어 보기도 하고, 캔 뚜껑을 만지작거리기도 하고 괜히 캔 커피에 써진 문구들을 읽어도 보았다.

'왜 이러지.'

이 캔 커피 하나에 왜 이렇게 미묘한 기분이 드는 건지, 은서는 제 마음을 도무지 알 수 없었다.

"뭐 먹고 싶어?"

태인이 주차된 차를 천천히 빼며 물어왔다.

"딱히 먹고 싶은 건 없어."

은서는 여전히 캔 커피에 시선을 둔 채 대답했다.

"우리 고등학교 때 자주 갔던 파스타집 갈까? 아직도 하려나?"

태인은 얼굴색 하나 변하지 않고 자연스럽게 의견을 냈다. 아마도 은서에게서 미지근한 반응이 나올 걸 미리 예상이라도 한 모양이다.

"밥은 그냥 집에서 먹으면 안 될까?"

"왜?"

"거기 탁 트여 있었잖아. 누가 알아보면 어떡해."

"뭐 어때. 친구끼리 밥 먹는 건데."

들을 때마다 그저 우습기만 한 그의 친구 타령에 은서는 이제 헛웃음도 나오지 않았다. 참 뻔뻔한 그다. 그녀를 향한 자신의 마음, 그리고 그를 향한 그녀의 마음이 어떤지 속속들이 알면서.

"그냥 집에서 먹자. 사실 나 몸도 별로 안 좋아. 오늘은 집에 일찍 들어가서 쉬고 싶어."

때마침 튀어나온 은서의 짧은 기침 소리에 태인의 얼굴이 굳어졌다. 내색하진 않았지만, 자신의 기침 소리에 더 당황한 건 은서였다. 아까 횡단보도에 섰을 때, 목이 조금 간질간질하긴 했지만 카페에서조차 기침 한 번 나온 적은 없었다. 적당한 시기에 터져 나온 기침으로 인해 은서는 상황이 자신에게 한껏 유리해졌다는 걸 본능적으로 깨달았다.

"어디가 아픈데? 감기 걸린 거 아니야?"

"아직 감기까지는 아닌 것 같은데……."

다소 심각하게 바뀐 태인의 얼굴에 도리어 멋쩍어진 은서였다.

"어떡하지? 우선 병원부터 가야 되나? 아, 일요일이라 문 다 닫았을 텐데……."

허둥대는 그의 모습에 은서는 예전 생각이 잔잔하게 밀려왔다. 기침 소리 한 번 듣고는 자신의 원룸 문고리에 이것저것 가득 담아 넣어 주던 일도 그렇고, 그 이전에도 그녀가 아프다는 소리만 하면 유독 꼼짝 못 하던 그였다.

"병원 갈 정도는 아니야."

"열 있어?"

그의 오른손이 익숙하게 제 쪽을 향해 오다가 다시 핸들 위로 돌아갔다. 그 모습을 가만히 지켜보던 은서도 그제야 아차 싶었다. 태인이 제 이마 위에 손바닥을 대며 열을 재는 일이 순간 너무나도 당연하다고 생각했던 거다.

꽤 놀랐는지 심장이 거세게 뛰었다. 전혀 생각지도 못했던 일이었다. 머리로는 그의 행동을 인지조차 하지 못하고 있을 때, 몸이 멋대로 그에게 반응했다. 그의 행동이 익숙하다 못해 마치 길들여진 것처럼…….

"아니, 없어. 그냥 조금 피곤한 정도야."

아직도 놀란 마음이 다 진정된 건 아니었지만, 겉으로는 아무렇지 않은 듯 태연한 표정을 지었다.

"알겠어. 그럼 오늘은 우리 집에서 먹자. 대신 내가 요리해 줄게."

"네가?"

불신의 눈초리가 태인을 향했다. 그는 못 본 체 외면하며 시선을 전방에 고정했다.

"응. 우선 마트부터 가야겠다."

말하는 그의 입꼬리가 자꾸만 실룩거렸다. 꿍꿍이가 다분히 느껴지는 그의 미소에 은서는 고개를 갸웃거렸다. 외식하는 것보다 마트 가자는 그의 말에 더 불안한 기분이 드는 건 왜인지……

태인은 20분째 마트의 지하층을 휘젓고 다니는 중이었지만 여태 그를 알아보는 이는 없었다. 2층짜리 소규모 마트인지라 사람이 북적대지 않기도 했고, 그나마 있는 손님도 가족 단위가 대부분이라 태인에겐 큰 관심을 두지 않았다.

가격표를 붙여 주시는 아주머니 한 분이 왜 마스크를 쓰고 있냐고 묻긴 했지만, 심한 감기에 걸렸다고 하니 그러냐며 수긍하곤 몸 건강이 최고라고 덧붙이고선 더 이상 묻지 않았다.

'같이 있어도 안 들켰을 텐데.'

은서와 함께 오순도순 장을 보려던 계획은 물거품이 되어 버렸다. 은서가 태인을 식품과 주방용품이 있는 지하층으로 등 떠밀고 자신은 1층에 볼일이 있다며 홀연히 사라졌기 때문이다.

아쉬운 마음을 뒤로한 채 태인은 주방용품을 둘러보았다. 카트 안에 담긴 주방용품은 모든 게 두 개였다. 젓가락, 숟가락, 그릇까지 모두 은서와 태인이 오늘 저녁에 사용할 것이었다. 냄비는 하나만 살까 하다가 그것까지 두 개를 사곤 그는 만족스럽다는 듯 씩 웃었다.

더 살 게 없나, 하고 마지막으로 둘러보던 중이었다. 마침 사람이 거의 없는 곳에 들어선 태인이 마스크를 잠깐 벗으려고 귀에 손을 갖다 댄 순간, 뒤에서 느껴지는 인기척에 아무렇지 않은 척 다시 손을 내렸다.

"카레 할 건가 보네."

그녀가 내려오지 않을 것 같아 내심 포기하고 있었다. 그래서 한 번만 더 둘러보고 그녀에게 전화를 걸려던 참이었는데, 뒤에서 들려온 반가운 목소리에 그가 재빨리 돌아보았다.

그와 눈이 마주치자 은서는 손에 들고 있던 바디로션을 카트 안에 내려놓고는, 익숙한 자태로 카트 옆에 손을 올려 카트를 함께 끌어 주었다.

"언제 왔어?"

은서의 옆에 한 발짝 다가선 태인의 눈꼬리가 아래로 예쁘게 휘어져 있었다. 그 때문인지 마스크로 얼굴을 반쯤 가리고 있는데도 은서는 그가 기분이 좋다는 것을 알아챌 수 있었다.

"아까 왔는데 계속 식품 쪽만 찾아다녔어. 근데 카레하려는 거 맞지?"

"어."

"당근이 안 보이는데, 혹시 당근 안 샀어?"

아까부터 카트에서 시선을 떼지 않고 있더라니, 그가 산 물건들을 체크하고 있었나 보다. 태인은 그녀의 이런 세심한 모습이 좋았다. 자신에게는 없는 부분이었기에.

"깜빡했다."

"기다려. 내가 가지고 올게."

태인이 붙잡을까 싶어 은서는 빠른 걸음으로 달아나 버렸다. 그 모습을 허망하게 지켜보는 것도 잠시, 태인은 야채가 있던 곳을 곱씹어 보며 천천히 걸음을 떼었다. 기다리라던 그녀의 말은 그에게 잊힌 지 오래였다.

한편, 집 근처 마트인지라 오래전부터 이곳을 뻔질나게 드나들었던 은서의 발걸음은 거침이 없었다. 헤매지도 않고 곧바로 당근이 있는 곳을 찾아냈다. 은서는 근처에 놓인 하얀 비닐 팩을 뜯고 눈으로 좋은 당근을 살펴보고 있었다. 막 마음에 드는 당근을 집게로 집어 비닐 팩 안에 담는데.

"지은서?"

어디선가 들려오는 제 이름에 은서가 고개를 갸웃거리며 뒤를 돌아보았다.

"건우 오빠?"

뜻밖의 인물은 아니었다. 같은 동은 아니지만 건우도 은서와 같은 아파트에 살고 있었다. 그러니 마트에서 마주쳐도 크게 이상한 일은 아니었지만 레지던트 신분인 그가 지금 이 시간에 마트에 있다는 것이 놀라웠다.

"장 보러 나온 거야?"

"응, 근데 오빠는 어떻게 이 시간에 여기 있어?"

"간만에 오프라서. 근데 보다시피 집에 오자마자 심부름하는 중이지."

건우의 부모님은 꽤나 짓궂은 성격이었다. 그걸 어릴 때부터 봐

온 은서는 충분히 이해한다는 듯 웃음을 보였다.

"오랜만에 아들 노릇 하는 거네?"

"응, 그런 셈이야. 넌 근데 왜 짐이 하나도 없어? 여기 당근 사려고 온 건 아닐 테고."

건우가 장난스럽게 물어왔지만, 은서는 그를 따라 웃을 수 없었다. 당근이 들어 있는 하얀 비닐 팩만 애꿎게 내려다보던 은서가 찰나의 고민 끝에 입을 열었다.

"아, 난 짐이 다른 곳에 있어."

대답을 마친 은서의 입가엔 어색한 웃음만이 번졌다.

"그래? 장 다 봤으면 데려다줄까? 마침 차도 가지고 왔거든."

건우가 별 의심을 가지지 않아 다행이라고 안도하려는 찰나, 이번엔 또 다른 역경이 그녀 앞에 닥쳤다. 입을 반쯤 벌린 은서는 마른침만 꼴깍 삼켰다. 당혹감 때문인지 몸에 열이 훅 끼치자 등줄기에 땀이 흐르는 착각까지 들었다.

"아니야, 괜찮아. 아직 장도 덜 봤고, 친구랑 같이 왔거든."

"그래? 그럼 하는 수 없지. 나중에 병원에서 보자."

은서가 재빨리 고개를 끄덕이자, 그 모습이 귀엽다는 듯 건우가 환히 웃으며 은서의 머리를 쓰다듬었다.

'깜짝 놀랐네.'

태인에게 기다리라고 말했던 건 좋은 한 수였다. 만약 그와 함께인 모습을 건우가 봤더라면, 얼마 지나지 않아 은서의 엄마가 이 사실을 알게 되었을 거다. 그렇게 되면 그 남자가 누군지에 대해 집요한 추궁이 이뤄질 터였다. 안 봐도 눈에 훤했다.

다행스럽게도 둘이 마주치지 않았다는 것에 한숨을 돌린 은서는 당근에 막 가격표를 붙이고 돌아섰다.

"누구야?"

"깜짝이야."

뒤로 태인이 바짝 다가온지도 모른 채 상념에 빠져 있던 은서였다. 혹여 아직 건우가 근처에 있을까 봐 주위를 획획 두리번거렸지만 다행히도 더 이상 건우의 모습은 눈에 띄지 않았다.

"금방 너랑 얘기한 사람 누구냐고."

"어릴 때부터 알고 지내던 오빠야."

"그래?"

태인의 말은 묘하게 비틀려 있었다. 하지만 은서는 애써 모른 척했다.

"이제 다 산 거지?"

"어."

"그럼 가자."

물건들이 꽤 많아 함께 밀어 주기 위해 은서가 카트의 옆 부분을 잡았다. 힘을 주어 앞으로 끌려는데, 웬걸 카트가 꼼짝하지 않았다. 이렇게 무거웠나, 싶어서 다시 한 번 앞으로 끌려는데 여전히 움직이지 않았다. 이상한 기분에 뒤를 돌아보니 카트를 꼭 붙잡고 있는 태인이 보였다.

"왜? 계산하러 안 가?"

"잠깐만."

"응?"

"머리에 뭐 묻었다."

둘의 손이 동시에 머리 위로 향했지만 은서보다 태인의 행동이 조금 더 빨랐다. 어차피 자신의 눈엔 보이지 않은 영역이었기에 은서는 그의 커다란 손이 제 머리 위에서 할 일을 마치고 멀어지기만을 기다렸다.

그런데 머리 위에서 느껴지는 그의 손길이 어쩐지 조금 이상했다. 뭔가가 묻었다면 응당 털어 내는 것처럼 해야 하는데 그의 움직임은 마치 머리를 쓰다듬는 것 같았다.

"뭐해? 뭐 묻은 거 맞아?"

"응."

어딘지 모르게 화가 난 것 같은 얼굴이었지만 그녀의 머리칼을 쓰다듬는 그의 손길은 한없이 다정했다. 그리고 찰나였던 건우의 손길과는 다르게 그의 손길은 한참이 지나도 떼어질 줄 몰랐다.

내내 적막감이 감돌던 은서의 집 안에 모처럼 생기가 감돌았다. 참으로 기묘하게도 혼자에서 둘이 되었을 뿐인데 TV 볼륨을 아무리 높여도 가시지 않던 적막감이 사라졌다.

은서에게 요리를 해 주겠다던 태인의 말은 거짓이 아니었다. 처음부터 끝까지 모든 걸 스스로 하겠다며 태인은 주방에서 그녀를 쫓아냈다. 그래 봤자 트여 있는 공간이라, 거실에 있는 은서에게도 태인의 일거수일투족이 소리로 전달된다는 게 문제였지만.

칼질을 하고 있는지 주방에선 일정한 리듬으로 탁탁거리는 소리가 들려왔다. 자신도 모르게 주방 쪽으로 자꾸만 향하는 시선을 뗄

쳐 내려는 듯 은서는 고개를 절레절레 젓고 눈앞의 노트북을 응시했다.

'그나저나 엄마가 갑자기 집에 오진 않겠지?'

한 번도 그랬던 적이 없었기에 그저 상상에 불과했지만, 은서는 괜히 현관 쪽을 쓱 돌아보았다. 텅 빈 현관을 보며 묘한 안도감을 느낀 은서는 어렵사리 고개를 돌렸다.

처음에 둘은 짐을 가득 들고 태인의 집으로 향했었다. 그런데 막상 마트에서 사 온 것들을 꺼내 놓고 보니 음식 재료는 완벽했지만, 조리 기구가 여실히 부족했다. 무엇보다 그의 집엔 밥을 먹을 식탁조차 없었기에 하는 수 없이 은서의 집으로 자리를 급히 옮긴 것이었다.

하지만 그녀는 곧바로 제 결정을 후회해야 했다. 부모님이 오늘도 늦게 오시냐는 그의 물음에 그렇다며 또 거짓말을 늘어놓았기 때문이다. 잠시 죄책감에 빠져 있던 은서는 곧 고개를 작게 저었다.

'그래도 태인이가 그 일을 알고 자책하는 것보단 나아.'

그녀의 상념이 길어지는 동안 노트북 화면 위론 어느새 화면 보호기로 설정해 놓은 비눗방울이 둥둥 떠다녔다. 화면을 가득 채운 비눗방울에 화들짝 놀란 은서가 터치패드에 손을 갖다 대려는데.

"아!"

갑자기 태인에게서 짧은 비명과도 같은 소리가 났다. 그가 칼질을 하고 있었다는 걸 떠올린 은서는 제 무릎 위에 두었던 노트북을 소파 위로 밀어내고 주방으로 달려갔다. 싱크대 앞에 서 있던 태인은 주먹을 꽉 쥔 채, 고개를 푹 숙이고 있었다.

"왜 그래? 다쳤어?"

그의 앞으로 재빨리 뛰어간 은서가 물었다. 좀처럼 흥분하지 않는 성격의 그녀에게선 듣기 힘든 급박한 음성이었다.

"아니."

고개를 들어 은서를 바라본 태인은 웃으며 대답했다. 천연덕스러운 그의 미소에 몸에 힘이 쫙 풀렸다. 은서는 그제야 깨달았다. 자신이 집에 들어온 이후로 내내 긴장하고 있었다는 걸.

"뭐야, 놀랐잖아."

그에게 동요되지 말자던 세뇌는 역시 허사였나 보다. 놀라서 발딱대던 심장이 세차게 뛰어 댔다. 어찌나 놀랐는지 쉽게 사그라지지 않았다.

"미안, 다시 가서 할 일 해."

살짝 접힌 그의 눈가엔 아직도 장난기가 남아 있었다. 그런 그를 보며 입 밖으로 나오는 건 한숨뿐이었다. 은서는 다시 노트북이 기다리고 있는 소파로 돌아갔다. 한참을 들여다보고 있었을까?

"아!"

그가 또 외마디 비명을 내질렀다.

"장난치지 마."

이번엔 절대 동요되지 말아야지, 마음을 단단히 다잡은 은서인지라 그가 있는 주방 쪽을 돌아보지도 않고 대답했다. 꿋꿋이 노트북에만 시선을 두며 손으로는 분주히 키보드를 눌렀다.

"장난 아니야. 진짜 다쳤어. 피도 나."

한층 강도가 세진 태인의 말에 은서는 동요되지 않으려고 입술을 꾹 깨물었다. 하지만 그런 노력은 곧 허사로 돌아갔다. 은서는 아까까지만 해도 눈에 오롯이 박혀 들던 화면이 아스라이 멀게만 느껴진다는 걸 깨닫고 눈을 질끈 감아 버렸다.

이런 자신이 한심하고 미련하지만 혹시라도 진짜 다쳤으면 어떡하나, 하는 마음으로 은서는 결국 자리에서 일어났다. 다만 아까보다는 느릿해진 걸음으로 태인에게 향했다.

태인은 은서에게 처음 거짓말을 했던 때와는 달리 오른손으로 지혈하듯 왼손의 검지를 누르고 있긴 했다. 그를 살펴보는 은서의 눈빛엔 이것도 속임수이려나, 하는 의심 반 정말 다쳤으면 어쩌나 하는 걱정스러움 반이 사이좋게 담겨 있었다.

"어디 봐."

태인이 손을 떼니 살짝 긁혀서 피가 약간 보이는 정도로 상처가 있긴 했다. 피가 나긴 했으니 온전한 거짓말은 아니지만 분명 호들갑을 떨 정도는 아니었다. 은서는 입을 비죽이며 태인을 노려보았다.

"진짜 아파."

"엄살은."

"엄살 아니야. 진짜 쓰린데."

누가 연기자 아니랄까 봐, 분명 엄살을 부리고 있다는 걸 알면서도 아픈 것처럼 연기를 하는 태인에게 마음이 동했다. 어쩌면 그의 연기가 출중해서가 아니라, 그냥 그래서 이렇게 동요하는 것일지도 모르겠다.

"기다려 봐. 약 찾아 줄게."

"직접 발라 줄 거야?"

키가 큰 태인이 자신을 내려 보고 있는데도, 은서에겐 그의 눈빛이 마치 주인을 올려다보는 강아지 눈처럼 보였다. 저절로 머리 위로 손이 가게 만드는 강아지 특유의 초롱초롱한 눈빛 말이다. 그런데 하필 이 시점에서 여심을 휘어잡는 매력적인 눈빛의 소유자, 박태인이라던 기사 문구가 떠오를 건 뭔지.

"왼손 다친 거잖아. 오른손으로도 네가 직접 바를 수 있을 것 같은데?"

그 둘의 괴리감 사이에서 터져 나오려는 웃음을 꾹 참아 내며 말했다. 은서는 살짝 올라간 입꼬리를 감추기 위해 그를 등지고 거실로 향했다.

"와, 매정한 친구네."

거실에 놓인 서랍장 앞에 막 쭈그려 앉은 은서가 태인을 돌아봤다. 그녀가 미운 가자미눈을 하고 째려보다시피 하는데도 뭐가 좋은지 그는 히죽 웃고만 있다.

"은서야."

"왜."

태인에게 향했던 시선은 이미 서랍 쪽으로 돌린 뒤였지만, 입 밖으로는 여전히 퉁명스러운 대답이 새어 나갔다.

"나 미쳤나 봐."

대답 대신 작게 한숨을 쉬었다. 그 안에, 무슨 소리를 하려고 그러냐는 그를 향한 타박이 담겨 있었다.

"네가 까칠하게 날을 세우는데도 왜 네 얼굴만 보면 마냥 좋지?"

아까보다 확연히 낮아진 그의 목소리에 은서가 흠칫 놀랐다. 하마터면 손에 들고 있던 연고와 밴드를 놓칠 뻔했다.

"너 그 말 친구로서는 좀 오버인 거 알지?"

친구로 있을 거라고 했으면서 사람 떨리게 만들려고 작정한 사람처럼 말을 하는 건 반칙이었다. 은서는 빠르게 뛰는 제 심장박동을 고스란히 느끼는 와중에 애써 아무렇지 않은 척 대답했다.

"친구 사이에 할 말 못 할 말이 어디 있어? 네 옆에 친구로 있겠다고 한 거지, 내 감정 접겠다고 한 적 없어."

"……."

한쪽에서 여전히 TV 소리가 들려왔지만 둘 사이엔 정적만이 내려앉은 듯했다. 저도 모르게 침을 꿀꺽 삼키곤 태인이 그 소리를 들었을까 걱정할 정도였다. 그녀는 애꿎은 연고와 밴드를 손에 꽉 쥐며 그를 돌아보았다.

"그냥 편하게 생각해. 널 좋아하는 친구 한 명이 있다고. 그것도 아주 잘생기고 매력적인 데다가 너밖에 모르는 그런 친구."

기다렸다는 듯 그가 말을 이어 왔다. 그의 말에 잠시 얼빠진 사람처럼 멍하니 있던 그녀가 정신을 붙잡았을 때, 그는 어느새 고개를 옆으로 살짝 젖힌 채로 그녀를 내려다보고 있었다.

그의 입가엔 여전히 장난스런 미소가 담겨 있었지만, 눈빛만큼은 심연과도 같이 깊었다. 그런 그의 눈을 빤히 쳐다보고 있는 그녀의 마음이 물결처럼 일렁였다.

밥통에서 갓 꺼낸 뜨끈한 밥 위로 카레가 어우러져 모락모락 연기가 피어오른다. 겉모습만 봐서는 합격점이었다. 라면도 제대로 못 끓이던 그가 정말 이걸 만든 게 맞나, 잠시 혼란스러울 지경이었지만 그가 직접 요리를 하던 자리에 함께 있었으니 의심할 여지는 없었다.

"먹어 봐."

"응."

대답은 시원하게 뱉은 은서가 카레라이스를 멍하니 쳐다보고만 있자 태인이 친히 그녀의 손에 숟가락을 쥐여 줬다. 은서는 그제야 숟가락으로 밥과 카레를 조금 비빈 후, 야채와 함께 카레 밥을 입에 넣었다.

잘 익은 당근과 감자, 달큰한 양파가 밥과 함께 씹혔다. 의외로 맛도 있다. 카레가 만들기 쉬운 요리에 속하는 편이긴 하지만, 태인에겐 가히 장족의 발전이라 칭할 만한 일이었다.

은서는 카레라이스를 오물오물 씹으며 제 앞에 놓인 그릇을 가만히 들여다보았다. 그의 솜씨라는 것을 확연히 증명하듯 야채들이 꽤 엉성하게 썰려 있긴 했다. 그래도 그의 손끝에서 이렇게 먹음직스럽고, 맛도 있는 요리가 나오다니, 그저 놀라웠다.

"어때?"

마치 심사평이라도 기다리듯 조마조마한 얼굴이다. 은서의 반응을 살피느라 아직 숟가락조차 들지 못하고 있던 그였다.

"맛있어."

아직 식탁 위에 놓여 있는 그의 깨끗한 숟가락을 힐긋 쳐다본 그녀가 대답했다.

"진짜?"

"응. 너도 얼른 먹어."

태인은 그제야 안도의 미소를 보이고는 카레라이스를 야무지게 숟가락에 올려 입 안에 밀어 넣었다.

'뭐, 이 정도면 나쁘지 않네.'

그 스스로도 자부심을 느낄 정도로 손색이 없었다.

"카레 만드는 건 언제 배웠어?"

입 안에 있던 음식물을 다 삼킨 은서가 숟가락으로 카레를 담으며 물어왔다.

"민행이한테 예전에 물어봤었어."

"만든 건 오늘이 처음이야?"

"응."

두 번 정도 미리 만들어 본 적 있었지만, 은서 앞에선 처음이었기에 태인은 그렇게 대답했다. 사실 그녀에게 직접 밥을 만들어 주려고 예전에 민행에게 미리 배워 두었던 것이다.

곧 기회가 있을 거라며 안일하게 생각했었다. 그녀에게 이별을 통보받을 거라곤 꿈에도 생각하지 못한 채.

그때를 생각하면 아직도 아찔했다. 모든 게 멈추고, 삶이 제대로 돌아가지 않던 그때. 태인은 그때의 그 이질감을 아직도 잊을 수가 없었다.

그 시간을 떠올리면 그녀와 같은 공간에서 같은 공기를 나눠 마시고, 그녀의 미소를 볼 수 있고, 그녀의 목소리를 들을 수 있고, 그녀의 눈을 마주할 수 있다는 지금에 그저 감사할 뿐이다.

그런 생각을 하다 보니, 태인에게 눈앞의 밥 따위가 중요한 게 아니었다. 무언가를 먹을 땐 유독 입술을 오물거리며 먹던 은서의 모습을 오랜만에 보니 귀여워서 눈을 뗄 수가 없었다. 밥 먹는 일조차 잊었는지 그는 은서만 빤히 바라보았다.

그런데 밥을 곧잘 먹던 은서가 어느샌가 밥을 깨작깨작 먹기 시작했다.

"벌써 배불러?"

태인이 걱정이 잔뜩 묻어나는 눈길로 물어왔다.

"아니."

"근데 왜 그렇게 깨작깨작 먹어?"

'네가 그렇게 빤히 쳐다보니까 못 먹고 있는 거잖아.'

은서는 속에서 뱅뱅 맴돌고 있는 말을 꾹 삼키며 부루퉁한 얼굴로 태인을 쳐다봤다. 태인과 같이 밥 먹은 게 한두 번도 아닌데, 꼭 그와 처음 사귀고 밥을 먹을 때 수줍어했던 때로 돌아간 기분이었다.

애써 그의 시선을 무시한 채로 다시 숟가락에 카레라이스를 담는데 그의 시선이 부단히 제 손끝을 따라다니는 게 느껴진다.

"나 좀 그만 쳐다보면 안 돼?"

결국 숟가락을 그대로 그릇에 내려 두고 태인을 쳐다봤다. 그녀가 쳐다보길 기다렸다는 듯 그와 그녀의 눈이 정면으로 마주쳤다.

"왜? 부끄러워?"

그가 히죽 웃으며 물었다.

"부담스러워."

부끄럽다는 그의 단어 선택이 맘에 들지 않아, 은서는 곧바로 정정했다.

"익숙해진 거 아니었어?"

익숙해졌었다. 분명 익숙해진 줄 알았는데, 태인과 헤어졌던 그 시간 동안 그의 시선에 대한 면역이 다시 사라졌나 보다.

"상식적으로……."

무슨 말을 더 하려던 은서가 갑자기 입을 꾹 다문다. 웃음 포인트가 전혀 없는 대화임에도 불구하고 여전히 그의 얼굴에 피어 있는 웃음꽃을 발견했기 때문이었다.

"상식적으로 뭐? 왜 말을 하다 말아?"

"아니야."

더 이상 말을 하면 안 될 것 같아 은서는 입을 꾹 다물었다. 콕 집어낼 순 없지만, 어쩐지 그에게 말리고 있다는 기분이 들었다.

"상식적으로 이렇게 잘생긴 남자가 빤히 쳐다보는 거에 익숙해질 여자가 없긴 하지?"

태인은 아예 손으로 턱까지 괴며 대놓고 은서를 쳐다보고 있었다. 은서 또한 피하지 않고 그의 눈빛을 마주했지만, 결국엔 그의 집요한 시선에 굴복하고 말았다. 카레로 눈길을 돌린 은서는 괜한 헛기침을 하며 입을 뗐다.

"그런 거 아니거든. 밥 먹고 얼른 가기나 해."

"그럼 밥 천천히 먹어야겠다."

그렇게 말하더니 태인은 숟가락이 아닌 젓가락을 집었다. 뭘 하려나 보고 있었더니, 기가 차게도 젓가락으로 밥알 하나를 집어먹는다. 은서의 입에서 허, 하고 헛웃음이 새어 나왔다.

"장난 그만해."

"알았어. 알았어. 화내지 마."

딱히 화가 난 건 아니었지만 엄한 얼굴을 보인 게 바로 통했나 보다. 태인이 젓가락을 조심히 내려놓더니 다시 숟가락으로 밥을 떠먹었다. 그 모습을 보던 은서도 다시 숟가락으로 밥을 떴다.

밥만 가득 올라간 숟가락 위에 야채를 얹으려고 이리저리 숟가락을 움직이는데 태인의 젓가락이 빠르게 은서의 숟가락 위를 다녀갔다. 은서의 밥 위에 단무지를 올려 준 것이었다. 고개는 그대로 두고, 은서는 시선만 살짝 들어 그를 쳐다보았다. 눈이 마주치자 그가 씩 웃어 보인다.

"단무지 너 먹으라고 일부러 사 온 건데 네가 계속 안 먹어서. 너 카레엔 단무지 잘 먹잖아."

그렇게 말하고 태인은 김치를 집어먹는다.

'내가 그랬었나.'

딱히 단무지를 좋아하는 편은 아니었다. 그래서 김치와 단무지 두 개가 나란히 놓일 때, 단무지보다는 김치를 주로 찾았다. 그런데 곰곰이 생각해 보니, 카레 먹을 때만큼은 김치보다 단무지를 찾았던 것도 같다. 하지만 태인도 그렇고 은서 또한 카레를 즐겨 먹는 편은 아닌지라 은서 본인조차도 간과하고 있던 사실이었다.

은서는 숟가락에 얹어 있는 단무지를 빤히 내려 보았다. 카레라이스 재료 사이에 섞여 있는 단무지가 참 뜬금없다고 생각했었는데, 순전히 저를 먹이려고 사 온 것이었나 보다. 여태껏 그녀가 봐온 태인은 단무지에 도통 손을 댄 적이 없었다.

은서는 마치 노란색으로 깔 맞춤이라도 한 모양새인 카레라이스와 그 위에 놓인 단무지를 입속으로 밀어 넣었다. 단무지의 톡 쏘는 알싸한 맛이 입 안에 맴돈다. 그런데 고작 시큰한 단무지 하나 먹었다고 코끝까지 찡하고 올려오는 건 왜일까.

5장.
한 걸음 다가서다

밥통이 말끔하게 비워져 있는 것을 확인한 은서는 좌절했다. 아르바이트에서 돌아오는 길에 햇반을 사 오려고 했었는데 고새 깜빡하고 말았다. 설상가상으로 컵라면이나 봉지라면도 똑 떨어진 상태였다.

옷장에 걸어 두었던 외투를 다시 꺼내 입은 은서는 지갑을 챙긴 뒤 곧장 집을 나섰다. 그런데 하필 현관문을 닫은 뒤에야 거의 다 풀려 가는 신발 끈이 그녀의 눈에 띄었다. 몸을 한껏 숙여 신발 끈을 꽉 동여매는데, 지척에서 벌컥 문소리가 났다.

"어디 가?"

그전에 살던 이웃과는 한 달에 많이 마주쳐 봐야 두어 번 정도였는데, 태인과는 적어도 이틀에 한 번꼴로는 이렇게 마주치곤 했다. 며칠 전, 우연히 만난 그에게서 영화 촬영이 시작됐다는 얘기를 듣곤 앞으로 마주칠 일이 덜하겠구나 싶었는데 하필 집에 있었나 보다.

"어? 편의점."

은서는 몸을 천천히 일으키며 대답했다. 당황스러움에 애꿎은 뒷목을 긁적거렸다.

"그래? 잘됐다. 나도 마침 가려고 했는데, 어딘지 몰라서 못 가고 있었거든."

태인은 얼굴색 하나 바뀌지 않고 거짓말을 뱉었다. 사실은 민행이 어제 서울에서 가져온 신발들을 정리하다가 은서네 집 문이 열리는 소리에 급하게 나와 본 것이었다. 은서의 부모님이라면 이 기회에 얼굴을 익히고, 은서라면 촬영장에서 내내 보고 싶던 그 얼굴을 눈에 담는 것이니 어느 쪽이든 좋았다. 그래도 눈앞에 있는 게 은서라는 사실은 그를 들뜨게 했다.

"그래?"

은서의 말이 허락의 뉘앙스를 풍기자 태인은 외투만 입고 나오겠다며 다시 집으로 들어갔다. 혹여 은서가 먼저 갈까 싶어 외투를 입지도 않고 손에 든 채로 뛰어나왔다. 유난스러운 그의 모습에 은서는 못 말린다는 듯 고개를 가로로 저었다.

추위는 어둠만이 내려앉은 저녁이 되자 다시 기승을 부렸다. 얼굴을 벨 것만 같은 칼바람 앞에서 은서는 고개를 푹 숙였다. 오른팔을 올려 목도리를 손에 꼭 쥐는데, 그녀의 팔꿈치에 뭔가가 스쳐 지나갔다. 힐끗 옆을 보니, 바로 옆에 딱 붙어 있는 그가 보였다.

"좀 떨어져서 걸으면 안 돼?"

"이렇게 추운 겨울에 떨어져서 걷는 건 비효율적이야."

그렇게 말하곤 은서 쪽으로 몸을 더 붙여 왔다. 팔꿈치가 자꾸만 그의 겉옷을 건드리기에 하는 수 없이 손을 내린 순간이었다. 얼떨결에 둘의 손등이 닿았다 떨어졌다. 은서가 화들짝 놀라며 손을 주머니에 쏙 넣었다.

"아, 손잡고 싶다."

혼잣말로 위장한 그의 말이 실은 자신에게 향해 있다는 걸 알고 은서는 입을 다물었다. 태인은 그런 그녀가 귀엽다는 듯 자꾸만 집요한 시선을 보냈다.

"손잡을까? 친구끼린데 뭐 어때."

태인은 돌연 걸음을 멈추더니 그렇게 말했다. 덩달아 걸음을 멈춘 그녀가 무표정으로 그를 가만히 쳐다만 보고 있자, 얼굴에 완연한 미소를 띤 태인 또한 가만히 그녀를 내려다보았다.

"그냥 따로 갈래?"

"아니."

이번엔 은서가 다시 걸음을 뗐다. 태인은 그녀의 뒤를 따랐다. 다소 가라앉은 분위기에 이제 장난은 그만하나 싶더니.

"그럼 손가락 하나만이라도……."

또 장난을 걸어오는 그였다. 은서가 잘 가던 걸음을 멈추었다.

"박태인."

그를 돌아본 그녀의 눈빛이 겨울바람처럼 매서웠다.

"알았어. 이티도 아니고 모양새가 좀 웃기긴 하지."

이번엔 진짜 혼잣말로 중얼거린 태인의 말을 용케 들은 은서가 기어이 웃음을 터뜨리고 말았다. 결국 동요해 버린 자신에게 속으론 쉼

없이 질타가 쏟아졌지만, 여전히 그녀의 입가엔 미소가 어려 있다.

"어? 지금 웃었지?"

은서는 그의 말에 대답하지 않고, 다시 돌아섰다. 그가 따라오든 말든 신경 쓰지 않고 앞만 보고 걸었다. 하지만 보폭이 그녀보다 훨씬 큰 그의 걸음에 곧바로 따라잡혔다.

"그 웃음의 의미는 뭐야? 손잡아도 된다는 거야?"

"당연히 아니지."

딱 잘라 핀잔을 준 은서는 다시 걸음을 재촉했다. 뒤에선 태인의 같이 가자는 외침이 들려왔다. 그녀의 입가엔 다시 미소가 떠올랐다.

재활치료할 때부터 피곤해하더니 결국 영환은 잠이 들었다. 그 모습을 가만히 내려 보던 은서는 이불을 끌어 올려 영환의 가슴께까지 덮어 주곤 보호자용 침구에 걸터앉았다.

한쪽 벽면에 걸린 시계 초침 소리가 또렷하게 들릴 정도로 병실 안은 고요했다. 영환이 재활치료를 시작하면서 4인실로 병실을 옮겼지만, 입원한 환자가 둘뿐이라 여느 4인실보다는 소음이 적었다. 그나마도 같이 입원실을 쓰는 환자는 팔을 다친 남학생이라 줄곧 pc실에 가곤 했기에 은서가 병원을 찾을 때마다 이렇듯 조용했다. 병실 안에 내려앉은 적막감에 지루해지려던 찰나.

"딸, 엄마 왔어."

아침에 교대할 때와 사뭇 달라진 말끔한 모습으로 성희가 병실 안에 들어섰다. 성희에게로 시선을 돌린 은서는 입가에 검지를 갖다 댔다. 그제야 곤히 잠든 영환의 모습을 발견한 성희는 고개를 끄덕였다.

"엄마 왔으니까 난 이제 가 봐야겠다."

은서가 기다렸다는 듯 한쪽에 놓아둔 제 가방을 손에 들곤 성희에게 소곤거렸다.

"벌써 가려고?"

성희가 아쉽다는 얼굴로 되물었다. 그 마음을 눈치챈 은서가 곧바로 아르바이트 끝나고 다시 올까? 하고 물었지만 성희는 고개를 저었다.

"됐어. 집에 가서 쉬고, 내일 아침에 와."

"응. 그럼 난 갈게."

은서는 성희에게 손을 두어 번 흔든 뒤에 병실을 나섰다. 코너 부근에 막 도착한 은서는 어깨에 걸쳐 둔 가방을 새로 고쳐 멘 뒤 엘리베이터가 있는 곳으로 걸음을 옮겼다.

"은서야."

그런 은서를 멈추게 한 건, 이번에도 그녀를 먼저 알아본 건우였다. 소리가 난 쪽으로 고개를 돌린 은서는 건우를 눈에 담고 손을 살짝 흔들어 보였다. 하얀색 가운을 입고 서 있는 그에게선 언제나처럼 다정미가 풍겼다.

"어쩌, 병원에서 얼굴 보기 더 힘드네."

마트에서 우연히 만난 뒤로 병원에선 좀처럼 마주칠 수 없었던 은서가 반가웠는지 그는 한달음에 달려와 말했다.

"그러게."

그런 건우를 보며 은서는 저도 모르게 빙긋 미소를 지으며 대답했다. 언제부터였는지 모르겠지만, 마냥 불편하게만 느껴지던 그가 편해졌다. 틈나는 대로 아빠를 신경 써 주던 그에 대한 고마움이 커져서일까? 어쩌면 고마운 마음으로 인해 불편했던 감정이 많이 눌린 걸지도 모르겠다.

"그나저나 마침 잘됐다. 안 그래도 연락하려고 했는데 딱 마주치네."

"왜? 무슨 할 말 있어?"

"아저씨도 많이 좋아지셨고 해서, 내가 언제 한 번 밥이라도 한 끼 사 주려고 했거든."

예전 같았으면, 그의 이런 호의조차도 불편하게 느껴졌을 텐데 그에 대한 고마움이 앞선 은서는 오히려 자신이 사 주겠다며 나섰다. 그런 은서를 바라보는 건우의 눈빛엔 애정이 가득 담겨 있었지만, '고마움'이라는 감정에 뒤덮인 은서에겐 미처 보이지 않았다.

"아니야, 밥은 내가 사 줄 테니까 시간만 좀 내주라. 이번 주 금요일은 너무 갑작스럽겠지?"

마침 그날이 오프라 슬쩍 떠본 것인데도 괜히 긴장이 되었다. 건우는 침을 꼴깍 삼키며 생각에 빠져 있는 은서를 내려다보았다. 긴장 탓에 아까 전부터 그의 입가에 맴돌던 미소가 조금 바뀌었지만, 자신만의 생각에 빠져 있던 은서는 전혀 눈치채지 못했다.

"금요일 저녁이면 괜찮을 것 같은데. 아르바이트가 7시쯤 끝나거든."

기다리던 긍정의 대답이 떨어지자 건우가 밝은 미소로 화답했다.

"그럼 그날 내가 너 아르바이트하는 데로 데리러 갈게. 미리 어던지 연락 남겨 줘."

"응."

"금요일에 보자."

건우는 어깨를 꽉 한 번 잡고는 먼저 돌아섰다. 그의 발걸음은 은서에게 다가올 때보다 더 가벼워 보였다. 그를 만나기 전보다 걸음이 더뎌진 그녀와는 사뭇 달랐다.

조용한 거실 내부에 진동 소리가 끊이질 않고 들려왔다. 소파에 몸을 기댄 채로 책을 읽고 있던 태인은 발신자를 눈으로 힐긋 확인하곤 다시 책으로 시선을 돌렸다. 잠시 끊기나 싶더니 진동 소리는 다시 이어졌다. 발신자는 같았다. 그것을 바라보는 태인의 눈빛은 또한 여전히 무감각했다.

애꿎은 화풀이의 대상은 책이었다. 소리가 날 정도로 책을 세게 덮은 태인은 테이블을 더듬거려 핸드폰을 손에 쥐었다.

"네, 말씀하세요."

통화의 상대방은 지긋한 나이가 연상되는 걸걸한 목소리였다.

"그 얘기라면 더 이상 드릴 말씀 없습니다."

상대의 울먹거림은 태인의 마음을 답답하게 옥죄었다. 고개를 비튼 채로 머리를 힘껏 헝클이던 태인은 이를 꽉 깨물며 대답했다.

"앞으론 생활비 외엔 일절 보내지 않겠다고 말씀드렸잖아요. 끊습니다."

태인의 입에선 대답 대신 깊은 한숨이 흘러나왔다. 아직 통화 상태를 확인한 상대방은 이번이 마지막이라며 자신이 했던 말을 되풀이하고 있었다. 느릿하게 눈을 감는 태인의 얼굴엔 지친 기색이 역력했다.

"제가 모를 거라고 생각하셨어요? 큰아버지께 드린 돈 어디에 쓰셨는지 저 알고 있어요. 그러니까 그 일에 관해서라면 앞으로 제게 전화하지 마세요."

─아, 아니! 이런 배은망덕한 자식 같으니라고. 앞으로 전화를 하지 마? 그래도 내가 너 키워 준 세월이 얼만데. 어떻게 보면 네가 이렇게 잘된 것도 다 내 보살핌 덕 아니냐? 네 엄마도 버리고 간 널 거둔 게 난데 네가 어떻게 나한테!

"끊습니다."

일부러 야멸치게 끊었지만 상대는 쉽게 포기하지 않았다. 핸드폰을 테이블 위에 내려놓기 무섭게 다시 진동이 울려댔다. 화면에 뜨는 발신자 이름을 무섭게 노려보던 태인은 이내 관자놀이를 누르며 눈을 감았다. 한숨만 푹푹 내쉬던 그는 잠시 뒤, 간편한 외투를 집어 들곤 집을 나섰다.

"어?"

문을 닫고 돌아선 순간, 마침 맞은편에서 얼떨떨한 목소리와 함께 은서가 모습을 드러냈다.

"어디 가?"

"아, 편의점."

"나도 바람 쐬러 나가던 참인데. 같이 가자."

은서가 고개를 끄덕이곤 그의 옆에 다가섰다. 나란히 올라 탄 엘리베이터 안엔 다소 어색한 기류가 흘렀다. 괜스레 엘리베이터 층수를 지켜보던 은서는 어디선가 들려오는 진동 소리에 외투의 주머니를 만져 보았다. 그녀의 핸드폰이 울리는 것은 아니었다.

"전화 오는 것 같은데?"

은서의 말에 태인 또한 외투 주머니를 뒤적거렸지만 어쩐지 그의 표정은 냉담하기만 했다. 발신자까지 확인해 놓고도 태인은 망설임 없이 핸드폰을 주머니 안에 도로 넣었다.

"안 받아?"

"어."

그사이에 엘리베이터는 1층에 도착했고 은서가 먼저 내리자 그가 따라 내렸다. 태인보다 한 발짝 앞서 걷는 와중에도 은서는 계속 그의 눈치를 살폈다. 시무룩하게 굳어 있던 그의 얼굴이 자꾸만 생각난 까닭이었다.

"혹시······. 아니야."

"궁금해?"

"어?"

"큰아버지야. 오늘 큰집에 들렀었거든."

큰아버지라는 말에 은서가 짧은 탄성을 뱉었다. 태인에게서 처음 큰아버지 관련 이야기를 들은 건 학창 시절 때였고, 사귈 때도 몇 번 그가 언급한 적 있었다. 한결 같은 점이 있다면 매번 좋지 않은 내용이었다는 것.

"괜찮아?"

"아니. 안 괜찮아."

네가 옆에 없어서 많이 힘들다는 말은 차마 내뱉지 못한 태인이 씁쓸하게 웃어 보였다. 그 미소를 지켜보던 은서의 마음이 덩달아 아릿해졌다.

"손."

조그마한 은서의 목소리는 근처에서 들려온 오토바이 소리에 묻히고 말았다. 하지만 벙긋거리는 입 모양을 본 태인은 그녀에게 "어?" 하고 되물었다.

"손잡아 줄까?"

은서를 보는 태인의 눈빛이 묘해졌다. 어둠 속에서 더욱 깊어 보이는 그의 눈매를 바라보던 은서는 짧게 헛기침을 하며 시선을 회피했다.

"친구니까."

시선을 아래쪽으로 고정시킨 은서는 발아래 과속방지턱을 툭툭 건드리며 말했다. 그러다 어느 순간부터는 은서의 발길질이 멈추었다. 태인의 단단한 손이 은서의 손을 잡아끌었기 때문이다. 잡아 주겠다고 한 건 은서였는데 결국엔 태인이 그녀의 손을 잡고 있는 셈이었다. 마치 속박이라도 하듯 꽉 붙잡는 손길에 은서의 손이 움찔거리던 찰나, 그가 그녀의 손을 슬며시 놓아주었다. 이번엔 널찍한 그의 손안에 그녀의 작은 손이 알맞게 엉켜들었다.

◇

'친구라······.'

며칠 전 은서와 손을 잡게 되면서 가능성을 엿보았지만, 태인은 자꾸만 그 단어가 걸렸다. 임시방편으로 내세운 친구 관계에 그녀가 계속 얽매일까 두려웠다.

턱을 괸 채로 고민에 빠져 있던 태인의 미간이 갑자기 일그러졌다. 밤샘촬영에다 오전까지 이어진 촬영에 체력은 바닥난 지 오래였고 정신력으로 버티고 있었다. 그런데 띵하고 머리가 울리는 걸 보니 이젠 정신력도 한계였다.

촬영 끝나고 근처에서 점심을 해결해서 마침 배도 불렀고, 피로감은 사정없이 밀려오는 통에 눈꺼풀이 절로 내려앉았다. 태인은 잠시 생각을 멈추고 짧게나마 잠을 청하려 했다. 곧게 앞을 보던 그의 고개가 힘을 잃고 막 옆으로 떨어지려는 찰나.

"형, 저기 은서 누나 아니에요?"

굳게 닫혀 있던 태인의 눈꺼풀은 은서라는 단어를 듣자 곧바로 열렸다.

"뭐? 어디?"

몸을 다시 곧게 세운 태인이 묻자, 민행이 건너편 횡단보도를 가리켰다. 그가 가리키는 손끝을 따라가 보니 진짜 은서가 있었다. 어제는 촬영이 바빠서 그녀와 마주치지 못했기에 오늘은 어떻게든 얼굴을 보겠노라고 다짐했는데 뜻밖의 행운이었다. 이렇게 우연히 마주칠 거라고는 생각조차 못했기에, 당황스러운 와중에도 태인의 입꼬리는 자꾸만 위로 솟았다.

"민행아, 차 옆으로 빼서 횡단보도 쪽에 세워."

금방까지도 파김치처럼 축 늘어져 있던 그가 맞나 싶을 정도로 들뜬 목소리였다. 민행은 대답 대신 태인의 말을 곧바로 행동에 옮겼다. 자신이 원하는 위치에 정확히 정차한 차가 만족스럽다는 듯 태인이 씩 웃어 보였다.

"은서 횡단보도 건너면 차에 태우자. 아마 지금 아르바이트 가는 길일 거야."

"네."

한편 횡단보도 아래에서 신호를 대기하고 있던 은서는 자꾸만 옆으로 날리는 목도리를 손으로 잡아챘다. 한 바퀴 더 감아 속으로 말아 넣자 목도리가 더 이상 그녀를 귀찮게 하는 일은 없었다.

"초록불이다."

"야, 가자."

옆에 서 있던 꼬마아이들의 목소리를 듣고 전방을 살핀 은서는 신호가 바뀐 걸 깨닫고 천천히 앞으로 걸어 나갔다. 목도리 안에서 몇 가닥 삐져나온 머리칼이 얼굴을 간질여 고개를 절레절레 젓고 있는데 앞에서 클랙슨 소리가 들려왔다. 뒤늦게 주위를 둘러본 은서는 횡단보도에 남은 이가 자신뿐이란 걸 깨닫고 걸음을 재촉했다.

그런데 횡단보도 끝에 막 도달했는데도 클랙슨이 또 울렸다. 이번에도 분명히 그녀를 향한 것이었다.

'뭐지? 어? 이 차는……'

그녀에겐 꽤나 낯익은 기종의 차였다. 설마 하는 눈길로 운전석을 살펴보니 역시나 낯익은 민행의 얼굴이 보였다. 생각지도 못한 곳에서 마주친 것에 잠시 놀랐지만, 은서는 이내 의연한 얼굴로 운전석에 다가섰다. 이미 창문을 반쯤 열어 놓고 은서를 기다리던 민행은 그녀를 향해 꾸벅 인사를 했다.

"누나, 우선 타세요."

그녀가 인사를 건넬 새도 없이 민행이 다급하게 말했다.

"뭐?"

"얼른요. 안 그러면 형 내릴지도 몰라요."

민행의 간절한 눈빛에 은서가 하는 수 없이 뒷자리에 문을 열었다. 어딘가 급박해 보이던 민행과는 달리 태인은 방긋 웃는 얼굴로 자신을 향해 손을 흔들고 있었다.

"아르바이트 가는 길이지? 태워다 줄게."

"여기서 얼마 안 걸리는데."

낮이라서 추위도 주춤했고, 더군다나 차를 얻어 타고 갈 정도의 거리는 아니었다. 평소 은서의 보폭으론 앞으로 5분 정도만 더 걸으면 도착이었다.

"우리도 어차피 촬영 가는 길이라서. 우선 타."

"촬영을 지금 가?"

지나가는 사람이 혹시라도 태인을 볼까 싶어, 얼른 문을 닫고 차에 올라탄 은서가 비어 있는 그의 옆자리에 앉으며 물었다.

"응. 어제 밤샘촬영해서 아침까지 집에서 쉬다가 이제 낮 촬영 가는 거야."

말을 하는 동안 태인의 시선은 은서에게 고정되어 있었다. 눈에 핏발이 설 정도로 피곤했지만, 은서를 눈에 담으니 언제 그랬냐는 듯 피곤이 확 가셨다.

"네, 저희 지금 촬영 가던 길이에요."

눈치 빠른 민행이 태인의 말에 동조하자 은서가 수긍하듯 고개를 끄덕였다.

"가다가 저번에 그 농협 근처에서 내려 줄게."

"같이 가세요, 누나. 어차피 가는 길이에요."

태인의 선공에 민행의 합세까지, 그야말로 파죽지세로 밀어붙이는 둘의 기세에 은서가 당황한 듯 그래? 하고 짧게 물었다.

"응. 그러니까 같이 가."

은서가 결국 고개를 끄덕이자, 민행이 기다렸다는 듯 차를 출발시켰다.

"근데 민행이 어제 밤샘하고 운전하려면 피곤하겠다. 숙소는 어디야?"

"제작사 측에서 구해 준 숙소 있어."

민행이 대답하기도 전에 태인이 재빠르게 치고 들어왔다.

"민행이한테 물어본 건데."

"민행이 지금 운전 중이잖아. 궁금한 거 있으면 나한테 물어봐. 내가 다 대답해 줄게."

"태인이랑 같이 지내지 왜 숙소에서 지내?"

태인의 말에도 은서는 꿋꿋하게 민행의 뒷모습에 시선을 고정한 채 물었다. 자신에겐 눈길조차 주지 않는 은서의 뒷모습만 바라보는 태인은 못내 서운했지만, 아무렇지 않다는 듯 민행 대신 입을 열었다.

"거기에 영아 누나 혼자 있다고 기어이 가던데?"

영아는 민행보다 더 오랜 시간 태인과 함께해 온 그의 코디였다. 태인보다도 5살이 많은 그녀는 민행과는 7살 차이였다. 그 둘 사이엔 얼마 전부터 묘한 기류가 흐르고 있었다.

우연히 둘의 어색한 분위기를 눈치챈 태인이 묻자, 민행은 솔직하게 털어놓았고 영아는 아직 둘의 관계를 태인이 안다는 걸 인지하지 못한 상태였다.

"민행이 너 혹시 영아 언니 좋아해?"

"네? 아, 네. 뭐."

은서의 시선을 느낀 민행은 짧게 헛기침을 하며 대답했다. 민행보다 나이는 많지만 동안인 영아와, 영아보다 나이는 어리지만 제나이보다는 다소 나이가 들어 보이는 민행이었다. 거기다가 민행은 덩치가 있는 편이었지만 영아는 아담한 스타일이었다.

"둘이 잘됐으면 좋겠다."

머릿속으로 잠깐 그림을 그려 보았는데도 썩 잘 어울리는 둘의 모습에 은서가 제 일처럼 기뻐하며 말했다.

"우리는? 우리 손도 잡은 사이잖아."

은서가 가자미눈을 하고선 태인을 돌아보자, 그가 입을 꾹 다물었다. 만족스럽다는 얼굴로 고개를 돌린 은서가 주머니에서 핸드폰 꺼낸 뒤 시간을 살피는데, 태인이 돌연 팔짱을 껴 왔다.

"뭐해."

그의 단단한 팔 안에 갇힌 제 팔을 빼내려는데 태인은 그런 은서의 노력을 비웃기라도 하듯 그녀의 팔을 더 꽉 껴안았다. 은서가 손에 들려 있던 핸드폰을 주머니에 넣고 제대로 그의 팔을 밀어내는데도 그는 꼼짝도 하지 않았다.

"너무 추워서."

연기를 하는 건지, 태인은 몸까지 부르르 떨며 은서 쪽으로 제 몸을 더 붙여 왔다.

"하나도 안 추운데?"

민행이 어찌나 히터를 세게 틀었는지 차 안은 훈기로 가득했다. 차에 탄 지 얼마 되지 않았지만, 그 열기 때문에 목에 칭칭 감고 있는 목도리가 답답하게 느껴질 정도였다.

"나 감기 걸린 것 같아. 어제 밤샘촬영해서."

"형, 어제도 열 있으셨잖아요. 병원에라도 잠깐 들를까요?"

태인의 연기라고 굳게 믿고 있던 은서는 민행이 거들자 정말 아픈가? 하고 흔들리기 시작했다. 그녀의 얼굴엔 걱정스러운 기색이 짧게 스쳐 지나갔다.

"아니야, 촬영장 가 봐야지. 아, 머리 아프다. 열나는 것 같기도 하고."

이젠 자신의 머리까지 살포시 은서 어깨에 기대는 태인이었다. 은서는 기가 차다는 얼굴로 태인을 내려다보았다. 위에서 내려다보니 그의 얼굴이 붉긴 했다. 그게 히터 때문인지 그의 말처럼 열 때문인지는 모르겠지만.

"그럼 약국에서 약이라도 사야지. 밥은 먹었어?"

"밥? 안 먹었어. 입맛이 없어서."

신호 대기로 차가 잠시 정차한 덕에 태인의 연기를 룸미러를 통해 보던 민행은 허벅지를 꼬집어 가며 웃음을 참아 냈다. 아까 촬영 끝나고 태인과 식당에 들러 거하게 먹은 점심식사가 생각이 났지만, 여기서 웃어 버리면 태인의 열연이 망쳐진다는 걸 알기에 필사적으로 웃음을 버텨 냈다.

"그래도 먹어야지, 안 그러면 약을 못 먹잖아."

은서는 자신도 모르는 새, 그를 걱정스러운 눈길로 내려다보고
있었다.

"너무 걱정하지 마세요, 누나. 제가 도시락이라도 사 갈게요."

"그래, 부탁할게."

은서는 자신이 말해 놓고도 흠칫 놀랐다. 이러니 꼭 예전으로 돌
아온 것만 같은 기분이었다. 태인이 응석을 부리면 은서는 받아 주
고, 그런 태인을 민행에게 매번 부탁하던 그녀였다.

'내가 이제 뭐라고 부탁을 해. 그럴 자격도 없는데.'

은서는 입술을 꼭 깨물며 제 어깨에 기댄 태인을 다시 내려다보
았다. 이런 자신이 한심하면서도 그를 뿌리칠 수도 없는 현실에 마
음이 무거웠다. 친구라는 말은 그저 포장일 뿐, 지금의 그와 그녀
는 누가 봐도 연인처럼 보였다.

"누나, 이 근처에서 세우면 될까요?"

"응. 여기서 세워 줘."

농협 부근에 도착한 차가 서서히 멈추고, 은서가 가방을 들자 태
인은 아쉽다는 얼굴로 은서의 팔을 놔주었다. 차에서 곧장 내려 문
을 막 닫으려는 은서를 향해 그는 손을 흔들어 보였다.

"태워 줘서 고마워. 촬영 잘해."

밥이랑 약도 꼭 챙겨 먹고, 라는 말은 자신의 마음속에 묻고 은
서는 차문을 닫았다. 혼란스러운 마음을 뒤로한 채, 그녀가 차를
등지고 걸음을 뗐다.

"형, 이제 출발할게요."

"아니, 잠깐만."

돌아선 은서가 횡단보도 쪽으로 향하는 걸 가만히 지켜보던 태인이 갑자기 몸을 일으켰다.

"어디 가시게요?"

"은서 아르바이트 어디서 하는지 보고 오려고."

태인은 금방이라도 뒷좌석 문을 열 태세였다.

"그럼 제가 갔다 올게요."

"괜찮은데."

'형은 괜찮지만 저는 괜찮지 않아요.'

아까 은서 앞에선 거짓으로 간절한 눈빛을 보냈지만, 태인을 돌아보는 민행의 눈빛은 진정으로 간절했다. 그의 눈빛이 말하는 바를 아는 태인은 뒷문 열기를 잠시 망설였다.

"그냥 제가 갔다 올게요. 보고만 오면 되는 거잖아요."

"그럴래? 그럼 어디서 아르바이트하는지 꼭 보고 와야 돼."

"네."

은서가 횡단보도를 막 건너려 하자 민행이 재빨리 차에서 내려 그녀의 뒤를 따랐다. 앞서 가는 은서와 멀찌감치 떨어져 그녀의 뒤를 따르는 민행을 보는 태인의 입에선 하품이 새어 나왔다. 하품이 시발점이 된 건지 갑작스레 밀려오는 수마에 그는 잠시 눈을 감았다.

눈을 떴을 땐, 어느새 돌아온 민행이 차를 운전하고 있었다. 그가 돌아온지도, 차가 달리고 있는지도 몰랐던 태인은 뻐근해진 고개를 좌우로 움직이곤 민행을 불렀다.

"네, 형."

"은서 어디서 일하는지 봤어?"

"누나 카페에서 하던데요."

"그래? 카페 이름이 뭔데?"

이름을 듣는다고 해서 곧바로 그곳이 어딘지 알 거라는 기대를 하고 물은 건 아니었다.

"세잎 클로버요."

"뭐?"

그런데 뜻밖의 이름에 태인은 경악을 금치 못했다. 세잎 클로버는 분명 은서가 없어졌다고 했던 곳이었다. 설마 상호명만 같은 곳이려나, 하는 생각이 머릿속을 스치는 순간.

"세잎 클로버요. 횡단보도 건너서 골목으로 들어가면 있던데요. 제가 길은 다 외웠어요."

민행의 구체적인 설명에 그의 머릿속이 새하얘졌다. 민행이 설명하는 그곳은 은서가 알고, 태인이 알던 바로 그 '세잎 클로버'였다.

'어째서 세잎 클로버가 없어졌다고 거짓말을 한 거지?'

맥없이 실소를 터뜨리던 태인은 돌연 웃음을 멈추었다. 짚이는 구석이 하나 있었다.

'어쩌면 은서가 숨긴 이유는……'

잠은 달아난 지 오래였다. 진지한 얼굴로 사색에 잠겨 있던 그의 입가에 마지막으로 걸린 건 묘한 미소였다.

6장.
마주 보다

아르바이트 시작한 지 30분이나 지났나 하고, 핸드폰을 꺼내 시간을 확인한 은서의 눈이 커졌다. 머릿속엔 재빠르게 뭉크의 〈절규〉라는 그림이 떠올랐다. 지금 이 순간 그녀의 마음을 정확하게 대변해 주는 건, 그 그림 안의 인물이 짓고 있는 표정뿐이었다.

'2시간이나 지났다니. 언제 이렇게 시간이 지났지?'

기억에 남아 있는 것이 하나도 없었다. 그저 몇 번 쏟아지던 졸음을 꿋꿋이 버려 냈다는 것만 생각났다. 마치 강의를 듣는 동안 꼬박 졸다가 정신을 차려 보니 이미 강의가 끝나 있을 때 느끼던 허무감이 그대로 밀려오는 듯했다.

은서는 터져 나오는 하품을 손으로 가린 채, 천천히 카페 안을 둘러보았다. 그나마 다행스러운 건 카페에 손님이 얼마 없다는 것이었다.

두 시간 동안 괴롭혔으면 이제 좀 가실 법도 한데 졸음은 여전히 그녀의 눈꺼풀 위에 자리 잡고 있었다. 이러면 안 되는데, 하면서도 자꾸만 눈에 힘이 빠졌다.

꽁꽁 얼어붙은 바깥과는 달리 아늑한 실내온도, 카페 안에 깔리는 잔잔한 음악 소리. 거기다가 카페 안에 가득 풍기는 부드러운 커피 향까지. 세 가지 감각이 주는 여유로움에 취한 은서가 까무룩 정신을 놓으려던 찰나.

"아메리카노 한 잔이요."

낯선 목소리에 은서가 눈을 번뜩 떴다. 아직 정신 상태는 멍한데도 그녀는 카운터 앞에 선 손님을 향해, 싱긋 미소부터 보였다.

"따뜻하게 드릴까요?"

"네. 테이크아웃 해 갈게요."

"2,800원입니다."

계산까지 무사히 마친 은서는 그제야 안도의 한숨을 돌렸다. 아르바이트 한 지도 꽤 되었으니 이 정도의 반사 신경은 당연한 거였지만, 새삼 놀라웠다.

'언제 이렇게 익숙해진 걸까.'

사람이 적응의 동물이라는 말은 정말 맞는 말이었나 보다. 금방 전 카페 일에서도 느꼈지만, 은서는 요 근래 그 말에 부쩍 실감하는 중이었다.

태인이 없는 나날에 적응한 줄 알았던 자신이 어느덧 그가 있는 일상에 서서히 젖어 들었다. 적어도 이틀에 한 번꼴로 그의 얼굴을 마주하다 보니 오늘은 만날 수 있을까 하고 절로 기대감이 생겼고,

어느새 그와의 마주침에 자연스러워졌다.

문제는 그와 우연히 마주칠 때마다 그에게 어김없이 제 마음이 동한다는 것이었다. 그 마음을 애써 모르는 척하는 것도 이제는 무리였다. 은서는 그를 밀어내는 것에도 서서히 한계가 다가오고 있단 걸 깨닫고 있었다.

그에게 가지 못하게 붙잡아 둔 마음은 이미 반절 넘게 그에게 돌아갔다. 이대로 가만 둔다면, 온전히 넘어갈 테고 그렇게 되면 다시 물릴 수도 없을 거다. 그러니 이쯤에서 마음을 다잡아야 했다. 과거가 되풀이 되는 것은 원치 않기에.

은서는 애꿎은 이마를 통통 두드리며 눈을 질끈 감았다 떴다. 가장 먼저 보이는 건 태인의 얼굴이었다. 이제는 헛것이 보이나 싶어 고개를 절레절레 젓는데, 옆에 있던 사장님이 그녀의 팔을 톡 건드리며 물어왔다.

"은서야, 저기 지금 들어오는 사람 박태인 맞지?"

은서는 눈을 크게 뜨고 다시 정면을 바라봤다. 자신의 환상이 사장님에게까지 보일 리는 없었다. 그렇다면 정말로 눈앞에 있는 건 태인이었다.

익숙하다 못해 눈을 감고도 그릴 지경인 그의 얼굴 아래로는 그가 유독 좋아하는 코트 차림이 보였다. 코트 사이로 언뜻 보이는 그가 즐겨 입던 아이보리색 니트까지 확인한 그녀의 얼굴은 경악으로 물들었다.

"이야, 실물로 보니까 더 잘생겼네."

옆에서 카페 사장이 뭐라고 중얼댔지만 은서의 귀엔 아무 말도 들리지 않았다. 모든 소리가 웅웅댔다. 세상의 모든 것과 동떨어진 기분이었다. 남아 있는 세상엔 그와 그녀 둘뿐이었다. 그걸 증명하듯 그녀의 눈엔 마치 애를 태우듯 느릿느릿하게 저를 향해 걸어오는 태인 만이 담겨 있었다.

"박태인 씨 맞죠?"

어느덧 카운터 앞에 도착한 태인에게 카페 사장이 먼저 알은체를 했다. 태인은 그에게 시선을 짧게 두고, 그 옆에 있는 은서에게로 시선을 옮겼다. 마치 넋이 나간 듯 보이는 은서의 얼굴을 내려다보며 그가 만족스럽다는 듯 입가에 살짝 미소를 띠었다.

"네, 맞습니다."

눈앞의 태인은 은서가 알던 것과는 사뭇 다른 모습이었다. 헤픈 웃음이 아닌 절제된 미소를 보이는 그에게선 선망의 대상인 톱스타의 면모가 여실히 드러났다.

"박태인 씨 여기 살았다는 건 알고 있었는데, 우리 카페에 오시다니 영광입니다."

카페 사장의 말을 들은 몇몇 손님들이 태인 쪽을 힐끔 돌아보았다. 내내 조용하던 카페 안이 순식간에 웅성대는 분위기로 바뀌었다.

"저야말로 예전에 자주 왔던 카페가 예전 모습 그대로 남아 있어서 기분이 좋네요. 여기 없어진 줄 알았거든요."

태인의 시선은 대화를 나누는 카페 사장에게로 고정되어 있었다. 하지만 그의 말이 자신을 겨냥한 것이라는 걸 모를 리 없는 은서는 괜한 헛기침을 하며 무안한 기색을 드러냈다. 줄곧 카페 사장 쪽을 보던 그가 그녀를 돌아본 건 그때였다.

"그런데 이렇게 예쁜 직원도 있고, 오히려 예전보다 더 좋아졌네요."

장난기 가득한 그의 눈빛을 마주한 은서는 뭔가를 마신 것도 아닌데, 사레가 든 것처럼 캑캑댔다. 기침으로 인해 붉으락푸르락해진 은서의 얼굴이 그에게 말했다. 물 같은 걸 마시지 않더라도 사레가 들 수 있다는 경험을 하게 해 줘서 고맙다, 라고.

"그럼요, 우리 여직원 덕분에 카페에 남자 손님이 늘었습니다."

"그럴 리가요, 사장님."

은서는 멋쩍은 웃음을 흘리며 말했다. 카페 사장을 쳐다보는 그녀의 눈엔 그 얘기는 더 이상 하지 마세요, 라는 무언의 압박이 담겨 있었다.

하지만 톱스타 앞에서 제 직원 칭찬하느라 입을 바쁘게 놀리는 카페 사장에게 그 눈빛이 전달될 리 없었다. 그는 오히려 전보다 더 기세등등한 얼굴로 입을 뗐다.

"오늘도 남자 손님이 훨씬 많잖아. 우리 여직원 일하기 전엔 안 그랬거든요."

사장님은 확실히 남자 손님이 늘었다며 쐐기를 박았다. 하필 오늘 남자 손님이 많은 건 사실이었기에 은서는 더 이상 대꾸하지 않았다. 그저 입가에 어색한 미소를 올린 채, 태인을 슬쩍 올려다봤다. 얼핏 보면 웃고 있는 것처럼 보이지만 은서는 직감적으로 알 수 있었다. 지금 그의 기분이 상당히 언짢다는 것을.

"저기, 주문은 어떤 걸로 하시겠어요? 테이크아웃 해 가실 거죠?"

긴장한 탓에 다소 말끝이 떨렸다. 은서는 이쯤에서 그만 가 달라는 간절한 눈빛을 그에게 보냈다. 그녀의 눈빛이 의미하는 바를 알아챈 건지 태인은 대답 대신 먼저 씩 웃어 보였다. 그의 미소에 안도감이 들기보다는 서서히 불안감이 번졌다. 설마, 하는 그 순간.

"아뇨, 당연히 마시고 갈 건데요."

여느 때보다도 근사한 미소를 지으며 그가 대답했다.

"카페모카 한 잔, 따뜻한 걸로요. 아, 테이크아웃 해 갈게요."

"네, 3,500원입니다."

바로 눈앞에 손님이 서 있는데도 은서는 도저히 집중할 수 없었다. 손님 바로 뒤에 있는 테이블에 앉아 아까부터 뜨거운 시선을 보내고 있는 태인 때문이었다.

태인은 보란 듯이 은서와 가장 가까운 테이블에 자리를 잡았다. 커피 한 잔을 뚝딱 마신 태인은 차 안에서 그를 기다리고 있던 민행까지 카페로 소환하더니, 이제는 둘이 나란히 앉아 새로 주문한 커피를 마시는 중이었다.

사실상 민행은 방어막이었다. 주변에서 자신을 힐긋대는 시선에서 자유로워지기 위해 말은 민행과 나누는 척했지만, 시선은 한결같이 그녀가 있는 곳에만 머물렀다.

은서는 일하다가도 문득 느껴지는 그의 시선에 어쩔 줄 몰라 하다가도, 그와 눈이라도 마주치면 주체할 수 없이 뛰는 심장을 억누르느라 정신이 없었다. 이렇듯 눈앞에 손님이 있어도 마찬가지였다.

"은서야, 저쪽 테이블 밑에 좀 닦아야 할 것 같다."

설상가상으로 사장님이 가리킨 곳은 태인과 가장 가까운 테이블
이었다. 하는 수 없이 카운터를 벗어난 은서는 밀대를 들고 문제의
테이블로 다가갔다.

은서가 가까이 다가온 게 마음에 들었는지, 태인은 테이블에 턱
을 괸 채 그녀를 빤히 쳐다보았다. 부담스러운 시선에 일부러 그를
등졌는데도 어쩐지 그의 시선이 느껴지는 듯했다. 그녀가 할 수 있
는 것이라곤 빨리 청소를 끝내고 돌아가는 것이었다. 그런 그녀의
마음이 고스란히 담긴 손끝에 조급함이 묻어났다.

이제 거의 다 됐나 싶어, 밀대를 밀던 움직임을 잠시 멈췄을 때
였다.

"죄송한데, 여기 아래도 좀 닦아 주실래요?"

은서가 입술을 질끈 깨문 채로 돌아보자 태인이 기다렸다는 듯
윙크를 찡긋했다. 혹여 누가 봤을까 싶어 주위를 휙휙 둘러보았지
만 다행히 태인 쪽을 바라보는 이는 없었다.

태인이 등장했을 때만 하더라도 카페 안의 모든 손님이 웅성댔
지만, 그중 몇몇 사람이 태인에게 사인을 받아 가고 시간이 조금
지나자 다들 자기들만의 시간에 빠져 조용했다. 어쩌면 오늘 유독
남자 손님들이 많은 게 그 원인일지도 모르겠다.

은서는 대답 대신 밀대를 그가 있는 테이블 아래로 쓱 옮겼다.
뭐가 좋은지 싱글벙글 웃고 있는 태인과는 달리 민행은 안절부절못
하는 기색이었다. 아마도 꽤나 마음이 여린 민행은 태인의 이런 짓

궂은 장난에 마음이 불편한 듯 보였다.

자신을 올려다보는 민행의 눈빛에서 그 마음을 그대로 전달받은 은서는 괜찮다는 듯 민행을 향해 웃음을 지어 보였다. 그러자 태인이 순식간에 은서의 앞치마를 확 잡아당겼다.

얼떨결에 태인 앞에 다가선 은서가 팔딱 뛰어 대는 심장을 억누르며 천천히 그와 시선을 맞췄다. 당연히 짓궂은 미소를 짓고 있겠거니 싶었는데, 그는 꽤나 진지한 얼굴로 그녀를 올려다보고 있었다. 어딘지 모르게 긴장한 것도 같았다.

"나 가고 나면 읽어 봐."

낮은 목소리로 속삭인 그가 그녀의 주머니에 쪽지를 넣었다. 그가 그녀의 앞치마를 당겼던 힘을 풀자 그와의 간격이 다시 멀어졌다.

처음부터 용건은 쪽지였는지, 태인은 곧장 자리에서 일어났다. 은서에게 눈짓으로나마 인사를 건넨 민행 또한 그와 함께 사라졌다.

그 모습을 멍하니 쳐다보던 은서는 문득 '한여름 밤의 꿈'이란 게 이런 기분일까, 싶었다. 방금 전 겪은 일인데도 모든 것이 아득하게만 느껴졌다. 혹시 진짜로 꿈은 아니었을까, 하고 되짚어 봤지만 그녀의 손에 들려 있는 밀대가 꿈이 아니란 걸 증명해 주었다.

은서는 재빨리 청소를 마무리하고 카운터로 돌아왔다. 도대체 카페는 어떻게 찾은 건지, 또 자신이 이곳에서 아르바이트를 하고 있다는 건 어떻게 알고 온 건지 궁금했지만 가장 궁금한 건 그가 남기고 간 쪽지의 내용이었다.

앞치마에 손을 넣은 뒤 휘휘 젓자 곧바로 쪽지가 잡혔다. 무슨 내용일까 괜스레 두려운 마음 반, 설레는 마음 반으로 쪽지를 꺼낸 뒤 펴 보았다.

우리 이제 친구 그만할까?

정갈한 글씨체로 적힌 글귀에 가슴이 덜컥 내려앉았다. 가만히 있어야 할 글씨가 떨리는 걸 보고, 은서는 그제야 자신의 손끝이 떨리고 있다는 걸 깨달았다.

처음엔 '애인'이 되어 달라고 돌려 말하고 있는 거라 생각했다. 어쩌면 더 나아가 '애인'이 아니라면 '친구'로도 있지 않겠다는 쪽일지도 모른다. 은서가 두려운 건 바로 후자의 경우였다.

만약 그런 뜻이라면 '애인'이 아니고선 앞으로 그녀의 얼굴을 보지 않겠다고 선언하는 것과 다름없었다. 아직 마음을 다잡지 못한 탓에 본능적으로 그의 얼굴을 계속 보고 싶다는 생각을 하는 은서가 자신도 모르게 입술 안의 살점을 세게 깨물었다.

피 맛이 살짝 느껴지려던 차에 은서가 뭔가에 홀린 듯 잇새의 살점을 놓아주었다. 카페 안에 울려 퍼지는 노래 때문이었다. '우린 너무 달라, 잘 알고 있잖아.'라는 가사로 시작된 노래는 그녀의 마음을 툭툭 건드렸다.

이해하지 않아, 기억하지 않아. 늘 말뿐인 말들 기대하지 않아.
말이 되질 않아. 말을 듣질 않아. 내 맘이 맘처럼 움직이질 않아.

가사 하나하나가 그녀의 마음 안으로 오롯이 들어왔다. 그녀는 그 공세에 속절없이 흔들렸다. 한 곳에 머물지 못하고 시선이 이곳 저곳 표류했다. 눈꺼풀이 떨려 눈을 감았고 입술이 떨려 이를 앙물었다.

하지만 떨림은 잦아들지 않고, 오히려 온몸으로 번져 나갔다. 금방이라도 주저앉을 것 같아 카운터를 손으로 꽉 붙잡았을 때였다.

난 너를 사랑해. 난 너를 사랑해. 난 너를 사랑해······.

내내 잔잔하게 가사를 읊던 목소리가 어느새 절규하듯 외치고 있었다. 노래 안에서 사랑한다고 끊임없이 외쳐 댔다. 분명히 노래에서 들려오는 말이지만, 그녀는 마치 제 마음의 소리를 대신 전해 들은 것 같았다.

온몸에 힘이 풀린 채로 끝내 주저앉은 그녀의 눈가엔 어느새 눈물이 고였다. 카페 안을 가득 메우던 노래가 끝났음에도 그 노래는 여전히 그녀의 귓가에 머물렀다.

"은서야, 이제 그만 들어가지 그러냐."

"괜찮아요."

은서가 갑자기 주저앉은 뒤로 카페 사장은 내내 그녀를 걱정하였다. 감기 기운 있어서 잠깐 어지러웠던 거라고 둘러대긴 했지만, 적잖이 당황했는지 그는 틈만 나면 이렇듯 집에 가라며 그녀를 재촉했다.

그런 그의 성화를 꿋꿋이 버텨 내다 보니, 시간은 꽤 흘러 있었다. 아르바이트 끝나기까지 어언 30분 정도 남았다는 것을 확인한 은서는 더욱 힘을 냈다. 카페에서 나가는 대로 태인에게 연락을 할 생각이었다.

'어떻게든 만나야 해.'

은서는 굳은 의지를 다지며 눈을 꼭 감았다. 머릿속으로 그에 대한 생각을 잠깐 품었을 뿐인데 벌써부터 가슴이 벅찼다.

찰나 동안 감긴 눈을 떴을 때, 그녀의 옆엔 어느새 카페 사장이 다가와 있었다.

"오늘은 이만 가래도."

그가 은서의 어깨를 다독이듯 두드리며 말했다. 은서는 잠깐 눈을 감았다 뜬 것일 뿐인데, 감기 기운이 있다는 그녀의 말을 철석같이 믿은 그가 그녀에게 현기증이 난 걸로 오해한 탓이었다.

"사장님, 저 진짜 괜찮아요."

은서가 다급한 목소리로 대답했다. 하지만 그에겐 그녀의 말이 더 이상 들리지 않는 듯했다. 기어이 은서를 밀어내더니 그녀가 줄곧 지켰던 카운터 자리에 카페 사장이 섰다.

"뭐하고 섰어. 얼른 들어가. 내일부터 주말이니까 푹 쉬고."

멀뚱히 서 있는 은서를 돌아보며 그가 말했다. 짐짓 엄한 얼굴로 말을 꺼내던 그가 푹 쉬라는 말을 할 때는 눈에 띄게 다정한 얼굴을 했다.

카페 사장 등쌀에 밀린 은서는 하는 수 없이 카페를 나왔다. 어둑해진 하늘을 잠시 올려다본 은서가 몇 걸음 떼었을까.

코트 주머니 부근에서 진동이 느껴져 한쪽에 멈춰 선 은서가 분주한 손길로 핸드폰을 꺼내 들었다. 혹시 태인인가, 싶었지만 발신자는 건우였다. 아까 전과 비교해서 확연히 느릿해진 손길이 지금 그녀가 많이 당황했노라고 말해 주었다.

'오늘이 오빠랑 약속한 날이구나.'

입술을 잘근거린 은서가 통화를 누른 뒤, 귀에 핸드폰을 갖다 댔다. 언제까지나 길 위에 우두커니 서 있을 순 없었기에 그녀는 다시 천천히 걸음을 뗐다.

"어, 오빠."

─아직 아르바이트 안 끝났지?

잔뜩 가라앉은 은서의 목소리를 미처 눈치채지 못한 건우는 들뜬 목소리로 물어왔다.

"어쩌다 보니까 일찍 끝나서 나오긴 했는데……."

─그래? 그럼 어디 들어가 있을래? 나도 출발은 아까 했는데, 5분 정도 더 걸릴 것 같아.

다음에 먹으면 안 될까, 하고 물으려던 은서가 그의 말에 입을 꾹 다물곤 이마를 매만졌다. 그 손길에 곤란한 기색이 고스란히 묻어났다.

사실 건우와 약속을 잡은 뒤 그 몰래 밥값을 계산하려는 계획까지 세웠던 그녀였다. 틈나는 대로 아버지를 보살펴 주던 그의 노고를 저녁 한 끼로 대신할 순 없었지만, 그렇게라도 고마움의 표시를 하려 했다.

하필 그날이 오늘이라는 게 얄궂긴 하지만 단순한 저녁 식사가 아닌 보답을 하는 자리라는 걸 상기시킨 은서는 이내 마음을 굳혔다.

"그러면 나 농협 근처에 가 있을게. 어딘지 알아?"

—알긴 아는데, 안 춥겠어? 그러지 말고 그냥 어디 들어가 있어. 근처에 있는 카페라도……

"아니야, 괜찮으니까 천천히 와."

천천히 오라는 은서의 말에 최대한 빨리 가겠다는 건우의 대답을 끝으로 전화는 끊어졌다. 은서는 왔던 걸음을 돌려 농협 쪽으로 향했다. 겨울 저녁의 찬기가 얼굴 위로 쏟아졌지만 그녀는 아랑곳하지 않고 걸었다.

사람들 사이에 섞여 거리를 걷던 그녀는 이내 약속 장소에 도착했다. 그곳에 우두커니 서 있는 그녀는 잠시 뒤 만날 건우가 아닌 태인을 떠올렸다. 근사한 옷차림에 다소 어울리지 않던 캡 모자를 썼던 그의 모습, 그런 그에게 전달받았던 캔 커피에서 느껴지던 온기까지도.

그에 대한 기억을 하나 꺼내 본 것뿐인데, 이상하게 눈시울이 점점 뜨거워졌다. 시린 바람이 스쳐도 꿈쩍 않던 눈가가 그와의 추억 앞에선 한없이 여려졌다.

눈물이 비집고 나오려는 걸 참기 위해, 은서는 잠시 눈을 감았다. 눈꺼풀이 닫히자 이번엔 귀가 열렸다. 더 이상 그녀의 눈앞에 태인의 모습은 아른거리지 않았지만 낮에 카페에서 들었던 그 노래가 어디선가 들려오는 듯했다.

끊임없이 '난 너를 사랑해'를 부르짖던 노래. 은서는 그 노래를 듣고 어쩌면 처음부터 그를 향한 마음이 줄어 든 적이 없었는지도 모른다는 것을 깨달았다. 다만 그에게 돌아갈 수 없는 이런저런 핑계거리를 대며 꽁꽁 묶어 둔 것뿐이었다.

그렇게 버텨 왔는데……. 그를 다시는 볼 수 없는 것보다, 힘들더라도 그의 옆에 있는 게 낫다는 걸 깨달아 버렸다.

그러니 건우와의 저녁 식사를 최대한 빨리 식사를 마치고 태인과 만날 생각이었다. 그러기 위해선 우선 태인의 의중을 물어야 했기에 은서는 눈을 뜨곤 곧장 그에게 문자를 보냈다.

-촬영 중이야?

그에게 보내는 문자가 처음도 아닌데 괜스레 떨렸다. 핸드폰을 가만히 내려만 보고 있던 은서는 화면이 꺼지는 걸 보고 주머니에 넣으려 했다.

반쯤 들어갔을까? 아직 은서 손아귀에 있던 핸드폰에서 짧게 진동이 울렸다. 핸드폰은 그녀의 힘에 의해 다시 밖으로 나왔다. 단번에 그에게서 온 문자라는 걸 직감한 은서는 황급히 화면을 켠 뒤, 메시지를 확인했다.

-아니, 촬영 끝났어. 집이야.

안도감에 그녀가 가슴을 쓸어내렸다. 오늘 안에 그를 만날 수 있다는 확신이 커지자 벌써부터 가슴이 뻐근해졌다. 답장을 보내기 위해 키 판을 터치하는 그녀의 손길이 분주했다. 평소엔 잘 나지 않던 오타가 몇 번이나 났지만, 오타를 수정하면서도 그녀는 미소를 잃지 않았다.

-9시쯤에 잠깐 볼 수 있을까?

은서는 핸드폰을 손에 꽉 쥔 채 그의 답장을 기다렸다. 긍정의 대답이 올 거라는 걸 예측하고 있는데도 설렘이 불쑥 찾아왔다. 답장은 1분이 채 지나기도 전에 곧바로 왔다.

-어디서 볼까?

-우선 집 앞에서 만나자.

-그래.

문자는 빠르게 오갔다. 마치 그들의 마음을 대변하듯 다급했다. 더 이상 보낼 문자도 없고 그에게서 받을 문자도 없지만 은서는 핸드폰을 손에서 놓지 않았다. 금방이라도 그에게 달려가고 싶은 마음을 꾹 누르듯 손안에 있는 핸드폰을 꽉 쥘 뿐이었다.

"어때?"

은서 옆에 나란히 선 건우가 조심스럽게 물어왔다. 눈앞의 아름다운 경치를 두고도 그는 줄곧 그녀의 얼굴만 살피고 있었다.

"예쁘다. 이런 데가 있는 줄 몰랐어."

그녀의 대답으로 인해 건우의 얼굴 가득 번져 있던 초조함이 단번에 사라졌다.

"나도 우연히 알게 된 곳인데 경치도 경치지만, 내부가 조용해서 좋더라고."

한결 여유를 되찾은 건우가 차근히 말을 늘어놓았다. 그가 옆에서 말을 하고 있는데도 은서의 시선은 앞에 펼쳐진 풍경에서 떼어질 줄 몰랐다.

건우의 차에 올라타자마자 은서는 어디로 갈 거냐고 물었지만 그는 그저 좋은 곳이라며 대답을 일관했다. 그녀의 다급한 맘도 모르고 그의 차로 30분이나 달린 뒤 도착한 곳은 외딴 곳의 어느 레스토랑이었다.

그의 말대로 정말 좋은 곳이긴 했다. 운치 있는 건물의 외관, 잔디 사이로 보이는 돌길, 그 옆에 놓인 등에서 은은한 불빛까지 분위기를 더했다. 이렇게 예쁜 곳을 눈에 담으면서도 마음속 깊이 즐거워할 수 없는 건 태인과의 약속에 혹시라도 늦을까 해서였다.

"그럼 들어갈까?"

나긋하게 물어오는 건우의 물음에 은서는 대답 대신 고개를 끄덕였다. 핸드폰으로 시간을 확인한 은서는 건우를 따라 건물 안에 들어섰다. 실내엔 은은한 피아노 선율이 울려 퍼지고 있었다. 과하지 않은 조명 아래로, 고풍스러운 인테리어가 썩 어울렸다. 테이블은 손님들 각자의 시간을 침해하지 않으려는 듯 널찍하게 떨어져 있었다.

건우가 이끈 곳은 바깥이 잘 보이는 창가였다. 겉옷을 벗고 자리에 앉은 둘은 곧바로 음식을 주문했다. 주문을 마치자마자 은서는 기다렸다는 듯 화장실을 다녀오겠다며 자리를 빠져나왔다.

화장실이 있는 곳도, 계산을 하는 곳도 건우가 앉은 자리에선 보이지 않았기에 은서는 가볍게 계산을 끝마칠 수 있었다. 한결 가벼워진 마음으로 자리에 돌아온 뒤로, 그녀는 음식을 먹으면서도 건우 몰래 계속 시간을 살폈다.

"은서야?"

"아, 오빠. 미안. 방금 뭐라고 했어?"

되묻는 스스로가 한심했는지, 은서는 무릎 위에 올려 둔 핸드폰을 뒤집어 두었다. 앞으로 레스토랑에서 나가기 전까지는 절대 핸드폰을 살피지 않겠다는 그녀 나름의 의지 표현이었다.

"맛 어떠냐고 묻긴 했는데, 입엔 맞아?"

"응. 괜찮아, 맛있어."

건우가 다행이라는 듯 씩 웃어 보였다. 은서도 그의 미소에 화답하듯 입가에 살짝 미소를 머금었다. 식사를 하면서 도란도란 얘기를 나누다 보니 어느새 둘의 접시는 거의 비워진 상태였다. 은서가 나이프와 포크를 내려놓자 건우가 기다렸다는 듯 입을 열었다.

"후식 먹고 가자, 여기 후식도 맛있어."

"난 일이 있어서 가 봐야 할 것 같은데."

은서가 머뭇거리며 대답하자 건우의 얼굴에 아쉬운 기색이 스쳤다. 그런 그에게 그녀는 그저 미안하다는 눈길을 보낼 뿐이었다.

"그래? 급한 일이야?"

"응."

은서의 대답에 못내 서운하였지만 건우는 크게 내색하지 않은 채, 다시 입을 뗐다.

"그럼 후식은 됐고, 나한테 딱 1분만 더 주라."

"1분?"

고개를 갸웃하는 은서를 향해 건우는 대답 대신 짧게 미소를 보인 뒤, 자신이 벗어 두었던 코트를 뒤지기 시작했다. 움직임을 멈춘 그가 다시 은서 쪽으로 몸을 돌렸을 때, 그의 손엔 케이스가 들려 있었다.

"아주머니께 여쭤 보니까 넌 심플한 거 좋아한다고 하셔서…….
내가 직접 고르긴 했는데, 네 마음에 들진 모르겠다."

머쓱한지 건우가 애꿎은 자신의 뒷목을 만지며 말했다. 그가 활
짝 열어 은서 앞으로 내민 케이스 안엔 목걸이가 들어 있었다. 그
의 말대로 은서의 취향에도 꼭 맞는 심플한 목걸이였다. 그가 준비
한 목걸이를 내려다본 은서가 어렵게 입을 떼려던 순간이었다.

"갑작스러울 거라는 거 아는데, 사실 나 예전부터 너 좋아했어."

뒤이어진 그의 고백에 은서의 입에선 낮은 신음만 흘러나왔다.

"설마 전혀 몰랐어?"

잔뜩 당황한 기색인 은서가 귀엽다는 듯 그가 싱긋 웃으며 물었
다.

"응."

몰랐다기보다는, 깊게 들여다보려고 하지 않았다. 특히 최근엔
그의 친절을 아무렇지 않게 받았었다. 그 친절 속에 그가 이런 마
음을 감추고 있을지도 모른다는 걸 불과 몇 달 전만 해도 추측하고
있었으면서 말이다.

은서는 방심하고 틈을 보인 자신을 향해 채찍질하듯 제 입술을
질끈 깨물었다. 후회한들 달라질 건 없었기에, 은서는 어렵게 입을
뗐다.

"오빠……."

"대답은 나중에 들으면 안 될까? 이미 1분 지났거든."

방금 전까지 급한 일이 있다던 건 은서였는데, 오히려 건우가 바
삐 자리에서 일어났다. 얼떨결에 그를 따라 일어난 은서는 그가 일

부러 두고 간 목걸이 케이스를 잠깐 바라보다, 열린 케이스를 닫곤 손에 쥐었다.

단지 목걸이만 들어 있을 케이스가 은서에겐 한없이 무거웠다. 그의 고백을 듣고 마음에 내려앉은 돌덩이가 지금은 손에 들려 있는 듯했다.

레스토랑에 올 때만 하더라도 쉼 없이 말을 걸어오던 건우였는데, 돌아가는 그의 차 안엔 적막만이 감돌았다. 차에 막 올라탔을 때, 건우가 언제 계산을 한 거냐며 타박을 한 것에 은서가 멋쩍게 대답을 한 이후로는 둘 다 딱히 먼저 말을 꺼내려 하지 않았다.

건우는 직감적으로 은서에게서 나올 대답이 거절이라는 걸 눈치채고 있었다. 은서가 목걸이 케이스를 가방 안에 넣지 않고 계속 꼼지락대며 만지는 것만 보더라도 짐작할 수 있었다. 아마, 그의 예상대로라면 은서는 집에 도착하자마자 손에 쥐고 있는 케이스를 곧바로 돌려줄 터였다.

'내가 너무 성급했나. 그래도 꽤 가까워진 줄 알았는데.'

그녀에게서 거절의 말을 직접 들은 것도 아닌데, 벌써부터 마음 한구석이 아렸다. 그런 건우의 상태를 눈치채지 못하는 은서는 계속 시간만 살폈다. 9시가 점점 가까워졌다. 그녀의 계산대로라면 지금 이 시간 즈음엔 아파트에 도착했어야 하는데, 아직도 건우의 차 안이었다.

혹여 건우와 있는 모습을 태인이 보게 될 것 같아서 은서는 하는 수 없이 핸드폰을 꺼내 들었다. 어느덧 8시 50분이었다.

─미안한데, 우리 약속 10분만 늦출 수 있을까?

빠르게 적어 문자를 보낸 은서는 그의 답장을 계속 기다렸다. 하지만 어째 연락이 곧바로 오지 않았다. 초조한 마음에 입을 꼭 깨문 은서가 핸드폰 화면이 꺼질 때마다 계속 켰다.

자신도 모르게 그 행동만을 반복하던 은서는 어느덧 주변이 온통 낯익다는 걸 깨닫곤, 눈을 크게 뜨고 주위를 살폈다. 벌써 그녀의 아파트 부근이었다.

'아직 답장이 오지 않았는데, 설마 밖에 나와 있는 건 아니겠지?'

아파트 단지 안에 들어선 차가 서서히 멈추는 걸 느낀 은서가 건우를 돌아보았다. 눈이 마주치길 기다렸다는 듯 건우가 입가에 미소를 올렸다.

"조심히 들어가. 오늘 덕분에 저녁 잘 먹었다."

은서는 애써 웃는 얼굴로 그를 쳐다보곤 먼저 안전벨트를 풀었다. 그리고 무릎 위에 올려 둔 목걸이 케이스를 그의 앞으로 내밀었다.

"오빠, 나 이거 못 받아."

건우는 잠시 동안 그녀가 내민 케이스를 내려 보았다. 그의 입가엔 여전히 미소가 걸려 있었지만, 아까와는 느낌이 확연히 달랐다. 그의 웃음 끝은 쓸쓸했다.

"혹시 좋아하는 사람이 따로 있는 거야?"

건우는 케이스를 받지 않은 채로 물었다.

"응. 미안해."

"아니야, 내가 한발 늦은 거지. 좋은 기회가 언제일까 그것만 재고 있다가, 너무 늦어 버렸네."

건우는 아픈 말을 입에 담으면서도 웃고 있었다. 부담을 주지 않으려는 걸까, 그런 그의 모습에 오히려 더 미안해지는 은서였다.

"오빠 마음은 정말 고마워."

누군가가 자신을 좋아해 준다는 건 분명 고마운 일이었다. 다만, 지금은 그 마음을 받아 줄 수 없다는 것에 미안함이 조금 더 클 뿐이었다.

"그럼 그 목걸이만이라도 받아 줄래? 이거 내가 갖고 있으면 버리지도 못할 것 같고, 난 그거 보면서 계속 미련이 남을 것 같거든. 그냥 다른 사람 줘도 괜찮고, 네가 버려도 괜찮으니까 이것만이라도 가져가 줘."

은서가 내밀었던 케이스를 그가 다시 그녀 쪽으로 살짝 밀었다. 케이스의 끝부분을 잡고 있던 은서는 하는 수 없이 그것을 손에 다시 쥐었다.

"그럼 병원에서 보자."

"응, 조심히 가."

분명한 거절의 의사를 밝혔는데도 마음이 무거웠다. 이런 상황까지 오지 않을 수 있었는데, 오늘 이 지경까지 온 건 순전히 제 탓이었다. 적어도 은서의 생각으로는 그러했다.

은서를 내려 준 뒤, 건우의 차는 곧장 떠났다. 가만히 그 모습을 지켜보던 은서도 이내 돌아섰다. 화들짝 놀라 시간을 확인해 보니 이미 약속 시간보다 5분이나 지나 있었다. 하지만 여전히 그에게선 문자가 오지 않은 상태였다.

'어떻게 된 거지?'

혹시 근처에 그가 있을지도 모르니 손에 있던 목걸이 케이스를 가방에 넣으려는데,

"뭐야, 왜 저 남자 차에서 내려!"

얄궂게도 그녀의 바로 뒤에서 태인의 목소리가 들려왔다. 순간 몸이 언 것처럼 꽁꽁 굳어 버렸다.

당황스러움으로 물든 심장이 빠르게 뛰고 있었지만 은서는 태연한 얼굴로 돌아섰다.

"저녁 약속이 있었어."

"그래서 9시에 만나자고 한 거야?"

"선약이었어. 늦은 건 미안해. 문자 보냈었는데……."

발갛게 달아올라 있는 태인의 얼굴을 보며 미안해졌는지 은서의 목소리는 점점 기어들어 갔다.

"핸드폰 집에 두고 나왔어."

집에서 잠자코 기다릴 수 없어 태인은 일찌감치 밖에 나와 있었다. 뒤늦게 핸드폰을 두고 왔다는 걸 알았지만, 본능적으로 약속 시간이 가까워졌다는 걸 안 그는 아파트 주위를 어슬렁거리며 마냥 기다리고 있었다.

그러다 그는 은서가 웬 차에서 내리는 걸 목격했고, 꽤나 가까운 거리에 있던 터라 운전석에 타고 있는 남자의 얼굴을 얼핏 보곤 곧 장 그녀에게로 다가온 것이었다.

"그랬구나."

"저번에 마트에서 본 남자 맞지?"

"응."

짐작을 하고 있었는데도 막상 그녀의 입에서 긍정의 대답이 떨어지자 그의 입에선 알 수 없는 한숨이 새어 나왔다. 조바심이 나서인지 자꾸만 엇나가려는 마음을 꾹 누른 그가 스스로를 진정시키듯 잠시 시선을 아래로 내렸다. 그런데 하필 그의 시선이 닿은 곳은 그녀가 손에 들고 있던 케이스였다.

"손에 그건 뭐야?"

다소 화기 어린 그의 음성이 찬기를 타고 더 매섭게 전해져 왔다. 낯선 감각에 은서는 저도 모르게 몸을 움츠렸다.

"아무것도 아니야."

아차 싶은 얼굴로 대답한 은서가 손에 들고 있던 케이스를 황급히 가방에 넣었다. 하지만 이미 케이스의 정체를 파악한 그 앞에선 불필요한 행동이었다.

다소 사나워진 그의 눈매를 마주하고 나서야 은서는 케이스를 감추려던 자신의 행동이 오히려 역효과를 불러일으켰다는 걸 깨달았다.

"뭔데, 혹시 저 남자랑 사귀는 거 아니지?"

울컥 올라온 화를 다스린 그가 침착한 목소리로 물었다.

"아니야. 그런 거."

상황이 다소 답답하게 흘러갔지만 은서는 마음을 초연하게 먹었다. '친구'라는 관계 속에서 여태껏 잘 버텨 오던 그가 그녀 손에 들린 목걸이 케이스 하나로 흔들리는 건, 그만큼 그의 마음이 불안하다는 걸 방증하는 셈이었다. 그걸 모를 리 없는 은서는 더욱더 차분한 눈길로 그를 바라보았다.

"그럼 혹시 고백이라도 받았어?"

태인의 물음에 곧잘 대답하던 은서가 이번엔 입을 열길 망설였다. 무응답이 곧 긍정이라는 걸 짐작해 낸 태인의 얼굴이 사정없이 구겨졌다.

"말해 봐. 그냥 묻는 거야. 고백받았어?"

그 남자를 향한 질투부터 시작해서 그녀를 향한 사랑, 심지어 다소 삐뚤어진 소유욕까지도 모든 감정이 극악으로 치밀어 올랐다. 폭발 직전인 감정들을 꾹 누르곤 있지만, 그녀를 바라보는 눈길엔 미처 감추지 못한 그의 강렬한 마음이 묻어났다.

"응."

은서는 마지못해 대답했다.

"그래서 받아 줄 거야?"

"이제 친구 그만하자며, 그럼 우리 이제 아무 사이도 아닌데 이렇게 관여해도 돼?"

은서는 태인을 일부러 자극이라도 하려는 것처럼 힐난하듯 말했다. 생각지도 못한 그녀의 대답에 그가 잠시 입을 꾹 닫았다. 다시 입을 열었을 때, 그의 얼굴엔 전과는 달리 다급함이 묻어났다.

"너한텐 그게 그런 의미로밖에 해석이 안 돼? 그거 단순히 친구 그만하자는 뜻 아니란 거 알잖아. 정말 몰랐던 거야? 아니면 알고 싶지 않아서 모른 척하는 거야?"

"너, 나 붙잡으러 온 거 아니라며."

은서는 침착한 목소리로 말했다. 흔들림 없이 올곧은 그녀의 눈빛을 마주한 태인은 극도의 불안감을 느꼈다.

"붙잡으러 온 거야, 처음부터. 네가 도망칠까 봐 거짓말했어."

어느새 전세는 역전됐다. 그녀를 몰아붙이던 그의 낮은 목소리가 조급한 마음으로 인해 톤이 살짝 올라갈 정도였다.

마주칠 때마다 여유롭게 굴던 그는 더 이상 존재하지 않았다. 능청스럽게 다가오던 그의 이면에 감춰져 있던 진짜 속내를 비로소 마주하게 된 그녀는 모든 얘기를 다 들어 줄 준비가 되어 있다는 듯 그를 바라볼 뿐이었다.

하지만 잔뜩 조바심을 느끼고 있는 그가 은서의 속내를 파악하기란 쉽지 않았다. 태연하게 구는 그녀의 행동이 오히려 그의 조급한 마음을 타오르게 했다.

은서가 아무런 대답도 하지 않고 자신을 쳐다보고만 있자, 태인이 갑자기 그녀의 양어깨를 잡아 왔다. 속절없이 흔들리는 그의 마음처럼 그녀의 어깨를 꽉 잡은 그의 손끝이 떨렸다. 그 떨림은 은서에게도 고스란히 전해졌다.

"거짓말한 건 미안한데, 그 남자랑은 사귀지 마."

은서가 그를 올려다봤다. 그러자 코가 닿을 정도로 그가 얼굴을 바짝 붙여 왔다. 그의 눈빛만큼이나 뜨거운 숨이 그녀의 얼굴 위로 흩어졌다.

"나는 지금 당장 나랑 사귀어 달라는 뜻 아니었어. 생각해 보니까 친구라는 그 말에 얽매어 있으면 네가 날 너무 편하게 생각할 것 같아서 이제 친구 말고 다시 남자로 봐 주면 안 되겠냐는 그런 의미였어."

변명을 하는 그의 목소리는 다급했다.

"어차피 우린 처음부터 친구가 될 수 없었어. 너도 알고 있었잖아."

그와는 달리 그녀의 목소리는 느긋했으며 차분했다.

"아직 나한테 확신이 안 선 거면 친구라도 계속해. 그게 그냥 허울 좋은 명분일지라도, 그동안은 너 많이 편해 보였어. 그러니까 내가 더 기다릴게. 네 마음이 아직 올 준비가 안 된 거면 기다릴 수 있어."

그가 애써 웃으며 말했다. 건우가 은서에게 지어 보이던 웃음과 모양새가 비슷했다. 하는 수 없이 지어 보이는 웃음 끝에 남아 있는 처연함.

다른 점이 있다면, 건우의 미소를 보던 때와는 달리 태인의 애틋한 미소를 바라보는 그녀의 마음이 사정없이 내려앉는다는 거였다.

"아니, 더 이상 기다리지 마."

은서는 딱 잘라 대답했다.

"싫어. 기다릴 거야. 기다릴 테니까 대신 아무한테도 가지 말고, 나한테만 와."

금방이라도 울음이 터질 것만 같은 제 마음을 가다듬으며 은서가 입을 뗐다.

"미안해. 지금까지 미안했어."

은서의 한 마디에 그녀를 담은 그의 눈빛이 떨려 왔다. 그리고 은서의 어깨를 붙잡고 있는 태인의 손아귀에도 점점 힘이 실렸다. 억센 손길에 몸을 비틀려던 은서를 태인이 와락 껴안았다.

"그런 말 하지 마. 어차피 너한테 무슨 말을 들어도 내가 너 포기 안 할 거라는 거, 네가 제일 잘 알잖아."

격해진 그의 감정을 고스란히 전달받은 은서는 북받쳐 오르는 감정을 꾹 누르고 입을 열었다.

"그리고……."

태인은 더 이상 듣기 싫다는 듯 눈을 꽉 감아 버렸다. 그 모습을 가만히 올려다보던 은서의 얼굴이 곧바로 울 것처럼 바뀌었다.

"고마워. 나 잡아 줘서."

자신이 생각했던 말이 아니었다. 고맙다는 말이 아닌 '이제 나 더 이상 좋아하지 마.' 정도의 말이 나왔어야 했다. 이상하다는 듯 태인이 한쪽 눈을 떴다. 기묘한 분위기를 감지한 태인이 반대편 눈을 마저 뜰 새도 없이 은서가 곧장 까치발을 들고 입을 맞춰 왔다.

얼떨결에 그 입맞춤을 받아 낸 태인은 혹시 꿈이 아닌가, 하고 생각하다가 시간이 조금 지나서야 현실이라는 걸 깨달았다.

짧은 입맞춤 끝에 그녀의 입술이 살짝 떨어지려는 차에, 그가 양손으로 그녀의 얼굴을 부여잡았다. 이번엔 그의 주도하에 이루어지는 깊은 입맞춤이었다. 다시 느끼길 간절히 바랐던 그녀의 숨결이 고스란히 그의 안에 스며들었다. 그녀는 언제나처럼 부드럽고도 달콤했다.

서로를 향한 뜨거운 마음처럼 깊은 입맞춤에 둘은 입술이 떨어진 뒤에도, 한참이나 격해진 호흡을 가라앉혀야 했다.

"어쩔 수가 없나 봐."

어느덧 숨을 고른 은서가 웃으며 말했다. 그에게 오늘 하려고 준

비했던 말 중에서 입 밖으로 제대로 나간 것이 하나도 없었다. 하지만 덩달아 환한 미소를 짓는 그를 보니 제 마음만큼은 제대로 전달된 듯했다.

태인은 벅차오르는 마음을 진정시키며 눈앞에 있는 은서를 다시 꽉 껴안았다. 얼떨떨하게 시작한 입맞춤과는 느낌이 확연히 달랐다. 그녀를 품에 안은 이 순간, 그는 자신을 둘러싼 모든 것이 비로소 제자리를 찾았다는 것을 느꼈다.

"이제 두 번 다신 너 안 놓을 거야."

은서는 대답 대신 태인의 허리에 손을 감았다. 그의 진한 체향에 맥박이 점점 빨라지는 것을 느낀 그녀는 눈을 감았다. 옷 위로 느껴지는 그의 체온에 온몸 구석구석까지 따뜻한 기분이었다.

7장.
너의 곁에서

밤공기는 차가웠다. 옷 안을 집요하게 파고드는 바람 또한 매서 웠다. 추위로 인해 무감각해지는 건지, 몸이 점점 굳어지는 것도 같았다.

"그만 갈까?"

잘 가던 걸음을 멈추고 은서를 돌아보는 태인의 얼굴엔 걱정스 러운 기색이 한가득이었다.

"난 더 걷고 싶은데."

코끝이 빨개졌으면서도 은서는 고집을 부렸다. 아파트 단지 옆 에 있는 공원으로 나온 둘은 20분째 걷고 있었다.

"안 추워?"

"응, 하나도."

대답을 마친 은서는 잠시 멈췄던 걸음을 다시금 뗐다. 바깥의 온

도가 낮은 건 자명한 사실이었지만 춥지 않다고 느껴지는 것 또한 거짓이 아니었다. 추위라면 질색을 하는데, 지금 은서의 상태는 스스로 생각해도 참으로 오묘했다.

"혹시 너 추워? 들어갈까?"

이번엔 은서가 걸음을 멈춘 채로 물어왔다. 태인을 올려다보는 그녀의 눈길엔 근심이 가득 묻어 있었다. 그녀와 눈을 마주한 태인의 입가에 살포시 웃음이 번졌다.

"나도 춥진 않은데, 너 감기 걸릴까 봐 그러지."

코트 차림인 건 둘 다 같았다. 다만 태인은 코트 속에 목이 다 덮이는 스웨터를 입었고, 은서는 목이 다 드러나는 라운드형의 니트를 입고 있었다. 하필이면 평소엔 잘 두르고 다니던 목도리를 챙기지 않은 은서의 횅한 목이 걱정이었다.

"난 괜찮아."

은서가 다시 힘을 주어 그를 앞으로 끌었다. 태인이 못 말리겠다는 얼굴로 픽 웃어 보이고는 그녀와 함께 걸음을 뗐다. 둘은 고즈넉한 공원을 나란히 발맞추어 걸어 나갔다.

그와 보폭을 맞춰 곧잘 걷던 은서가 힐긋 아래를 내려 보았다. 정확히는 그의 외투 주머니 부근에 시선이 머물렀다. 그 안엔 꽉 부여잡은 그와 그녀의 손이 있었다. 손끝에 맞닿은 그의 체온 때문일까? 어쩌면 그녀가 추위와 맞설 수 있는 건 이 작은 온기 때문일지도 몰랐다.

태인은 점점 걸음이 느려지는 은서를 의아한 얼굴로 살폈다. 그녀의 시선이 머무는 곳이 주머니 부근이라는 걸 곧바로 눈치챈 태인은 픽 웃으며 맞잡고 있던 손을 고쳐 잡아 깍지를 꼈다.

그녀가 별안간 커진 눈으로 태인을 올려 보자, 기다렸다는 듯 그가 눈을 맞춰 왔다. 걸음까지 멈추고 꽤 길게 이어진 눈 맞춤에 둘 사이엔 묘한 분위기가 내려앉았다.

그의 모든 것이 익숙하지만, 그가 주는 설렘엔 아직도 익숙해지지 않았나 보다. 그 감정은 찾아올 때마다 매번 그녀로 하여금 이질감을 느끼게 했다.

기분 좋은 두근거림을 느끼며 느릿하게 눈을 감았다 뜬 은서의 이마 위에 태인의 입술이 짧게 닿았다 떨어졌다. 이에 질세라 뒤꿈치를 들고 그의 입술께로 향하던 그녀의 입술은 갑자기 중심이 흐트러지는 바람에 그의 턱에 닿고 말았다.

당황한 그녀가 먼저 웃자, 그가 따라 웃었다. 조용한 공원 안에 울리는 그의 낮은 웃음소리가 어떤 아름다운 선율보다도 좋게 들렸다.

"여기 잠깐 앉자."

은서가 눈짓으로 벤치를 가리키자 태인이 고개를 끄덕였다. 둘은 곧 농구코트가 보이는 벤치에 앉았다. 어스름한 가로등 불빛 아래엔 둘뿐이었다.

"옷 벗어 줄까?"

뿌옇게 흩어진 하얀 입김 새로 붉어진 그의 얼굴과 유독 빨개진 귀가 보였다.

'추위 잘 타면서 꼭 저런다니까.'

태인은 은서에게서 긍정의 대답이 떨어지면, 곧바로 입고 있던 코트를 벗으려는 듯 코트 깃을 한 손으로 부여잡고 있었다.

"나 진짜로 괜찮아. 버틸 수 없을 정도로 추워지면 들어가자고 말할게."

은서의 말에도 태인은 손에서 여전히 코트 깃을 놓지 않았다. 그녀의 말이라면 잘 들어주던 태인은 간혹 이렇게 고집스러운 면을 보이곤 했다. 아이러니한 건, 그가 고집을 부리는 일은 하나같이 그녀와 관련된 일이라는 거였다.

하는 수 없이 주머니에 넣어 둔 제 손을 꺼낸 은서는 그의 손을 잡아챘다. 은서는 손끝에 닿은 그의 차가운 감촉에 놀라고, 태인은 자신의 손에 닿은 그녀의 따뜻한 감촉에 놀랐다. 은서가 제대로 손을 잡으려 하자 태인은 자신의 손을 주머니로 휙 넣었다.

"왜?"

허무하게 그의 손을 놓친 은서가 입을 부루퉁하게 내밀며 물었다.

"내 손 지금 차가워."

"괜찮아, 대신 내 손이 따뜻하잖아."

태인은 이왕이면 그녀에게 온기를 전해 주는 쪽이고 싶었다. 그녀의 온기를 빼앗는 쪽이 아니라.

하지만 이 말을 입 밖으로 꺼내면 그런 게 어디 있냐며 무작정 손을 잡아 버릴 은서를 알기에 태인은 화제를 돌리는 쪽을 택했다.

"근데 아까 오던 길에 보니까 카페 있던데, 거기라도 들어가는 게 낫지 않아? 손님도 거의 없던데."

태인의 회유가 통했는지, 은서는 고개를 절레절레 젓곤 말을 꺼냈다.

"사람이 없어서 공원에 온 게 아니라, 그냥 여기 와 보고 싶어서 온 거야."

공원 곳곳을 눈에 담는 은서의 눈빛이 금세 아련해졌다. 태인과 사귄 뒤, 얼마 지나지 않아 둘 다 서울로 올라갔지만 그와 함께 이 지역에서 보냈던 시간이 있었다. 연인으로서의 시간만 따져 보면 어언 두 달 정도니까 결코 긴 시간은 아니었다.

많은 흔적을 남길 순 없었지만, 그나마 그와의 추억이 짙게 밴 장소 중 하나가 바로 이 공원이었다. 데이트를 마치고 괜스레 헤어지기 싫은 마음이 들 때면, 공원을 몇 바퀴를 돌고 그가 은서를 집으로 데려다 주곤 했었다.

돌이켜 보니 막 사귀기 시작했을 때도 지금처럼 추운 겨울이었다. 한겨울, 그것도 저녁 늦게 찾은 공원은 예나 지금이나 한적했다. 태인과 함께 있을 때면 사람들의 시선부터 걱정하던 그녀에게는 최적의 장소였다.

하지만 지금은 사람들의 시선 때문이 아니라 태인과 이곳을 다시 찾았다는 게 마냥 좋았다. 공원 앞을 지날 때 씁쓸한 마음에 애써 외면했던 게 바로 오늘 아침 일이었다. 그때만 해도 태인과 이곳을 다시 찾을 거라고는 꿈에도 생각지 못했다.

'한 치 앞을 못 본다더니 정말 그러네.'

오늘 하루 동안 참 많은 일이 있었다. 크나큰 감정의 소용돌이에 휩쓸렸다가 가까스로 빠져나온 기분이었다. 다행인 건, 중간에 방향감각을 상실하지 않고 태인에게 제대로 도착했다는 것이었다.

"저기 자판기 있다. 따뜻한 거 뭐라도 뽑아 올게."

한구석에 놓여 있던 자판기를 발견한 태인은 은서가 잡을 새도 없이 뛰어 나갔다. 코트 자락이 휘날릴 정도로 열심히 달리는 그의 모습을 보며 풋, 하고 웃던 은서는 돌연 찬 공기를 있는 힘껏 들이마셨다. 머릿속부터 시작해서 온몸 구석구석 맑게 정화가 되는 기분에 눈이 절로 감겼다.

이 세상에 있는 모든 좋은 감정이 다 제 안에 있는 듯했다. 그 감정들로 마음이 충만했다. 충만하다 못해 가슴 가득 벅차올랐다. 그녀를 금방이라도 집어삼킬 것만 같았다.

은서는 감당하지 못할 만큼 부풀어 오른 감정들을 잠재우기 위해 숨을 크게 들이마셨다가 내쉬었다. 하지만 쉬이 사그라지지 않았다.

그렇게 몇 번의 깊은 호흡을 하던 중 어깨 위로 툭 뭔가가 내려앉은 기분에 은서가 눈을 떴다. 고개를 살짝 틀어 확인해 보니, 어깨 위엔 그가 방금 전까지 입고 있던 코트가 버젓이 자리 잡고 있었다.

"뭐야, 얼른 다시 입어. 그러다 너 감기 걸려."

"괜찮아. 너 입고 있어."

그가 주머니에 넣어 온 캔 커피를 벤치 위에 꺼내 놓는 사이, 은서가 그가 어깨에 걸쳐 준 코트를 벗으려 하자 태인이 황급히 제 코트와 함께 그녀의 어깨를 꽉 잡았다.

"내일 촬영 있을 거 아니야. 얼른 입어."

자신을 옴짝달싹못하게 하는 그의 행동이 마음에 들지 않는지 은서의 눈썹이 잔뜩 일그러졌다. 그녀가 눈을 밉게 뜨고 째려보는 데도 뭐가 그렇게 좋은지 태인은 그저 웃고만 있다.

"좋은 방법이 하나 있는데."

"뭔데?"

다소 능글맞게 바뀐 표정이 의심스러웠지만, 은서는 속는 셈 치고 그에게 물었다.

"네가 이 옷 그대로 입고 나 껴안으면 너도 안 춥고, 나도……."

그의 말이 채 끝나기도 전에 은서가 태인의 허리를 껴안았다. 순전히 농담으로 뱉은 말이었는데 막상 그녀가 자신의 허리를 진짜로 껴안아 오자 태인은 잠시 당황했다. 포옹을 처음 해 본 사람처럼 잠시 멍하니 굳어 있는 중에도 입꼬리는 제멋대로 실룩댔다.

"따뜻해?"

"어, 완전 따뜻해."

그는 은서의 어깨를 끌어안으며 대답했다. 맞닿은 온기로 인해 거짓말처럼 추위가 가셨다. 자신이 사 온 캔 커피가 식고 있는 것도 모른 채, 태인은 그저 눈앞의 은서를 품에 더 꽉 안았다.

둘은 한동안 잠잠히 서로의 체온만을 오롯이 느꼈다. 둘 사이에 내려앉은 정적에 서서히 익숙해질 때쯤이었다.

"태인아."

먼저 침묵을 깬 건 은서였다.

"응?"

"미안해."

"뭐가?"

내내 격양되어 있던 태인의 목소리가 순식간에 가라앉았다.

"너 힘들게 한 거."

"내가 너 힘들게 한 거에 비하면 새 발의 피야."

기다렸다는 듯 맞받아치는 태인에게 뭐라고 대꾸를 하고 싶었지만 은서는 목이 메어 아무 말도 할 수 없었다. 시큰거리는 눈가가 못마땅하다는 듯 눈을 질끈 감아 버렸지만 얼마 지나지 않아 감은 눈꼬리를 타고 눈물이 흘러내렸다.

은서에게서 한동안 아무 말이 없자 태인이 그녀를 꽉 안고 있던 팔을 슬며시 풀었다. 그녀를 살짝 품에서 떼어 낸 뒤, 얼굴을 확인하려는데 은서가 응석을 부리듯 태인의 품에 얼굴을 파묻었다. 필사적인 움직임에 그녀의 상태를 곧바로 눈치챈 그가 슬며시 입을 뗐다.

"울어?"

아직은 추측뿐이었지만, 그녀가 울고 있을 거라는 생각만으로도 가슴이 아릿해서인지 그의 미간이 잔뜩 일그러졌다.

"안 울어."

울먹이는 목소리로 거짓을 말한들 통할 리 없었다.

"왜 우는데, 울지 마. 응?"

은서의 울음에 안절부절못하고 있으면서도 한없이 다정한 목소리를 내고 있는 그 때문에 급기야 그녀의 어깨가 들썩거렸다. 흐느낌과 같은 소리가 들려오자 태인은 더 이상 말을 걸지 않고 은서의 뒤통수를 꽉 끌어안아 주었다.

시간이 다소 흐른 뒤에, 그녀의 울음이 사그라지는 게 느껴질 때쯤 태인은 그녀를 품에서 떼어 냈다.

이번엔 순순히 밀려난 은서의 얼굴 가득 묻어 있는 눈물을 두 눈에 담자 가슴이 조여 들 듯 아파 왔다. 그는 곧바로 눈물이 대롱대롱 매달려 있는 은서의 눈가를 엄지로 쓸어 주었다. 그의 손길이 닿는 곳마다 애틋함이 번졌다.

"나야말로 힘들게 해서 미안해. 헤어지기 전에도, 헤어진 뒤에도……."

태인은 끝까지 그녀를 놓지 않으려던 자신의 행동을 후회는 하지 않지만 그녀에게 내내 미안한 마음이 있었다. 그녀에겐 헤어짐을 결정했을 때보다 자신을 다시 받아들이겠다는 결정을 하는 것이 더 어려운 일임을 알기에.

"이기적인 거 아는데도 차마 놓질 못하겠더라. 나 여기 올 때, 네가 나 미친놈 취급하면서 무시할 것까지 각오하고 왔었어. 넌 모진 성격이 아니라 날 외면하진 않았지만……."

한없이 내려앉은 그의 목소리에 은서는 순간 깨달았다. 헤어진 뒤, 그녀의 옆집으로 이사까지 오면서 그가 '친구'라는 이름으로 그녀에게 다가온 건 그의 마지막 저항이었다는 것을.

마주치면 웃어 주던 그의 얼굴 이면엔 불안하고 초조한 마음이 가득했을 터였다. 더불어 그녀를 향한 미안한 마음까지 더해져 그를 괴롭혔을 것이다.

"아니야, 내가 솔직하지 못했어. 도망가기 바빴고, 외면하기 바빴어. 알잖아, 나 시작하기 전에 지레짐작으로 겁부터 먹는 거. 그래서……."

말을 채 잇지 못하는 그녀의 눈가에 다시금 눈물이 방울방울 맺혔다. 눈물 한 방울 떨어지는 것도 안타깝다는 듯 태인은 곧바로 그녀의 눈물을 닦아 주었다.

솔직하지 못한 것뿐 아니라 자만했었다. 제 마음이니 자신이 어떻게 할 수 있을 줄 알았다. 그에게 동요하는 걸 알면서도 마음만 굳게 먹으면 언제든지 제 감정을 접을 수 있을 거라고 생각했다.

'근데 아무리 밀어내도 밀려나지가 않더라.'

헤어지려고 마음먹었을 때, 그를 잊을 수 있을 거라고 생각했던 것 또한 명백한 자만이었다. 그걸 너무 늦게 깨달은 자신이 후회스러울 뿐이었다.

"나랑 사귀는 동안 어떤 게 힘들었는지 구체적으로 물어도 돼?"

"힘들다기보다는……."

지금 와서 지난 얘기를 꺼내는 게 맞는 걸까, 하는 마음에 은서가 말꼬리를 늘어트렸다.

"솔직하게 얘기해 줘. 난 똑같은 일 번복하고 싶지 않거든."

은서를 향한 태인의 눈빛은 단호하고도 진지했다. 그런 그를 빤히 쳐다보던 은서가 결심한 듯 마른침을 삼키고 입을 뗐다.

"보고 싶은데 못 보는 거 아니까 그 마음 접어야 할 땐 매번 슬펐어. 난 할 수 있는 게 네 연락을 기다리는 거밖에 없는데 그마저도 연락이 안 오면 너무 쓸쓸해서 혹시나 늦게라도 오지 않을까, 잠도 제대로 못 자고 뒤척였었어. 그러다 잠들곤 새벽에 문득 깼을 때, 너한테 연락이 와 있으면 그제야 마음 놓고 잘 수 있었어."

그와 다시 시작하기로 마음먹은 이상, 어쩌면 되풀이될지도 모

르는 일이었다. 하지만 그를 영영 보지 못하는 것보다는 훨씬 견딜
만한 일이란 걸 깨달았기에 그녀는 애써 웃어 보였다.

"또?"

태인이 여느 때보다도 자상한 목소리로 거들어 주자 은서가 가
슴 속에 번지는 슬픔을 꾹 누르고 다시 입을 열었다.

"전화를 걸었는데 네 핸드폰이 꺼져 있을 때도……. 그건 자주
경험하던 일인데도 경험할 때마다 아프더라."

혼자서 추측하는 것과 직접 그녀에게서 얘기를 듣는 것은 참 많
이 달랐다. 그녀의 힘들었던 지난 얘기에 한 번, 되도록 슬픈 기색
을 나타내지 않으려는 그녀를 보며 또 한 번 마음이 짠하고 울려왔
다. 태인이 할 수 있는 것이라곤 그녀에게 자신이 지을 수 있는 최
대한의 다정한 눈길을 보내는 것뿐이었다. 그녀가 속에 담아 두었
던 모든 이야기를 꺼낼 수 있도록.

"또?"

"남자친구 있는 거 주위 사람들이 대부분 아는데, 보여 달라고
하면 보여 줄 수 없었던 거? 엄마랑 아빠는 아직도 내가 남자친구
한 번 못 사귄 줄 알거든."

눈가에 아슬아슬하게 맺혀 있던 눈물이 흘러내리는데도 그가 걱
정할까 봐 은서는 일부러 웃으며 얘기를 끝마쳤다. 그런 은서가 안
쓰럽다는 듯 그녀의 볼을 타고 흐르는 눈물을 태인이 황급히 털어
냈다.

"왜 나한텐 한 마디도 안 했어?"

"그야……."

"그야?"

조금은 엄한 얼굴로 되묻는 그를 보며 은서가 어렵사리 입을 뗐다.

"우린 자주 연락하는 것조차 쉽지 않았잖아. 근데 연락 닿을 때마다 내가 너한테 투정부리고 그러면 네가 힘들까 봐."

처음엔 일종의 배려였다. 그런데 그 배려가 그녀에게 족쇄를 채웠고, 그 족쇄가 결국 그녀를 숨 막히게 했다. 은서는 고개를 푹 숙인 채 말을 이었다.

"그리고…… 내가 너 힘들게 하면, 네가 나 싫어할까 봐."

고작 입 밖으로 말을 내뱉은 것뿐인데도 가슴이 아려 오는 걸 보니, 어쩌면 가장 무서웠던 건 그거였을지도 모르겠다.

"내가 널 싫어할 수 있을 리가 없잖아."

아직도 숙이고 있는 그녀의 고개가 못마땅하다는 듯 태인이 부드러운 손길로 그녀의 고개를 천천히 들어올렸다. 여기저기 방황하던 그녀의 시선이 비로소 그의 시선과 맞닿았다. 눈빛이 교환되자 태인이 얼굴 가득 미소를 지어 보였다.

"네가 나한테 투정부려도 나 하나도 안 힘들어. 내가 다 감당할 수 있으니까 앞으로는 솔직하게 다 말해 줘. 알았지?"

말을 마치자마자 태인은 은서의 머리를 쓰다듬었다. 그녀를 바라보는 부드러운 눈빛보다 더 포근한 손길로.

"응. 앞으론 다 말할게. 너 힘든 거 하나도 안 봐주고 나도 다 말할 거야."

슬픈 기색은 다소 털어 낸 은서가 똑 부러지게 대답하자 그가 귀엽다는 눈길을 보내며 그녀의 머리를 헝클어트렸다. 은서의 눈가에도 희미하게 웃음기가 번졌다.

"그리고 앞으로는 핸드폰 꺼 놓지 않을게. 촬영 중이면 민행이라도 대신 받도록 할게."

"응."

"부모님께도 인사드리자."

그가 부모님이라는 단어를 언급했을 때 잠시 움찔했지만 은서는 이내 태연한 얼굴빛으로 말을 꺼냈다.

"그래, 조만간……."

지금 당장 영환의 일을 얘기하고 싶진 않았다. 그가 심하게 자책할 게 뻔했기에 은서는 조금이라도 미루고 싶었다. 안 그래도 내내 불편했을 그의 마음이 잠깐이나마 편해지게 두고 싶었다.

"그래, 앞으로 시간 많으니까."

태인이 웃으며 은서의 머리 위에 올려둔 손을 뗐다. 자연스레 아래로 내려오던 그의 손을 은서가 제 두 손으로 꼭 잡았다. 유독 조심스러운 손길에 잠시 고개를 갸웃하던 태인은 그녀의 눈이 향하는 곳을 보곤 곧 깨달았다.

"이제 거의 다 나았어."

상처는 아물었지만 아직 연하게 남아 있는 손등의 흉터를 바라보는 그녀의 눈길이 아련했다.

"완전히 나을 순 없겠지?"

평소보다 낮은 그녀의 목소리엔 자책감이 담겨 있었다.

'이미 한 번 새겨진 상처는 흉터로 남아 쉽게 없어지지 않는

데……'

손등의 상처도 그렇지만, 그의 마음에 남아 있을 상처 또한 걱정
이었다. 갑자기 헤어지자던 자신의 말이 그에겐 얼마나 큰 상처가
되었을까, 싶어 마음이 아파 왔다. 미안한 마음 탓인지 그의 손등
을 어루만지는 그녀의 손길은 한없이 여리기만 했다. 태인은 그런
그녀가 못내 안쓰러웠다.

"괜찮아, 이제 안 아프니까."

보란 듯이 덤덤한 표정으로 얘기했지만, 줄곧 그의 손등에 시선
이 머물러있는 그녀에겐 미처 보이지 않았다.

"그래도. 많이 아팠겠다."

그녀의 애틋한 눈빛과 자신의 손등을 천천히 쓸던 손길을 느끼
던 태인의 눈빛이 돌연 달라졌다. 그때, 그녀에게 잡히지 않은 남
은 한 손으로 태인이 은서의 턱을 살짝 움켜쥐었다. 그가 힘을 주
어 그녀의 고개를 천천히 올리고 둘의 눈빛이 마주친 순간, 태인이
급작스럽게 입을 맞춰 왔다.

마치 숨을 갈취하는 것처럼 깊은 키스가 이어졌다. 은서는 두 손
에 꼭 쥐고 있던 그의 손을 저도 모르게 놓았다. 기다렸다는 듯 태
인은 그녀의 얼굴을 양손으로 부여잡곤 입술을 더 깊게 겹쳐 왔다.
열기 가득한 태인의 혀가 밀려 들어와 입 안을 잔뜩 헤집어 놓았
다. 강하게 때로는 부드럽게 느껴지는 그의 혀 놀림에 정신이 아득
해져 왔다.

한동안 맞붙어 있던 두 입술이 멀어진 뒤, 태인은 곧바로 은서를
품에 꼭 안았다. 자신의 품에 꼭 맞게 안겨 오는 그녀의 체구에 더

할 나위 없는 행복감에 젖은 그가 지그시 눈을 감았다 뜨곤 말했다.

"사랑해."

나른한 목소리로, 그 누구보다 열렬한 마음을 담아.

◇

얼굴 위로 내리는 햇살을 피하기 몸을 뒤척이던 은서가 한쪽 눈을 슬며시 떴다. 새벽에 잠깐 깼을 때 느껴졌던 찬기가 감쪽같이 사라진 걸 보니 해가 뜬 지 꽤 오래되었나 보다.

슬슬 일어나야겠다는 생각에 짧게 하품을 하고는 곧장 머리맡을 더듬거렸다. 손끝에 걸린 핸드폰을 곧바로 집어 든 은서는 한쪽 눈도 마저 뜨곤 핸드폰 화면을 바라봤다.

AM 10:12.

늦잠을 잤다는 사실에 놀랄 겨를도 없이, 상단 바에 카카오 톡 메시지 알림을 본 은서의 입가에 살포시 미소가 번진다. 자신의 예상대로 발신자가 태인임을 확인한 은서는 잔잔하게 떨려 오는 가슴을 꾹 누른 채 메시지를 읽었다.

-감기 안 걸렸지?

-저녁에 촬영 끝나고 보자.

오전 7시 40분에 온 두 개의 메시지였다.

'아침부터 촬영 있다더니 일찍 나갔네.'

일찍부터 나갔을 태인에 대한 걱정은 찰나였다. 그에게 답장을 보내는 은서의 입가엔 어느새 완연한 미소가 걸려 있었다.

ㅡ응, 멀쩡해. 오늘 촬영 잘하고 끝나면 연락 줘.

메시지를 보내고도 은서의 시선은 한참 동안 핸드폰 화면에 머물렀다. 물건은 그저 물건일 뿐 어제와 달라진 게 하나도 없는데, 그것을 바라보는 그녀의 기분은 확연히 달라져 있었다. 물론 좋은 쪽으로.

뭐라고 해야 할까, 꼭 그와 처음 사귀던 때로 돌아간 것 같았다. 그에게 온 메시지를 확인하고 답장을 보내는 거 하나에도 설레는 감정이 물밀 듯 밀려오던 그때로.

넉넉히 잠을 자기도 했지만, 태인의 문자 덕에 기분 좋게 아침을 시작한 은서는 곧장 부엌으로 나가 아침 겸 점심을 차리기 시작했다. 밑반찬을 꺼내고 간단하게 계란 프라이까지 만들어 식탁에 놓은 뒤, 막 밥을 담으려는데.

철컥, 하고 현관문이 닫히는 소리가 들려왔다. 의아함에 미간을 좁힌 은서가 한 손엔 밥 그릇, 한 손엔 주걱을 들고 거실로 조르르 달려 나갔다. 현관에 막 들어선 성희가 신발을 벗고 있었다.

"엄마, 어떻게 왔어? 아빠는?"

가방까지 완전히 챙겨서 집에 온 성희를 보며 은서가 의아하다는 듯 눈을 끔뻑거렸다.

"병원에 동호 아저씨가 왔어."

"그래?"

동호라면, 은서도 곧잘 아는 영환의 지인이었다. 넉살도 좋으시고 가끔 가족끼리 만나 저녁 식사를 할 때면 재미난 말솜씨로 분위기를 띄우셨던 분이었다.

"엄마한테 집에 가라고 어찌나 성화를 부리시던지. 오늘 하루 내내 있을 거라고 하시는데 오후쯤엔 다시 가 보려고."

신발을 벗은 엄마가 안방으로 걸음을 옮기자 은서 또한 그 뒤를 졸졸 따라갔다. 그녀의 양손엔 아직도 밥그릇과 주걱이 들린 채였다.

"엄마는 집에서 좀 쉬어. 내가 밥 먹고 오후에 가 볼게."

벗은 외투를 옷걸이에 걸은 성희가 은서를 돌아보았다. 화장기가 없는 얼굴은 평소와 다르지 않았으나 오늘따라 유독 해쓱해 보이는 얼굴이었다.

"너도 주말엔 좀 쉬어야지."

"난 별로 안 피곤한데."

입에 발린 말이 아니었다. 여태까지는 주중에 하는 아르바이트 때문에 주말엔 집에서 쉬라는 성희의 배려를 받아 왔지만 오늘은 달랐다. 여느 주말과는 달리 축적된 피로감이 덜했다. 그건 아마도 보통의 주말이 특별한 주말이 되어서일까? 은서는 고개를 젖힌 채로 슬쩍 웃어 보였다.

"얼른 가서 밥이나 먹어. 엄만 4시쯤에 깨워 줘."

"응, 쉬어."

은서는 피곤해 보이는 엄마를 더 이상 귀찮게 하지 않고 안방 문을 닫고 나왔다. 손에 들고 있던 그릇에 곧바로 밥을 담고 식탁에 앉은 은서는 밥그릇 옆에 핸드폰을 두었다. 밥을 먹는 동안 태인에게서 답장이 올 거라는 기대를 한 건 아니었는데, 밥을 다 먹을 때쯤 핸드폰에서 짧게 진동이 울렸다.

설마 하는 마음으로 화면을 들여다본 은서의 눈가에 곧 웃음기가 번진다.

–누나, 형이 보고 싶대요.

태인에게서 온 메시지는 아니었지만, 그와 줄곧 시간을 보내는 민행에게서 온 것이었다. 은서는 대답을 해야 할까 말아야 할까 고민하다가, 문자를 써 내려가기 시작했다.

–미안하지만 태인이 쉴 때 전해 줄래? 나도 많이 보고 싶다고.

중간에 끼어 있는 민행에게 미안했지만, 괜스레 웃음이 났다. 비록 민망함에 터져 나오는 웃음일지라도 은서는 유쾌한 기분으로 식사를 마쳤다.

DVD가 가득 있는 진열장을 살피는 은서의 얼굴은 진지했다. 진열장 유리에 코가 닿을 정도로 가까이 얼굴을 붙인 채로 오늘의 영화를 신중히 고르는 중이었다. 검지까지 치켜들고 첫 번째 칸을 모두 훑어본 은서가 두 번째 칸으로 막 시선을 돌렸을 때였다.

"오늘 뭐 했어?"

영화 보면서 먹을 만한 음식을 찾아 주겠다며 주방에 가 있던 태인이 물어왔다.

"오늘 아빠 친구분이랑 그분 아들이랑 같이 밥 먹었어."

"아들?"

"응. 이름이 태민이야. 너랑 비슷하지?"

시선은 여전히 DVD에 박혀 있었지만, 머릿속으로 잠시 태민을 떠올린 그녀의 입가에 미소가 떠올랐다. 오후에 성희와 함께 병원을 들른 은서는 병실에 와 있던 동호와 그의 아들인 태민을 만났다. 붙어 있는 내내 그녀의 뒤를 졸졸 쫓아다니던 태민은 손가락까지 걸고 나중에 또 놀러오겠다고 약속한 뒤 돌아갔다. 그 자그마한 손을 떠올리던 은서는 더욱 환히 웃었다. 크게 웃을 때만 생기던 보조개가 살짝 드러날 정도로.

"별로. 걔한테 남자친구 있다는 말은 했어?"

태인은 엉성하게 깎은 과일과 포테이토칩을 담은 접시들을 쟁반에 올려놓으며 물었다. 그의 불만스러운 마음을 드러내듯 쟁반에 닿는 접시 소리가 크게 울렸다.

"그런 걸 초면에 왜 말해. 궁금하지도 않을 텐데."

은서가 너무 당연하다는 듯 말하자 잠시 입을 꾹 다문 태인이 다시 입을 뗐다.

"그래도 다음엔 확실히 티 내. 남자친구 있다고."

"꼬마아이야. 9살 정도 되는."

여전히 시선은 DVD에 고정한 은서가 살짝 웃는 얼굴로 말했다. 질투심으로 짙어지던 그의 눈빛이 사르르 풀어졌다. 태인은 뒤늦게 밀려오는 부끄러움에 애꿎은 뒷머리를 만지작거렸다.

"그래도 말할까?"

놀리는 데 재미를 붙인 건지 그렇게 말하고 태인 쪽을 돌아보는데, 주방에 있는 줄 알았던 그가 어느새 그녀의 바로 앞까지 다가와 있었다.

"깜짝이야. 기척도 없이 와서 놀랐잖아."

"한 번만 더 놀리면, 확."

태인이 겁박하듯 눈썹을 살짝 일그러트리자,

"확?"

그의 말을 따라 한 그녀의 눈썹도 살짝 일그러진다.

"뽀뽀하려고 했지."

"안 놀릴게. 됐지?"

은서가 씩 웃어 보이며 고개를 돌리려는데, 태인이 그녀의 얼굴을 부여잡고 그대로 잡고 입을 맞춰 왔다. 짧게 끝날 것 같지 않아 은서가 태인의 어깨를 살짝 밀어내는데 오히려 그가 몸을 더 붙여 왔다. 그가 미는 대로 밀려나니 어느덧 진열장에 등이 닿았다.

진열장 유리 위로 느껴지는 서늘한 기운과 그의 입술이 전해 주는 열기 사이에서 은서는 꼼짝할 수 없었다. 정신없이 그의 입술을 받아 내고 있는데 태인이 돌연 은서의 머리칼을 한쪽으로 넘겼다.

화들짝 놀란 은서가 눈을 떴다. 하얗게 드러난 자신의 목덜미를 바라보는 태인의 눈빛이 달라졌다고 느꼈을 때, 입술 위에서 지분거리던 그의 입술이 아래로 점점 내려갔다. 입술이 지나는 곳마다 그의 뜨거운 숨결이 쏟아져 내렸다.

턱을 지나쳐 목덜미에 진하게 입을 맞추던 태인은 돌연 한숨을 뱉곤 더 이상 움직이지 않았다. 덩달아 그녀의 입에서도 안도의 한숨이 작게 새어 나왔다. 그를 밀어내려는 의지는 없었으나 그의 행동이 갑작스럽긴 했던 모양이다.

"영화 뭐 볼 건지 골랐어?"

바짝 붙어 있던 태인의 몸은 어느새 뒤로 물러나 있었다. 은서가 붉어진 얼굴로 고개만 끄덕이자 태인이 씩 웃으며 그녀의 이마에 짧게 입을 맞추었다.

잠시 뒤, 은서가 두 손에 꽉 잡은 채로 내밀어 보인 것은 태인에게도 너무나 익숙한 표지의 DVD였다. 진열장 앞에서 그녀가 한참을 머뭇거릴 때부터 스멀스멀 불안감이 들더니 결국엔 또 '타이타닉'이었다.

'타이타닉'은 그녀가 가장 좋아하는 영화이자 볼 때마다 눈물을 쏟아 내던 영화였다. 아마, 태인과도 10번은 족히 넘게 봤을 거다.

소파에 앉아 자신을 바라보는 태인의 얼굴이 미묘하게 굳어 보인다는 걸 감지한 은서의 팔이 아래로 살짝 떨어졌다. 위풍당당하던 기세는 순식간에 수그러들었다.

"다른 거 볼까?"

그녀가 그의 눈치를 살피며 조심스럽게 물어왔다.

"아니야, 난 좋아."

"액션 볼래? 본 시리즈?"

은서가 다시 진열장 쪽으로 몸을 돌리려던 순간 그가 재빨리 아니, 라고 외쳤다. 그의 다급한 외침에 은서의 움직임이 멈추었다.

"나도 오랜만에 타이타닉 보고 싶어. DVD 넣고 얼른 와."

널찍한 가죽소파에 덩그러니 앉아 있는 그가 자신의 옆자리를 툭툭 치며 말했다. 고개를 끄덕인 은서는 DVD를 넣고, 화면이 바뀌는 것까지 확인하고 소파 쪽으로 다가갔다. 동시에 태인의 얼굴은 급속도로 밝아졌다.

"근데 이거 러닝타임 꽤 길잖아."

"응, 괜찮아."

은서는 그의 바로 옆자리에 앉았다. 조금만 움직여도 서로의 어깨가 맞닿을 정도로 가까운 거리였다. 태인은 만족스러운 웃음을 입에 올린 채, 미리 준비해 둔 담요를 그녀의 어깨 위로 올려 주었다. 꼼꼼한 손길에 은서가 태인을 지긋이 쳐다보았다.

TV 화면에서 나오는 불빛 외에 어둠만이 내려앉은 거실 안의 분위기는 묘했다. 짧은 눈 맞춤에 그가 일순간 숨을 훅 들이마실 정도로.

"그렇게 쳐다보지 마."

'그렇게'라는 게 어떤 건지 감은 오지 않았지만, 다소 낮아진 태인의 목소리를 인지한 은서는 재빨리 시선을 피했다.

"알겠어. 안 볼게."

이유도 묻지도 않고 이내 고개까지 쌩하니 돌려 버리는 은서를 보며 태인은 괜히 서운했다. 쳐다보지 말라고 한 건 분명 자신인데, 어째서 은서에게 거절당한 기분이 드는 건지 알 수 없는 노릇이었다.

"아니다. 취소."

결국엔 자존심을 구기면서까지 취소를 선언했지만.

"아니야. 안 쳐다볼래."

은서는 눈길조차 주지 않고 이제 막 시작한 영화에 시선을 고정한 채 말했다. 눈을 반짝이며 TV 화면만을 바라보는 그녀의 옆태를 바라보고 있자니, 묘한 오기가 생겨났다.

"너 지금 나 안 보면 후회……."

말이 끝나기도 전에 은서는 태인을 향해 고개를 돌렸다. 줏대 없는 자신의 행동에 민망할 겨를도 없이, 웃음을 터뜨리는 태인 때문에 은서가 입을 불퉁하게 내밀었다.

'삐친 모습까지도 사랑스러워 보이면 어쩌자는 건지.'

자신이 팔불출임을 스스로 인정한 태인이 픽 웃어 보였다.

"맞다, 내가 빌려준 담요랑 쿠션은 어디 있어?"

그가 덮어 준 담요를 꼭 덮고 있자니 문득 그에게 빌려주었던 담요와 쿠션이 생각나 물었다. 얼마 전에 엄마가 쿠션의 행방에 대해 묻지 않았다면 그녀 또한 계속 잊고 있을 뻔했다.

"아, 그거? 담요는 빨아 놨고, 쿠션은 내가 매일 껴안고 잤는데 이제 필요 없으니까 다시 줄게."

어디까지가 농담이고 어디까지가 진담인 건지 구분할 수 없어 은서는 고개를 갸웃거렸다. 그런 그녀를 귀엽다는 눈빛으로 쳐다보던 태인이 와락 껴안아 왔다.

"안 보여."

자신의 말에 태인이 몸에 힘을 살짝 빼자, 은서는 곧바로 그의 품에서 벗어났다. 영화에 집중하기 위해 옆에 놓인 쿠션을 껴안고 화면에 시선을 고정하는데, 이번엔 태인이 은서의 어깨에 머리를 기대 왔다.

"왜? 머리 아파?"

"그런 건 아닌데, 좀 피곤한 것 같기도 하고."

순전히 엄살이었다. 그저 그녀의 옆에 어떻게든 붙어 있으려는 속셈이기도 하고.

하지만 그걸 알 리 없는 은서는 꽤나 걱정이 되는지 쿠션을 다시 내려놓곤 양반다리를 한 제 무릎을 툭툭 건드렸다. 은서가 소파 정중앙에 앉은 탓에 몸을 웅크리고 있어야 했지만 개의치 않고 태인은 그녀의 무릎을 베고 누웠다.

다시 화면으로 시선을 돌린 은서는 한참 동안 영화에서 눈을 떼지 못했다. 그 모습을 가만히 바라보던 태인이 돌연 그녀의 손을 잡았다. 깍지를 꼈다가 풀었다가, 다시 손을 잡았다가 풀었다를 반복했다. 한참을 그렇게 만지작거리다가 이내 손등에 짧게 입을 맞췄다.

그러자 영화를 보던 은서가 갑자기 풋 하고 웃음을 터뜨렸다.

"왜 웃어?"

그녀의 대답을 기다리는 그는 정말 의아하다는 얼굴이었다.

"하는 행동이 꼭 욕구불만 같아서."

"그럼 그냥 욕구만족 상태로 바꿀까?"

장난기 가득한 말투였지만 그 속엔 그의 진심 또한 숨겨져 있었다. 아까 전엔 그녀와 다시 사귄 지 고작 하루가 지났을 뿐이라는 것을 상기시키고 멈췄지만 1분에 한 번꼴로 흔들리는 마음이었다. 은서는 슬쩍 웃곤, 자신이 먹기 위해 포크로 찍어 두었던 사과를 그의 입에 넣었다.

"이거 먹으면서 영화나 봐."

갑자기 입 안으로 들어온 과일을 제대로 삼키기 위해 몸을 일으킨 태인이 눈썹을 밉게 비튼 채로 은서를 쳐다보았다. 옆에서 느껴지는 따가운 시선에 옅은 웃음기를 보이던 은서가 이번엔 태인의 어깨에 머리를 기댔다. 그는 곧바로 그녀가 편히 기댈 수 있게 어깨를 한 팔로 안아 주었다.

그렇게 묵묵히 영화를 본 지 30분쯤 흘렀을까. 영화를 보면서 간간이 과일을 집어먹더니 그녀의 손길이 점점 뜸해졌다. 자신도 모르게 어느새 영화에 빠져 있던 태인이 살짝 시선을 내려 그녀를 쳐다보았다. 잠에 들려고 하는지 은서가 눈을 느릿하게 감았다 뜨는 모습이 보였다.

웃음을 머금고 그 모습을 가만히 지켜보다가 그녀가 막 잠들었을 때, 태인이 은서의 이마를 손끝으로 툭 건드렸다. 완전히 잠에 든 건지 그녀는 눈을 뜨지 않았다.

"은서야."

나른한 목소리로 부르는 태인의 음성에 은서의 눈꺼풀이 잔잔하게 떨려 왔다. 이내 서서히 열린 눈꺼풀 안으로 보이는 그녀의 눈엔 졸음기가 가득했다.

"졸려?"

"응. 갑자기 왜 이렇게 피곤하지."

잠을 떨치기 위해 눈을 감았다 뜰 때마다 뻑뻑한 소리가 났다. 아무런 생각도 하지 않고, 그냥 이대로 눈을 감고만 싶었다.

"집에 갈래?"

"아니. 영화 끝날 때까지만 잘래."

말을 마친 은서가 몸을 태인 쪽으로 돌려 그의 허리를 껴안았다. 담요를 몸에 두르고 있다고는 하나 은근하게 느껴지는 몸의 굴곡 때문에 태인의 어깨가 흠칫 떨렸다.

하지만 밀어낼 새도 없이 그녀가 자신의 가슴께에 얼굴을 묻으며 완전히 몸을 기대 오자 그는 얼떨결에 은서의 어깨를 안았다. 그의 품이 포근한지 은서는 곧바로 색색거리는 숨소리를 내며 잠에 빠져들었다.

그녀의 몸에 힘이 빠질수록, 그에게 온전히 기댈수록 태인의 심장은 터질 것처럼 뛰어 댔다. 곤히 잘 자는 그녀가 야속했지만 끝내 밀어낼 순 없었다. 지금 제 곁에 그녀가 있다는 행복감에 젖은 채로, 결국엔 그녀를 품에 더 꼭 안을 뿐이었다.

8장.
우리 사랑 이대로

"얼굴 좋아 보인다. 저번에 봤을 때보다 훨씬."

"진짜?"

은서는 앞에 놓인 커피 잔을 애꿎게 만지작거리며 수줍게 물었다. 그러자 솔은 얼굴이 아주 확 폈다며 더욱 수선을 부렸다.

태인과 다시 시작한 지도 어느덧 일주일이 지났다. 밤샘촬영을 하는 날은 얼굴을 보지 못하지만, 그렇지 않은 날엔 잠깐이라도 얼굴을 봐야 직성이 풀렸다. 둘은 그렇게 가까운 거리에 산다는 이점을 톡톡히 누리고 있었다.

물론 남들처럼 카페를 가거나 영화관에 가거나 함께 식당에 갈 순 없었지만 아무렴 좋았다. 공원 데이트를 하든 태인이 직접 몰고 온 차로 드라이브를 하든 상관없었다. 그저 함께 있다는 것에 의의를 둘 뿐이었다.

그가 없던 일상과 그와 함께 보내는 일상은 확연히 달랐다. 겉으로는 크게 달라진 게 없는 것 같으면서도 분명 무언가가 달라졌다는 걸 느꼈다. 나날이 행복해지는 기분이라고나 할까?

무엇보다 태인의 깜짝 이벤트인 줄만 알았던 민행의 문자가 그날 이후로도 계속 이어졌다는 게 은서를 기쁘게 했다. 이제는 태인이 굳이 시키지 않아도 민행이 스스로 나서서 상황 중계를 해 줄 정도였다. 의외로 민행의 문자를 보는 재미가 쏠쏠했다.

"근데 서울에 있을 땐, 이렇게 한가하진 않았지?"

솔이 블루베리에이드가 담긴 잔에 놓인 빨대를 저으며 물었다.

"응. 지금은 많이 한가해진 거야. 영화 촬영에 집중하려고 그러는 건가?"

"공을 들이는 영화라면 그럴 수도 있겠다. 근데 촬영 끝나면 어떻게 되는 거야?"

대답을 기다리는 동안 솔은 빨대를 젖혀 두고 앞에 놓인 음료를 쭉 들이마셨다. 그렇게 마실 거면 빨대는 왜 꽂아 둔 건지. 털털한 솔의 모습에 웃음을 짓는 것도 잠시, 은서는 이내 입을 열었다.

"다시 서울로 가야 하지 않을까?"

"이사까지 온 거면, 다시 안 갈 생각하고 온 거 아니야?"

태인은 분명 이사라고 말했지만, 소속사에서 그를 이곳에 계속 둘 리가 없었다.

"촬영 끝나면 서울에서 스케줄 소화할 텐데 상식적으로 너무 먼 거리잖아."

"그렇긴 하지."

의외로 덤덤해 보이는 은서와는 달리, 솔은 근심이 가득해 보이는 얼굴이었다.

"난 다시 서울로 가도 상관없다고 말하려고. 혹시 나 때문에 계속 여기 있을 생각으로 온 거라면 괜찮다고 말해 줄 거야."

"진짜 괜찮겠어? 자주 못 보고 그러면 또 힘들어지는 거 아닐까?"

은서는 대답을 하기 전, 먼저 씩 웃어 보였다. 그 웃음에 솔은 곧바로 안도감을 느꼈다. 눈앞에 앉아 있는 은서의 외양은 일전에 만났을 때와 크게 변하지 않았지만, 이별을 경험하고 그를 다시 받아들이겠노라는 큰 결심을 하면서 그녀의 내면이 부쩍 성장한 느낌이었다.

"버틸 수 있어. 그리고 나도 요즘엔 태인이한테 다 털어놓거든."

하루 일과를 털어놓으면 태인이 그랬냐며 맞장구 쳐 주면서 들어 주는 게 참 좋았다. 태인은 은서가 카페에서 아르바이트하면서 겪은 사소하고도 지루한 얘기를 꺼낼 때도 그저 귀엽다는 듯 바라봐 주었다. 애정 가득한 그의 눈빛에 은서는 항상 설레었다.

"많이 발전했네."

"응."

살짝 고개를 끄덕인 은서의 시선이 잠시 커피 잔에 내려온 순간, 테이블 위에 둔 핸드폰이 부르르 떨렸다. 검은 화면 위로 카카오톡 팝업창이 떴다. 언뜻 본 발신자의 이름이 민행이 아닌 태인이라는 걸 본 은서의 손길이 급박하게 움직였다.

−오늘은 촬영이 좀 일찍 끝날 것 같아.

핸드폰을 내려다보는 은서의 얼굴에 어느새 함박웃음이 걸렸다. 태인의 촬영이 막바지로 향하는 터라 밤샘촬영이었던 어제는 만나지 못했다. 그래도 오늘은 주말이니 만날 수 있지 않을까 하는 기대감이 묘하게 생기던 차라, 내심 연락을 기다리고 있었는데 막상 문자가 오니 단숨에 기분이 들떴다.

"태인이 문자야?"

"응."

내내 보일 듯 말 듯 애를 태우던 보조개가 모처럼 쏙 들어갔다.

"너무 자주 보니까 지겹겠는데?"

솔의 눈가에 장난기가 다분했다. 그녀를 마주하는 은서의 눈에도 장난스러운 기색이 번졌다.

"하나도 안 지겹던데?"

미소를 머금은 은서의 얼굴은 정말 행복해 보였다. 그녀를 쳐다보던 솔이 덩달아 웃음을 지을 정도로.

하루 종일 하늘이 잿빛이더니, 기어이 눈을 뿌려 댔다. 솔과 헤어지고 집으로 향하던 은서는 내리는 눈을 고스란히 맞으며 걸었다. 그나마 다행인 건, 진눈깨비가 아닌 포근한 함박눈이 내린다는 거였다.

간간이 머리 위에 쌓인 눈을 털어 내며 걷던 은서의 걸음이 서서히 느려졌다. 그녀의 눈엔 어느덧 익숙한 동네 풍경이 담겨 있었다. 이제 거의 다 왔다는 생각에 절로 숨이 크게 쉬어졌다. 떨어지는 눈 사이로 희뿌연 입김이 길게 새어 나갔다.

집에 곧 당도한다는 생각 덕분인지, 그녀는 한껏 여유를 부렸다. 빨갛게 언 손 위로 솜뭉치 같은 눈을 받아 내기도 하고, 온통 하얗게 바뀐 주변 풍경을 눈에 담기도 했다.

그러다가 어느새 아파트 단지 입구에 다다른 그녀는 품 안에 꼭 안고 있던 작은 가방을 열어 핸드폰을 꺼냈다. 혹시 태인에게서 연락이 오진 않았나 하는 마음이었는데 정말로 부재중 전화 2통이 있었다. 역시나 발신자는 모두 그였다.

부재중 목록에서 곧바로 통화를 터치하려는데 하필 화면 위로 눈이 떨어졌다. 후, 하고 불어 보았지만 이미 정착한 눈은 쉽사리 움직이지 않았다. 어느새 화면은 검게 변했다. 그 위로 새하얀 눈송이가 몇 개 더 내려앉았다.

목도리 끝을 잡아 눈을 살짝 털어 내려던 은서가 잠시 머뭇거렸다. 가까이에서 보니, 핸드폰 위에 자리 잡은 눈꽃이 차마 털어 내기 아까울 정도로 상당히 예뻤다.

'내가 원래 이렇게 낭만이 있는 사람이었나?'

곰곰이 생각해 볼 필요도 없이, 대답은 'no' 였다. 하지만 확실히 요 근래 꽤 감성적으로 바뀌긴 했다. 아마도 그건 태인과 다시 시작한 이후로 행복감에 젖어 있는 제 기분의 영향일 거다.

은서가 다시 핸드폰 위를 바라봤을 땐, 눈꽃은 이미 형태를 알아볼 수 없을 정도로 녹아 있었다. 황급히 물기를 털어 낸 은서가 핸드폰을 다시 켰다. 손이 얼어서인지 잠금을 푸는 패턴을 계속 틀리던 그녀는 몇 번의 재시도 끝에 마침내 그에게 전화를 걸 수 있었다.

신호음을 들으며 걸음을 떼던 은서가 별안간 픗, 하고 웃음을 터뜨렸다. 미션 하나를 해결하듯 어렵게 통화를 성공한 자신의 모습이 떠오른 탓이었다.

'생각해 보니까, 웃음도 확실히 많아졌구나.'

과거를 잠시 회상하는 은서의 눈빛이 아련해졌다. 몇 번의 신호음 끝에 그가 전화를 받았다.

－어디야? 아직도 김솔이랑 만나?

태인은 그녀의 전화를 기다렸다는 듯 곧장 용건을 물어왔다.

"아니야, 지금 집에 거의 다 왔어."

－그래? 나도 지금 아파트 근처인데, 어디쯤이야?

은서가 우뚝 걸음을 멈추었다. 생각했던 것보다 그를 조금 더 빨리 만나게 됐다. 촬영이 막 끝나서 전화를 한 건가 싶었는데, 집에 도착할 때쯤 전화를 한 모양이었다. 뜻밖의 호재에 그녀의 입꼬리가 예쁘게 말려 올라갔다.

"여기가 지금 어디냐면……. 세탁소 앞이야."

－기다려, 내가 거기로 갈게.

"응."

전화를 끊은 지 얼마 지나지 않아 그의 차가 도착했다. 옷 위에 내려앉았던 눈이 녹아 송골송골 맺힌 물방울을 털어 낸 은서가 곧장 조수석에 올라탔다. 그대로 차를 출발시킬 줄 알았던 그는, 갑자기 차에 시동을 껐다.

안전벨트를 매던 은서가 시선을 돌려 슬쩍 태인을 쳐다보았다. 뭐가 못마땅한지 잔뜩 미간을 좁힌 채로 자신을 바라보고 있던 그와 눈이 정면으로 마주쳤다.

"여기까지 걸어왔어?"

"응. 왜?"

"너 지금 손 완전 빨개. 이리 줘 봐."

얼음장 같은 손을 내밀면 그에게서 잔소리가 돌아올 게 뻔했기에 은서는 손을 내밀지 않고 안전벨트만 꽉 붙잡고 있었다. 그러자 태인이 그녀의 손에서 안전벨트를 확 빼앗았다. 그리고는 자신이 직접 안전벨트를 채워 주고, 그녀의 손 위로 제 손을 포갰다.

눈처럼 하얗던 손이 붉어진 걸 보고 짐작은 했지만, 상상했던 것 이상으로 그녀의 손이 차가웠다. 물기가 묻어나지 않는 것만 다르고 얼음을 만졌을 때의 느낌과 비슷했다.

"앞으로는 걸어 다니지 마."

그가 짐짓 엄한 얼굴로 말했다.

"알겠어."

고분고분히 대답하는 그녀가 그저 귀여운지 태인이 굳은 얼굴을 풀고 이내 웃음을 보였다. 따뜻했던 자신의 손이 미지근해지고, 차가웠던 그녀의 손이 제 온도를 찾자 그는 다시 시동을 걸었다.

"어디 갈까?"

"나 오랜만에 학교 가 보고 싶은데, 문 열었을까?"

"우선 가 보자."

"응."

그와 그녀를 태운 차가 출발하자, 차창에 잠시 쌓인 눈송이가 바람을 타고 하늘하늘 날렸다. 마치 그와 그녀를 향해 축복 어린 춤을 추듯.

겨울 방학기간에다가 주말이었지만 교문은 그들을 향해 활짝 열려 있었다. 차에서 먼저 내린 은서가 주위를 두리번거렸다. 실외엔 사람이 없는 듯했으나 그래도 안심이 되지 않자 그녀는 일부러 건물과 떨어진 운동장 쪽으로 다가섰다.

차를 주차하고 온 태인도 서둘러 은서의 뒤를 따랐다. 옅게 눈길이 깔려 있는 운동장에 들어선 태인은 미소를 머금은 채 천천히 걸음을 뗐다. 앞서 걷는 은서와 가까워지려는 찰나, 태인은 갑자기 우뚝 멈춰 섰다.

'은서 머리가 언제 저렇게 자랐지?'

고등학교를 졸업한 이후론 가슴께에 닿는 머리 길이를 유지하던 은서였다. 그런데 어느덧 은서의 머리칼은 팔꿈치를 스칠 정도까지 자라 있었다.

몹시 추웠던 겨울, 바람 따라 흩날리던 긴 머리카락과 결정적으로 운동장이라는 장소. 이 모든 것들이 한데 어우러져 태인으로 하여금 은서를 처음 만났던 때를 떠올리게 했다.

긴 머리를 느슨하게 묶고, 단정히 교복을 입은 은서는 그날 아침도 태인보다 앞서 걷고 있었다. 뭐가 그리 급한지 은서는 텅 빈 운동장을 가로질러 뛰었고, 태인은 우연히 그녀의 뒤를 따라 걷고 있었다.

그러다 발끝에 무언가 툭 닿는 느낌에 잠시 멈춰 섰고, 흙바닥에 떨어져 있던 머리끈을 발견한 태인은 그것을 손에 쥐었다. 막 몸을 들어 올렸을 땐, 긴 머리칼을 흩날리던 뒷모습이 아닌 엇 하는 얼굴로 자신을 쳐다보는 은서의 얼굴이 코앞에 있었다.

얼떨결에 머리끈을 건네자, 은서는 주워 줘서 고맙다며 환히 웃어 보였다.

그 웃음에 반했던 걸까. 보는 사람까지 따뜻하게 녹일 것만 같던 그 미소를 본 이후부터, 그는 본능적으로 은서의 곁에 머무르고 싶다는 생각을 했던 건지도 모른다.

빠른 걸음으로 은서에게 다가간 태인이 은서의 어깨를 잡아 돌려세웠다. 그때처럼 환히 웃고 있는 은서의 얼굴을 눈에 담자 심장이 빠르게 뛰기 시작했다. 이 감정을 뭐라 표현할 수 있을까.

태인은 그저 씩 웃으며 손에 들고 있던 모자를 그녀의 머리 위로 씌웠다.

"뭐야? 이거 나 쓰라고?"

"응. 차에 우산이 없어서."

안 쓰겠다고 고집을 부릴까 하다가, 은서는 이번에도 순순히 그의 말을 따랐다. 모자를 제대로 꾹 눌러쓴 그녀는 그를 향해 손을 내밀었다. 그가 소리 없이 웃더니, 곧바로 손을 맞잡아 왔다.

해가 뉘엿뉘엿 저물어 가고, 조금씩 어둑해지는 하늘 아래 두 사람이 나란히 학교 교정을 걸었다. 운동장 위로 살짝 쌓인 눈 위로 두 사람의 흔적만이 남았다.

"태인아."

"응?"

"영화 촬영 끝나면 다시 서울 가는 거지?"

"아니. 여기 쭉 있을 건데."

당연히 농담이겠거니, 했는데 언뜻 본 그의 얼굴을 진지했다.

"그럼 스케줄은?"

"여기서 가면 되지."

"그게 가능해? 스케줄 하러 가는데 왕복 몇 시간인데?"

은서의 물음에 태인은 돌연 걸음을 멈추었다. 그와 손을 잡고 있던 그녀 또한 그가 멈춘 자리에서 발이 묶였다. 그가 깍지를 꼈던 손을 풀곤 은서의 양어깨를 살며시 잡아 왔다. 자연스레 둘은 서로의 눈을 마주했다.

"넌 내가 다시 서울 갔으면 좋겠어?"

그는 진중했다. 은서는 여기서 자신이 뱉는 말로 인해 분명 무언가가 달라질 것 같은 그런 직감이 들었다.

"이렇게 같이 있는 게 물론 나도 좋아. 그런데 예전처럼 너랑 자주 못 보더라도 이젠 버틸 수 있을 것 같아. 그러니까 혹시라도 나 때문에 여기 있으려고 하는 거면 괜찮다고 말해 주고 싶었어."

진지한 자세로 이야기를 경청해 주던 태인은 은서의 말이 끝나자마자 그녀를 꼭 안아 주었다. 모자 아래에 남겨진 그녀의 머리칼을 어루만지는 그의 손길이 '그래, 너라면 이렇게 대답할 것 같았어.'라고 말하는 듯했다.

"그럼 나중에 여기서 같이 살까?"

그는 품에서 슬며시 그녀를 놓았다. 그리고 반응을 살피려는 듯 그는 그녀의 얼굴께로 시선을 고정했다.

"설마 지금 프러포즈하는 거야?"

그가 장난스럽게 물은 것 같아, 그녀 또한 가볍게 대꾸했다. 그런데 웃는 낯으로 그의 얼굴을 살피던 그녀의 입가가 경직되었다.

"응. 미리 하는 거야, 프러포즈. 난 죽을 때까지 배우는 못 할 것 같거든. 그래서 은퇴하면 이렇게 조용한 데서 살고 싶어. 너랑."

살짝 미소를 머금고 있었지만, 그의 눈빛은 결코 가볍지 않았다. 여느 때보다도 묵직했고, 그래서 그의 눈을 마주하고 있는 그녀의 심장이 더욱 빠르게 뛰었다. 유독 짙어 보이는 그의 눈동자를 바라보고 있자니, 호흡이 가빠지는 것 같은 착각이 일었다.

어떻게 대답해야 하나, 잠시 망설이던 그녀의 머릿속에 한 가지 생각이 스쳤다. 은서는 생각을 차분히 정리할 새도 없이 곧바로 입을 뗐다.

"그럼 그전엔?"

"응? 아, 그전부터 같이 살까?"

생각지도 못한 물음에 눈을 크게 뜨는 것도 잠시 태인은 이내 빙긋 웃으며 물었다. 이번엔 그의 눈도 함께 웃고 있었다. 멍하니 그의 웃음을 바라보던 은서가 자신이 지금 무슨 말을 한 건지 찬찬히 돌이켜 보곤 얼굴을 붉혔다. 저도 모르게 속내를 털어놓은 게 민망한지 은서가 시선을 딴 곳으로 비틀어 버렸다.

"아니, 그런 말이 아니라……."

은서가 뒤늦게 변명하려 하자, 태인이 돌연 그녀의 얼굴을 부여잡았다. 그가 양손으로 얼굴을 꽉 잡고 있으니, 눈을 마주칠 수밖에 없었다. 당황한 은서가 입을 뻥긋거리자, 그런 그녀의 입술에 그가 짧게 입을 맞췄다.

"점점 귀여워진다니까."

자신의 말을 막은 것에 대한 반항인지, 은서가 입을 불퉁하게 내밀었다. 그 모습이 귀여워 태인이 또 뽀뽀를 하려고 하자 이번엔 은서가 태인의 입술을 손으로 막았다. 부드러운 촉감의 입술이 아닌 다소 따뜻한 그녀의 손바닥이 입술에 닿자 그의 눈썹 끝이 일그러졌다.

"까짓 거, 내가 기다려 줄게. 30살이든 40살이든."

이번엔 은서가 까치발을 들더니, 태인의 입술에 제 입을 꾹 눌렀다. 마치 금방 뱉은 자신의 말이 유효하다고 도장이라도 찍듯이.

"진짜야?"

태인은 정말 생각지도 못했던 답을 들은 사람처럼 기뻐했다. 그 모습을 보는 은서의 마음도 알 수 없는 무언가로 충만해졌다.

"응. 나도 이렇게 한적한 곳에서 꼭 살고 싶어. 너랑."

"약속한 거다."

"응. 대신 그때 되면 꼭 다시 프러포즈해 줘."

"당연하지."

태인이 제 이마로 은서의 이마를 콩 하고 아프지 않게 건드렸다. 이마 위로 닿는 그의 머리칼이 간지럽다는 듯 그녀가 까르르 웃음을 터뜨렸다. 운동장에 울려 퍼진 그녀의 웃음소리가 서서히 멎을 때쯤 둘은 미리 짜기라도 한 듯 다시 손을 잡고, 이내 걸음을 뗐다.

"근데 우리 여기서 첫 키스 했던 거 기억나?"

지치지 않고 쉼 없이 내리던 눈발이 서서히 약해졌다고 느껴질 때쯤, 태인이 넌지시 물어왔다.

"응. 기억나지."

태인의 속내를 훤히 꿰고 있는 은서가 애써 덤덤하게 대답했다.

"리마인드 웨딩처럼 우린 리마인드 첫 키스 해 볼까?"

"딱히 안 끌리는데?"

다소 뻐딱한 말투였지만, 그녀의 입술 사이에서 새어 나온 웃음 소리를 들은 태인이 그녀를 곧장 멈춰 세웠다. 첫 키스를 나눴던 때처럼 잠깐의 눈 맞춤 뒤에, 태인은 그녀의 뺨을 잡더니 자신의 코앞까지 그녀의 얼굴을 끌어당겼다. 뺨에서 느껴지는 강한 힘과는 달리 겹쳐져 오는 그의 입술은 부드러웠다.

약한 눈발이 눈꺼풀을 건드리는데도 둘은 꼭 감은 눈을 뜨지 않고 서로의 입술만을 오롯이 느꼈다. 시간이 조금 흐르자, 태인은 그녀를 갈망하는 제 마음을 표출하듯 더욱 깊게 입술을 겹쳐 왔다.

꽤 오랫동안 맞붙어 있는 그들 위로 눈꽃이 흐드러지게 피었다.

엘리베이터를 기다리면서 거울을 보던 은서의 얼굴이 점점 더 망연스러운 표정으로 바뀌어 갔다. 줄곧 그녀의 시선이 머무는 곳은 입술 주변이었다.

"내가 못살아, 진짜."

이게 다 떨어질 듯 말 듯 하면서 끝까지 그녀를 놓아주지 않던 그 때문이었다. 호흡이 가빠질 즈음에 한 번씩 숨을 쉬게 해 주고, 고개가 아파질 즈음에 한 번씩 고개를 바꿔 주면서 그는 정말 끈질기게도 키스를 이어 갔다.

"왜?"

"이것 봐."

천연덕스럽게 물어오는 그를 향해 은서는 제 부르튼 입술을 가리켰다.

"걱정 마, 예쁘니까."

말이나 못 하면 밉지나 않다고 했는데 딱 그 꼴이었다. 은서가 가늘게 뜬 눈으로 무언의 압박을 그에게 쏟아 내는데 마침 엘리베이터가 그와 그녀가 있는 지하에 도착했다.

혹시 사람이 내릴까 싶어, 은서는 그의 곁에서 한 걸음 물러섰다. 일부러 시선을 잠시 땅에 두었는데 활짝 열린 엘리베이터 안엔 다행히 아무도 없었다.

태인이 먼저 올라탄 엘리베이터에 은서가 뒤따라 탔다. 그가 7층을 누르는 걸 확인하자마자 은서는 또다시 거울 앞에 섰다. 의식을 하고 있어서인지, 입술이 점점 더 부어오르는 것만 같았다.

"아, 조만간 엄마한테 말할 거야. 사귀는 사람 있다고."

태인의 촬영이 막바지니, 은서의 마음도 덩달아 급해졌다. 그가 이곳을 떠나기 전에 엄마에게 소개시켜 주고 싶었다. 다시 서울에 가게 되면 언제 또 짬을 낼 수 있을지 모르니 기회를 봐서 곧 엄마에게 말할 생각이었다.

"나 좋아해 주실까? 사윗감으로서."

크게 기뻐할 줄 알았던 그는 의외로 심각한 얼굴을 했다. 막상 그녀의 부모님 앞에 소개가 된다고 하니, 이런저런 걱정이 되는 모양이었다.

"우리 엄마 나 아직 남자 한 번도 못 사귀어 본 줄 아는데, 사윗감이라고 말했다간 기절하실지도 몰라."

이왕이면 좋아서 기절하는 쪽이라면 좋겠는데, 하는 생각이 무심코 떠오르자 은서는 헛웃음을 터뜨렸다.

"그러고 보니까, 나 너희 어머니 뵌 것도 같은데."

태인은 머릿속으로 촬영차 갔던 병원에서 만났던 아주머니를 떠올렸다. 자신과 동창인 딸이 있다고 했고, 통화를 하다가 '은서'라는 이름을 언급했고, 그녀와도 묘하게 닮은 생김새였고, 무엇보다 그날 은서도 그 병원에 있었다.

"뭐? 언제? 얼굴을 전혀 모르잖아."

태인이 은서의 물음에 대답하려던 차에 엘리베이터가 막 7층에 도착했다.

"직감으로는 그분이 맞는 것 같아."

"그래?"

은서가 고개를 갸웃하는 사이, 엘리베이터 문이 열렸다. 이번엔 은서가 먼저 걸음을 뗐고, 태인이 그녀의 뒤를 따라 내렸다.

"아무튼 내일 촬영 잘하고. 연락할게."

은서가 한 발짝 제 집을 향해 걸었다. 그와는 한 발짝, 거리가 생겼다.

"헤어지기 싫다."

태인이 한 발짝 움직였다. 자신의 집을 향해서가 아니라 그녀를 향해서였다. 잠시 멀어졌던 거리를 그가 다시 좁혔다. 이대로 헤어지긴 아쉬워 그녀와 짧은 포옹이라도 나누려고 팔을 들었을 때였다.

철컥, 하는 소리가 들렸다. 소리의 근원지가 은서네 현관이라는 걸 감지한 둘의 몸이 그대로 굳었다. 놀란 나머지, 사고회로도 같이 멈춰 버렸다.

둘이 정상적인 사고를 할 틈도 주지 않고 곧바로 문이 열렸다. 열린 문틈 사이로 얼굴이 먼저 드러났다.

"엄마."

지금 이 시간에 병원에 있어야 할 성희였다.

"어머……."

뜻밖의 장소에서 연예인을, 그것도 본인이 지대한 관심을 두고 있는 연예인을 만난 성희의 반응은 솔직했다. 놀람으로 인해 입을 반쯤 벌리곤 있었지만, 그 와중에 입꼬리는 중력을 거스르고 위를 향했다.

무의식중에 드러난 성희의 반응이 나쁘지 않아 다소 안심하려던 차에, 은서는 엄마의 얼굴이 돌연 미묘하게 바뀌었다는 걸 깨달았다. 은서도 익히 아는 그 얼굴은 분명히 그녀가 정색할 때나 보이던 얼굴이었다.

"근데 거기서 둘이 지금……."

성희의 시선이 닿은 곳은 은서의 허리 부근. 정확히 말하자면 은서의 허리께로 뻗어진 태인의 팔이었다.

찬기로 인해 불그스름하던 은서의 얼굴에서 핏기가 사라졌다. 은서는 허공에서 그대로 굳어 버린 태인의 팔을 살짝 밀어냈다. 힘없이 아래로 떨어지는 팔의 움직임을 감지한 태인은 그제야 퍼뜩 정신을 차렸다. 온갖 생각이 엉킨 탓에 머릿속은 엉망진창이었지만, 태인은 본능적으로 성희를 향해 고개부터 꾸벅 숙였다.

"안녕하세요."

아직 둘의 관계를 섣불리 판단하기엔 이르지만 공손한 그의 인사에 성희의 얼굴이 부드럽게 풀어졌다.

"엄마, 내가 설명할게. 우선 안에 들어가자."

성희는 더 이상 묻지 않고 집 안으로 들어섰다. 뒤따라 들어가는 은서와 태인이 짧게 눈빛을 교환했다. 지금은 그 어떤 말보다도 이 짧은 눈 맞춤이 서로를 향한 가장 큰 위로이자 격려였다.

신발을 벗고 성큼성큼 거실에 들어선 은서와는 달리 태인은 머뭇거리는 기색이었다. 적어도 멋진 모습으로, 손엔 선물을 가득 들고 만나 뵙고 싶었다. 눈을 맞은 탓에 머리가 푹 가라앉은 꼴로 그녀의 부모님을 뵙는 건 그의 시나리오 어디에도 없었다. 그저 '조만간'에서 '바로 지금'을 만들어 버린 타이밍이 원망스러울 뿐이었다.

"우선 소파에 앉아 있어요."

"네."

집에 온 손님에게 예의 표시로, 입가에 살짝 미소를 머금은 성희가 마실 것을 내오기 위해 주방으로 향했다. 은서 또한 태인에게 잠깐 시선을 멈췄다가 이내 성희의 뒤를 따랐다. 혼자 남겨진 태인은 주춤거리며 소파 앞에 섰다.

마치 집 안의 모든 공기가 자신의 몸을 짓누르는 듯했다. 숨이 막힐 것 같은 압박감에 몸은 점점 경직되었다. 그런 상황에서 차분히 자리에 앉아 있을 수 없었기에 태인은 멀뚱히 선 채로 호흡을 가다듬었다. 안정을 찾으려는 제 노력을 배반하듯 호흡이 가빠지자 그는 제 머리를 세게 헝클였다. 이마에 닿은 손바닥에서 터질 것처럼 뛰어 대는 맥박이 느껴졌다. 거세지는 박동에 그의 마음은 더 불안해졌다.

정적에 휩싸인 집 안 분위기 때문인지 쪼르르 하고 액체가 잔에 담기는 소리가 적나라하게 들렸다. 이내 달그락거리는 소리와 함께 은서와 성희가 모습을 드러냈다.

"앉아요."

"네."

대답은 그렇게 해 놓고, 성희가 자리에 앉기 전까지 태인은 앉지 않았다. 깍듯하게 예의를 차리는 모습에 성희는 내심 흡족해했다.

"집에 오렌지 주스밖에 없는데, 괜찮아요?"

성희가 테이블 위에 내려 둔 쟁반에서 주스를 각각 배분하는 건 은서의 몫이었다. 차례로 성희, 태인, 그리고 제 앞까지 주스를 놓은 뒤에 은서 또한 태인의 옆자리에 앉았다.

"네, 좋아합니다."

태인은 제 앞에 놓인 오렌지 주스를 냉큼 들었다. 보란 듯이 몇 모금 마시고 내려놓자, 성희가 고개를 살짝 끄덕였다.

"근데 어떻게 둘이 같이 있어?"

내내 태인을 바라보고 있던 성희가 은서에게 시선을 두며 물었다. 드디어 때가 온 건가 싶어 은서가 콧잔등을 쓱 만지고 입을 열었다.

"나랑 태인이가 동창인 건 알지?"

"그거야 엄마도 알지."

막상 말하려니 입이 쉽게 떼어지지 않아 머뭇거리는데,

"은서랑 저랑 교제하는 중입니다."

모녀의 대화를 가만히 듣고 있던 태인이 불쑥 끼어들었다. 성희의 시선은 다시 태인에게로 옮겨졌다.

"그러니까, 우리 은서랑 태인 군이 교제하는 사이라 이거죠?"

"네, 그렇습니다."

은서는 마른 침을 꿀꺽 삼키며 엄마의 표정을 살폈다. 성희는 속내가 얼굴 표정으로 잘 드러나는 스타일인데, 오늘따라 도무지 읽히지 않는 속내에 은서의 입이 바짝바짝 탔다.

"둘이 사귄 지는 얼마나 됐어?"

"그게……."

아직 그와의 관계에 대해 어디서부터 설명할지 답을 정하지 못한 상태였기에 은서의 말꼬리가 흐려졌다.

"교제한 건 얼마 되지 않았지만, 제가 오래전부터 은서 좋아했습니다."

그사이 태인이 재빨리 대답했다. 확신에 찬 눈빛과 낮게 깔린 그의 목소리에서 진중한 그의 마음이 드러났다. 태인은 눈이 녹아 생긴 물기 때문에 머리가 눌린 것 같다고 싫어했지만, 오히려 착 가라앉은 머리칼이 눈을 살짝 덮는 바람에 자연스레 우수에 찬 모습이 연출되었다.

화면에서뿐만 아니라 실물로도 눈빛, 목소리, 외모까지 여심을 사로잡는 삼박자를 고루 갖춘 그의 모습은 성희로 하여금 드라마나 영화의 한 장면을 보는 것 같은 착각을 일게 했다. 짧게나마 태인을 향한 그녀의 팬심이 발동되는 순간이었다.

"그래요?"

"네. 말씀 편하게 하세요, 어머님."

태인이 나긋하게 부른 '어머님'이라는 호칭에 성희의 입꼬리가 찰나 동안 실룩거렸다. 태인은 초긴장 상태라 그녀의 얼굴을 살필 겨를이 없었지만, 성희와 가까이 앉아 있던 은서는 똑똑히 그 모습을 봤다.

'다행이라고 해야 하나.'

평소에 태인의 이미지를 좋게 봐서인지, 성희는 딸의 남자친구가 연예인이라는 것 자체엔 크게 제약을 두지 않는 듯했다.

"그래도 될까요?"

"그럼요. 말씀 낮추세요."

한층 부드러워진 분위기에, 태인의 얼굴에도 어느새 웃음기가 돌았다.

"너는 엄마한테 왜 말 안 했어."

"말하려고 했어. 조만간."

그 '조만간'이라는 게 이렇게 빠를 줄은 미처 몰랐지만 은서 또한 한 톤 높아진 엄마의 목소리에 한숨을 돌렸다.

"밥은 먹었고?"

"네, 먹었습니다."

성희는 여전히 은서 쪽을 보고 물었는데, 태인이 똑 부러지게 대답했다. 그녀는 기다렸다는 듯 그에게로 시선을 돌렸다. 벌써 팬의 마음으로 돌아간 건지, 성희는 더 이상 웃음을 숨기지 않았다. 그를 눈에 담고 있기만 해도 웃음이 나는지 얼굴에 한가득 웃음꽃이 피었다.

"그럼 집에서 과일이라도 먹고 가요. 난 가 볼 데가 있어서 나가려던 참이라."

'가 볼 데'라는 게 병원이라는 걸 인지한 은서가 엄마를 쳐다보았다. 성희가 눈짓으로 아빠 일에 대해 말했냐고 묻는 듯하자, 은서는 작게 고개를 저었다.

살짝 고개를 끄덕인 성희는 곧바로 앉은 자리에서 일어났다. 등 뒤에 둔 가방을 들자 태인과 은서도 따라 일어섰다. 나오지 말고 앉아 있으라는데도 앞서가는 성희를 태인과 은서가 뒤따랐다. 결국 신발장 앞까지 배웅하는 태인과 은서를 보며 성희가 묘한 웃음을 보였다.

"편히 쉬다 가요. 오늘 애 아빠랑 난 집에 없을 거니까."

집에 들어오자마자 혈색을 되찾은 은서의 얼굴이 이번엔 새빨갛게 변했다. 성희의 짓궂은 농담에 은서가 그녀의 등을 떠밀었다.

"어머, 얘가 왜 이래. 안 그래도 엄마 지금 가잖아."

"다음에 정식으로 뵙겠습니다."

"그래요, 또 봐요."

마지막까지 인사를 꾸벅 건넨 태인을 뒤로한 채, 성희는 집을 빠져 나갔다. 문이 닫히는 소리가 거실에 울려 퍼지고 나서야 은서의 어깨가 안도감으로 크게 들썩였다. 성희와 마주한 시간은 아주 찰나였지만 폭풍이 한바탕 휘몰아친 기분이었다.

온몸에 힘이 쫙 풀린 상태로 터벅터벅 소파로 걸어가던 은서를 그가 돌려세웠다. 힘을 세게 준 것도 아닌데, 그녀는 그의 힘에 의해 곧바로 그의 앞까지 다가왔다.

"어머님이 나 허락해 주신 거 맞지?"

시험을 보고 난 뒤에, 공부했던 내용을 싹 잊어버리는 것처럼 태인 또한 방금 전 그녀의 어머님과 마주했던 그 시간이 머릿속에서 깡그리 잊혀졌다. 어떤 대화를 나눴는지 내용은 하나도 기억이 나지 않고 그저 그녀의 어머님을 뵀다는 정도만 기억에 남아 있었다.

"응. 엄청 좋아하시는 거야."

안도의 한숨을 크게 내쉰 태인이 그대로 은서를 껴안았다. 길게 숨을 내뱉는 그의 등을 은서가 장하다는 듯 토닥토닥 두드려 주었다. 그녀의 손길을 느끼며 태인은 잠시 눈을 감았다. 혹시라도 그녀의 어머님이 반대를 하진 않으실까, 내심 걱정했는데 그녀를 품에 안고 있으니 모든 걱정이 눈 녹듯 사라졌다. 이제야 제대로 숨이 쉬어졌다.

"잘했어. 많이 당황했을 텐데."

이쯤하면 됐겠지, 하는 생각으로 두어 번 더 그의 등을 토닥인 은서가 그의 품 안에서 제 몸을 빼내려 움직였다. 하지만 그가 그녀를 순순히 놔줄 리 없었다. 그는 제 팔로 그녀의 몸을 더 단단히 옥죄며 말을 꺼냈다.

"근데, 어머님이랑 아버님은 오늘 진짜 안 오실까? 그냥 한번 해 본 말씀이시겠지?"

성희가 어딜 간 건지, 왜 안 온다고 말을 한 건지에 대해 지금 말을 할까 고민 중이던 은서는 정작 잿밥에만 관심을 두는 태인을 보며 헛웃음을 흘렸다.

"그냥 한번 해 본 말일걸."

일부러 심술 맞게 대답한 은서가 태인의 팔힘이 잠시 약해진 틈을 타 몸을 쏙 뺐다. 이내 주방 쪽으로 몸을 틀려는데, 별안간 태인이 그녀의 입술을 훔쳤다. 아주 짧게 닿았다 떨어졌지만, 방심하고 있던 터라 은서가 눈을 끔뻑대곤 한발 늦게 제 입술을 손바닥으로 막았다.

"오늘은 이제 안 돼. 입술 부르텄단⋯⋯. 어떡해."

"왜?"

성희의 묘한 미소, 그것이 의미하는 바를 이제야 알 것 같았다. 하나 밖에 없는 딸의 입술이 퉁퉁 부었는지 정도는 엄마라면 충분히 알고도 남았을 거다.

"내 입술, 엄마가 눈치챘겠지? 아, 어떡해."

"어떡하긴 뭘 어떡해. 이왕 들킨 김에 우린 계속⋯⋯."

그가 또 은근슬쩍 자신의 허리를 안자, 은서가 그의 얼굴을 있는 힘껏 밀어냈다.

"안 돼. 더 이상 부으면 민망해서 엄마 얼굴 못 볼 것 같아."

"그럼 뽀뽀 딱 한 번만. 특별히 한 번으로 줄여 줄게."

"원래 몇 번인데?"

"열 번."

기가 차서 결국 웃음을 터뜨리고 마는 은서를 보며 태인이 이때다 싶어 입을 맞춰 왔다. 분명 뽀뽀라고 했으면서, 입술이 닿자마자 그녀의 얼굴을 잡고 놔주지 않는 그를 보며 은서는 뭔가가 잘못되었다는 생각이 들었다.

결코 한 번이 아니었다. 열 번 같은 한 번일 뿐.

◇

펑펑 눈이 쏟아졌던 게 언제였더라, 하고 고개를 갸웃할 정도로 모처럼 볕이 좋았다. 봄의 어느 날이라고 착각할 만큼 바깥엔 따스한 기운이 감돌았다.

날이 이렇게 좋아서 다들 야외로 나간 건지 카페엔 손님이 얼마 없었다. 아까 전, 2층에 올라가 테이블을 치우고 카운터에 돌아온 뒤로 무료하게 시간을 보내고 있던 은서는 무언가에 홀린 듯 건물 밖에 시선을 두었다.

때마침 불어오는 미풍에 건물 앞에 자리 잡은 나무가 살짝 흔들렸다. 두터운 햇살이 더해져서인지 앙상한 가지만 남은 나무가 일순간 싱그러워 보였다. 긴 겨울을 지나, 어김없이 봄이 오려나 보다.

바깥 풍경을 보느라 넋이 나가 있던 은서가 돌연 정자세를 취했다. 카페 안에 들어선 한 무리의 손님들을 발견했기 때문이다.

은서 또래쯤으로 보이는 여자 손님 세 명은 창가 근처에 가방을 내려놓고 곧장 카운터로 다가왔다. 메뉴를 보며 자기들끼리 도란도란 이야기를 나누던 손님들이 차례로 주문을 마치고 자리로 돌아가자 은서는 다시 여유를 찾았다. 메뉴가 나오기 전까지만 취할 수 있는, 짧지만 감질 나는 여유였다.

"은서야, 음료 나왔다."

"네."

카페 사장이 음료가 담긴 쟁반을 건네자 그 위에 빨대, 냅킨을 차례로 챙긴 은서가 곧장 손님이 있는 자리로 향했다. 카운터에서도 목소리가 언뜻 들릴 정도로 그녀들은 꽤나 왁자지껄한 목소리로 수다를 떠는 중이었다.

"야, 대박. 박태인 다쳤나 봐."

"진짜?"

"응. 지금 인기 검색어에 '박태인 부상'이 1위야."

"왜? 어디 다쳤대?"

거침없이 걸음을 옮기던 은서의 움직임이 눈에 띄게 느려졌다. 은서에게도 똑똑히 들린 '박태인 부상'이라는 말에 그녀는 눈앞이 아득해짐을 느꼈다. 손에 있는 쟁반은 안간힘으로 붙잡아 놓치지 않았지만, 그녀는 제 마음을 놓쳤다. 그녀가 놓친 마음은 밑도 끝도 없이 추락했다.

"영화 촬영 중에 다쳤다는데?"

"음료 나왔습니다."

테이블에 쟁반을 내려놓는 은서의 손이 덜덜 떨렸다.

"네, 감사합니다."

원래는 테이블에 쟁반까지 그대로 전달해 주고 돌아오는 게 은서의 일이었다. 그런데 그녀는 제 할일을 마쳤음에도 망부석처럼 그 자리에 서서 움직이지 않았다.

쟁반에서 음료를 차례로 꺼내어 놓던 여자가 의아한 얼굴로 은서를 올려다봤다. 혹시 쟁반을 돌려줘야 하나? 하는 마음에 급하게 나머지 음료와 빨대를 집으려는 찰나.

"심각한 부상은 아니래. 잠깐 중단됐다가 다시 촬영 재개했다는데?"

음료엔 관심 없고, 은서가 오기 전부터 계속 스마트폰만 들여다보던 여자가 말을 꺼냈다. 태인의 부상을 언급한 것도 바로 그녀였다.

"그럼 그냥 가벼운 부상인가보네."

잠시 멈췄던 여자의 손길이 다시 분주해졌다. 빨대를 각각 배분하고, 여유 있게 넣어 둔 냅킨까지 집었다.

"다행이다."

무리 중 한 명이 제 앞에 놓인 빨대를 만지작거리며 가볍게 말했다. 흘리듯 '다행'이라는 말은 언급한 것과 지금 은서가 느끼는 다행스러운 마음은 그 깊이가 확연히 달랐다. 은서는 여태 숨을 참고 있던 사람처럼 별안간 숨을 크게 몰아쉬었다.

"여기, 쟁반이요."

쟁반 위를 깨끗하게 비운 손님이 친절하게도 은서 앞까지 쟁반을 밀어 주었다. 손끝에 툭하고 닿는 느낌에 은서가 시선을 아래로 깔았다. 아무것도 보이지 않는 듯했던 그녀의 시야에 초점이 다시 맺혔다. 검은빛의 쟁반, 그리고 테이블. 이내 손님들까지 시야가 확장되고 나서야 자신이 지금 아르바이트 중이라는 걸 깨달은 그녀였다.

"네, 맛있게 드세요."

손님들에게 고개를 살짝 숙인 은서가 다시 카운터로 걸음을 돌렸다. 테이블 사이로 뻥 뚫린 길을 다소 비틀대며 걸어가는 게 다소 불안해 보이는 뒷모습이었다.

아르바이트를 하는 도중 여유가 생길 때마다 은서는 틈틈이 태인의 기사를 찾아 읽었다. 카페 사장 몰래 읽어야 했기에 30분 동안 기사 하나 읽은 게 전부였지만 그것으로도 정보를 파악하기엔 충분했다.

은서가 파악한 내용은 격투 신을 찍다가 턱 부근을 다쳤으며, 부상이 심하지 않아 병원은 가지 않았고 세트장에서 대충 응급처치받은 뒤 다시 촬영에 임했다는 정도였다.

'정말 괜찮은 건가. 촬영 때문에 아픈데도 괜찮은 척하고 있는 건 아니겠지?'

기사를 곧이곧대로 믿을 수가 없어, 급기야는 핸드폰을 꺼내 민행에게 문자 보내는 걸 시도하려던 은서의 작전은 하필 들이닥친 손님으로 인해 무산되었다. 하는 수 없이 앞치마 안으로 핸드폰을 밀어 넣은 은서의 얼굴에 좌절의 빛이 스쳤다.

어찌 된 일인지 한가했던 카페가 태인의 부상 소식을 듣고 나자 바빠졌다. 쉴 틈 없이 가게가 돌아가는 통에 더 이상 핸드폰을 들여다볼 겨를도 없이 가게 일을 해야 했고, 어느덧 아르바이트 시간도 끝이 났다.

은서는 곧장 핸드폰부터 확인했다. 하지만 태인이나 민행에게서 연락 온 것은 없었다. 카페를 빠져나온 그녀는 걸음을 떼는 것조차 잊은 채 태인에게 전화부터 걸었다.

—어, 은서야.

심각한 부상이었다면 민행에게 먼저 연락이 왔을 거다. 그러니 기사에서 본 것처럼 정말 가벼운 부상이 맞을 텐데, 그의 목소리를 듣자 울컥 눈물이 나려했다. 찡하게 울려 오는 코끝을 검지로 꾹 누르자, 울음기가 조금은 가셨다.

"촬영 끝났어?"

—응. 지금 집이야.

"다쳤다며. 괜찮아?"

그의 대답을 기다리며 제 입술을 물었다 놨다 하는 그녀의 행동에서 초조함이 여실히 드러났다. 카페에서 나와 길의 한쪽 구석에서 있던 은서는 여태 한 걸음도 채 떼지 못한 상태였다.

—병원 가서 검사하고 왔는데 괜찮대.

"다행이다."

—사실 오늘 끝나고 카페로 데리러 가려고 했는데 아까 촬영장에 있던 기자가 병원 갈 때 따라붙은 것 같아서 그냥 바로 집으로 왔어.

그의 서운한 마음이 핸드폰 너머로 은서에게도 고스란히 전해졌다. 하지만 그가 다쳤다는 사실 때문에 가슴이 미어지는 그녀에겐 서운해할 하등의 가치도 없는 일이었다. 이러다가 그의 입에서 미안하다는 말까지 나올 것 같아 은서는 서둘러 화제를 돌렸다.

"그래? 그럼 내가 집으로 갈까?"

어차피 그의 상처를 직접 눈으로 확인하기 전엔, 제 마음에 남아 있는 불안감의 불씨를 다 떨칠 수 없을 거다. 그러니 잠깐이라도 그의 얼굴을 제대로 보고 싶었다.

―우리 집?

"응. 지금 갈게. 가도 되지?"

태인은 당연한 걸 왜 묻냐는 듯 짧게 웃음을 터뜨렸다. 그의 웃음 뒤에, 나른한 음성으로 뱉은 말에 은서의 가슴이 울렁거렸다.

―얼른 와. 보고 싶다.

몇 분 안이면 그를 볼 수 있을 텐데, 초조한 마음이 도저히 억눌러지지 않았다. 오죽하면 차를 타고 도로를 달리는 중인데도, 왜 이렇게 느릿느릿 가는 거냐며 속으로 타박하고 있는 그녀였다.

아파트 단지 입구에 다다르자 마음이 급해진 은서는 곧바로 택시에서 내렸다. 잔돈을 거슬러 받지도 않고 그녀는 무작정 뛰었다. 마침 바람이 정면에서 불어오는 터라 흩날리는 머리칼을 말끔히 뒤로 보내 주었다.

시야를 제대로 확보한 그녀는 고등학교 때 기록을 재기 위해 열심히 달렸던 그때보다 더 이를 악물고 뛰었다.

그녀의 뜀박질은 엘리베이터 앞에 도착하고 나서야 멈췄다. 숨을 가쁘게 몰아쉬던 은서가 버튼을 누르자 마침 1층에 있던 엘리베이터 문이 열렸다. 7층까지 올라가는 데 시간이 그리 오래 걸리진 않았다.

그가 살고 있는 702호 현관문을 마주한 은서가 마지막으로 숨을 크게 몰아쉰 뒤, 초인종을 눌렀다. 얼마 지나지 않아 태인이 직접 문을 열어 주었다. 집 안에 들어가야 한다는 사실조차 잊은 채 그녀는 그의 얼굴부터 살폈다.

"들어와."

고개를 끄덕인 은서가 현관문 안으로 몸을 옮기자, 태인이 곧장 문을 닫았다. 태인을 따라 들어가면서도 은서는 내내 그의 얼굴을 살폈다. 턱 부근을 다쳤다더니 정말로 오른쪽 턱에 멍이 들어 있었다. 크지 않다는 것에 위안을 두기엔 그녀는 벌써부터 속상했다.

"어디 봐 봐."

신발을 벗고 들어서자마자 은서는 태인에게로 향했다. 걱정 가득한 그녀의 얼굴에 뒷머리를 긁적거리던 태인이 그녀의 얼굴 앞에 제 얼굴을 가까이 대 주었다. 찬찬히 그의 얼굴을 살피던 은서의 미간이 점점 일그러졌다.

"입술은 또 왜 그래? 눈가에도 상처 난 거 맞지?"

자세히 보니 입술엔 작은 피딱지가 있었고, 눈 옆에도 빨간 선이 하나 그어져 있었다. 무언가에 할퀸 것처럼 길게 난 자국이었다.

"어. 격투 신 찍다가."

"조심 좀 하지. 얼굴이 이게 뭐야."

속상하다 못해 화가 날 지경이었다. 눈가가 시큰거리는 걸 보니, 아무래도 화기가 눈 쪽으로 모두 쏠린 모양이었다.

"괜찮아."

"약은 발랐어?"

"오는 길에 약 사 왔는데 집에 와선 안 발랐어."

"내가 발라 줄게. 어디 있어?"

태인이 눈짓으로 가리킨 곳은 소파였다. 한 치의 망설임도 없이 소파에 다가선 은서가 그 위에 놓여 있던 약봉지를 집어 들었다. 그 안엔 연고 이외에도 이것저것 잡다한 것들이 담겨 있었다. 소독약과 면봉, 밴드까지 꼼꼼하게 구입한 걸 보니 아마도 민행이 산 것일 거다.

"여기 앉아 봐."

태인은 머쓱한지 짧게 헛기침을 하곤 소파에 앉았다.

"소독해야 하나?"

"촬영장에서 대충 치료받았어. 그냥 연고만 바르면 돼."

고개를 끄덕인 은서가 연고를 집어 들었다. 깨끗한 면봉에 연고를 조금 짜낸 뒤, 소파의 한 가운데에 앉아 있는 그의 앞으로 천천히 다가갔다. 먼저 눈가에 난 상처 위에 연고를 찍어 바르곤, 이내 입술 끝에 생긴 피딱지 쪽으로 시선이 옮겨갔다. 최대한 살살 약을 바르고, 그 주위까지 섬세하게 약을 덧발랐다. 혹여 상처가 쓰릴까 봐 은서는 몇 번이나 입김을 호호 불어 댔다. 태인의 입술에 고스란히 닿는 자신의 숨결이 그에게 어떤 감각을 불러일으키고 있는지도 모른 채.

"은서야."

"응?"

태인의 상처에 온 집중을 쏟고 있어서 미처 몰랐다. 자신을 쳐다보는 그의 시선이 다소 위험한 빛을 띠고 있다는 것을.

그는 아무 말도 하지 않았지만 그의 뜨거운 눈빛은 무언가를 얘기했다. 눈빛이 의미하는 바를 단번에 깨달은 은서의 볼이 붉어졌다. 당황한 그녀가 주춤거리며 뒤로 물러나려 하자, 태인이 그녀의 허리를 꽉 끌어안곤 그녀의 납작한 배에 이마를 기댔다.

얇은 옷도 아닌데 옷 위로 그의 뜨거운 숨이 느껴지는 것 같았다. 어쩌면 그녀의 몸이 뜨거워지고 있는 건지도 모르겠다.

"집에 가야겠다, 너."

말로는 그녀가 벗어날 수 있는 여지를 주는 것 같지만 행동으로는 은서가 달아나지 못하게 그녀의 허리에 감고 있던 손으로 어느새 깍지까지 낀 그였다. 명백한 모순 앞에서, 은서는 방향감각을 상실한 채로 굳었다. 그녀가 인지한 것이라곤 그가 전해 주는 열기에 자신이 잠식당하고 있다는 것뿐이었다.

"잠깐만. 이것 좀……."

이상야릇한 감각에 은서는 태인의 어깨를 슬쩍 밀어냈다. 그녀의 배에 맞닿았던 그의 이마가 떨어지자 그가 불어넣던 뜨거운 기운도 함께 멀어졌다.

하지만 그녀의 허리를 두르고 있는 그의 깍지 손은 여전했다. 태인은 머리만 살짝 든 채로, 은서를 올려다보았다.

"집에 갈 거야?"

그녀가 담겨 있는 그의 검은색 눈동자가 유난히 짙어졌다.

"집에 가야겠다며."

태인은 자신의 입으로 분명 그렇게 말했었다. 그 말을 뱉었을 땐, 은서를 그대로 집에 보내 줄 용의도 있었다. 그런데 그녀가 집에 가려는 태도를 취하자 알 수 없는 오기 같은 것이 생겨났다.

"내가 그렇게 말해서 간다는 거야? 그럼 가지 말라고 하면 안 갈 거야?"

태인은 입 밖으로 말을 뱉은 뒤에 깨달았다. 이것은 오기가 아니었다. 아까 전, 그 말을 입에 올렸을 때보다 지금 그녀를 향한 그의 욕구가 더욱 더 진해졌을 뿐이었다. 아마도 그녀와 함께 있는 한 그의 욕망은 점점 더 커질 거다.

"아니다. 얼른 가."

이번엔 진심이었는지, 태인은 깍지를 풀었다. 작게 한숨을 쉬며 그녀의 시선을 피하는 그의 얼굴에 갈등의 흔적이 스쳤다. 아니, 그것은 갈등을 끝낸 뒤에 보이는 체념이었다.

그의 갈등은 거기서 끝났지만, 그녀의 갈등은 시작되었다. 자신은 태인을 사랑한다. 과거에도 사랑했고, 현재에도 사랑하고, 미래에도 사랑할 것이다. 과거에 이미 그와 밤을 보낸 적 있었고 은서는 그때보다 지금 그를 더 깊게 사랑하고 있다. 그러니 망설일 이유는 없었다. 하지만 그가 왜 망설이는지 궁금했다.

"왜 가라고 하는 건데? 우리 이미 같이……."

"다시 사귀는 거잖아."

"그게 왜?"

"처음 사귀던 그때보다 소중하게 대해 주고 싶었어."

태인은 속으로만 품고 있던 생각을 꺼내게 될 줄 몰랐다는 듯 자신의 머리를 세게 헝클였다. 뒤이어 고개까지 맥없이 떨어뜨린 그는 단단히 부끄러워하고 있었다. 그 모습을 보며 슬쩍 미소 짓는 것도 잠시 은서는 이내 입을 열었다.

"예전에도 그랬고 지금도 충분히 느끼고 있어. 과분할 정도로 소중히 대해지고 있다는 거."

숙여진 태인의 고개가 움찔대면서 그의 머리칼이 사르르 흩어졌다.

"바로 옆집에 너희 부모님도 계시잖아. 아무래도 신경 쓰일 테니까."

그의 말대로 부모님이 옆집에 있었다면 아마 은서 쪽에서 먼저 그를 밀어냈을지도 모른다. 그와 이곳에 함께 있는 것만으로도 신경이 곤두섰을 거다.

하지만 그들은 집이 아닌 병원에 있다. 타이밍이 조금 애매하긴 하지만, 여기서 태인의 말에 수긍한다면 또다시 거짓말을 늘어놓는 것이었다. 잠시 아랫입술을 가볍게 물었다 놓기를 반복하며 고심하던 은서는 다소 어렵사리 말을 꺼냈다.

"너한테 할 말 있어. 사실 아빠가 병원에 계셔. 그래서 엄마는 매일 병원에서 잠을 주무시고, 너 우리 집에 왔을 때 엄마가 가 봐야 한다던 곳이 아빠 병원이었어. 그날만이 아니라 내내 집에 안 계셨어. 예전에 너랑 병원에서 만났을 때도, 아빠가 입원해 있는 병원이라 거기 있었던 거고."

그녀를 안고 싶은 제 마음을 잠재우듯 시선 또한 애써 회피하고 있던 그가 그녀의 눈을 다시 마주했다.

"입원하실 정도면, 많이 편찮으신 거야?"

"심각한 상황은 아니야. 힘든 상황도 아니어서 너한테 일찍 말 안 했어."

심상치 않은 낯빛으로 서서히 좁혀지던 그의 미간이 다시 제자리를 찾았다.

"그럼 지금 나한테 이 얘기를 해 주는 이유는 뭐야?"

"내가 이 말을 하는 이유는 그러니까, 너한테 거짓말하기 싫었고. 또…… 옆집엔 아무도…….."

뒷말은 이을 수 없었다. 은서가 머뭇거릴 때부터 미묘한 웃음을 짓더니, 이내 소파에서 일어난 그가 급작스럽게 입을 맞춰 왔기 때문이다.

TV도 켜져 있지 않은 적막한 거실 안에선 두 사람의 숨소리만 오갔다. 한 손으로 어느새 그녀의 뒷목을 감싸 안은 그가 더욱 깊숙하게 입 안 구석구석을 파고들었다.

엉겨 붙은 혀와 뜨겁게 맞비벼지는 입술에서 시작된 열기가 서서히 온몸으로 퍼져 나갔다. 그가 선사해 주는 열락에, 꼭 감긴 그녀의 눈꺼풀이 부르르 떨렸다.

태인이 미는 대로 밀려가며 키스를 나누던 중에 은서의 종아리엔 푹신한 느낌의 무언가 닿았다. 눈을 돌려 확인할 겨를도 없이 은서의 몸이 뒤로 눕혀졌다. 종아리에 닿았던 그 감촉이 그녀의 뒷몸에 고스란히 닿았다. 푹신한 것의 정체는 그의 침실에 있던 침대였다.

거실에서 그의 침실까지 오는 동안 그녀의 상의엔 어느덧 속옷 한 장만이 남았고, 그는 아예 상의를 모조리 탈의한 상태였다. 영화 촬영을 위해 요 근래 몸을 다듬은 탓에, 그의 상반신은 여느 때보다 탄탄한 모습이었다.

키스가 잠시 멈춰진 사이, 은서는 제 몸 위에서 자신을 내려다보는 그의 뺨을 살짝 어루만졌다. 아래에서 위를 올려다봐서인지, 평소보다 크게 느껴지는 그의 몸집이 괜스레 든든하게 느껴졌기 때문이었다.

하나의 손길에 둘은 각각 다른 감정을 느꼈다. 순수한 그녀의 손길은 잠시 숨을 고르던 그에게 욕망의 촉매제가 되었다.

문득 마주한 그의 눈빛이 타오르는 것 같다고 느낄 때, 태인의 주도하에 둘의 입술은 다시 겹쳐졌다. 마치 뜨거운 핫 팩을 갖다 댄 것처럼 마주 댄 입술이 타들어 가는 듯했다.

하지만 그럼에도 둘의 입술은 떼어질 줄을 몰랐다. 깊게, 더 깊게 서로의 입술을 탐닉했다. 둘은 어느 때보다도 열정이 가득한 키스를 나눴다.

분주하게 움직이던 그의 손길에 어느덧 실오라기 하나 걸치지 않은 나신이 되자 은서는 침대 가장자리로 밀려난 이불을 몸 위로 끌어 올렸다. 그 모습을 보던 태인은 픽 하는 웃음을 흘리더니, 이불을 더 끌어 올려 그녀의 나신을 덮어 주었다.

마음 같아서는 그녀의 몸을 구석구석 빠짐없이 제 눈에 담고 싶었지만 태인은 흔한 투정조차 부리지 않았다. 침대 위에선 유독 부끄러움이 많아지는 은서의 모습을 알기 때문이었다. 그저 그녀를 향해 싱긋 웃어 보인 태인은 제 몸에 남아 있는 옷을 탈의하고 그녀의 몸을 감추고 있는 이불 속으로 들어갔다.

동시에 은서의 몸은 뻣뻣하게 굳어졌다. 움직일 때마다 서로의 살갗이 부딪혔다. 살과 살이 마찰될 때마다 전해지는 열기에 그녀는 화상이라도 입는 것처럼 몸을 크게 흠칫거렸다.

그녀는 마른침을 삼키며 자신의 위에 떳떳하게 자리 잡은 그를 살짝 올려다봤다. 굳게 다물린 그의 입술을 시작으로 다소 경직되어 있는 그의 얼굴을 살피다 보니 더욱 긴장감이 밀려왔다.

"네가 그런 얼굴로 나 보면 내가 더 긴장돼."

"알겠어."

은서의 시선이 그의 얼굴에서 채 벗어나기도 전에 태인이 그녀의 목덜미에 얼굴을 묻었다. 어깨선에 닿는 그의 뜨거운 입김에 정신이 아찔해지려는 찰나, 그가 다시 그녀의 입술을 찾았다.

키스로 그녀의 감각을 분산시키는 동안 그의 다정한 손길이 그녀의 몸 이곳저곳을 스쳤다. 마치 뭔가에 데인 것처럼 그의 손길이 지나쳐 간 곳은 뜨거웠다. 뒤이어 그의 손길이 지나쳐 간 곳을 손길보다 더 촉촉한 그의 입술이 스쳐 지나갔다. 온몸이 녹아내릴 정도로 뜨겁고 아찔한 기분의 연속이었다.

은서의 몸은 그의 손길과 입술로 달아오를 대로 달아 있는데, 태인은 쉽게 그녀의 안으로 들어오지 않았다. 최대한 아프지 않게 하려는 그의 배려였다. 침대로 가기 전엔, 아무것도 보이지 않는 사람처럼 밀어붙이던 그는 오히려 침대 위에서 더 참을성 있게 굴었다.

그는 그녀가 사랑받고 있다는 기분을 확연하게 느끼길 원했다. 육체적인 사랑도 물론 중요하지만, 그것보다는 그녀를 향한 정신적인 사랑이 더 크다는 걸 그녀가 알아줬으면 했다.

태인은 그렇게 불굴의 정신력으로 참아 내고 있었지만, 처음보다 부쩍 가빠진 그의 호흡은 그녀에게 더 이상 참을 수 없다고 말했다.

"태인아, 나 이제 괜찮아."

자신을 배려하는 태인의 마음, 자신을 원하는 마음까지 충분히 전달받은 은서가 그의 목에 팔을 감아 오며 나른한 목소리로 말했다. 그러자 태인은 더 이상 참지 못하고 그녀의 다리 사이에 자리 잡곤 그녀의 여린 살을 파고들었다. 둘의 잇새에서 동시에 신음이 터져 나왔다.

오랜만에 가지는 관계에 그녀가 아플 걸 알면서도 한 번 시작된 움직임을 멈출 수 있는 방법은 없었다. 태인은 이 순간 자신이 마치 쾌락의 노예가 된 것 같았다. 그가 할 수 있는 일이라곤 자신이 느끼는 이 쾌락을 그녀에게도 똑같이 느끼게 해 주는 것이었다.

태인은 입술을 앙 다물고 눈을 꼭 감은 채로 자신을 받아들이는 은서를 쳐다봤다. 그가 더 깊숙이 파고들자 그녀의 눈가에는 땀인지 눈물인지 모르는 것이 엉켜 흘렀다.

그는 손을 올려 그녀의 눈가를 쓸어 주었다. 눈가에 와 닿는 그의 부드러운 손길에 잠시 눈을 뜬 그녀는 그가 다시 거칠게 밀고 들어오자 눈을 질끈 감았다.

그러다가 어느 순간부터는 그녀의 입에서 황홀한 신음이 새어 나왔다. 아직도 눈은 질끈 감고 있었지만, 그를 받아들이는 몸짓은 훨씬 부드러워져 있었다. 씩 웃은 태인의 움직임이 거세졌다.

넓은 크기에 비해 가구가 얼마 없어 서늘한 기운이 가득하던 그의 침실이 어느덧 열기로 가득했다. 가빠진 호흡, 서로에게 맞닿아 움직이는 몸짓만으로도 황량했던 방 안의 공기가 꽉 채워졌다.

찰랑거리며 움직이던 그의 머리칼이 땀에 젖어 더 이상 움직이지 않을 때쯤, 그는 그녀의 여린 몸을 제 품에 꽉 안았다. 지금 이 순간, 그에겐 두려울 게 하나도 없었다. 끝없이 밀려오는 행복감. 태인의 마음은 그것으로 이미 충만했다.

한 편으로는 이렇게 온몸을 다해 자신을 받아들이는 그녀가 미친 듯 사랑스럽다는 생각도 함께였다. 그는 망설이지 않고 제 마음을 전했다.

"사랑해, 은서야."

내 모든 열정을 다해서 널 사랑해.

9장.
널 위한 고백

햇빛 한 조각 스며들지 않는 어스름한 새벽, 은서가 불현듯 눈을 떴다. 어젯밤, 은서는 씻어야 한다고 중얼거리다가 결국 밀려오는 수마를 견디지 못하고 잠들었었다. 그런데 여명이 채 밝기도 전에 눈을 뜬 걸 보니, 자면서도 여간 찜찜한 게 아니었나 보다.

어렴풋하지만 마지막 기억의 순간까지 나신이었던 그녀가 지금은 자신이 덮고 있는 부드러운 이불보다 더 보들보들한 가운을 입고 있었다. 자다가 가운을 찾아 입었을 리도 없으니 이걸 입힌 사람은 아마도…….

은서의 눈동자에 마주 보는 자세로 잠들어 있는 태인이 담겼다. 이불 밖으로 드러난 그의 어깨와 팔을 보더라도, 그는 멀쩡한 옷차림이었다. 자신은 씻을 기력도 없어 잠에 들었을 때, 그는 몸을 깨끗이 하고 옷까지 제대로 차려입고 잤다는 사실에 은서는 괜한 심술이 났다.

그의 코를 살짝 잡아 비틀기라도 해야 이 마음이 풀릴 것 같아 그의 얼굴을 향해 쭉 뻗은 그녀의 손이 허공에서 돌연 멈췄다.

어느새 그녀의 시선 또한 반듯하게 자리 잡은 그의 코가 아닌 연분홍빛이 감도는 태인의 입술로 옮겨졌다. 그녀는 입술 끝에 있는 그의 상처를 안타까운 눈빛으로 어루만졌다. 검붉은색이었던 피 딱지 위로 붉게 피가 굳은 자국이 있었다. 목적지에 닿지 못한 그녀의 손은 힘없이 아래로 추락했다.

잠시 동안 마음을 어지럽혔던 그녀의 심통은 눈 녹듯 사라졌다. 어제보다 더 심해진 그의 상처에 약이라도 발라 줘야겠다는 생각으로 은서는 침대에 팔을 뻗어 지탱한 뒤 몸을 일으켰다. 정확히는 이제 막 상체만 조금 일으켰을 뿐이었다.

살짝 움직였는데도 불편함이 훅 끼쳐 오자 은서는 미간을 일그러뜨리며 잠시 멈칫했다. 짧게 숨을 고르고 다시 힘을 주어 몸을 일으키는데, 자신을 세게 잡아당기는 힘에 의해 그녀는 다시 눕혀졌다.

애써 몸을 일으켰더니 다시 그를 마주 보고 누운 모양새가 되자 은서가 눈을 크게 뜨며 그를 쳐다봤다. 잠겨 있던 눈꺼풀이 언제부터 열려 있던 건지 그는 그녀를 정면으로 바라보고 있었다.

"깜짝이야. 언제 일어났어?"

"너 뒤척거릴 때 깼어."

목이 잠긴 건지 그의 목소리가 유독 낮았다.

"그래? 그럼 더 자."

그에게 잡힌 팔목을 빼낸 은서가 몸을 반쯤 일으켰다.

"어디 가려고?"

피곤한지 태인의 눈이 느릿하게 깜빡댔다.

"너 입술 다시 터졌더라. 약 발라야 할 것 같아서."

태인이 제 손을 들어 입술 끝을 살짝 만졌다. 자면서 또 피가 났는지 피딱지의 크기가 더 커진 느낌이었다.

"괜찮아."

"어차피 나 씻으려고 일어나려던 참이었어. 찝찝해."

"그래? 내가 어제 닦아 주긴 했는데……."

머뭇거리며 뱉은 태인의 말에 은서의 얼굴에 붉은 기가 스쳤다.

"그러니까 잠을 좀 자게끔……."

홧김에 생각나는 대로 말을 뱉다 보니, 자신도 모르게 민망한 말을 입에 담고 만 은서 얼굴이 아예 새빨갛게 변했다. 얼굴뿐만 아니라 온몸이 화끈거릴 정도로 열기가 훅 올라왔다. 그녀는 침실 안에 빛 한 점 들어오지 않는다는 사실이 문득 고마워졌다.

"아직 해도 안 떴어. 조금만 더 자자."

태인은 막무가내로 은서를 잡아당겼다. 팽팽한 힘의 균형, 같은 게 될 리가 없었다. 그녀는 제대로 발악도 해 보지 못하고 속수무책으로 그의 품에 쏙 안겼다.

"그래도 약은 발라야지."

그녀의 목소리가 한층 누그러져서인지 투정을 부리는 것처럼 들리지 않았다. 어차피 그녀를 품에 안은 채로 다시 잠을 청하려는 그에겐 그녀의 어떤 목소리라도 달콤한 자장가처럼 들려올 테지만.

"됐어. 어차피 또 터질 거."

무슨 말인가 하고 생각해 볼 잠깐의 여유도 주지 않고, 태인은 그녀에게 가볍게 키스했다. 졸음이 밀려오는지 태인은 눈을 감고 있었다. 그런 그를 힐긋 올려다본 은서가 그의 입술이 잠시 떨어진 틈을 타, 손바닥으로 그의 입술을 막았다.

힘들게 열린 눈꺼풀 사이로 태인이 어이없다는 눈빛을 보내왔다. 하지만 그것도 잠시, 알 수 없는 묘한 웃음을 보이더니 은서를 제 품에 다시 안았다. 제 몸을 단단히 옭아매는 그의 팔 안에서 은서가 선택할 수 있는 것은 많지 않았다. 결국 그녀는 가장 쉽고 편한 길을 택했다.

그녀가 태인의 너른 가슴팍에 머리를 기대자, 그가 기다렸다는 듯 그녀의 머리를 끌어안았다. 서로를 꽉 안고 있는 두 사람의 몸이 하나처럼 얽혀 들었다. 나른하고 편안한 기분에 졸음이 다시 밀려왔다. 수마가 물러간 줄 알았는데, 그건 아니었나 보다.

눈꺼풀이 무거워지는 기분과 함께 몸에 힘이 빠지려는 찰나,

"아버님은 어디가 어떻게 안 좋으신 거야? 정말 괜찮으신 거야?"

태인이 나긋한 목소리로 물어왔다. 눈만 감고 있을 뿐 사실은 깊은 상념에 빠져 있던 그였다.

"뇌출혈이셨는데 지금은 괜찮으셔. 정말로 걱정 안 해도 돼."

"괜찮으시다니 다행이긴 한데 앞으로는 힘든 일 생기면 나한테 바로 말해 줘. 혼자 힘들어하지 말고. 알겠지?"

"응."

그녀가 연속해서 하품을 했다. 이젠 하품까지 그녀에게 잠을 자라고 재촉하는 모양이다.

"아버님도 찾아뵙고 싶어. 가능하다면, 내일이라도 당장."

"근데 사람들이 다 알아볼 텐데, 아빠가 병실을 혼자 쓰는 것도 아니고."

"걱정 마."

무슨 뜻이냐고 묻고 싶었지만 몸의 나른함이 입술에도 전달된 건지, 입이 떨어지지 않았다. 은서가 벙긋거리는 동안 태인의 입술이 그녀의 이마에 꽤 길게 닿았다 떨어졌다. 그가 전해 준 작은 온기에 은서의 눈이 스르륵 감겼다.

걱정 말라던 태인의 말의 의미를 은서는 그날 오후가 되어서야 알게 되었다. 영환은 오후에 갑작스레 1인실로 이동하게 되었다. 퇴원 시까지 병원비를 누군가 지불하기로 했다는데 병원 측에선 누구인지 알려 주지 못하겠다고 잡아떼는 바람에 성희가 은서에게 전화를 걸었었다.

성희는 그 누군가가 태인이라고 예상한 것이었다. 그리고 은서의 예상도 크게 다르지 않았다. 연예인이라는 신분 때문에 자신의 이름으로 결제를 하진 않았겠지만 분명 돈의 주인은 그일 것이다.

성희는 통화 말미에 태인과 은서를 소환했다. 아르바이트가 끝난 뒤, 태인에게 상황을 대충 전한 은서는 곧장 병원으로 오긴 했지만 입구를 앞에 두고 머뭇거렸다. 초조한 마음이 발길을 출입구에 계속 붙잡아 둔 탓이었다.

불안한 마음에 손에 꽉 쥐고 있던 핸드폰에서 긴 진동이 느껴졌다. 성희가 아니라 마침 연락 오길 기다렸던 태인이었다.

"어, 태인아."

"병원 도착했어?"

자상함이 묻어나는 그의 목소리에 불안감이 서서히 멎어 들었다.

"응. 지금 입구야. 넌 어디야?"

"지금 가고 있어. 추우니까 도착했으면 안에 들어가 있어."

"응. 도착하면 전화해."

대답은 야무지게 해 놓고 그녀는 여전히 출입구 부근에서 서성거렸다. 슬그머니 내쉰 한숨이 뿌연 입김이 되기도 전에, 거센 바람에 산산조각 났다. 집요하게 파고드는 바람에 굴복한 은서가 바람을 등지고 돌아섰을 때였다.

"은서야, 여기서 뭐해? 누구 기다려?"

뜻밖에도 건우와 마주쳤다. 건우의 고백과 은서의 거절이 있던 날 이후로 한 번도 마주친 적 없던 두 사람이었다. 누구 한쪽이 일방적으로 피했다기보다는 타이밍이 매번 맞지 않았다. 건우에겐 아쉬운 타이밍이었고 은서에겐 고마운 타이밍이었다.

"어. 오빠 어디 가?"

병원 내부에서 밖으로 나온 건우는 의사 가운 차림이 아닌 말끔한 사복을 입고 있었다.

"오프라서."

"아, 그렇구나."

은서의 대답을 끝으로 둘 사이엔 잠시 어색한 침묵이 감돌았다. 잘 둘러져 있는 목도리를 만지는 그녀의 행동에서 드러난 머쓱함이 건우의 눈에도 읽혔다.

"아저씬 점점 더 좋아지시더라. 다행이야."

건우는 은서 곁에 남자로 있을 수 없다면 친한 오빠로라도 남고 싶었다. 그녀를 향한 마음이 완전히 접힌 건 아니었지만 시간이 조금 흐른다면 처음처럼 편한 사이도 가능할 것 같았다. 물론 현실 가능하다기보다는 건우의 소망에 가까운 추측이었지만.

"응. 아빠 의지가 강하셔서."

"고생 많았어."

자연스레 은서의 머리 위로 제 손을 가져가던 건우가 멈칫했다. 은서도 흠칫하며 어깨를 살짝 뒤로 뺐다. 너무 티 나게 피했나 싶어 순간 아차 한 그녀가 건우를 올려다봤다. 그런데, 건우의 시선 끝엔 은서가 있지 않았다.

그의 고개는 여전히 은서 쪽으로 틀어져 있었지만 시선은 눈앞의 은서가 아닌 조금 더 뒤쪽에 두고 있었다. 순간 싸하게 밀려오는 기운에 뒷목이 뻣뻣해졌다. 그리고 그녀의 직감은 무섭도록 맞아떨어졌다.

"왜 나와 있어. 안에 들어가 있으라니까."

은서의 눈이 질끈 감겼다. 귀에 익은 목소리, 건우의 손이 차마 닿지 못했던 그녀의 머리 위를 스치는 편안한 손길, 때마침 불어오는 바람 속에 묻어나는 익숙한 체취. 모든 지표가 가리키는 것은 박태인, 그뿐이었다.

"춥지?"

머리를 쓰다듬어 보이는 걸로는 모자랐는지, 태인은 부드럽게 웃는 얼굴로 그녀의 목도리를 더 촘촘하게 여며 주었다. 그의 안중에 건우는 없는 듯했으나 실상은 그에 대한 적대감을 드러내는 중이었다. 건우를 교묘하게 등진 채로 은서만을 바라보는 다소 유치한 행동으로.

그의 행동을 말리고 싶은 마음은 다분한데, 어쩐 일인지 은서는 꼼짝할 수 없었다. 바깥에 오래 있어서 몸이 꽁꽁 얼어붙은 걸까? 어쩌면 모자 아래로 은근하게 드러나는 그의 짙은 눈빛에 꽁꽁 묶인 걸지도 모르겠다.

"혹시 박태인 씨 아닙니까?"

건우답지 않은 무뚝뚝한 음성이었다. 건우의 입에서 제 이름이 언급되자 태인이 처음으로 건우를 향해 고개를 돌렸다.

"네, 맞습니다."

입가엔 예의상 미소를 띠고 있었지만, 태인의 말투는 평소와 다르게 무미건조했다. 옆에 있던 은서가 흠칫하고 놀랄 정도로.

"근데 둘이 어떻게 같이 있어?"

"아, 그게……."

제대로 변명을 꺼내기도 전에 은서의 말이 멈춰졌다.

"맞다, 동창이라고 했었지?"

말을 돌연 끊고 들어오는 건우 때문이었다. 건우의 말끝은 묻는 모양새로 끝났지만, 그것은 단순한 물음이 아니었다. 태인은 그 안에 담겨 있던 미묘한 뉘앙스를 본능적으로 감지해 내곤 눈썹을 찌푸렸다.

"어, 그랬지. 그때 솔이가 말했잖아. 우리 셋이 동창이라고."

어색한 웃음과 함께 이어진 은서의 말에 건우가 고개를 작게 끄덕였다.

'도대체 이 남자와 은서의 연결고리는 어디까지일까.'

자신과 은서가 동창이라는 것을 아는 것도 모자라 그녀의 학창 시절 단짝인 김솔까지 아는 것처럼 구는 그의 태도에 태인의 눈매가 싸늘하게 굳었다.

"그래, 나도 기억해. 근데 병원에까지 올 정도면 꽤 친한가 보네."

"어? 어."

건우의 기억 속에 '동창'이라는 키워드는 존재했지만, 둘이 친한 사이라고 입력되어 있진 않았다. 병원에 태인이 있다는 소식을 듣고도 미적지근한 반응을 보였던 은서였으니 건우로선 의문이 드는 게 당연했다.

"근데 그쪽은 은서랑 어떻게 아는 사이신지."

말을 마친 태인은 은근슬쩍 은서의 어깨 위로 제 팔을 올렸다. 아예 보란 듯이 끌어안는 그 때문에 은서는 옴짝달싹할 수 없었다. 그나마 시선은 자유롭게 둘 수 있어, 그를 슬쩍 올려다보았다.

하지만 태인과 눈을 마주할 순 없었다. 그는 줄곧 건우에게 시선을 고정하고 있었기 때문이다. 웃고 있는 것처럼 보이지만, 건우를 담은 눈빛만큼은 서늘했다. 한기를 머금은 바람보다 더.

"아, 제 소개를 안 했네요. 저는 이건우라고 합니다. 은서랑은 어릴 때부터 알아온 친한 오빠 동생 사이예요. 힘든 일 생기면 서로 의지하는……. 뭐, 그냥 그런 정도로요."

뒷말은 굳이 붙이지 않아도 되는 사족이었건만, 머릿속이 혼란스러운 중에도 건우는 태인에게 꿈틀거리는 적대감을 그대로 드러냈다. 명백한 도발이었다. 그걸 눈치껏 알아챈 태인은 은서가 그의 대답을 부정해 주기만을 차분히 기다렸다.

하지만 그를 기다리고 있는 건 무거운 정적이었다. 태인의 눈빛이 일순간 흔들렸다. 더불어 은서의 어깨를 꽉 안고 있던 손 또한 주춤거렸다.

"오빠, 우린 이만 들어가 봐야 할 것 같은데."

더 이상 건우가 태인을 도발하게 두는 것을 위험하다고 느꼈는지, 은서는 재빨리 상황을 정리했다.

"아, 그래? 얼른 들어가."

은서와 대화를 나누는 중에도 건우는 태인을 힐끔거렸다. 갑자기 말이 없어진 건 물론이거니와 다소 얼빠진 듯 보이는 그의 얼굴을 살핀 건우의 입가에 승자의 미소가 어렸다.

"오빠도 조심히 가."

"응. 그럼 이만."

건우가 태인을 향해 살짝 고개 숙이자, 태인도 고개를 숙여 보였다. 그들 옆을 건우가 먼저 스쳐 가고 은서 또한 건물 내부로 걸음을 옮기려 했다. 하지만 우두커니 서 있는 태인 때문에 그녀 또한 움직일 수 없었다. 은서가 살짝 옷깃을 잡아끄는데도 마치 몸이 굳은 사람처럼 그에게선 미동조차 없었다.

"태인아, 안 들어가?"

"미안."

"어? 뭐가?"

태인은 은서가 아닌 허공을 보며 말했다. 그의 눈동자 안엔 아무것도 담겨 있지 않았다. 초점이 나간 듯 보이는 그를 보며 은서가 그의 눈앞에 손을 휘휘 저어 보였다. 반응이 없자 아래로 점점 내려가던 그녀의 손목이 그에게 붙잡혔다.

"아무래도 안 되겠다."

치졸한 질투라고 해도 어쩔 수 없다. 마치 자신이 은서와 더 가까운 것처럼 교만한 얼굴로 지나치던 건우를 이대로 보내고 싶지 않았다. 은서와 더 깊은 정서적인 교류를 나누는 건 분명 자신이었다. 물론 마음으로 느끼는 감정상의 교류를 눈앞에서 보여 줄 순 없기에 그가 선택할 수 있는 것이라곤.

바깥에 건우, 자신 그리고 은서 외에는 아무도 없는 걸 확인한 태인이 모자를 빠르게 뒤로 돌려 쓰곤 그녀에게 입을 맞췄다. 화들짝 놀라며 자신의 가슴팍을 밀어내리는 은서의 양손을 태인은 가볍게 한 손으로 부여잡았다.

사람이 언제 건물 안에서 나올지 모르는 와중에도 태인은 더욱더 깊은 입맞춤을 원했다. 그가 내뿜는 뜨거운 숨이 그녀의 입 안으로 고스란히 밀려 들어왔다. 그가 주는 달콤한 감각에 굴복한 건지 그를 밀어내리는 그녀의 힘도 서서히 잦아들었다. 양손을 잡고 있던 손을 슬쩍 뗐는데도 그녀는 그를 밀어내지 않았다.

태인은 한층 여유로워진 얼굴로 자신들을 등지고 걷던 건우가 뒤를 돌아보기만을 기다렸다. 고백까지 했던 남자라면, 자신이 좋아하는 여자가 다른 남자랑 같이 있는 것에 분명 신경이 쓰일 거다. 그러니 한 번쯤은 뒤를 돌아볼 테고.

태인의 예상은 적중했다. 그들을 등지고 열 발자국쯤 멀어진 건우가 묘한 느낌에 뒤를 돌아봤다. 처음엔 고개만 살짝 돌리는가 싶더니, 건우는 아예 몸을 완전히 뒤로 틀었다. 그의 눈에 가장 먼저 보이는 건 은서의 뒷모습이었고, 이내 은서의 양 뺨을 붙잡고 키스하고 있는 태인의 모습까지 함께 보였다.

서로를 의식하고 있던 터라, 건우와 태인의 눈빛은 곧바로 마주쳤다. 태인이 모자를 돌려 쓴 덕에 자세히 보이지 않던 그의 눈매가 확연히 보였다. 웃는 모양으로 휘어진 그의 눈은 승리감에 젖어 있었다. 반면에 찰나의 승리감에 도취되어 있던 건우의 얼굴엔 순식간에 짙은 패색이 번졌다.

길게 이어진 태인과의 입맞춤은 가까운 곳에서 들려오는 차 소리로 인해 끝이 났다. 숨을 고를 새도 없이 은서는 태인의 모자부터 앞으로 돌렸다. 모자의 챙 부분이 다시 그의 얼굴을 가렸다. 그것으로도 안심할 수 없다는 듯 주위까지 두리번거린 은서는 아무도 없다는 걸 확인하곤 한숨을 뱉었다. 밭은 숨이 더해져 본의 아니게 한숨 소리가 크게 새어 나왔다.

"오빠가 봤지? 우리."

머뭇거리며 말하는 은서를 보는 태인의 표정이 묘해졌다.

"어, 봤어."

그의 간단명료한 답에 그렇구나, 라고 말하곤 고개를 끄덕이는 은서는 의외로 차분해 보였다. 그 모습을 가만히 내려다보던 그의 미간이 밉게 일그러졌다. 그녀는 차분해 보이는 게 아니었다. 씁쓸한 거였다.

"신경 쓰여?"

은서는 대답 대신 고개를 가로로 저었다. 하지만 그의 휘어진 눈썹이 제자리로 돌아올 생각을 하지 않자 속으로 한숨을 삼킨 그녀가 결국 입을 열었다.

"신경 쓰이는 거 아니야. 오빠한테 따로 좋아하는 사람 있다고는 말했는데 정작 널 애인이라고 소개 못 한 게 미안해서 그런 거야."

냉랭했던 그의 기운이 단번에 누그러졌다. 은서는 그를 힐긋 보곤 말을 더 이었다.

"오빠가 여기저기 떠들고 다닐 그럴 사람은 아닌데, 그냥 버릇이 됐나 봐. 먼저 숨기기부터 하는 게."

살짝 웃어 보이는 그녀의 입매에 씁쓸함이 번졌다. 아까 전 그가 그녀의 얼굴에서 읽어 낸 씁쓸한 기색은 바로 이것이었나 보다.

태인은 은서의 손을 부드럽게 잡아끌었다. 손을 가져간 건 그가 먼저였지만, 그에게 손깍지를 껴 온 건 그녀였다. 자신의 손에 비해 한참이나 작은 그녀의 손이 느껴지자 그가 희미하게나마 웃었다.

"근데 저 남자는 왜 여기 있었던 거야? 아버님 병실에 왔다 간 거야?"

"오빠가 이 병원 의사거든."

"그럼 김솔은 어떻게 알아?"

"부모님들끼리 친분 때문에 아빠 병실에 자주 들러 줬는데, 그러다가 솔이를 우연히 만났어. 그날이 네가 병원에 왔던 때라서 솔이가 우리 셋이 동창이라는 얘기도 했던 거고."

모든 정황이 맞아떨어졌다. 수긍의 의미로 끄덕이려던 태인의 고개가 그대로 굳었다. 처음엔 그저 건우가 '자주' 들러 줬단 그 말이 걸렸던 건데, 곰곰이 생각하다 보니 점점 최악의 시나리오가 그려졌다.

경직된 목부터 시작해서, 이내 그의 온몸이 뻣뻣해졌다. 손깍지에서 느껴지던 그의 힘이 약해지자 은서는 그를 빤히 바라보았다. 그에게 머무는 그녀의 시선 끝이 조금씩 떨렸다.

"아버님이 병원에 입원하신 게 언젠데? 오래되셨어?"

그가 허용할 수 있는 선은 그녀의 아버지가 자신과 헤어진 뒤에 입원하셨다는 것까지였다. 태인은 대답을 재촉하진 않았지만, 은서의 침묵이 길어질수록 그녀로 가득 찬 그의 눈동자는 점점 더 거세게 흔들렸다.

은서는 끝내 대답하지 않았다. 다만 그를 보는 눈빛에 미안한 감정을 더 깊게 실었다.

"설마 헤어지기 전이었어? 그때 네가 그랬었잖아. 힘들었던 일이 연속으로 터졌었다고. 그럼 나랑 사귀던 도중에 아버님 쓰러지셨던 거야?"

손깍지는 어느새 풀려 있었다. 그가 전해 주는 온기가 사라지자 곧바로 손이 시렸다. 벌써 차가워지는 손끝을 만지작거리던 그녀는 문득 생각했다. 어쩌면 손이 아니라 자신의 마음이 시린 걸지도 모르겠다고.

"응."

묻는 순간조차도 절대 이것만은 아니길 바랐는데, 그녀에게서 나온 답은 결국 긍정이었다. 탄성과도 같은 헛웃음이 그에게서 흘러나왔다. 입술 안쪽의 여린 살점이 은서의 잇새에 박혔다. 밀려오는 불안감에 가슴이 쿵쿵 뛰어 댔다.

"그 남자는 처음부터 알았겠지? 이 병원 의사였다니까."

무표정한 얼굴은 아니었다. 오히려 말을 하고 있는 그의 얼굴은 웃는 것처럼 보였다. 그런데 어째서 웃고 있는 그의 얼굴에 마음이 따끔한 걸까? 심장이 뛸 때마다 저릿저릿한 통증이 느껴졌다. 그건 아마도, 그의 웃음에 자조가 섞여 있기 때문일 거다.

"태인아."

은서가 그를 다급하게 불렀다.

"근데 저 남자는 알고 난 몰랐단 거지?"

웃는 얼굴은 더 이상 없었다. 잠시였지만, 말을 하는 그의 얼굴에선 냉담한 기색까지 보였다. 이미 엇나간 그의 마음은 돌아오는 길을 잊은 듯했다.

"내 말 좀 들어 봐."

"그 말이 진짜였네. 힘든 일 생기면 서로 의지한다는 그 말."

태인이 그녀와의 키스로 건우에게 보이고 싶었던 건, 그녀와 자신만이 할 수 있는 깊은 정서상의 교류였다. 우린 서로 의지하는 것뿐만 아니라 더 깊은 사랑의 감정도 나눈다는 것을 똑똑히 알리고자 했다.

그런데 자신과 사귀는 동안 힘든 일이 터졌음에도 자신에겐 언급조차 하지 않았으며 건우에겐 의지했을 거라고 추측되는 상황에 그는 속수무책으로 무너졌다.

사랑이라는 감정을 분명히 자신과 나누었다고 할지라도 그에겐 전혀 위로가 되지 않았다. 오히려 사랑이라는 감정을 그녀와 나누고 있었기에 배신감으로 더욱 크게 와 닿았다.

아니, 배신감은 찰나였다. 시간이 지날수록 그를 더 깊은 수렁으로 몰고 가는 건 자괴감이었다. 사귀는 동안 그녀에게 의지조차 되지 못했던 자기 자신이 부끄러웠으며, 그녀가 겪었을 끔찍한 순간이 상상돼 괴로웠다.

"아니야, 그게 아니라……."

말을 하는 중에 찬바람이 훅 하고 그녀의 입 안으로 밀려 들어왔다. 은서는 사레가 들린 사람처럼 기침을 해 댔다.

무겁게 가라앉았던 그의 표정이 단숨에 풀어졌다. 태인의 마음에선 그조차 잠재울 수 없는 거센 폭풍우가 여전히 몰아치고 있었지만 그에겐 항상 제 자신보다도 은서가 먼저였다. 그것은 변하지 않는 진리와도 같았다.

"우선 들어가자."

태인이 건물 입구 쪽으로 몸을 틀고는 은서의 팔을 잡아끌었다. 먼저 걸음을 뗀 그가 그녀를 제 쪽으로 당겼지만 그녀는 다가오지 않았다. 몸은 아직도 입구를 향해 있는 태인이 고개만 살짝 틀었다. 그녀는 금방이라도 울 것 같은 얼굴로 그를 바라보고 있었다.

그녀를 눈에 담은 그의 움직임이 그대로 멎었다. 요란하던 심장 박동까지도 일순간 멈춰지자 그가 숨을 쉬기 위해 흑 하고 산소를 들이마셨다. 다시 쿵쿵거리는 박동이 느껴졌다. 하지만 아슬아슬하게 자리를 지키고 있던 그의 심장은 이내 바닥으로 곤두박질쳤다.

"싫어. 나 지금 여기서 말해야 돼. 얘기 들어 줘."

울음기가 밴 그녀의 목소리에 태인의 미간이 잔뜩 좁혀졌다. 침을 꿀꺽 삼킨 그가 그녀의 앞으로 곧장 다가섰다. 작게 떨리는 그녀의 어깨 위로 태인의 손이 내려앉았다. 다정함이 깃든 손길에 떨림은 곧 멈췄다.

"아버님부터 뵙고 오자. 기다리고 계실 거야."

"그치만……."

"여기서 얘기하다 보면 길어질 것 같으니까, 우선 아버님 먼저 뵙고 이야기는 그 뒤에 들을게."

당장 그녀의 말을 들어 보고 싶은 마음이 굴뚝같았지만 이야기를 다 듣고 난 뒤에도 이 불안감이 사그라지지 않는다면, 그녀의 아버지를 뵐 용기가 나지 않을 것 같았다. 태인은 불안감에 미쳐 날뛰는 제 마음을 잠시 정지해 두곤, 바람에 날리는 은서의 머리칼을 정리해 주었다.

"알겠어."

찡그려져 있던 그녀의 얼굴이 본래의 모습을 찾았다. 그사이 눈을 길게 감았다 뜬 태인이 은서에게 먼저 손을 뻗었다. 은서는 기다렸다는 듯 그의 손을 잡았다. 겹쳐진 손에서 둘은 서로의 맥박을 오롯이 느꼈다.

몇 개월 동안 병원을 들락거린 게 허사는 아니었는지 어느덧 병원 내부 구조에 빠삭해진 덕에 은서는 한 번도 헤매지 않고 엄마가 일러 준 병실을 찾아냈다. 병실까지는 이제 코너 하나만을 남겨 두고 있었다.

일순간 긴장감이 훅 하고 몰려오자 맞잡고 있던 손바닥에도 땀이 났다. 코너를 돌자마자 그의 손을 놓으려는데 태인은 오히려 그녀를 잡은 손에 더욱 힘을 줄 뿐이었다.

얼굴이 새하얗게 질린 태인은 어느새 은서의 손을 제 가슴 부근으로 가져가 꽉 끌어안고 있었다. 미친 듯 뛰어 대는 그의 심장박동을 고스란히 전달받은 은서가 그를 물끄러미 올려다보았다.

"긴장돼?"

"어."

입 안을 맴돌고 있는 말이 아직 남아 있는데, 극도의 긴장감이 몰린 탓인지 태인은 더 이상 입을 뗄 수 없었다. 그의 얼굴에 비치는 혼란스러운 기색을 읽은 은서가 빙긋 웃어 보였다.

"네가 나한테 했던 말들 아빠한테도 그대로 해드리면 분명 좋아하실 거야."

태인에게 전화를 걸어 병원 일 어떻게 된 거냐고 물었을 때, 그는 곧바로 자초지종을 털어놓았다. 그가 자신을 얼마나 생각해 주는지, 자신의 부모님을 얼마나 각별하게 생각하고 있는지 잘 알고 있는 은서는 곧바로 납득했다.

방그레 웃고 있는 은서를 보던 태인이 갑자기 그녀의 손을 자신의 얼굴 근처까지 들어 올렸다. 은서가 잠시 멈칫했지만, 그는 개의치 않고 그녀의 손등에 제 입술을 꾹 눌렀다.

짧은 시간이었지만 눈까지 감고 입을 맞추는 그의 모습은 경건해 보이기까지 했다. 이내 그녀의 손등에 내려앉은 촉감이 멀어지고 그는 다시 눈을 떴다. 그의 시선 끝엔 언제나 그렇듯 그녀가 담겨 있었다.

그와 눈을 마주하는 건 예삿일인데, 그의 눈동자 안에 꽉 들어차 있는 자신의 모습을 발견한 그녀의 심장이 콩콩 뛰어 댔다. 분홍빛이 감도는 은서의 양 뺨을 내려다본 태인이 픽 웃었다.

"들어가자."

은서가 고개를 끄덕이자 둘은 다시 손을 잡고 병실 문을 열었다. 1인실이라서 혼자 쓰는 병실인가보다, 막연히 그렇게 생각했는데 그가 잡은 건 특실이었나 보다. 병실 내부가 마치 집 안의 거실 같았다. 전에 영환이 쓰던 4인실보다도 넓어 보였다.

'이러니까 엄마 아빠가 부담스러워하신 거겠지.'

널찍한 소파에 앉아 있던 성희가 은서와 태인을 발견하곤 천천히 몸을 일으켰다. 영환은 이미 반쯤 세운 침대에 몸을 기대고 앉아 있었다.

"왔어요?"

"네."

태인이 성희를 향해 고개를 꾸벅 숙였다. 꽉 잡고 있는 둘의 손을 한 번 쳐다본 성희는 이내 은서에게 눈짓했다. 병실 문을 가리키는 걸 보니, 나가자는 의미였다. 태인을 올려다 본 은서가 손을 놓았다. 이번엔 그도 은서를 잡지 않았다.

"난 나가 있을게."

"응."

돌아서서 그냥 그를 지나쳐 나가려던 은서가 그의 손을 재빠르게 쥐었다 놨다. 태인이 눈을 크게 뜨고 은서를 돌아봤다. 은서가 입 모양으로 '화이팅'이라고 말하자 그의 입가에 잠깐이나마 미소가 감돌았다.

병실 문이 닫히는 소리가 나자 그의 얼굴은 다시 굳어졌다. 긴장한 탓에 태인은 자신이 어떤 표정을 짓고 있는지도 감이 오지 않았다. 그저 몸이 이끄는 대로 병실 침대가 자리한 곳으로 걸음을 옮겼다. 병실 내부가 조용한 탓에 그의 발소리가 유독 크게 났다. 발소리가 점점 가까워질 때쯤, 영환이 먼저 입을 뗐다.

"자네가 은서랑 사귀고 있다는 박태인 군인가?"

"네. 처음 뵙겠습니다. 박태인이라고 합니다."

태인은 쓰고 있던 모자까지 벗고 정중하게 인사했다. 그의 예의 바른 모습에 영환이 미세하게 고개를 끄덕였다.

"애 엄마가 날 여기로 옮기고 비용까지 모두 지불한 게 자네라고 추측하던데, 맞나?"

"네, 맞습니다. 찾아뵙기도 전에 심기를 불편하게 해 드려서 죄송합니다."

태인은 한 번 더 영환을 향해 깍듯하게 고개를 숙였다. 다소 엄한 눈으로 태인을 바라보고 있던 영환의 눈빛이 차츰 풀어졌다.

"4인실에서 특실로 왔으니 불편할 것까지는 없네만, 왜 그랬는지 이유를 물어도 되겠나?"

"은서 아버님이시니까요. 은서를 낳아 주시고 여태껏 키워 주신 아버님이라면 제게도 정말 소중한 분입니다. 아버님께는 무례하게 들릴지도 모르겠지만 제가 더 일찍 알았더라면 더 빠르게 조치를 취했을 겁니다."

마누라가 예쁘면 처갓집 말뚝에도 절을 한다더니. 영환은 태인의 진실한 눈빛에서 은서를 정말로 사랑하는구나, 하는 걸 느꼈다.

태인이 대한민국에서 잘나가는 배우라서가 아니라, 자신의 딸을 이렇게 사랑해 주는 남자가 있다는 것에 영환의 입가에도 어느새 미소가 번졌다.

하지만 영환은 언제 그랬냐는 듯 자신의 얼굴에서 미소를 지웠다. 아직은 그에게 검증하고 싶은 게 더 남아 있었다.

"그리고 제가 아버님을 자주 찾아뵙고 싶어서 그랬습니다. 직업 특성상 남들 이목을 많이 끄는데, 4인실에 계실 때 찾아뵈었다 다른 사람들에게 노출이 되면 아버님과 어머님뿐만 아니라 은서도 남의 이목을 받게 될까 봐 이런 결정을 내렸습니다."

"혹시 은서가 알려지면 자네 인기에 영향이 미칠까 봐 그러는 건 아니고?"

"아닙니다. 은서가 밝히자고 하면 전 언제든지 밝힐 수 있습니다."

태인의 강단 있는 눈빛을 마주한 영환도 더 이상 의심을 품지 않았다. 영환이 아는 제 딸이라면, 아마 은서 쪽에서 밝히기를 꺼려했을 거다.

"은서랑은 깊은 사인가?"

진지한 얼굴로 묻는 영환을 보며 태인이 마른침을 삼켰다. 잠시 머뭇대던 태인이 입을 뗐을 때, 그의 얼굴엔 깊은 확신이 담겨 있었다.

"저한텐 제 자신보다 소중한 여자고, 은서가 제 인생 유일한 여잡니다."

배우라서 그런 건지, 태인은 감정을 전달하는 데 타고난 사람인 듯했다. 태인이 말을 하는 동안 영환은 그의 얼굴에서 은서를 향한 간절하고, 진중하고, 애틋한 마음까지 모두 읽어 냈다.

어쩌면 자연스레 다가온 것일지도 모른다. 태인에게서 흘러나온 마음은 영환에게 고스란히 전달하고도 남을 정도로 깊었기 때문이다. 영환은 짜르르 하고 번지는 마음을 느끼며 조심스레 입을 열었다.

"결혼까지도 생각하고 있는 것 같은데 은서 행복하게 해 줄 수 있겠나?"

"허락해 주신다면 제 모든 걸 다해서라도 은서 꼭 행복하게 만들겠습니다."

그는 역시나 진중했다. 영환의 입장에선 그런 모습이 오히려 보기 좋았고 신뢰가 갔다. 자신이 사랑하는 사람의 부모님 앞에서 이렇게 긴장하고, 심각한 모습에 어떤 사람이 끌리지 않겠는가.

"허허허. 이 자리가 내 딸이랑 결혼 허락받으러 온 자리였나?"

영환이 끝내 너털웃음을 터뜨리자 태인의 얼굴이 미묘하게 일그러졌다. 내내 엄숙한 분위기를 잡던 영환이 크게 웃어 놀란 것이었다.

"예? 아, 그건 아닙니다만."

"나도 자네를 TV에서 많이 봤네. 인기 많은 연예인이라고 해서 부정적인 생각이 들기도 했지만 은서에 대한 마음이 지극한 것 같아서 반대는 안 하겠네. 반대라는 것도 말이 그렇지, 부모라고 어떻게 반대를 하겠나. 부모가 자식 인생 대신 살아줄 것도 아니고, 평생 살아갈 사람은 자기가 고르는 게 맞지. 자네 부모님은 살아계신가?"

영환의 말에 차분하게 고개를 끄덕이던 태인이 그의 마지막 물음에서는 고개를 멈칫했다. 영환도 사뭇 달라진 그의 분위기를 느끼곤 의아한 얼굴로 태인을 바라보았다. 꿀꺽 하고 침을 삼키는 태인의 목울대가 크게 움직였다. 이전과는 다르게 그는 어렵사리 입을 뗐다.

"아버지는 돌아가셨고, 그 뒤로는 큰아버지 댁에서 자랐습니다. 그리고 어머니는…… 어릴 때 아버지와 헤어진 뒤로 만난 적이 없습니다."

어머니. 이제는 그립지도 않은 이름이었다. 품어 주는 엄마가 없다는 외로움에 무뎌져 이젠 그 이름을 입에 올려도 아무렇지 않았다. 어쩌면 긴 시간 동안 지속적으로 세뇌시킨 덕에 끝내 세뇌당한 걸지도 모르겠다.

큰아버지 내외의 보살핌을 받으며 자랐지만 이면에 감춰져 있는 그들의 속내를 안 이후로 태인의 학창 시절은 암흑 그 자체였다. 마음속 깊이 외로움에 사무쳤고 끝없이 고독했다. 지난날, 어그러져 있던 그의 마음을 제자리로 돌려놓아 준 사람이 은서였다. 그때부터 그녀는 그가 숨 쉴 수 있는 유일한 출구였다.

머릿속으로 그녀를 떠올리기가 무섭게 그의 마음속에 섞여 있던 불편한 감정이 곧바로 희석되었다. 그녀의 존재는 그에겐 마치 진정제와도 같았다.

참으로 기묘하다. 어쩔 땐 그녀로 인해 빠르게 뛰는 심장으로 살아 있음을 느끼는데, 지금은 이렇게 그녀로 인해 안정이 되는 걸 보니.

"자네, 바둑이나 장기 둘 줄 아나?"

"예?"

당연히 부모님에 대한 것들을 더 물어올 거라고 생각했는데 태인의 예상이 보기 좋게 빗나갔다. 하지만 화제가 돌려진 덕에 마음은 차분하게 가라앉았다.

"못 두면 화투도 좋고."

"아, 바둑 둘 줄 압니다. 화투도 어떻게 하는지는 압니다."

"그럼 화투가 재밌으려나. 다음에 애 엄마랑 은서까지 껴서 넷이서 한판 두세. 편은 우리 부부랑 은서랑 자네랑 해서. 어떤가?"

"좋습니다, 아버님."

가슴속 깊은 곳에 따스한 것이 번져 나갔다. 병실 안에 발을 들인 이후로 태인이 처음으로 편안한 웃음을 보였다.

복도에 마련된 의자에 앉은 은서는 옆자리에 앉은 성희의 어깨에 제 머리통을 올려놓았다. 성희의 어깨가 넓지 않은 탓에 불편할 만도 한데, 한 번 기댄 은서의 몸은 떨어질 생각을 하지 않았다. 그 행동이 꼭 응석을 부리는 것 같아 성희가 살짝 미소를 머금었다.

남들은 다 컸다고 해도 성희의 눈에 제 딸은 항상 아이 같았다. 화장하지 않은 은서의 맨 얼굴에선 아직도 가끔 아기 냄새가 나는 것 같은 착각이 들 정도였다. 그런 딸이 이제는 의젓한 남자친구를 데리고 오다니, 그녀는 비로소 세월이 많이 흘렀다는 것을 실감했다.

1인실과 특실이 모여 있는 곳이라 그런지, 복도는 적막하고 한산했다. 은서가 다소 크게 몰아쉰 숨소리가 성희에게도 또렷하게 들릴 정도였다. 성희는 은서의 머리칼을 단정하게 정리해 주던 손을 떼곤 조심스럽게 입을 열었다.

"둘이 깊은 사이야?"

"어?"

자신의 얼굴에 와 닿는 은서의 시선을 느끼면서도, 성희는 앞에 보이는 하얀 벽을 덤덤하게 바라보며 이야기를 마저 꺼냈다.

"넌 엄마 성격 닮아서 누구한테 속에 있는 말이나 고민 같은 거 잘 털어놓지 않잖아. 그런데 태인 군이 이런 조치를 취했다는 건 네가 아빠 얘기를 꺼냈다는 거 아니야?"

"내가 먼저 말을 꺼내긴 했지. 어제."

어제, 라는 말을 입에 담자마자 전광석화와도 같은 하나의 생각이 은서의 머릿속을 스쳐 지나갔다. 하필이면 여기서 그와 지낸 밤이 떠오를 건 뭔지, 그녀의 얼굴이 화르륵 달아올랐다. 잘못을 저지른 것도 아닌데 가만히 잘 뛰고 있던 심장까지 주책없이 뛰어 댔다. 애써 마음을 가다듬고 있는데.

"그래? 사귄 지 얼마 안 됐다더니, 네가 의지를 많이 하나 보네."

잠시 패닉 상태였던 은서가 성희의 말에 정신을 퍼뜩 차렸다.

"엄마, 실은 나랑 태인이 사귄 지 오래됐어. 그런데 중간에 헤어졌었고, 얼마 전에 다시 사귀게 된 거야. 그때 태인이가 그렇게 말한 건, 내가 아직 엄마나 아빠한테 누구 사귀었단 말한 적 없다고 해서 나 배려하는 차원에서 그렇게 말한 것 같아."

은서는 성희의 손을 만지작거리며 말했다. 자신의 손보다는 까슬까슬하게 느껴졌지만, 엄마 손에서만 느낄 수 있는 푸근한 온기가 좋았다.

"어쩐지, 사이가 꽤 깊어 보이더라니."

은서를 바라보던 태인의 깊은 눈빛, 그리고 태인을 바라보는 은서의 애틋한 눈빛은 단시간에 만들어지는 것이 아니었다. 그 둘이 나란히 섰을 때도 풋풋한 연인의 느낌보다는 성숙한 분위기가 풍겼다.

"엄마."

"응?"

여전히 성희는 꼿꼿한 자세로 앞만 바라보았다. 그게 다 제 어깨에 편하게 기대고 있으라는 그녀의 배려였지만 은서가 알 리 없었다. 자신을 봐 주지 않는 성희에게 괜히 심술이 나, 그녀의 손등을 아프지 않게 꼬집어 보는 은서였다.

"엄마랑 나랑 성격이 닮았다고 했잖아. 그럼 속에 있는 말을 밖으로 잘 못 꺼내는 걸로 아빠랑 싸우거나 그런 적 있어?"

"많았지. 왜? 너희도 그런 걸로 싸우니?"

은서는 대답하기 전, 성희의 어깨에 기댔던 제 몸부터 바르게 했다. 정면만 보고 있던 성희도 이번엔 은서를 돌아보았다.

"싸운 적은 없었는데, 사귀던 동안에 아빠 쓰러지셨던 거 태인이한테 내가 말을 안 했어. 한 번 타이밍을 놓치니까 그 뒤로도 계속 말을 못 하겠더라고. 태인이가 바쁘기도 했고……."

"바쁘고 안 바쁘고를 떠나서, 네가 얘기를 하려고 마음만 먹었다면 잠깐 얘기할 시간이 없었을까? 엄마는 그건 변명이 안 된다고 생각해."

따끔한 충고에 은서의 눈가가 촉촉이 젖어 들었다. 아빠가 쓰러지셨던 그날, 그냥 눈 딱 감고 바로 털어놨어야 했다. 시간이 지나니 생각이 많아지고 망설이는 시간만 길어졌다. 기회라면 충분히 있었는데도 이런저런 핑계로 미루기 일쑤였다.

"태인 군은 어떤데? 너한테 다 털어놓는 편이야?"

목이 멘 은서는 대답 대신 고개를 크게 끄덕였다. 그런 자신의 딸을 안쓰럽게 보던 것도 잠시, 성희는 곧바로 입을 열었다.

"그럼 서운할 만하지. 네 아빠는 구구절절 다 말하는 스타일인데 엄마는 이런 것까지는 말 안 해도 되겠지, 하고 말을 안 해 버리는 스타일이었어. 근데 아빠랑 그 일로 몇 번 말다툼을 하다 보니까 네 아빠 논리도 이해는 가더라고. 자기는 상대방에게 100%를 전부 꺼내 보이는데, 상대방은 자기한테 80%만 꺼내 보였다는 걸 알았을 때, 그 상실감이 얼마나 클지 알겠더라."

태인은 누군가에게 쉽게 털어놓기 힘든 이야기를 은서에겐 모두 털어놓았다. 단적인 예로 그의 어머니와 관련된 깊은 이야기는 단 짝인 윤재조차 모르는 거였다.

몇 살 때 그의 어머니가 떠나셨는지, 그가 어머니를 마음속에서 지운 이유는 무엇인지 그녀만이 알고 있었다. 그것 외에도 그의 깊 은 속내까지 이해하고 있는 사람은 은서가 유일했다.

'그런데 난……'

반듯했던 은서의 눈썹이 잔뜩 찌푸려졌다. 그녀의 마음에 커다 란 불씨가 내려앉았다. 마음이 타는 것처럼 아팠다.

"엄마, 나 어쩌지? 나도 솔직하게 얘기하고 싶었고, 태인이한테 기대고 싶었는데……"

그를 의지하지 못한 것은 아니다. 하지만 눈코 뜰 새 없이 바쁜 그에게 짐이 되기 싫었을 뿐인데, 그가 조금이라도 여유가 생기면 말하려고 했던 건데. 미루고 미뤘던 것이 기어코 독이 되었다.

마음은 이미 새카맣게 타 버렸건만, 아직도 다 꺼지지 않은 불씨 가 그녀의 마음을 결국 무너져 내리게 만들었다. 은서가 말을 다 잇지 못하고 입술만 꽉 깨물었다. 언뜻 그녀의 몸이 부들부들 떨리 는 것처럼 보였다.

"네 맘 엄마도 알아. 엄마 성격이 딱 너 같았다니까. 남한테 부 담 주기 싫어하고 대신 혼자서 끙끙 앓고. 넌 엄마한테도 네 고민 잘 안 털어놓잖니."

눈물을 꾸역꾸역 참아 내곤 있지만, 자꾸만 울컥 하고 올라오는 감정을 언제까지 참을 수 있을지는 미지수였다. 은서는 끝내 고개를 치켜들고 하얀 천장을 눈에 담았다. 살짝 맺혀 있는 눈물 탓에 까마득하게 높은 병원 천장이 눈앞에서 아롱거렸다.

"앞으론 너도 마음을 좀 달리 먹어 봐. 혹시라도 태인 군이 무슨 얘기든지 다 해 달라고 하면, 넌 그냥 해 주면 돼. 그 사람이 원하는 일을 해 주는 거니까, 네 얘기를 듣고 그 사람이 부담을 가지든 가지지 않든 그건 마땅히 그 사람이 감당해야 할 몫이지."

은서가 입술을 꼭 깨물고 고개를 끄덕였다. 감정을 추스른 은서가 성희에게 무언가 말을 꺼내려 할 때, 별안간 병실 문이 열렸다.

"어머님, 아버님께서 찾으세요."

살짝 벌어진 은서의 입이 그대로 닫혔다. 몸을 일으키는 성희를 따라 은서도 곧 의자에서 일어났다.

"어머, 그래요? 둘은 그럼 이만 가 봐요."

"어? 벌써?"

코를 살짝 훌쩍이며 말하는 은서를 담은 태인의 눈빛이 아련해졌다. 이내 붉어진 그녀의 눈시울까지 확인한 그의 가슴이 무너지듯 내려앉았다.

"가서 데이트나 해. 어서 가요."

"그럼 가 보겠습니다, 어머님."

은서는 돌아보지도 않고 태인의 인사만 받은 성희는 병실 안으로 쏙 들어가 버렸다.

"아빠한테 인사하고 나온 거야?"

"어. 똑같은 말씀을 하시더라고 아버님도."

태인의 입가에 순간이었지만 작은 미소가 감돌았다. 은서도 애써 아무렇지 않은 얼굴로 이야기를 이어 나갔다.

"아빠가 좋아하시지?"

"응. 우선은 합격인 것 같아."

그의 말에 안도의 한숨을 내쉬는 것도 잠시, 은서는 태인의 손에 들려 있던 모자를 빼앗아 머리 위로 올려 주었다. 물론 꾹꾹 눌러 그의 얼굴을 최대한 가려 주는 것도 잊지 않았다.

"그럼 이제 나랑 얘기 좀 하자."

차 안으로 들어가자는데도 은서는 굳이 컴컴하고 추운 주차장에서 태인을 멈춰 세웠다. 그들을 비춰 주는 건 어스름한 불빛뿐이었다.

"아까 내가 하려던 말……."

"아버님이 널 행복하게 만들 수 있겠냐고 물어보시더라."

뜬금없는 태인의 말에 놀란 것도 잠시, 그를 바라보는 은서의 눈빛이 점차 흐릿해졌다.

"그래서? 뭐라고 대답했어?"

"내가 널 힘들게 하는 건 아니지? 내 옆에 있으면 너도 행복한 거 맞지?"

그의 눈빛이 위태롭게 흔들렸다. 그런 그를 바라보는 그녀의 마음 또한 크게 요동쳤다.

"왜 그런 말을 해."

"……."

그의 침묵이 대신 전달해 주었다. 미칠 듯이 불안한 그의 마음을.

"있지, 내가 그때 너한테 얘기 못 한 건 정말 미안하게 생각해. 근데 너한테 의지를 안 한 게 아니야. 하고 싶었는데도 우리 상황이 그땐……. 그래, 내가 문제였어. 말했잖아. 너한테 싫은 소리나 투정 부리고 싶지 않았다고."

"아버님이 쓰러지신 게 투정 부리는 건 아니잖아."

그의 목소리는 부드러웠지만, 감정이 격해진 그녀에게는 그것마저도 살랑거리는 미풍이 아닌 거센 바람처럼 다가왔다. 눈물이 벌써 그녀의 눈가에 방울방울 맺혔다.

"말하려고 했었어, 아빠가 쓰러지셨던 그날 너한테 가장 먼저 전화했었어. 근데 그 땐 연락이 안 됐었고, 너한테 다시 전화 왔을 땐 내가 타이밍을 놓쳤었어. 한 번 타이밍을 놓치고 머릿속으로 생각이 많아지니까 그 뒤론 더 말하기 힘들었어."

흐느낌과 같은 은서의 말에 태인의 몸이 크게 움찔거렸다. 흐릿했던 기억이 점점 선명해지고, 그의 입에선 탄성과도 같은 신음이 새어 나왔다.

은서에겐 1통 이상으로 부재중 전화가 오는 법이 없었다. 그가 안 받는다는 건 촬영이라는 걸 잘 알고 있으니까. 그런데 은서에게 부재중 전화가 4통이나 와 있던 날이 있었다. 그걸 확인하고 그녀에게 전화를 걸었을 때 뭔가 말할 것처럼 하다가 결국엔 말을 하지 않고 끊겼던 그 전화…….

태인은 숨을 크게 들썩거리고 있는 은서를 제 품에 안았다. 그의 품에 안기자 은서에게선 결국 울음소리가 새어 나왔다.

"미안. 문제는 네가 아니라 나한테 있었다는 거 알면서도 괜히 너한테 화냈어. 미안해."

그가 이렇게 나오니 마음이 더 이상했다. 오히려 그의 마음에 더 큰 상처를 낸 것만 같았다.

"아니야, 내가 미안해. 일찍 말 못 한 거 정말 미안해."

그녀의 흐느낌이 커질수록 그의 마음이 무겁게 가라앉았다. 그가 할 수 있는 것이라곤 그녀를 안고 있는 제 팔에 더 강한 힘을 싣는 것뿐이었다.

"울지 마. 응?"

울음을 멈추고 싶은 건 은서도 마찬가지였다. 하지만 한 번 터져 나온 울음은 도저히 잡히지 않았다. 병원 내에서부터 꾹꾹 참았던 감정이 폭발해 버려, 이젠 누구도 막을 수가 없었다.

"건우 오빠가 많이 신경 써 준 건 사실이야. 근데 그건 그저 고마운 거지, 오빠한테 의지를 하거나 그런 건 아니었어. 지금 와서 이런 말 한다고 네가 믿어 줄 거라곤 생각 안 하지만, 내가 언제나 의지하고 싶었던 건 너밖에 없었어."

"알아. 나 힘들까 봐 네가 말 안 했다는 거. 근데 앞으론 그냥 다 말해 줘. 다른 사람은 모르는 네 일을 아는 거, 나한텐 그게 세상에서 가장 기쁜 일일 텐데 왜 힘들겠어."

지금 이 순간 은서는 깨달았다. 자신이 그를 사랑하는 마음보다 자신을 사랑해 주는 마음이 훨씬 크다는 걸. 그녀의 모든 감각이 외쳐 댔다.

그녀 안에도 그를 사랑하는 마음이 항상 자리 잡고 있는데 사랑해, 라는 말을 입 밖으로 내뱉기 부끄러울 정도였다. 그래도 말해 주고 싶었다.

"태인아."

"응."

"나도 너 정말로 많이 사랑해. 알지? 네가 옆에 있어야 나도 행복해."

태인은 대답 대신 은서를 품 안에서 떼어 냈다. 그리곤 그녀의 얼굴에 남아 있는 눈물을 모두 닦아 냈다. 하지만 젖었던 얼굴이 채 마르기도 전에 또 한 방울의 눈물이 그녀의 볼을 타고 흘러내렸다.

태인은 그녀가 마지막으로 흘린 뜨거운 눈물까지도 마저 씻어 준 뒤, 파르르 떨리는 그녀의 눈꺼풀 위에 입술을 갖다 댔다. 신기하게도 그의 숨결이 스며드는 동안 콸콸 쏟아지던 눈물은 더 이상 나오지 않았다. 태인의 입술이 멀어지고, 은서가 어안이 벙벙하다는 얼굴로 올려다보자 그는 그녀의 붉어진 콧등에 짧게 입을 맞췄다.

"가자, 데이트하러."

그대로 돌아서려는 그의 옷깃을 은서가 가까스로 잡아챘다.

"너도 대답해 줘야지."

눈가는 말할 것도 없고 뺨과 콧등까지 붉어진 채로 사랑을 갈구하는 그녀의 모습은 마냥 귀엽기만 했다. 물론 이미 눈에 콩깍지가 단단히 낀 태인에겐 그녀의 어떤 모습이든 사랑스러워 보이겠지만.

그녀를 바라보는 태인의 눈빛이 애틋함으로 젖어 들었다. 무언가 말을 할 것 같으면서도 정작 아무 말도 하지 않고 있자 그녀가 그의 옷깃을 살짝 흔들었다. 그러자 태인이 그녀의 얼굴을 잡아채곤 도장을 찍듯 그녀의 입술에 제 입술을 꾹 눌렀다.

"뽀뽀해 달라는 게 아니었는데."

은서는 태인의 옷깃까지 놓곤 불퉁한 목소리로 말했다.

"그럼 키스?"

태인이 짓궂은 웃음을 띠며 물었다. 입을 살짝 내민 은서가 뭐라고 입을 떼려는 찰나, 그가 재빠르게 말했다.

"사랑해."

이번엔 그녀가 먼저 그의 품을 파고들었다. 한 팔로 그녀의 어깨를 끌어안은 그가 남은 손을 들어 그녀의 머리칼을 부드럽게 만져주었다. 가랑비처럼 서서히 젖어 드는 행복감에 그의 입가에 짙은 미소가 스쳤다.

10장.
기댈 수 있는
유일한 사람

"아빠, 요즘 왜 이렇게 무리해."

병실 침대에 걸터앉은 영환에게 은서는 급한 대로 물티슈를 건넸다. 재활치료를 받고 병실로 오는 동안 땀은 이미 날아가 버렸지만 찝찝했는지 영환은 한 번에 물티슈 여러 장을 꺼내 부랴부랴 얼굴을 닦아 냈다.

평소에도 영환은 재활치료에 높은 의욕을 보였지만 오늘은 잘 안 흘리는 땀까지 뻘뻘 흘리며 재활치료에 임했다. 다른 재활치료보다도 특히 보행치료를 진행할 때 그의 의욕이 크게 드러났다.

담당 의사는 환자 본인의 의욕이 높은 것이 긍정적인 영향을 줄 것이라고 걱정 말라고 했지만, 그걸 지켜보는 가족의 마음은 그게 다가 아니었다. 땀을 비 오듯 흘리면서까지 치료에 임하는 아빠의 모습을 보고 마음 한구석으로는 짠한 마음이 밀려드는 게 당연했다.

"하나밖에 없는 딸인데, 식장에 아빠가 손은 잡고 들어가야지."

침대 아래 자리한 휴지통에 자신이 쓴 물티슈를 던져 넣은 영환이 씩 웃으며 말했다. 그를 바라보는 은서의 표정이 다소 묘해졌다. 영환에게 그런 대답이 나올 거라고 어느 정도는 예상하고 있었다. 영환이 재활에 더 높은 의욕을 보이기 시작한 게, 주말에 태인이 다녀간 이후부터였으니까.

"우리 아직 결혼 안 해. 지금 내 나이가 몇인데 벌써 결혼이야."

은서는 아직 취업은커녕 대학교 졸업도 하지 못한 자신의 처지와, 지금 한창 잘나가는 인기배우인 태인의 입장을 차례로 떠올렸다. 상식적으로 생각해 봐도 그와의 결혼은 아직 먼 얘기였다.

"그래도 아예 안 한다고는 안 하네?"

정곡을 찔린 은서가 대답 대신 몸을 일으켰다. 그녀의 손에는 영환이 쓴 뒤에 다시 밀봉해 놓은 물티슈가 들려 있었다.

"이게 원래 어디 있었더라?"

갑자기 뜬금없는 말을 내뱉는 은서를 보며 영환이 슬그머니 미소를 보였다. 이곳저곳을 기웃거리다가 결국 서랍에 물티슈를 넣는 은서의 뒷모습을 흐뭇하게 지켜보던 영환의 고개가 별안간 문을 향해 돌려졌다. 병실 문이 꽤나 요란한 소리를 내며 열린 탓이었다.

"언제 특실로 옮겼냐?"

집에 간 성희가 벌써 교대를 하러 왔나, 했는데 뜻밖의 인물인 동호였다. 그 옆엔 동호의 부인인 정혜도 함께였다.

"여– 이 시간에 네가 웬일이야?"

영환이 여느 때보다도 밝은 목소리로 동호를 환영했다.

"안녕하세요."

목소리만 듣고 동호라는 걸 알아챈 은서가 몸을 돌려, 곧장 그에게 인사를 건넸다.

"은서도 있었네?"

동호도 은서를 확인하곤 반갑다는 눈짓으로 화답했다.

"오랜만이구나, 은서야."

"네, 안녕하세요."

은서와 정혜가 정답게 인사를 나누는 사이 동호는 빠르게 영환에게로 다가갔다.

"인마, 너는 병실을 옮겼으면 옮겼다고 말을 해 줘야지. 갑자기 웬 특실이야?"

간이침대에 걸터앉은 동호가 대수롭지 않게 물어왔다. 냉장고 안에서 음료수를 꺼내던 은서가 급히 영환을 돌아보았다. 마침 영환도 은서 쪽을 쳐다본 터라 마주한 둘의 얼굴에 머뭇거리는 낯빛이 스치는데, 때마침 병실 문이 또 열렸다. 넷의 시선이 자연스레 병실 문으로 향했다.

"퀵서비스 왔습니다. 지은서 씨가 누구시죠?"

"아, 저예요."

배달 온 사람이 소파에 내려놓는 물건은 홍삼 세트와 과일 바구니였다. 엄청난 크기를 자랑하는 과일 바구니에 은서의 입이 떡하니 벌어졌다. 그런 은서에게 사인을 받은 남자는 바람처럼 빠른 속도로 병실을 빠져나갔다.

동호와 정혜에 이어 갑작스레 들이닥친 퀵서비스까지. 한바탕 분주했던 병실이 다시 안정을 찾자, 동호가 먼저 말을 꺼냈다.

"누가 은서 앞으로 저런 걸 보낸 거야?"

"내 사윗감."

영환이 이번엔 머뭇거리지 않고 대답했다. 그런 영환을 보며 살포시 웃던 은서는 냉장고 위에 꺼내 둔 음료수를 동호, 정혜, 영환에게 차례로 건넸다.

"은서 남자친구 생겼나 보구나?"

"네."

정혜의 물음에 은서가 멋쩍다는 듯 머리칼을 매만졌다. 흐뭇하다는 얼굴로 미소 짓던 정혜가 비타민 음료 뚜껑을 막 열려던 차였다.

"이리 줘. 내가 해 줄게."

"괜찮아요. 이런 건 내가 해도……."

정혜가 만류하는데도 동호는 그녀의 손에 들려 있던 음료를 가져가 손수 뚜껑을 열어 주었다. 평소라면 못 말린다며 한 소리 했을 정혜이지만 오늘은 왠지 고개를 힘없이 숙일 뿐이었다. 그 모습을 의아하게 보던 것도 잠시, 은서는 과일 바구니에 꽂혀 있는 하얀 카드를 꺼내 들었다.

"이 카드, 아빠한테 보낸 것 같아."

은서에게서 넘겨받은 카드를 빠르게 읽은 영환의 입가에 잔잔한 웃음이 번졌다.

아버님, 직접 찾아뵈어야 하는데 죄송합니다. 조만간 은서랑 찾아쉽겠습니다.

촬영이 바쁘다는 것을 은서에게 이미 전해 들어서 알고 있는데, 구구절절 변명하지 않고 사과하는 그의 남자다운 태도에 영환은 내심 흡족했다. 생김새만큼이나 정갈한 글씨체 또한 마음에 들었다.

"사윗감이 돈을 잘 버나 보네. 태민이가 그날 이후로 크면 너랑 결혼하겠다고 아주 난린데, 너 남자친구 있다고 얼른 말해 줘야겠다."

아들 놀리는 게 일생일대의 낙인 동호의 입가에 짓궂은 미소가 번졌다.

"태민이가 저랑요?"

"그래, 누나 보러 가자고 어찌나 조르던지."

동호는 고개를 절레절레 저으며 말했다. 하지만 태민을 떠올리는 동호의 눈빛엔 자신의 아이를 향한 애정이 고스란히 드러났다. 그런 그를 보며 은서가 그냥 조용히 미소만 짓고 있자 가만히 앉아 있던 영환이 한마디 거들었다.

"내 사윗감 보면 아마 기절초풍할 거다."

"기절초풍할 일이 뭐가 있어? 왜? 은서 네 남자친구가 엄청 잘생겼나?"

영환의 상태로 보아, 조금 반반하게 생긴 걸로 크게 과장할 것 같아 동호는 정확한 판단을 위해 은서에게 물었다.

"엄청 잘생긴 얼굴이긴 하……."

수줍게 대답하던 은서가 자신이 한 말을 뒤늦게 깨닫곤 황급히 말을 멈췄다. 그러자 동호의 얼굴엔 장난스러운 미소가 번졌다.

"이야, 은서 눈에 콩깍지가 아주 단단히 씌었네."

"콩깍지가 아니라 내 눈에도 세상에서 제일 잘생겼던데, 뭘."

"미래의 장인한테도 벌써 콩깍지가 씌었네."

동호의 농담에 은서와 영환, 그리고 정혜까지 동시에 웃음을 터뜨렸다. 병실 안에 나란히 울리던 그들의 웃음소리가 멎어질 때쯤, 그녀의 눈빛이 일순간 아련해졌다. 한동안 이어진 밤샘촬영으로 이틀 동안 보지 못했던 그가 문득 보고 싶어졌다.

―나 지금 집에 가는 중이야. 길게는 못 볼 것 같은데, 아파트 앞에서 잠깐이라도 얼굴 볼까?

태인의 문자를 확인한 은서가 소파에 반쯤 눕혔던 제 몸을 단번에 일으켰다. 어느덧 11시가 훌쩍 넘은 야심한 시각이었지만, 은서는 개의치 않았다. 지금은 그의 얼굴을 잠깐이라도 볼 수 있다는 사실에 들뜰 뿐이었다.

한 시간 전에 아직도 촬영 중이라는 민행의 연락을 받았기에 큰 기대는 하지 않았지만 혹시나 하는 마음에 12시까지만 기다릴 심산이었다. 얼른 화장을 지워 달라는 피부의 외침에도 불구하고 그녀는 메이크업을 지우지 않은 제 자신에게 새삼 감격했다.

은서는 그의 문자가 물음으로 끝났으니 대답을 해 줘야 한다는 것도 잊은 채 방으로 달려갔다. 뭐가 그리 급한지 그녀는 외투에 팔을 넣으며 거실로 나왔다. 목도리를 해야 하나 잠시 고민하던 은서는 고개를 휘휘 젓곤 소파 위에 놓아둔 핸드폰만 챙긴 뒤, 곧장 집을 나섰다.

엘리베이터를 타고 내려가는 동안에도 온몸에 번지는 설렘은 사라지지 않았다. 점점 내려가는 숫자를 보며 설렘이 더 증폭될 뿐이었다. 1층에 도착했다는 기계음 소리와 함께 은서는 들뜬 걸음을 옮겼다. 아직 오는 중이라는 그의 문자를 떠올리며 다소 느긋하게 걷던 그녀가 갑자기 멈춰 섰다.

아파트 입구 앞을 서성거리는 한 남자. 그리고 그 남자 뒤를 지키는 것처럼 주차되어 있는 차. 너무나도 익숙한 형태의 모습에 은서가 아파트를 뛰쳐 나갔다. 그녀의 입가엔 어느새 완연한 미소가 번져 있었다.

대답이 없어 전화를 할까, 망설이던 태인은 뛰어나오는 은서를 발견하곤 그녀를 향해 멋들어진 미소를 지어 보였다.

"어떻게 된 거야? 집에 오는 중이라며."

"잠깐 밖에 나오는 거여도 따뜻하게 입고 나와야지."

태인은 제대로 잠기지 않아 목이 훤히 드러난 은서의 코트 옷깃부터 여며 주었다. 부드럽고도 조심스러운 그의 손길에 슬금슬금 그녀의 옷 안을 파고들던 한기가 잠시 멎어 들었다.

"나 천천히 나오라고 그런 거야?"

"응. 근데 도착한 지 얼마 안 됐어."

말하는 태인의 목소리와 함께 희미하게 차의 엔진 소리가 들려왔다.

"민행이도 같이 온 거야?"

"어. 대표님 호출로 서울 가야 해. 오늘은 늦었으니까 내일 아침에 잠깐 회사에 들르려고."

"그럼 촬영은?"

"내일 모처럼 촬영 늦게 시작하거든. 그래서 아침 일찍 서울 갈까도 생각해 봤는데, 민행이 생각도 해야 하니까."

"아쉽지만 어쩔 수 없지."

고개를 끄덕이며 애써 웃어 보이는 은서를 말없이 쳐다만 보고 있던 태인이 그녀를 품에 안았다. 보고만 있기엔 미련이 남을 것 같아 끌어안은 건데, 그녀를 품에 안자 더 놓아주기 싫었다.

"가기 싫다. 나, 가지 말까?"

"응, 가지 마."

예상외의 대답이 나오자 태인이 은서를 품에서 살짝 떼어 냈다. 진심인지 아닌지 그녀의 얼굴을 보고 확인하려는 거였다. 역시나 은서는 장난기가 다분히 섞인 얼굴로 웃고 있었다. 순간이었지만, 철렁하고 내려앉은 심장을 그가 다시 주워 담았다.

"농담이었어?"

"농담 반 진담 반."

태인은 여전히 예쁜 웃음을 보이고 있는 은서의 얼굴을 감싸 쥐곤 제 앞으로 부드럽게 잡아당겼다. 그의 얼굴이 빠르게 그녀의 얼굴 위로 겹쳐졌다.

차 안에 민행이 있다는 걸 알면서도, 은서는 따뜻하게 스며드는 그의 숨결을 밀어낼 수 없었다. 태인 또한 민행이 기다리고 있는 만큼 키스를 짧게 끝내려고 했지만 둘의 키스는 끝날 듯 말 듯 아슬아슬하게 끊이지 않았다.

시간이 흐를수록 점점 농밀해지는 키스에 그녀의 숨과 그의 숨이 거칠어졌다. 이쯤에서 그만 키스를 멈춰야 한다는 직감이 둘의 머릿속에 동시에 스쳤다.

하지만 태인은 아쉽다는 듯 그녀의 아랫입술 위에서 지분거렸다. 결국 그녀가 그의 가슴팍을 살짝 밀어내고 나서야 태인의 입술이 멀어졌다.

"다녀올게."

아쉬운 기색을 숨기지 못한 채, 그녀를 빤히 바라보던 그가 마지막으로 그녀의 입술에 다시 한 번 짧게 뽀뽀했다. 서로의 얼굴만을 눈에 담고 있는 둘의 얼굴 위로 동시에 미소가 번졌다.

"저 왔어요, 대표님."

사무실 문을 열고 몸을 밀어 넣자마자 태인은 우뚝 멈춰 섰다. 통유리로 들어오는 어마어마한 양의 햇빛 때문이었다. 자연 채광 덕분에 전등 하나 켜지 않았는데도 내부는 환했고, 난방을 하지 않았는데도 훈기가 가득했다.

서서히 자연광에 적응한 태인은 잠시 동안 찌푸렸던 자신의 눈살을 폈다. 햇살을 고스란히 담아내 반짝하고 빛나는 대표 미혜의 책상에 잠시 눈길을 준 그가 멈췄던 걸음을 다시 뗐다.

"왔니? 앉아."

미혜는 여느 때처럼 자신의 책상 앞 의자가 아닌, 소파에 다리를 꼰 채 앉아 있었다. 그녀는 자신 쪽으로 가까이 다가오는 태인에게 자신의 맞은편에 놓인 소파를 턱짓으로 가리켰다. 고개를 살짝 끄덕인 그는 곧바로 그녀가 가리킨 소파에 앉았다.

둘의 눈높이가 같아질 때쯤, 미혜는 자신이 쓰고 있던 안경을 벗어 테이블 위에 내려놓았다. 안경테가 닿은 유리 테이블에선 찰그랑하는 소리가 꽤 길게 울렸다. 그 소리가 막 멎으려는 찰나 태인이 조심스럽게 입을 열었다.

"결정 내리신 거죠?"

"그래. 근데 답을 내려 놓고 보니까 처음부터 이건 내가 결정을 내리고 말고 할 게 없더라."

대답을 하는 동안 다리를 바꿔 꼰 미혜의 와인빛 머리카락이 반동으로 찰랑거렸다. 일자로 떨어지는 커트머리엔 그녀의 칼 같은 성격이 그대로 담겨 있었다.

"그 말씀은 제 결정에 따라 주신다는 거예요?"

"따르고 말고 할 게 있니? 이건 네 인생이잖아. 난 그냥 너를 매니지먼트해 주는 회사의 대표이사일 뿐이야. 네가 지금 네 인생에서 중요한 결정을 내리려고 하고 있는데, 내가 무슨 권리로 널 막겠니?"

말은 그렇게 뱉었지만 사실 태인의 의견을 따르기로 결정을 내리고 막상 그를 소환해 놓고도 미혜는 고민을 멈출 수 없었다. 새벽같이 사무실에 나와서 또 고민했다. 그의 의견을 따라주는 게 맞는 건지, 아니면 그를 말리고 매니지먼트 대표로서 욕심을 내는 게 맞는 건지.

아직 싸늘한 기온이 감도는 사무실에서 깊은 상념에 젖어 있던 미혜는 문득 처음 태인을 만났을 때를 떠올렸다. 큰 키에 반반한 외모, 그리고 장난기가 많아 보이던 성격까지는 그냥 무난하다고 생각했다. 그랬던 미혜가 태인에게 사로잡힌 건 그의 눈빛 때문이었다.

마냥 가볍기만 할 줄 알았던 그는 이따금 어두운 눈빛을 하곤했다. 웃고 있으면서도 간혹 보이던 아련한 눈빛에 끌렸다. 잘생긴외모에 눈빛까지 깊은 배우가 될 수 있겠다고 생각한 미혜는 그때부터 그를 정상으로 만들고자 욕심을 냈다.

하지만 그것은 단지 그녀의 욕망일 뿐이었다. 호기심으로 일을시작한 태인의 사소한 동기와는 전혀 결부되지 않았다. 하지만 그럼에도 그런 자신을 믿고 따라와 준 태인이었다.

오랜 시간 고민한 끝에 미혜는 결국 처음의 결론을 다시 도출해냈다. 인생의 중요한 전환기를 맞으려는 그에게 적어도 걸림돌이되고 싶진 않았다. 그건 지난 몇 년간 함께 일을 해 온 직장 동료로서의 도의와도 같았다.

미혜는 어느 순간부터 태인을 물끄러미 보고 있었다. 저 눈빛에담긴 확신은 도대체 어떤 것일까? 은서에 대한 자신의 마음이 누구앞에서도 언제나 확고하다는 걸까?

숭배와도 같은 그의 사랑에 미혜는 실소를 머금고 속으로 다시한 번 되뇔 뿐이었다. 그와 그녀는 절대 떼려야 뗄 수 없는 인연이라고.

"대표님."

"왜 그렇게 봐? 내가 안 된다고 말릴 줄 알았니?"

태인은 지금 제 눈앞에 있는 미혜가 여태껏 봤던 모습 중에서가장 편안해 보이는 얼굴을 하고 있다는 걸 깨닫곤 고개를 작게 저었다.

"어차피 난 너 못 말려. 넌 하겠다고 마음먹으면 어떻게든 해내는 애란 걸 잘 아니까. 대신 네 입으로 당장 할 건 아니라고 했으니까 그전에 이것들은 확실히 끝내야해."

미혜는 제 앞에 놓아둔 종이 뭉치를 그대로 태인의 앞으로 밀어 넣었다. 일거리가 눈앞에 쌓여 있는데도 빙긋 미소를 지은 태인이 가장 앞에 놓인 종이를 막 잡았을 때였다. 노크 소리와 함께 문이 벌컥 하고 열렸다.

"대표님, 저 들어가도 되죠?"

"이미 들어왔으면서 새삼스럽게 묻긴."

타박하는 듯 들리지만 한층 부드러워진 미혜의 눈에 담겨 있는 건 소라였다. 소라를 돌아 본 태인도 반가운 기색으로 그녀에게 손인사를 보내곤 곧장 고개를 돌려 제 손에 들려진 CF촬영의 콘티를 살펴보았다.

"박태인. 넌 서울 오면 온다, 말을 해야 할 거 아니야."

"잠깐 들르는 건데, 뭐."

콘티에서 눈도 떼지 않고 대답하는 태인을 보며 소라가 입을 비죽댔다. 쿵쿵거리며 요란스럽게도 걸어오던 소라는 미혜의 눈치를 보며 나머지 걸음은 조신하게 옮겼다.

"대표님, 태인이랑은 얘기 다 끝나셨어요?"

"어. 태인이 넌 영화 촬영 끝나면 바로 서울로 올라와."

"바로요?"

"대표님 그러다 애 병나요."

방금 전까지만 해도 태인의 뒤통수를 쏘아보더니, 언제 그랬냐는 듯 나서서 편까지 들어 주는 소라를 보며 미혜가 고개를 절레절레 저었다. 하여간 소라의 자기 배우 사랑은 대표인 미혜도 말리지 못하는 열정이었다.

"좋아, 3일. 3일 정도 여유 주면 되지?"

"네. 충분해요."

분명 미리 입을 맞춘 것도 아닐 텐데 소라와 태인은 어느새 흡족하다는 눈빛을 서로 교환했다. 그 모습을 보니 괜히 속아 넘어간 기분이 드는 미혜였다. 물론 이런 일이 여태 비일비재했던 터라, 새삼 억울하진 않았다.

"그나저나 소라 넌 할 말이 뭔데?"

사원들 앞에선 윤 실장, 단둘이 있거나 태인과 함께 있을 때 미혜는 소라를 이름으로 불렀다. 소라가 미혜와 함께 론 엔터테인먼트의 창립 당시 멤버이기도 했고, 이제 남은 창립 멤버는 둘뿐이었기 때문에 미혜가 소라에게 갖는 애정은 각별했다.

"아, 태인이한테 뭐 물어볼 게 있어서요. 너 혹시 김희수 씨라고 아니?"

"잘 모르겠는데, 왜?"

"너랑 꼭 연락을 할 일이 있다고 며칠 전부터 하루에 두세 번씩 꼬박 전화가 와. 나이가 어리면 그냥 골수팬인가 보다 하고 무시하는데 그것도 아닌 것 같고 좀 애매해서."

원래 사람을 잘 내치지 못하는 성격이긴 하지만 공과 사는 엄격히 구별하는 소라가 저 정도로 휘둘린다는 것은 쉽게 무시할 일이 아니었다. 그걸 아는 태인의 얼굴도 짐짓 심각해졌다.

"나이대가 어느 정도인데?"

"중년이신 것 같은데, 목소리가 너무 간절하셔서 뭔가 찝찝하더라고. 혹시 몰라서 연락처 받아 두긴 했어."

"나갈 때 적어 줘."

"알겠어."

딱히 기억나는 건 없지만 태인도 소라처럼 무언가 찝찝했다. 중년에다가 이름은 김희수라. 곱씹으면 곱씹을수록 생각은 나지 않고, 석연찮은 기분만 증폭됐다.

"형, 곧 휴게소 나온다는데 들를까요?"

"그래, 잠깐 쉬었다 가자."

"네."

희수라, 김희수. 태인은 차를 타고 지방으로 내려가는 동안 잠도 자지 않고 계속 그 인물에 대해 생각했다. 기억이 날 것도 같은데, 꼭 무언가에 단단히 봉인되어 있는 것만 같은…….

'태인아. 엄마, 희수 아줌마한테 잠깐 갔다 올게.'

기억이 났다. 정확히 8살 때, 태인을 집에 두고 나가면서 엄마가 했던 말에 그 이름이 있었다. 잠깐 갔다 온다던 엄마는 그 이후로 돌아오지 않았다. 그게 엄마의 마지막 말이 된 셈이었다. 헛웃음이 터져 나오는 것도 잠시, 갑자기 훅 하고 토기가 밀려왔다. 가까스로 구역질을 참아 낸 태인이 이를 앙 다물고 말했다.

"민행아, 속도 올려."

"네? 네."

심상치 않은 그의 목소리와 동태에 민행이 빛과 같은 속도로 휴게소에 들어섰다. 태인은 차가 멈추자마자 뛰쳐나가 화장실로 향했다. 다행히 속을 게워 내진 않았지만 계속 헛구역질이 밀려왔다. 어쩌면 토기가 올라오는 게 아니라, 울화처럼 뜨겁게 치미는 감정으로 인해 헛구역질을 하는 것일지도 모르겠다.

채 닫히지도 못한 문을 비스듬히 열고 나오던 태인은 곧바로 민행과 마주쳤다. 이 와중에도 모자를 챙겨 뒤따라 나온 민행을 보곤 태인이 힘없이 웃었다. 모자를 받아 든 태인은 곧장 세면대로 향했다. 그 뒤를 민행이 졸졸 따랐다.

"형, 괜찮으세요? 아침 먹은 게 잘못됐나? 전 괜찮은데……."

"괜찮아, 나도."

말은 그렇게 했지만 입을 헹구는 태인의 얼굴은 파리했다. 은서와 헤어졌을 때보단 아니었지만, 그때의 모습이 순간 상기될 정도로 태인의 안색은 좋지 않았다.

"여기서 조금 쉬었다 가요. 형."

"시간 빠듯해."

"촬영 못 가겠다고 그냥 연락 넣을까요?"

"아니야, 됐어."

입을 한 번 더 헹구고 난 뒤 태인은 수그렸던 몸을 세웠다. 미처 닦지 못한 물기가 그의 턱을 타고 흘러내렸다. 아슬아슬하게 맺혀 있던 물방울은 곧 세면대 위로 떨어졌다. 태인은 알 수 없는 한숨을 흘리며 눈을 길게 감았다 떴다. 그의 가슴엔 어느새 은서가 보고 싶은 마음이 방울방울 맺혔다.

아파트 입구에 들어선 은서가 빠르게 목도리를 풀어냈다. 얼른 집에 들어가 몸을 씻고 싶은 마음이 그득했다. 아침엔 병원, 오후 엔 아르바이트. 주중엔 늘 반복되는 일상인데 오늘따라 유독 피곤 했다.

하루 종일 태인에게 연락이 오지 않아 거기에 마음을 쓴 탓일 까? 태인과 관련된 문자를 종종 보내오던 민행에게도 연락이 없어 내심 마음이 쓰였다.

오늘은 촬영을 늦게 시작한다고 했으니 한창 바쁠 거라고 막연 히 추측은 하고 있지만 자꾸만 입 밖으로 긴 숨이 새어 나오는 걸 막을 길은 없었다. 은서는 서운한 기색을 애써 감추고 1층에 막 도 착한 엘리베이터에 몸을 실었다.

7층에 도착하면 은서는 자연스레 태인의 현관 앞부터 살펴보곤 했다. 그와 다시 사귄 뒤로 생긴 습관 같은 거였다. 비록 그녀의 눈 에 보이는 건 굳게 닫힌 현관문일 뿐이지만 가벼운 눈인사라고 해 야 할까?

오늘도 어김없이 내리자마자 그가 사는 702호 쪽으로 눈을 돌리 는데, 오늘은 그녀가 봐 오던 평소의 모습과 사뭇 달랐다.

"태인아!"

멀쩡한 문이 아니라 문 앞에 그가 서 있었다. 정확히는 현관문에 태인이 제 몸을 기댄 채로 눈을 감고 서 있었다.

그녀가 놀라 다가가자 태인이 눈을 번쩍 뜨곤 은서에게로 팔을 뻗었다. 그에게 팔이 잡힌 은서는 순식간에 그의 품 안으로 스며들었다.

"왜 그래? 무슨 일 있었어?"

"은서야."

"응, 나 여기 있어."

침착하게 자신을 어르는 은서의 말에도 태인은 아무 말도 할 수 없었다. 그저 은서를 더 꽉 껴안을 뿐이었다. 그의 가슴께에 얼굴이 맞닿아 있는 터라 그녀는 세차게 뛰어 대는 그의 심장박동을 온전히 느꼈다. 평소 그와 이렇게 껴안고 있을 때 그녀가 느껴 왔던 맥박과 크게 다르지 않았지만 기분 탓인지 더욱 거칠게 와 닿았다.

"우선 안에 들어가자."

절대로 놓아주지 않을 것처럼 그녀를 꽉 안고 있던 그는 의외로 가볍게 밀려났다.

그의 품에서 빠져나온 은서가 태인의 집 현관 비밀번호를 누르려는데, 그가 뒤에서 그녀의 어깨를 다시 껴안아 왔다. 열기를 머금은 그의 숨결이 훅 끼쳐 오자 은서의 손이 그대로 멈추었다.

"아무 데도 가지 마."

그의 간절한 목소리에 은서가 눈을 질끈 감았다. 그가 풍기는 위태로운 분위기 하나에, 그가 낸 애절한 목소리 하나에 어째서 어떻게 이렇게까지 마음이 아파 오는 건지 모르겠다.

은서는 옴짝달싹할 수 없었다. 그저 그가 끌어안고 있는 어깨가 딱딱하게 굳어 간다는 것만을 인지하고 있는데, 그런 그녀의 어깨 위로 그의 머리가 툭 내려앉았다.

"옆에 있어 줘."

그의 애틋한 말과 함께.

태인의 손길에 가슴이 일렁이는 것도 잠시, 은서는 마음을 다잡고 다시 그의 집 현관 비밀번호를 눌렀다. 도어락이 해제되는 소리가 짧게 울리자 은서는 문을 열고 몸을 앞으로 움직였다. 그러자 그녀를 안고 있던 태인도 주춤거리며 그녀의 움직임을 따랐다.

신발을 벗을 때까지도 은서는 태인의 품 안에서 벗어날 수 없었다. 하필 지퍼가 달린 워커를 신은 터라 몸을 숙여야 했기에 그녀는 하는 수 없이 그의 팔을 슬며시 밀어냈다. 잠시 밀리는가 싶더니, 그의 팔이 다 풀려 갈 때쯤 그가 다시 은서의 어깨를 꽉 안아 왔다.

마치 어린아이의 투정을 받고 있는 것 같았다. 아마 평소의 은서라면 진즉 그를 밀치고서라도 안에 들어갔을 테지만 지금은 쉽게 뿌리칠 수 없었다. 자신을 품에 안고서도 여전한 불안한 태인의 마음이 그의 몸의 미세한 떨림으로 전해졌기에.

"태인아. 나 어디 안 가. 네 옆에 있을게."

언제까지 이렇게 서 있을 수만은 없었기에 은서는 그를 다독이듯 최대한 나긋나긋하게 말했다. 그 말에 이번엔 태인이 먼저 그녀를 안고 있던 팔의 힘을 풀었다. 그 틈을 정확하게 치고 나간 은서가 재빠르게 신발을 벗고 안으로 들어서자 태인 또한 그녀를 따라 안에 들어섰다.

보일러가 꺼져 있던 것도 아닌데 집 안에선 원인 모를 냉기가 느껴졌다. 들어오자마자 벗은 코트와 목도리를 소파 한쪽에 가지런히 올려 둔 은서는 내부 온도부터 올렸다.

그리곤 주방으로 조르르 달려가 밥통에 밥이 있는지 확인했다. 다행히 두 사람이 함께 먹을 분량은 충분했다. 냉장고에도 해 먹을 만한 요리 재료들이 있었다. 태인은 주방 일엔 젬병이니 아마도 민행이 사 놓은 것일 거다.

"밥 안 먹었지? 지금 준비할까?"

거실에 있는 태인에게 잘 들리라고 일부러 고개까지 돌린 채로 말했다. 그런데 뒤를 돈 은서의 앞엔 어느새 태인이 와 있었다. 팔을 뻗으면 닿을 정도의 거리였다. 아니, 그가 한 걸음 더 다가와서 이젠 손만 살짝 움직여도 닿을 거리에 있었다.

"우선 물부터 한 잔 줄까?"

평소와는 다른 그의 눈빛과 행동에 은서는 어쩔 줄 몰라 했다. 폭풍전야의 느낌이랄까? 그가 차분한 기색을 보일수록 이상하게 더 위태롭게 다가왔다. 집요하게 옭아매는 그의 시선에 애꿎은 침만 자꾸 꼴깍 삼키던 은서가 그의 이름을 막 제 입에 담았을 때였다.

"태인……."

그녀의 턱을 가볍게 그러쥔 그가 입술을 세게 맞부딪혀왔다. 태인은 오늘 촬영하는 내내 마음이 어그러질 때면 어김없이 최면을 걸었다. 그녀를 보고, 그녀의 목소리를 들으면 잠잠해질 거라고. 폭주할 것처럼 날뛰던 그의 불안한 마음은 그녀를 눈에 담자마자 정말로 안정되었다.

하지만 그 이후에 그는 또 다른 감정에 잠식당했다. 그의 마음은 얼른 그녀를 품에 안고, 그녀의 숨결을 느끼고 싶다고 그렇게 터질 듯 외쳤다. 그녀를 향한 갈망은 이제 바라보는 것만으로 해갈될 수 없다. 하루 종일 어쩌면 그는 이 순간을 갈망해 왔는지도 모르겠다.

조금이라도 더 그녀와 가깝게 닿고 싶은 욕구에 태인은 그녀를 급박하게 몰아붙였다. 그가 밀어 넣는 숨을 받아 내고만 있는데도 그녀는 정신을 차리지 못할 지경이었다. 끈질기게 옭아매는 그 때문에 이젠 그녀도 한계였다.

숨을 쉬려는 본능적인 움직임에 은서가 몸을 살짝 뒤로 뺐지만, 이미 주방 선반에 딱 붙어 있던 터라 더 이상 움직일 공간이 없었다. 그걸 눈치챈 태인이 키스를 멈추고, 아쉬운 마음을 담아 그녀의 이마 위에 제 입술을 꾹 눌렀다.

한꺼번에 입 밖으로 밀려 나온 숨은 열기를 담고 있었다. 몇 번 크게 숨을 몰아쉰 은서는 집 안에서 느꼈던 냉기가 순식간에 사라졌다는 걸 깨달았다.

"지금은 그냥 내 옆에 있어."

태인은 더 이상 욕심내지 않고 발그스레하게 달아오른 그녀의 볼에 가볍게 키스했다. 그는 곧장 그녀의 손을 잡아 소파로 이끌었다. 은서를 먼저 앉히곤 한 치의 틈도 남겨 놓지 않고 그녀의 옆에 몸을 붙였다. 그리곤 그녀의 어깨에 천천히 제 머리를 기댔다.

"태인아."

"응?"

"오늘 무슨 일 있었던 건지 물어봐도 돼?"

겸손한 물음에 태인이 홋 하는 웃음소리를 내며 고개를 들었다. 오늘 있었던 일을 끄집어내는 태인에겐 일말의 망설임도 없었다. 자신의 엄마와 관련된 사람으로 추측되는 희수라는 사람이 회사에 연락을 취해 온 것부터, 촬영장에서 민행을 시켜 전화를 걸게 한 것까지.

민행은 희수에게 전화를 걸어 태인의 최측근임을 밝힌 뒤, 전하고자 하는 대략적인 내용을 물었다. 희수의 대답은 간략하게 자신이 가깝게 지내는 사람 중에 태인의 가족이 있는데 그 사람에게 급한 일이 생겼으니, 태인에게 꼭 전해 달라는 것이었다. 희수라는 자신의 이름과 함께.

모든 지표가 가리키는 건 단 한 명뿐이었다. 남은 건 증오심밖에 없다고 생각했는데 티끌만큼이나마 애정이 남아 있었는지 내내 신경이 쓰였다. 희수의 얘기를 듣고 나서 촬영에 집중도 제대로 하지 못하고, 결국 컨디션 난조로 일찍 촬영을 마친 그였다.

"급한 일이라는 게 어떤 건지 궁금하긴 해. 금전적으로 급한 건지 건강이 위급하다는 건지는 모르겠지만, 전자라면 결과적으로 증오심만 더 커지겠지. 하지만 후자라면……."

태인의 마음이 불편함으로 꿈틀거렸다. 그가 더 이상 말을 잇지 않았지만, 점점 거칠어지는 숨소리로 인해 그녀 또한 그의 마음을 짐작해 냈다.

차라리 작은 불씨일 때 그냥 무시해 버릴걸, 하고 태인은 후회했다. 하지만 불씨는 이미 커져 버렸다. 이미 손댈 수도 없을 정도로 활활 타 버려 끌 수도 없었다. 그걸 잠재울 수 있는 건 오직 은서였다.

하지만 은서는 그에게 무슨 말을 해야 옳은 건지 알 수 없었다. 혹여 그가 이번 일로 상처를 입게 되는 건 아닐까 겁이 났다. 은서의 침묵이 길어질수록 정적은 깊어졌다. 한참을 고뇌하던 은서는 천천히 태인의 목덜미를 껴안았다.

"태인아."

"응?"

"난 네가 어머니 만나 뵈면 좋겠어."

그가 숨을 크게 들이켰다. 미세한 움직임도 포착할 정도로 꽉 붙어 있던 터라 은서 또한 숨을 훅 들이마셨다. 그리곤 안쓰러운 마음을 담아 그의 목을 더 꽉 껴안았다.

"혹시 힘든 일이 생기더라도 내가 같이 있어 줄게. 같이 아파해 줄게. 그러니까……."

마음이 아픈 탓에 그녀는 더 이상 말을 잇지 못했다. 입술을 꽉무는 그녀의 눈가에 어느덧 눈물이 차올랐다.

"알겠어."

태인이 고개를 들어 그녀와 눈을 맞췄다. 그는 의외로 차분해 보였다. 그리고 그녀를 향해 작은 미소를 보이기까지 했다.

"그러니까 울지 마."

그의 말을 듣고도 멍하니 있던 은서는 태인의 엄지가 제 볼에서 눈물을 훔쳐 내고 나서야 자신이 울고 있었다는 것을 깨달았다. 온몸의 신경이 따끔거리는 가슴 통증에 정신이 팔려 있던 탓이었다.

"그 자리가 많이 힘들 것 같으면 내가 같이 가 줄게. 내가 껴도 되는 자리라면……."

"무슨 소리야. 너 없으면, 나 못 가."

청승맞게 또 눈물이 비집고 나오려 했다. 정작 태인도 울지 않는데, 왜 자신이 우는지 모르겠다. 아마도 애써 태연한 척하는 그의 눈물이 다 그녀에게로 흘러간 모양이다. 은서가 또 울 것 같은 얼굴을 하자 태인이 가볍게 그녀의 이마를 제 이마로 콩 건드렸다.

그의 이마가 다시 멀어지려는 찰나, 그녀가 어깨를 흠칫거렸다. 분명 이마에 맞닿은 그의 체온 뜨거웠다. 은서는 황급히 그의 이마 위로 손을 올렸다. 홧홧한 열기가 느껴졌다.

"태인아, 너 혹시 감기 기운 있어? 열나는데?"

"감기 기운?"

어쩐지 하루 종일 머리가 지끈거린다 했다. 그저 신경성 두통인 줄만 알았는데 걱정스러운 눈길이 그득한 그녀를 보니 열이 꽤 많은 모양이었다.

"집에 약 있지?"

"응."

"밥 먹고 약 먹은 다음에 한숨 푹 자."

태인이 고개를 끄덕이자 은서는 곧바로 제 몸을 일으키려 했다. 그때, 그가 그녀에게로 손을 뻗었다. 거의 동시에 일어난 상황이지만 그의 움직임이 조금 더 빨랐다. 그녀의 손을 잡아챈 그가 자신 쪽으로 당긴 탓에 그녀는 소파에 잠시 머물렀다. 그녀의 말간 눈이 그에게 말했다. 할 말 있으면 얼마든지 더 들어 줄 테니, 해 보라고.

"나 자면, 집에 갈 거야?"

진지한 얘기를 하나 했더니, 그답지 않게 귀여운 물음이었다.

"안 갈게."

은서가 환히 웃으며 답했다.

"진짜?"

"응. 옆에 있을 거라고 했잖아. 꼭 붙어 있을게. 됐지?"

태인이 픽 웃더니, 은서의 작은 손을 어루만졌다. 이렇게 손도 작고, 얼굴도 작고, 체구도 자신보다 훨씬 작고 하다못해 입술까지도 앙증맞다. 그런데 어째서 이렇게 가녀린 그녀에게 온 마음으로 의지할 수 있는 걸까.

사랑스럽다는 눈빛으로 은서를 가만히 쳐다보던 태인은 그녀를 품에 안았다. 은서도 그에게 제 몸을 고스란히 기대고, 그의 등을 천천히 토닥여 주었다. 온기를 전해 주는 그녀의 손길에 절로 눈이 감겼다.

'네가 없었으면 난 버틸 수 있었을까?'

물을 만한 가치도 없는 질문이었다. 그녀가 없었다면 버티지 못했을 거다. 절대로.

은서로 인해 용기를 얻고 난 뒤, 일은 순조롭게 진행됐다. 도저히 짬을 낼 수 없던 차에, 비중 있는 조연 배우 한 명이 다치는 바람에 이틀 정도 촬영 일정에 여유가 생긴 태인은 곧바로 희수를 만나기로 했다.

서울에 살고 있던 희수는 태인을 위해 그가 있는 지방까지 한달음에 내려왔다. 그녀가 정한 약속 장소는 모든 테이블이 룸 안에 있는 고급 식당이었다. 모자를 푹 눌러쓴 채로 식당에 들어선 태인의 옆엔 언제나처럼 은서가 함께였다.

"어서 오세요, 손님."

"김희수라는 이름으로 예약되어 있는데요."

입구를 지키던 종업원은 고개를 끄덕이곤 그들을 3번 룸으로 안내했다. 자신의 일을 끝낸 종업원은 홀연히 사라졌다. 하지만 태인과 은서는 닫힌 문을 앞에 두고 잠시 머뭇거렸다.

"들어갈까?"

태인의 얼굴은 무표정으로 굳어 있었지만, 그 안에 담긴 혼란스러움을 읽어 낸 은서가 그의 허리를 살짝 껴안으며 물었다. 태인이 고개를 가볍게 끄덕이자 은서가 문을 열었다. 희수는 이미 자리에 앉아 그들을 기다리고 있었다. 태인의 모습을 눈에 담은 희수는 감격스러운 얼굴로 의자에서 몸을 일으켰다.

"안녕하세요."

태인이 먼저 인사를 건네자 은서가 따라서 고개를 꾸벅 숙였다. 희수는 대답 대신 울음을 터뜨렸다. 갑작스러운 그녀의 울음에 태인은 자신도 모르게 은서의 손을 꽉 잡았다.

그녀가 남아 있는 한 손으로 그의 손등을 가볍게 쓸어 주었다. 딱딱하게 굳었던 그의 몸이 풀어지고 태인은 고개를 틀어 은서를 돌아보았다. 그의 눈동자에 살짝 웃고 있는 그녀의 얼굴이 담겼다. 들끓었던 그의 마음이 조금씩 안정을 찾기 시작했다.

태인은 익숙한 움직임으로 은서에게 먼저 의자를 빼 주었다. 둘의 모습을 지켜보던 희수 또한 눈물을 닦아 내곤 자리에 앉았다. 희수는 앉자마자 앞에 놓인 미지근한 물부터 마셨다. 마음이 조금은 가라앉았다.

"태인이 여자친구예요?"

"네. 지은서라고 합니다."

웃으며 고개를 끄덕이던 희수가 더 이상 말을 잇지 못하고 다시 눈물을 뚝뚝 흘리자, 은서가 그녀에게 티슈를 건넸다. 한눈에 봐도 곱고 예쁜 아가씨라 흐뭇한 마음을 감출 길이 없었다. 태인 또한 엄마 없이도 정말 잘 큰 것 같아 내심 뿌듯했다. 그런데 왜 자꾸 청승맞게 눈물이 나는지 알 수 없는 노릇이었다.

"엄마에 관해 저한테 전하고 싶은 이야기라는 게 뭔가요?"

바로 본론부터 꺼내는 태인의 질문에 희수의 얼굴이 사뭇 진지해졌다. 은서는 테이블 아래에서 애꿎은 주먹을 쥐었다 폈다 하는 태인의 손을 자신의 체온으로 감쌌다. 맞잡은 두 손에서 애틋함이 오고 갔다.

"어디서부터 어떻게 얘기를 꺼내야 할지……."

희수는 다소 마음을 진정시키고 차분해진 기색으로 말을 꺼냈다. 태인의 엄마가 왜 태인을 떠날 수밖에 없었는지, 그녀는 그 이유에 대해 먼저 털어놓았다.

태인의 엄마는 연애 시절부터 태인 집안의 반대에 부딪혔다. 반대의 이유는 고리타분했다. 바로 가문 때문이었다. 종가 어른에게 어릴 때부터 엄격한 교육을 받아 온 태인의 할아버지는 조선시대로 따지면 상위 층에 속하는 가문과 다소 하위 층인 그녀의 가문이 어울리지 않는다는 이유로 그녀를 반대했다.

　구시대적인 이유라며 태인의 아빠는 집안을 등지고 끝내 태인의 엄마와 결혼했다. 잘나가는 집안의 아무런 도움 없이 밑바닥에서부터 시작한 둘은 점점 자리를 잡아 갔다. 태인을 낳고, 서로에게 의지하며 행복하게 살아가는데 갑작스레 태인의 아빠에게 이상 신호가 왔다.

　처음엔 과로라고 생각했는데, 객혈까지 하는 것을 보고 찝찝한 마음에 둘은 병원을 찾았고 청천벽력과도 같은 폐암 2기 선언을 들었다. 전이가 된 것은 아니라서 천만다행이었지만 당장 수술을 하기엔 금전적인 부담이 너무 컸다.

　태인의 아빠는 수술을 해도 잘못될 위험이 있기에, 남겨질 태인과 아내를 생각해서 수술을 안 받겠다고 고집을 피웠다. 그러는 동안 연락을 끊고 지냈던 태인의 할아버지가 태인의 엄마에게 연락을 했다. 수술도 시켜 주고, 태인도 거두어 줄 테니 떠나라는 것이었다.

　혼인신고도 했고 아들도 낳았으니 인정해 주시면 안 되겠냐고 우는 그녀에게 태인의 할아버지는 아이가 클수록 가정교육을 제대로 받아야 하는데, 그녀에게 자신의 손자 교육을 맡길 순 없다며 딱 잘라 말했다.

　그녀가 내릴 수 있는 결정은 하나였다. 결국 태인과 자신의 남편을 두고 그녀는 떠나야 했다. 그렇게 몇 년이라는 시간이 흐르고, 태인의 할아버지가 취한 조치로 인해 태인의 엄마는 생사가 불분명한 상태가 되었고 둘의 혼인 상태는 그의 바람대로 해소되었다.

그렇게 몇 년간 타지에서 외롭게 살던 그녀에게도 새로운 인연이 찾아왔다. 그녀는 굳게 닫은 마음을 어렵게 열고, 지금은 새 가정을 꾸리고 살고 있었다. 어린 아들도 있었다. 문제는 그녀가 어린 아들을 볼 때마다, 태인이 떠올라 그 죄책감으로 인해 점점 지쳐 간다는 것이었다.

배우가 된 태인이 내심 자랑스러우면서도, 어린 시절 헤어진 아들을 향한 그리움을 모두 떨칠 순 없었다. 앞에 나서고 싶어도 이미 스타가 된 그의 앞에 나선다면 무슨 짐이 될까 두렵기도 하고, 차마 미안해서 나서지 못하는 마음도 있었다. 그러는 동안 그녀에겐 마음의 병이 생겼다. 그리고 그녀는 또다시 가정을 떠날 계획을 하고 있었다.

"네 엄마 떠날 때 가장 친했던 나한테도 연락 안 하고 떠났어. 혹시라도 네 아빠가 찾을까 봐. 난 네 엄마 떠나고 3년 뒤에 서울로 이사 갔는데, 강원도에 있던 네 엄마와 정말 우연히 연락이 닿았어. 그 이후로는 계속 연락해 왔고."

믿을 수 없는 진실이었다. 지금까지 그가 그려 왔던 모든 것들은 허구였다. 엄마가 자신과 병든 아버지를 떠난 거라고 믿었으며, 그래서 아빠의 수술이 성공했는데도 돌아오지 않았다고 생각했다. 그렇게 미워했는데, 그런 이유로 자신과 아버지를 떠난 것이라면 이때까지 엄마를 미워하며 보낸 그 시간은 누가 보상해 줘야 하는 걸까.

그렇게 자신을 귀히 여기던 할아버지가 자신을 비롯해 아빠, 엄마까지 망친 장본인이었다. 물론 할아버지가 해 준 수술 덕에 아버지는 살았지만 태인의 기억 속의 아버지는 언제나 힘든 모습이었다. 수술은 완벽했다지만, 돌아가시기 전까지 그는 끝내 몸을 일으키지 못했다.

배신감이 밀려오는 것도 찰나, 이미 돌아가신 분을 원망해 봤자 달라지는 건 없었다. 아버지가 돌아가시고 몇 개월 뒤, 정정하시던 할아버지도 돌아가셨다. 그러니 이제 그의 원망이 고스란히 옮겨 갈 사람조차 없었다. 태인은 문득 임종을 앞두고 자신을 바라보며 하염없이 눈물을 보이셨던 할아버지의 모습이 떠올랐다.

'그래서였나. 그렇게 우시던 게.'

진실을 알아도 마음이 무거운 건 마찬가지였다. 다만 그의 마음 속 증오심은 조금씩 녹고 있었다. 적어도 엄마를 향한 미움은 모두 털어 낼 수 있을 거다.

"태인이 너도 엄마가 많이 미웠겠지만, 네 엄마도 정말 많이 힘들었어. 자신만 행복한 가정을 가지고 있다는 게 미안한지 너한테 속죄하는 마음으로 또 멀리 떠날 생각인 것 같아. 그게 무슨 미련한 짓이니. 네 엄마 한 번도 욕심부린 적 없었다. 네 아빠도, 너도 조금 더 나은 환경에서 살길 바라는 마음으로 숨어 살았던 거야."

태인은 아무 말도 하지 못했다. 어떠한 표정조차도 지을 수 없었다. 그저 모든 것이 허망할 뿐이었다.

그러나 은서는 달랐다. 이야기를 듣는 내내 코를 훌쩍이더니 결국 끅끅대며 굵은 눈물방울을 떨어뜨렸다. 비록 눈물을 흘리는 건 이번에도 은서였지만, 두 사람의 마음이 하나이듯 그녀의 눈물은 곧 그의 눈물과도 같았다. 그걸 아는 태인의 눈빛이 일렁였다.

그녀의 눈물에 마음이 아파 오는 것도 잠시, 태인은 이내 그녀의 눈물을 조심스럽게 닦아 주었다. 뜨거운 그녀의 눈물이 손끝에 닿자, 그의 심장 또한 타들어 가는 듯했다.

은서는 제 눈물이 태인의 손을 적시는 게 싫어 그의 손을 밀어 냈다. 하지만 그는 오히려 그녀의 얼굴을 양손으로 꽉 붙잡았다. 그리곤 엄지만을 움직여 눈물을 쓱 닦아 주었다. 그 둘의 모습을 지켜보는 희수의 마음이 덩달아 애잔해졌다.

"네 엄마도 곧 올 거야. 너 여기 있다는 얘기는 안 하고 서울에서 내려왔으니까 잠깐 보자고 했어."

"엄마가 여기에 살아요?"

"응. 강원도에 있다가 새로 가정 꾸리고는 쭉 여기서 살았어."

여긴 네 아빠와 너랑 함께 살던 곳이었으니까, 라고 조심스럽게 이어붙인 희수의 말에 태인은 잠시 벗어 둔 모자를 집어 들고 재빨리 제 머리 위로 썼다. 그는 어느새 눈물을 멈춘 은서의 팔을 잡아 끌었다.

"은서야, 일어나. 우린 이만 가자."

"뭐? 어머니 오신다는데 그냥 갈 거야?"

은서가 엉거주춤한 자세로 희수와 태인을 번갈아 쳐다보았다.

"저 이제 엄마 필요한 어린애 아니니까, 미안해하지 말고 새로운 가정에 충실하라고 대신 좀 전해 주세요."

그녀가 꾸린 새 가정에 자신의 존재가 알려지면 곤란해질 게 뻔했다. 태인은 제 마음속 응어리를 푼 것으로 만족했다. 자신은 은서로 인해 충분히 행복하니까 이제라도 엄마가 죄책감을 덜고, 새

가정에서 마음껏 행복하기를 바랄 뿐이었다.

태인이 굳은 마음을 먹고 몸을 반쯤 일으켰을 때였다. 드르륵 하는 소리와 함께 미닫이문이 활짝 열렸다.

"정혜야."

희수가 그 이름을 입 밖으로 내뱉은 순간, 태인의 몸은 더 이상 움직일 수 없을 정도로 뻣뻣해졌다. 은서가 놀란 얼굴로 고개를 돌리고, 태인 또한 문 쪽으로 간신히 시선을 돌렸다.

"아주머니."

"은서 아니니?"

정혜가 태인을 알아보기도 전에, 서로를 아는 것처럼 보이는 은서와 정혜의 모습에 태인의 눈동자가 위태롭게 흔들렸다.

정혜의 물음에 대답해야 한다는 생각조차 못한 채 은서는 곧바로 희수를 쳐다보았다. 99% 확신이 가는 상황임에도 막상 직접 언급하려니 긴장감이 밀려왔다. 그 탓에 굳게 다물려 있던 은서의 입술은 다소 힘겹게 열렸다.

"이분이세요?"

지인으로 보이는 정혜와 은서의 관계에 놀란 것도 잠시, 희수는 이내 고개를 끄덕였다. 역시 1%의 기적은 일어나지 않았다. 정혜가 문을 열고 들어서면서부터 이미 예상했지만 희수에게 확답을 들으니 무언가가 와르르 무너지는 기분이었다. 충격이 채 가시기도 전에 다시 정혜에게로 시선을 돌린 은서의 머릿속에 많은 것이 스쳐갔다.

"둘이 무슨 말 하는 거야? 어떻게 희수 네가 은서랑 같이 있어?"

의아한 상황 속에서도 정혜는 우선 룸 안으로 몸을 밀어 넣었다. 희수와 은서를 잠시 번갈아 보던 정혜가 태인 쪽을 힐긋거렸다. 모자를 쓰고 있어서 얼굴이 자세하게 보이지 않는데 참으로 기묘하게도 그에게 한 번 닿은 시선이 좀처럼 거둬지지 않았다. 느낌이 싸한 게 어쩐지 누군가를 많이 닮은…….

　테이블 근처까지 다가온 정혜가 들고 있던 가방을 손에서 놓침과 동시에 태인이 룸 밖을 뛰어나갔다. 은서가 그를 잡을 새도 없이 순식간에 일어난 일이었다.

　"그, 금방 나간 사람 누구니? 혹시…….”

　"그래. 네 아들이야.”

　정혜가 입을 막고 그 자리에서 주저앉았다. 은서가 재빨리 일어나 정혜를 부축했다. 터져 나오는 울음소리는 간신히 막고 있다지만, 정혜의 눈에서는 미처 막지 못한 눈물이 하염없이 쏟아져 나왔다. 간신히 바닥에서 정혜를 일으킨 은서가 비틀거리며 부축하려는데.

　"태인이한테 가 봐요.”

　어느새 자리에서 일어난 희수가 정혜의 몸을 제 쪽으로 끌며 말했다.

　"아, 네. 우선 두 분은 여기 계세요.”

　"고마워요.”

　희수의 말에 작게 지은 미소로 대답한 은서는 핸드폰만 집어 들고 식당을 나섰다. 그녀가 가장 먼저 찾은 곳은 주차장이었다. 태인과 함께 타고 온 차는 그대로였지만, 그 안에 정작 그가 없었다.

'도대체 어딜 간 거지?'

입술을 꽉 깨문 은서는 손에 쥔 핸드폰을 얼굴 가까이로 들어 올렸다. 부들부들 떨리는 손으로 간신히 전화 통화를 시도한 은서 는 숨을 크게 한 번 내쉰 뒤 통화가 연결되기만을 기다렸다. 신호 는 가는데 좀처럼 그의 목소리가 들려오지 않아 초조해지려는 차에 뒤에서 누군가가 은서의 어깨를 두 팔로 껴안았다.

하마터면 핸드폰을 놓칠 뻔했던 은서는 상황을 파악하고 통화부 터 종료시켰다. 지금 그녀를 뒤에서 안고 있는 사람이 바로 통화의 상대방인 태인이기 때문이었다.

"왜 그냥 나갔어."

"집에 가자."

이 짧은 말 한마디 속에 그는 자신의 아픈 마음을 토해 냈다. 지 독히도 낮고 쓸쓸한 음성으로.

"갑작스러운 거 알아. 하지만 여기까지 어머니가 오셨는데 그냥 이대로 가겠다고?"

자신의 어깨를 끌어안는 그의 힘이 풀어졌을 때 은서가 재빨리 뒤를 돌았다. 은서는 그가 달아나지 못하게 그의 옷깃부터 꽉 잡고 천천히 그와 시선을 마주했다. 불안하게 흔들리는 그의 눈빛이 그 녀의 가슴을 저미게 했다.

"네가 무슨 생각하는지 알아. 근데 다른 사람 생각은 나중에 하 고 우선 네 생각부터 하면 안 돼? 너한테도 엄마잖아."

그 다른 사람이라는 게 하필 자신이 아는 사람이라 마음에 걸리긴 했지만, 이건 어느 한쪽이 양보한다고 해결될 문제가 아니었다.

"어떻게 아는 사이야?"

"아빠 친한 친구 아내분이야. 가끔 같이 식사도 하고 그랬어."

"얄궂네. 하필이면……."

태인이 말을 더 꺼내는 대신 긴 한숨을 뱉어냈다.

"그건 중요한 게 아니야. 오해 풀렸고, 어머니랑 다시 만난 게 중요한 거야. 그러니까 어머니 잠깐이라도 만나고 가. 응? 이대로 가는 건 정말……."

왜 울음이 나려는지 모르겠다. 핑 도는 눈물을 참아 낸 은서가 태인을 올려다봤다. 그녀를 담고 있는 태인의 눈빛이 흔들렸다. 애원하는 그녀의 눈빛에 결국 그는 마음을 붙잡혔다. 그가 짧게 한숨을 쉬곤 고개를 끄덕이자 은서가 그의 옷깃을 놓아주고 손을 잡았다. 한 번 꽉 쥐고 놓아주려 했지만, 이미 태인에게 붙잡힌 뒤였다.

식당에서 따로따로 나왔던 둘은 결국 나란히 손을 잡고 다시 식당 안에 들어섰다. 이미 둘의 얼굴을 익힌 종업원이 미소를 방긋 지어 보이는 걸로 인사를 대신했다.

이제는 익숙하게 3번 룸을 찾은 은서가 곧바로 문을 열었다. 태인의 시선은 자연스레 희수의 옆자리로 향했다. 어깨를 들썩거리며 앉아 있는 정혜는 문이 열리는 소리를 들었음에도 차마 태인을 쳐다보지 못하고 고개를 푹 숙였다.

은서는 일부러 태인을 정혜 앞자리에 앉히고 자신은 희수 앞자리에 앉았다. 몸을 떨고 있는 건지, 테이블 위에 올라와 있는 정혜의 손이 부들거렸다. 그 모습을 차마 계속 쳐다볼 수 없어 태인은 희수 쪽으로 애꿎게 눈을 돌렸다.

"정혜야, 태인이 왔어."

안쓰럽게도 희수의 그 말에 정혜의 몸은 더 크게 떨기 시작했다.

"괜찮으세요? 미지근한 물이라도 가져올까요?"

"아니야. 아줌마 괜찮아."

괜찮다면서 정혜는 여전히 고개도 들지 못하고 있는 상태였다. 그 모습에 화가 치미는 건 오히려 태인이었다. 어쩔 수 없는 선택 이었다고 변명이라도 하지, 왜 저렇게 죄인처럼 눈도 못 마주치고 있는 건지. 태인의 답답한 마음이 거친 숨이 되어 흘러나왔다.

"저는 이제 괜찮으니까 죄책감 가지실 필요 없어요."

태인은 자신도 모르게 주먹을 꽉 쥔 채로 말했다. 그의 말에 정혜의 고개가 천천히 올라왔다.

"버리고 간 줄 알고 미워했었어요. 근데 그게 아니란 걸 알았고 더 이상 원망할 일 없어요. 아빠나 저한테 미안한 마음이 아직 남아 있는 거라면 이제 그 마음 버리세요. 떠날 생각하지 마시고 새 가정에 충실하세요. 그게 제가 바라는 바입니다."

희수의 다독임으로 가까스로 멈춰 두었던 눈물이 다시 터져 나왔다. 금방 눈물범벅으로 바뀌어 버린 정혜의 얼굴을 보며 태인이 고개를 돌렸다. 그가 바라보는 곳엔 은서가 있었다.

"가자. 도저히 못 하겠어."

뒷말은 은서에게만 들릴 정도로 나지막한 목소리로 말했다. 잔뜩 일그러진 그의 얼굴이 많이 아프다고 외쳐 댔다. 그를 바라보고 있는 은서의 눈빛이 젖어 들었다.

"혹시 태인이 존재에 대해서 아저씨도 아세요?"

"그……."

대답을 해야 하는데 울음기 때문에 말을 떼기가 어려운 상황이었다. 등을 토닥여 주는 희수로 인해 조금씩 안정을 찾아가고 있는데 태인이 돌연 몸을 일으켰다.

바로 옆에 선 태인이 그녀의 팔을 잡고 일으키려 했지만 은서는 꼿꼿이 버텨 냈다. 정혜에게 대답을 들어야 했다. 동호라면 태인의 존재를 설사 몰랐더라도 어쩌면, 감싸 줄 수도 있는…….

"그 사람도 알아. 네가…… 내 아들이라는 거."

움직임을 멈춘 태인이 가까스로 고개만 돌려 정혜를 바라보았다. 어느새 울음을 멈춘 정혜 또한 태인과 눈을 마주했다.

"한순간도 너랑 네 아빠 존재 부정하거나 숨긴 적 없었어. 그 사람이 아주 오래전부터 널 데려오자고 했는데, 내가 너한테 너무 미안해서…….."

한 번 안아 주고 올 것을 그랬다며 여태껏 후회하고 살았다. 품에 안으면 놓기 싫어질까 봐 생살을 도려내는 심정으로 태인을 두고 떠났다. 그게 못내 한이 되었다.

동호의 의견으로 아이의 이름을 '태인'과 비슷한 '태민'으로 지었지만 태민을 안아 줄 때마다 태인에 대한 생각은 더 간절했다. 희수 아줌마에게 잠깐 갔다 오겠다는 그 말이 마지막인지도 모르고 잘 다녀오라며 손을 흔들어 주던 아이의 모습이 떠오를 때면 그녀는 숨어서 눈물을 흘리곤 했다.

"아이가 있다면서요. 제 존재 알려지면 아이 정서에 좋을 거 없어요."

"이미 알고 있어. 그 사람이 아주 오래전부터 형이 있다고 입버릇처럼 얘기해 왔거든. 이제 와서 이런 말 아무 소용 없겠지만 한순간도 너랑 네 아빠 존재 부정하거나 숨긴 적 없었어."

생각지도 못한 대답에 태인이 숨을 훅 들이켰다. 옆에서 얘기를 듣고 있던 은서도 마찬가지였다. 그렇게까지 하면서 정혜를 감싸 안은 동호의 사랑이 새삼 대단하게 느껴졌다.

"내 멋대로 형이 있다고 말해 버린 건 미안해. 언젠간 널 꼭 데리고 오려는 심산으로 그렇게 말했던 건데……."

시간이 흐를수록 의지만 나약해질 뿐이었다. 새 가정을 떠나려던 건 그 때문이었다. 태인을 데리고 올 용기는 없으면서 자신만 온전한 가정 안에 있다는 게 너무 미안해서.

"저는……."

지금 이대로가 좋다는 말을 하려는데, 꿀 먹은 벙어리가 된 것처럼 말이 나오지 않았다. 무언가가 말을 하지 못하게 단단히 막고 있는 것 같았다. 그건 어쩌면 태인이 깊은 곳에 봉인해 둔 마음일지도 모르겠다. 엄마를 그리워했던 마음.

"어릴 때부터 늘 형을 만나길 기다렸던 애야. 그리고 그 사람도 널 정말 보고 싶어 했어. 한 번 만나 봐 주면 안 될까?"

여태껏 연락 한 번 없던 엄마였기에 당연히 자신을 잊고 살았을 거라고 생각했다. 그런데 정말 한순간도 엄마에게서 자신이 지워지지 않았다는 걸 알게 되니 허탈하면서도 한편으로는 묘한 기분이 들었다.

온전히 기쁜 마음은 아니었다. 큰아버지 댁에서 보냈던 지옥 같은 시간을 포함해서 여태껏 꾹꾹 눌러 왔던 울분이 오히려 울컥하는 감정으로 더 크게 치밀어 올랐다. 복합적인 감정들로 혼란스러운 와중에 손끝에 얽혀 드는 부드러운 감각에 그가 손가락을 움찔댔다. 눈가를 시큰거리게 하고 마음을 홧홧하게 만드는 열기와는 사뭇 다른 온기였다.

태인이 제 마음을 꾹 누르듯 시선을 아래로 두었다. 자칫 무너져 내릴 뻔했던 자신을 잡아 준 그녀의 작은 손을 보는 그의 눈빛이 흐릿해졌다. 경의가 담긴 그의 깊은 눈빛이 마치 입을 맞추듯 그녀의 손등 위로 한동안 내려앉았다.

"앞으로 네가 그 애 형 해 주면 안 될까? 아니면 그냥 한 번 만나 보기라도……."

"그건 태인이한테 너무 갑작스럽지 않을까?"

한발 뒤로 물러나 상황을 묵묵히 지켜보던 희수가 한마디 거들었다. 잠시 뒤숭숭했던 마음을 다독인 태인은 다시 자리에 앉았다. 그가 이대로 나갈까 싶어 걱정이 가득했던 은서의 눈빛이 한층 부드럽게 풀어졌다.

"아니, 그러니까 내 말은……."

떠날 생각하지 말고 새 가정에 충실히 하라던 태인의 말이 내심 걸렸나 보다. 머릿속이 뒤죽박죽인 상태에서 하필 그런 말을 꺼낸 걸 보니.

"생각 좀 해 볼게요."

금방이라도 자리를 박차고 나갈 것만 같던 태인에게서 긍정적인 대답이 나오자 정혜가 고개를 주억거렸다. 입술을 꼭 문 채로 그를 바라보는 그녀의 눈엔 환희가 담겨 있었다.

"얼마든지 기다릴 수 있어. 엄마가 아까 하고 싶었던 말은 네가 말했던 그 '새 가정' 속에서도 네 존재는 항상 가족으로 여겨지고 있었다는 걸 알려 주려고 그랬던 건데……."

"무슨 말인지 저도 알아요."

태인이 차분해진 것처럼 정혜 또한 눈에 띄게 안정을 찾았다. 언제쯤이면 TV나 컴퓨터 화면상이 아닌 이 두 눈에 직접 태인의 얼굴을 담아 볼 수 있을지, 죽기 전엔 한 번 볼 수 있을지 매일같이 생각했었다. 그런데 그토록 원했던 아들의 모습이 바로 그녀의 눈 앞에 있었다.

비로소 실감을 하게 된 정혜는 찬찬히 태인의 얼굴을 들여다보았다. 전체적인 인상은 태인의 아빠를 빼닮았지만 간간이 자신과 닮은 구석을 발견할 때면 가슴이 뻐근할 정도로 벅차올랐다.

"손 한 번만 잡아 봐도 될까?"

정혜의 말에 은서가 자신이 잡고 있던 태인의 손을 황급히 테이블 위로 올렸다. 금방까지 그의 안정제 역할을 하던 그녀의 온기가 사라지자 몸의 맥박이 다시 날뛰기 시작했다. 하지만 곧 그의 손 위로 다른 느낌의 온기가 와 닿았다.

태인은 제 손등을 다독이는 정혜의 손을 물끄러미 바라보았다. 은서의 손보다는 손바닥이 조금 넓었고 살짝 까슬까슬한 느낌도 있었다. 그래도 그의 손에 비하면 분명 크기가 작았지만 신기하게도 푸근했다.

붙어 있던 시간보다 떨어져 있던 시간이 많았지만, 엄마를 그리워하던 어린 소년이 아직 그의 마음과 몸 안에 남아 있었다. 은서가 주는 느낌과는 분명히 다른 느낌, 그것은 그가 기억하고 있는 엄마의 느낌이었다. 애잔함이 그의 가슴에 저며 들었다.

"카페로 가면 되지?"

"집으로 가면 돼."

안전벨트를 당기던 태인의 손이 애매한 곳에서 멈췄다. 태인은 고개만 살짝 틀어 은서를 바라보았다.

"카페는?"

"사실 아까 화장실 가서 사장님께 전화하고 왔어. 못 갈 것 같다고."

"안 가도 괜찮아?"

"응. 별로 안 바쁘다고 하셔서."

사실 한가한 눈치는 아니었지만, 사정이 있어서 못 가겠다고 양해를 구한 적이 한 번도 없던 은서라 카페 사장은 흔쾌히 허락해 주었다. 해명을 다 들었음에도 아직 얼떨떨해 보이는 태인을 힐긋보던 은서가 낮게 웃곤 그의 손에 들려 있는 안전벨트를 직접 채워 주었다.

"나 때문에 일부러 그런 거야?"

"틀렸어. 내가 너랑 같이 있고 싶어서 그런 거야."

지금 둘 중에서 상대방을 더 필요로 하는 건 누가 봐도 단연 태인이었다. 사실 그는 아직 많이 혼란스러웠다. 은서에게 같이 있어

달라고 하고 싶은 마음은 다분했지만 그녀를 곤란하게 만들고 싶지 않아, 그 마음은 그냥 접으려 했다. 그런데 먼저 나서서 그런 상황을 만들어 준 그녀가 사랑스러울 뿐이다.

태인의 마음을 아는 건지, 은서는 그저 예쁘게 웃으며 눈을 맞춰 왔다.

"그럼 갈까?"

은서의 입가에 걸려 있던 미소가 결국 태인에게도 옮겨 왔다.

"응."

둘은 집에 온 뒤로 내내 TV를 보며 시간을 보냈다. 그들이 보는 건 주로 예능 프로그램이었다. 은서는 TV 속 연예인들이 웃을 때마다 따라 웃으면서도 계속 태인의 반응을 살폈다. 그는 웃고 있었지만 은서는 무언가 아슬아슬한 기분을 지울 수 없었다.

한창 재밌게 보던 프로그램이 끝나고 다음 화를 기다릴 때였다.

"태인아."

"응?"

"기분 괜찮아?"

요깃거리를 집으려던 태인의 움직임이 멎었다.

"혹시 나 슬퍼할까 봐 일부러 TV 보자고 한 거야?"

태인은 아무렇지 않다는 듯 웃고 있었다. 그러나 은서는 도리어 초조한 기색을 내보였다. 그의 얼굴 위에 번지는 미소가 금방이라도 말끔히 지워져 버릴 수 있다는 것을 알기 때문이었다.

"울고 싶거나 그러진 않아? 괜찮은 거지?"

진지한 눈 맞춤에 태인의 얼굴에서 웃음기가 조금씩 걷혔다.

"엄마에 대한 오해는 풀렸는데 마냥 좋진 않은 게 사실이야. 그렇다고 지금 와서 돌아가신 할아버지를 원망해 봤자 부질없는 짓이잖아. 아빠가 불쌍하기도 하고 이 모든 상황이 허무하기도 하고 자꾸 뭔가 울컥하는 것 같기도 한데……. 나도 잘 모르겠어. 괜찮은 건지."

속에 있던 말을 뱉고 나니 비로소 조각난 생각이 조금이나마 정리된 기분이었다. 문제는 생각이 정리되면서 그 생각 속에 품고 있던 감정들이 함께 올라왔다는 거였다. 감정에 휩쓸리는 태인의 눈빛이 아련한 빛으로 물들자, 은서가 그의 목을 와락 껴안았다. 태인도 자연스레 그녀의 허리를 한 손으로 껴안았다.

가까이 다가온 그녀의 체향에 태인의 눈이 슬며시 감겼다. 감긴 그의 눈꼬리를 타고 그의 감정이 끊임없이 흘러나갔지만, 그녀도 그도 모른척했다. 그저 서로를 더 꼭 안을 뿐이었다.

태인은 오열을 하지도 않았고, 심지어 작은 흐느낌조차도 없었다. 소리 죽여 눈물만 뚝뚝 흘리는 그 때문에 은서의 마음이 더 애틋하게 내려앉았다.

시간이 조금 지나자, 태인은 화장실에 다녀오겠다며 자리에서 일어났다. 은서는 일부러 그의 얼굴을 보지 않았다. 다시 돌아온 태인의 얼굴이 물기에 젖어 있었지만 은서는 끝까지 모른 척하며 옆자리에 앉은 그의 어깨에 제 머리를 살포시 기댈 뿐이었다.

"근데 있잖아. 너 오늘 엄청 멋있었어."

예능 프로그램에 집중하던 은서가 뜬금없이 그렇게 말했다. 방금 전, 무언가를 집어먹더니 딸기였나 보다. 그녀가 입을 열 때마다 싱그러운 딸기향이 올라왔다.

"구체적으로 어떤 부분에서?"

"그냥 뭐라고 설명할 순 없지만 아무튼 멋있었어. 콩깍지가 씌어서 그런가."

은서가 킥킥거리며 웃자 태인이 픽 하는 웃음으로 응수했다.

"말로는 크게 안 와 닿는데?"

"그럼 이렇게 하면 좀 와 닿으려나?"

여전히 눈은 TV에 고정한 채, 은서는 몸만 살짝 틀어 그의 허리를 꽉 껴안았다.

"그거로는 좀 부족하지."

천장에 닿을 기세인 그의 입꼬리와 전혀 어울리지 않는 말이었다. 태인의 의도를 파악한 은서는 입을 뚱하게 내밀며 보란 듯이 고개를 갸웃거렸다.

"딱 이 정도 멋있었는데? 껴안아 주고 싶을 만큼."

"나도 오늘 너 엄청 예뻤는데."

은서가 자신의 의도대로 따라 주지 않자, 이번엔 그가 술수를 부렸다.

"아, 그래? 고마워."

은서의 목소리엔 장난기가 가득했다. 그의 품을 밀치고 주방 쪽으로 도망치려는 속셈이었다. 그러나 이미 그녀의 움직임을 간파하고 있던 그의 발 빠른 대처가 먼저였다. 두 팔로 태인의 가슴팍을 밀치는 순간 은서의 두 손은 그에게 고스란히 붙잡히고 말았다.

의외로 은서는 크게 저항하거나 하지 않았다. 순순히 잡혀 있기에 태인은 그녀의 손목을 풀어 준 뒤에 그녀와 눈을 깊게 마주했다.

"넌 오늘 얼마만큼 예뻤는지 알아?"

어느새 태인의 양손은 그녀의 얼굴 위로 포개졌다. 장난기 그득했던 그녀의 눈은 진중하게 가라앉아 있었다. 그런 그녀의 모습이 마음에 드는지 그가 씩 웃어 보였다.

"그 자리에서 바로 키스하고 싶을 만큼."

뺨에 닿은 그의 손이 점점 뜨거워지는 것 같다고 느낄 때쯤, 열기를 머금은 둘의 숨이 겹쳐졌다.

11장.
미리 찾아온 봄

낮에 갑자기 쏟아진 비 때문인지 저녁 바람이 찼다. 아르바이트 끝나기 한참 전에 비가 멈춘 건 다행이었지만, 아직 젖어 있는 도시의 분위기는 오스스했다.

지나가는 사람들이 저마다 춥다는 소리를 연발하며 걸음을 재촉하는 때에, 은서는 차분하게 제 갈 길을 걸었다. 북슬북슬한 목도리는 얼마 전부터 그녀의 목에서 자취를 감추었고 두툼했던 외투 또한 눈에 띄게 가벼워졌다. 누가 봐도 따뜻한 옷차림을 하고 있는 건 아니지만 그녀는 하나도 춥지 않았다. 촬영 때문에 꼬박 이틀을 보지 못한 그를 모처럼 만나러 가는 길이기 때문이다.

두근거림을 안고 약속 장소에 도착한 은서가 두리번거리자 짧게 클랙슨 소리가 울렸다. 소리가 난 곳으로 몸을 이끌자, 창문을 반쯤 열고 자신에게 손을 흔드는 태인의 얼굴이 보였다.

은서는 만면에 미소를 지으며 조수석에 올라탔다. 막 태인 쪽으로 얼굴을 돌리려는데, 시야가 무언가로 가려졌다. 눈앞의 물건이 무엇인지 머리로 인지하기 전에, 은서는 은은하게 올라오는 장미향으로 물건의 정체를 깨달았다.

"웬 꽃이야?"

은서가 들뜬 목소리로 물었다.

"그냥 사 주고 싶어서."

그가 품 안에 안겨 준 어마어마한 크기의 꽃다발을 내려다보며 은서가 맑은 웃음을 터뜨렸다. 행복해하는 은서의 얼굴을 보고 싶었던 걸까. 고개를 살짝 비튼 채로 그녀를 바라보는 태인의 얼굴에도 어느새 웃음기가 번진다.

"마음에 들어?"

환한 미소를 지은 채로, 꽃 사이로 얼굴을 파묻는 그녀의 모습을 보니 괜스레 가슴이 뻐근해질 정도로 벅찬 감정이 올라왔다. 눈앞에 그녀의 모습을 표현할 수 있는 말이 아름답다, 그 말 하나뿐이라는 게 야속할 지경이었다.

"응, 진짜 예뻐. 요즘 졸업 시즌이라 꽃 비쌀 텐데."

잠시 걱정스러운 기색이 스쳤으나, 언제 그랬냐는 듯 그녀의 얼굴이 밝아졌다. 어느새 차 안을 가득 메운 장미향 덕분이었다.

"오늘은 아버님 병원 가자."

주차장에서 막 차를 뺀 태인이 싱긋 웃으며 말했다.

"피곤할 텐데, 그냥 우리 집으로 가자."

"우리 집? 그 말 듣기 좋다. 우리 집으로 갈까?"

잘못 뱉은 말인데, 그걸 콕 집어 물고 넘어지는 태인이었다. 거기다가 작정하고 은서를 놀리기까지 했다. 은서는 뾰로통한 얼굴로 그의 옆모습을 힐긋대다가 마침 신호 대기로 차가 정차한 덕에 그가 자신 쪽에게 눈길을 돌리자, 기다렸다는 듯 고개를 홱 돌렸다.

은서가 창문 쪽으로 고개를 틀어 버려서 그가 볼 수 있는 거라곤 토라진 뒷모습뿐이었지만, 그 모습마저도 귀여워 웃음이 났다.

태인이 아직 바뀌지 않은 신호를 힐긋 살피곤, 이내 손을 들어 그녀의 머리칼을 가볍게 쓰다듬었다. 왠지 애틋한 느낌이 드는 그의 손길에 그녀의 고개는 순순히 제자리를 찾았다.

"어머님이랑 아버님한테는 비밀로 하고 병원에 맛있는 거 사 가자."

은서가 가볍게 고개를 끄덕이자 그가 환히 웃곤 그녀의 머리칼에 조심스럽게 입을 맞췄다. 그녀의 볼이 무릎 위에 놓인 꽃다발 안의 장미처럼 붉어졌다.

"물도 마시면서 천천히 먹어요."

"네, 감사합니다."

성희가 내민 종이컵을 두 손으로 공손히 받아 든 태인은 물 한 모금으로 목을 축이곤 다시 젓가락을 집어 들었다. 입이 짧은 은서와 성희는 젓가락을 놓은 지 오래였지만 영환과 태인의 손에 들려 있는 젓가락은 아직도 분주하게 움직이고 있었다.

세 식구에서 태인 한 명 더 늘었을 뿐인데, 음식은 금방 동이 났다. 이것저것 다 잘 먹는 태인의 모습을 가장 흡족하게 지켜보는 건 영환이었다.

"이것도 더 먹게."

"네, 아버님."

영환은 태인의 젓가락이 자주 머무는 초밥을 그의 앞으로 더 밀어 주었다. 그러자 태인은 넙죽 초밥을 집어 먹었다. 사실 영환은 이미 배가 부른 상태였지만 태인이 천천히 먹을 수 있게, 자신 또한 남은 초밥을 하나 집어 먹었다.

"어휴, 사위 사랑은 장모라는데 왜 네 아빠가 더 유난인지 모르겠다."

성희의 '사위'라는 한마디에 나란히 앉아 있던 은서와 태인의 얼굴이 동시에 붉어졌다. 초밥을 막 삼키기 직전이었던 태인이 캑캑거리자 은서는 재빨리 물을 집어 들어 그에게 건넸다. 성희가 그런 둘을 보며 낮은 웃음소리를 흘렸다.

"엄마는 무슨 벌써부터 사위 타령이야. 우리 나이가 몇인데."

"태인 군도 그렇게 생각해요?"

"아닙니다. 전 듣기 좋습니다."

물을 마시고 안정을 찾은 태인이 빙긋 웃으며 대답했다. 그러자 성희는 태인의 입에서 그런 대답이 나올 줄 알았다는 듯 샐쭉 웃으며 거들었다.

"거봐라, 얘. 아무리 봐도 은서 네가 튕길 입장은 아닌데."

매일 우리 딸을 입에 달고 살던 성희였다. 은서는 엄마가 자신의 앞에서 태인의 편을 드는 것에 살짝 배신감이 들기도 했지만 서운함은 찰나였다. 영환도 그렇고 성희도 태인이를 마음에 쏙 들어 하는 것 같아 내심 기뻤다.

"아닙니다. 저한테 은서 과분합니다."

장난스러운 분위기라 성희의 말이 농담이라는 걸 알면서도 태인은 다소 진지하게 말을 꺼냈다. 성희는 괜히 부럽다는 듯 은서의 팔을 툭 건드렸다. 은서는 엄마의 시선을 회피하며 멋쩍은 웃음만 흘리고, 영환은 여전히 진중한 낯빛인 태인을 흐뭇한 눈으로 바라보았다.

"소화도 시킬 겸 넷이서 화투나 한판 둘까?"

음식이 모두 비워지고, 태인이 물 마시는 것까지 확인한 영환이 기다렸다는 듯 화투 얘기를 꺼냈다.

"우리가 오는 길에 윷 사 왔으니까 윷놀이하자. 아빠 타짜라서 화투는 절대 안 돼. 우리가 못 이겨."

은서의 귀여운 투정에 영환과 성희가 흔쾌히 윷놀이를 하겠다고 하자, 빈 용기를 말끔히 치운 침대 위에서 한바탕 윷판이 벌어졌다. 팀은 당연히 영환과 성희, 태인과 은서가 한 팀이었다. 먼저 말 두 개를 윷판에서 모두 벗어나게 하는 팀이 이기는 것이었다.

고작 네 개의 나무토막을 던지고 노는 일인데 병실 안엔 내내 웃음이 끊이질 않았다. 의외로 영환과 성희 팀의 구멍은 영환이고, 태인과 은서 팀의 구멍은 태인이었다. 은서와 성희는 '윷'과 '모'가 난무하는데 태인과 영환은 기껏해야 '도'나 '개'로 맥을 못 추었다. 잘 던져야 '걸' 정도였다.

처음엔 아무런 내기 없이 시작했다가 중반쯤에 내기가 걸렸다. 지는 팀이 후식으로 아이스크림을 사 오는 다소 가벼운 내기였다.

하지만 확실히 내기가 걸리자 경기는 점점 과열됐다.

어느새 경기는 막바지에 다다랐고, 두 팀 모두 마지막 말을 윷판에서 벗어나게 하면 끝이었다. 은서와 태인 팀은 걸 나오면 이기고 영환과 성희 팀은 개가 나오면 이기는 상황이었다. 순서는 마침 태인이 던질 차례였다.

"걸만 나오면 이겨."

"알겠어."

태인이 신중하게 윷가락을 겹쳐서 던져 봤지만 결과는 아쉽게 '개'였다. 순식간에 희비가 엇갈렸다. 성희와 영환은 벌써 이기기라도 한 듯 손뼉을 치며 부산스럽게 굴었다. 태인 다음은 영환의 차례이기에 그가 가지런히 윷가락을 모았다.

"아빠가 '도' 나올 수도 있는 거잖아."

경우의 수를 얘기하는 게 아니라 은서의 말투는 마치 '도'가 나오라고 저주를 하는 듯했다. 거기에 굴할 영환이 아니었다. 영환은 입으로 이상한 소리를 내며 기를 모으곤 마침내 윷가락을 던졌다.

"도! 도!"

도를 간절히 외쳐 댄 은서가 무색하게 좌르르 펼쳐진 윷가락이 가리킨 것은 '윷'이었다.

"말도 안 돼."

여태 태인과 함께 모는커녕 윷 한 번도 나온 적이 없는 영환이 윷이라니. 윷놀이라는 게 화투처럼 요령을 가지고 하는 놀이는 아니었지만, 화투를 치기만 하면 어떻게든 이기던 아빠의 모습이 떠올라 스멀스멀 의심이 피어났다.

하지만 딱히 이의를 제기할 수 없는 상황이었다. 그리고 아마 은서와 태인 팀이 이기더라도 매점에 가는 건 이긴 은서와 태인이었을 것이다. 문득 그 사실을 깨달은 은서는 결국 태인과 나란히 매점으로 향했다.

"혼자 갔다 와도 되는데."

게임은 팀으로 진행되었지만 태인은 자신 때문에 진 것이라는 생각을 떨칠 수 없었다. 은서가 아니었다면 게임은 싱겁게 끝날 수도 있었다.

"우리 둘이 같은 편이었는데 왜 너 혼자 가. 팀은 이래서 팀인 거야."

비록 졌지만 은서는 기분이 좋았다. 윷놀이 하면서 무척 즐겁게 웃던 태인의 얼굴을 봐서일까. 자꾸만 싱글벙글 웃음이 났다.

"근데 태인이 너도 윷놀이 엄청 재밌었나 본데?"

"응?"

병실에서 나오자마자 모자를 쓴 태인의 옆머리 쪽이 촉촉이 젖어 있었다. 광택이 없는 모자와 땀에 젖은 옆머리 쪽이 대조적이라 단번에 눈에 띄었다.

"땀났어. 너무 열심히 했나 봐."

은서가 씩 웃곤 턱 위까지 흘러내린 그의 땀방울을 손으로 닦아주었다. 할 일을 마친 은서의 손이 멀어지려 하자, 태인이 그녀의 팔목을 붙잡았다. 그리곤 자신의 깨끗한 니트 위로 당기더니 그 위에 그녀의 손을 닦았다. 태인이 그녀의 손목을 놓아준 건, 그녀의 손에서 자신의 땀이 다 닦였을 때였다. 그런 그를 보며 은서는 하여간 못 말려, 라고 작게 읊조렸다.

　태인이 매점에서 아이스크림을 고르는 사이 은서는 냉장창고 쪽
으로 향했다. 성희가 따로 부탁한 음료수를 꺼낸 뒤 막 돌아섰을
때였다.

　"은서야."

　"어? 오빠."

　바로 앞에 다가와 있는 건우를 보며 은서가 어색한 웃음을 흘렸
다.

　"오랜만이네."

　"그러게. 뭐 사러 온 거야?"

　"응. 뭐, 이것저것."

　건우가 은서 손에 들린 음료를 잠시 내려다보곤 다시 그녀에게
로 시선을 고정했다. 자신을 바라보는 그의 눈빛이 애틋하게 바뀌
자 은서는 그의 시선을 슬쩍 피해 버렸다. 고독에 몸부림치는 건우
의 마음처럼 그의 낯빛 또한 쓸쓸하게 변했다.

　"괜찮으면 잠깐 얘기 좀 할 수 있을까?"

　"어? 아, 그게 같이……."

　같이 온 사람이 있다고 말을 꺼내려는데, 뒤로 확 이끌리는 힘에
의해 은서의 말은 애매한 곳에서 끝나 버렸다. 건우는 은서를 품에
안은 모양새로 그녀 뒤에 버젓이 자리하고 있는 남자를 쳐다보았
다. 그 남자가 태인이라는 걸 단번에 깨닫고도 건우는 의외로 침착
한 얼굴을 했다.

"안녕하세요."

"네, 안녕하세요."

건우가 먼저 인사를 건네자 태인도 뒤따라 인사를 건넸다. 날 선 눈빛이 허공에서 맞부딪혔다. 눈빛을 먼저 누그러뜨린 건 건우 쪽이었다.

"일행 있는지 몰랐네. 얘기는 다음에 하자."

"어, 그래."

건우가 다른 코너 쪽으로 자리를 피하고, 태인과 은서는 매점을 빠져나왔다. 비상계단을 오르는 태인의 손에 들린 봉투가 거세게 움직였다. 심하게 부스럭거리는 소리가 그의 불편한 마음을 대변하는 듯했다.

"마음에 안 들어."

"응? 뭐가?"

"애인이라는 거 알면서 굳이 일행이라고 하는 거 말이야."

건우에게서 꽤 자주 오던 연락은 병원에서 삼자대면한 그날 이후로 뚝 끊겼다. 그러니 은서는 자신이 굳이 못 박지 않더라도 건우가 둘의 관계에 대해 확실히 인지하고 있을 거라고 생각했다.

"오빠도 알고 있을 거야. 불안하면 내가 나중에 오빠 만나서……."

"아니. 그 남자랑은 그냥 아예 만나지 마."

"알겠어."

의외의 대답이었는지 태인이 은서 쪽으로 몸을 크게 틀며 멈춰 섰다. 은서가 왜 그러냐는 듯 걸음을 멈추고 그를 돌아보았다. 은

294

서가 태인보다 한 계단 위에 서 있는데도 태인의 키가 더 컸다. 그래도 눈높이는 얼추 비슷하게 맞았다.

눈이 정면에서 마주치는 지금의 상태가 마음에 드는지 태인의 눈꼬리가 아래로 휘어졌다. 그리고 이내 그의 이마가 은서의 이마를 장난스럽게 건드리고 멀어졌다.

아니, 그대로 멀어지는 줄 알았던 그의 얼굴이 다시 겹쳐졌다. 순식간에 맞닿은 입술에 은서가 눈을 크게 뜨고 그를 밀어냈다. 하지만 가볍게 저지당했다.

언제 누가 비상계단 문을 열고 들어올지 모르는 상황에서 긴장감은 배가 됐다. 심장소리가 비상계단을 쿵쿵 울리는 것처럼 느껴질 정도였다. 그런 그녀의 상태를 눈치챈 건지 태인은 그녀의 입술에 가볍게 한 번 더 뽀뽀하곤 입술을 뗐다.

"너 심장 터질까 봐 더 이상 못 하겠다."

짓궂은 태인의 말에 은서가 그의 팔을 아프지 않게 꼬집었다. 둘은 아기자기한 실랑이를 벌이며 병실로 향했다. 병실 앞에 사이좋게 나란히 서서 문을 열려는데 뭔가 병실 안이 북적거리는 느낌이었다. 고개를 갸우뚱한 은서가 힘차게 문을 열었다.

"어? 누나다!"

은서를 제일 먼저 반긴 건 태민의 앳된 목소리였다. 은서는 태민에게 인사를 건네는 것조차 잊은 채 태인을 돌아보았다.

"왜 그래?"

은서의 얼굴에 비친 당혹감을 본 태인이 작게 물었다.

"그게……."

은서가 우물쭈물하는 사이 태민이 종종걸음으로 은서 앞까지 다가왔다. 태인은 은서와 태민을 번갈아 쳐다보곤 영환의 앞에 앉아 있는 동호에게 시선을 두었다. 싸한 기운이 태인의 전신을 훑고 지나갔다.

영환과 이야기를 나누던 동호 또한 말을 멈추고 어느새 태인을 바라보고 있었다. 도란도란 말소리가 나던 병실 안에 정적이 찾아오자 알 수 없는 긴장감이 흘렀다.

찰나의 침묵 속에서 태인의 목울대가 크게 움직였다. 당황하는 은서, 알 수 없는 눈빛을 보내는 동호, 그리고 '태민'이라는 이름의 어린 남자아이. 병실을 찾은 뜻밖의 손님이 바로 정혜의 새 가족이라고 직감한 그는 낮은 숨을 뱉었다.

정혜를 만난 지는 일주일도 채 지나지 않았고, 아직은 생각할 시간이 더 필요했다. 특히 요 며칠 동안은 강행된 촬영 일정에 생각할 시간도 많지 않았다.

그런데 이렇게 갑작스러운 만남이라니. 더군다나 하필 영환과 성희가 함께 있는 자리라 난감하기 그지없었다. 이곳에서 벗어나고 싶다는 생각 한 자락이 태인의 머릿속에 내려앉았을 때였다.

"어? 나 이 형아 TV에서 봤는데."

어느새 은서의 손을 꼭 잡고 있는 태민이 모자 아래로 드러난 그의 얼굴을 힐긋거리며 말했다. 형이 있다고는 알아도 그게 태인이라는 건 모르는 듯했다.

"태민이도 TV에서 봤구나. 이 형아 엄청 유명한데."

뻣뻣해진 분위기를 풀기 위해 은서는 일부러 목소리를 꾸며 가며 말했다.

"저도 알아요. 이 형아 엄청 유명하잖아요."

태민 또한 질세라 은서의 말을 흉내 냈다. 잠자코 태민의 목소리를 듣고 있던 그가 한 발짝 움직였다. 그와 태민의 거리가 한 발짝 좁혀졌다. 훅 끼쳐 오는 긴장감에 그 가운데에 서 있던 은서가 괜히 마른침을 꿀꺽 삼켰을 때였다. 그의 손이 별안간 태민의 머리 위로 내려앉더니 태민의 머리를 가볍게 헝클이곤 멀어졌다.

제3자가 보기엔 별 거 아닌 스킨십일지 모르지만, 내막을 아는 은서가 보기엔 괜히 코끝이 찡해지는 광경이었다.

"아, 맞다. 아이스크림 사 왔는데 드세요."

"저도 아이스크림 먹을래요."

태민이 들뜬 목소리로 외쳤다. 이런 반응이 나올 줄 알았다는 듯 빙긋 웃은 은서는 모두의 시선이 태민에게로 향하는 동안 자연스레 태인이 들고 있던 봉투를 잡아채려 했다.

"괜찮아. 내가 들고 갈게."

순순히 내어 줄 줄 알았던 태인이 봉투를 자신의 뒤로 슬며시 감추자 은서의 미소가 멎었다.

"그럴래?"

걱정스러운 눈빛이 더해져 태인에겐 마치 그녀가 '괜찮겠어?' 라고 묻는 것처럼 들려왔다. 태인은 가볍게 고개를 끄덕이곤 손에 쥔 봉투를 더 꽉 잡았다. 동호 쪽으로 한 걸음 떼는 게 어려웠을 뿐 그 뒤로는 척척 걸어 나갔다. 가까이 다가오는 태인을 보며 영환이 동호에게 그를 막 소개시켜 주려고 하는 찰나,

"안동호라고 합니다. 반가워요."

기다렸다는 듯 동호가 먼저 인사를 건네곤 그를 향해 손을 뻗었다.

"안녕하세요. 박태인이라고 합니다."

태인 또한 인사를 건네며 그의 손을 맞잡았다. 동호가 부드럽게 웃으며 눈을 맞춰 오자 태인 또한 짧게 그의 눈을 마주했다.

"이쪽은 내 친구인데 평소에도 연락 없이 찾아오는 놈이라서. 갑작스럽겠지만 이 친구가 입은 무거우니 걱정 말게."

영환은 동호라면 어디 가서 이러쿵저러쿵 입을 놀릴 녀석도 아니라 병실을 찾아온 게 그나마 그래서 다행이라고 생각했다.

"괜찮습니다, 아버님."

이 와중에 자신의 연예인 신분을 걱정해 주는 영환을 보며 태인이 미소로 화답했다.

"어떠냐? 은서 애인 직접 보니까 놀랍지?"

"뭐, 잘생긴 건 나도 인정."

태인에게 향한 눈빛이 다소 애틋한 것과는 다르게 동호는 애써 유쾌하게 말했다.

"여기 아이스크림 드세요."

태인은 성희에게 아이스크림이 든 봉투를 주고 한 발짝 물러났다. 어른들이 먼저 아이스크림을 고르는 동안 태민과 손을 잡은 은서가 태인의 곁으로 가까이 다가왔다.

"얼른 너희도 하나씩 먹어."

성희가 남은 아이스크림이 들어 있는 봉투를 은서에게 건넸다.

은서는 당연히 콘 아이스크림을 집는데 태인과 태민은 동시에 메론 맛 아이스크림을 잡았다. 태인이 깜짝 놀라며 먼저 손을 뗐다.

"이거 저 먹어도 돼요?"

태민 또한 아이스크림을 손에서 놓았다. 하지만 여전히 시선은 고정한 채로 우물쭈물하며 물었다.

"응."

태인은 보란 듯이 다른 아이스크림을 손에 쥐며 대답했다. 평소 아이스크림을 즐겨먹지 않는 태인이지만 그가 태민에게 양보한 메론맛 아이스크림만은 곧잘 먹곤 했다. 우연의 일치일지도 모르지만, 은서는 아이스크림 취향이 꼭 닮은 형제를 번갈아 보며 숨죽여 웃었다.

어른들은 침대 근처에서 아이스크림을 먹으며 얘기를 나누고, 은서와 태인은 태민을 데리고 소파에 앉았다. 처음엔 은서 옆에 꼼짝 않고 붙어 앉아 있던 태민은 아이스크림을 다 먹고 나자 태인의 근처에서 얼쩡댔다. 괜히 자리를 옮기는 척 그의 옆으로 다가가기도 하고 호기심 어린 눈으로 뚫어져라 쳐다보기도 했다.

"태민아, 왜? 형아랑 친해지고 싶어?"

은서의 직설적인 물음에 아니라고 발뺌할 만도 한데, 태민은 씩씩하게 고개를 끄덕여 보인다. 그 모습을 가만히 쳐다보던 태인이 어렵게 입술을 뗐다.

"뭐 궁금한 거 있어?"

"형아는 키가 몇이에요?"

"왜? 형처럼 키 커지고 싶어서?"

은서가 웃으며 묻자 태민이 고개를 크게 끄덕였다.

"184cm야."

"우와. 난 134인데."

태민은 소파 깊숙이 앉은 탓에 바닥에 채 닿지 못한 두 다리를 앞뒤로 흔들거리며 대답했다. 아이다운 귀여운 움직임에 태인의 입가에도 살포시 미소가 번졌다.

"밥 많이 먹고 운동 많이 하면 형처럼 클 거야."

"정말요?"

"키 빨리 크고 싶구나?"

"네. 아빠가 키 많이 커야 누나한테 장가간다고 했어요."

아이스크림을 다 먹고 티슈로 소파 위에 떨어진 부스러기를 치우던 은서의 움직임이 그대로 멈췄다. 어디선가 싸한 시선이 느껴지는 듯했다.

최대한 태연한 얼굴로 고개를 들어 보니, 방긋 웃는 얼굴로 자신을 보는 태민과 대조적으로 미간을 제대로 일그러트린 채 자신을 쳐다보고 있는 태인의 모습이 보였다.

"장가?"

말은 태민에게 하는 것이었지만, 그의 두 눈은 은서에게 고정되어 있었다. 그의 삐딱해진 눈썹이 이게 무슨 소리냐고 얼른 설명해 달라는 말을 대신 전해 왔다. 은서가 어깨를 살짝 으쓱이며 말했다.

"근데 누나는 여기 앞에 있는 형이랑 이미 애인 사인데?"

그렇지, 라는 얼굴로 고개를 끄덕이는 태인과는 달리 태민은 은

서의 말에 입을 비죽댔다. 어느 장단에 맞춰야 할지 곤란해지려는 차에,

"그럼 형이랑 누나랑 결혼하는 거예요?"

"어?"

뜻밖의 물음에 은서가 몸을 크게 틀었다. 그녀의 몸은 태민 쪽도 아닌 태인 쪽도 아닌 애매한 방향을 향했다.

"응. 결혼할 거야. 형이랑 누나랑."

부드러운 음성이지만, 한층 낮아진 그의 목소리엔 확신이 담겨 있었다. 자잘한 떨림이 은서의 가슴 안을 가득 채웠다. 은서는 화끈거리는 얼굴을 감추기 위해 아예 태민 쪽으로 몸을 틀어 버렸다.

"음······. 형이 나보다 키도 크고 조금 더 멋있으니까 양보할게요."

뚱한 표정과는 어울리지 않는 쿨한 대답에 은서와 태인이 동시에 웃음을 터뜨렸다.

"대신 형이 갖고 싶은 거 하나 사 줄게."

"진짜요?"

"응. 오늘은 늦었으니까 나중에 만나면 사 줄게."

나중이라는 단어를 쉽게 언급하는 태인을 보며, 은서는 새 가정의 탄생이 머지않았음을 예견했다. 그녀는 웃고 있는 둘의 얼굴을 번갈아 가며 쳐다봤다. 꼭 닮은 형제의 모습을 보며 은서 또한 환히 미소 지었다.

◆

현관문을 막 닫고 돌아선 은서의 입에서 짧은 기침 소리가 터져 나왔다. 일어나서부터 목이 칼칼하더니 감기가 오려는 모양이다.

간질거리는 목 때문에 작게 헛기침을 한 은서가 엘리베이터 버튼을 막 눌렀을 때였다. 지척에서 들려온 도어락 해제소리에 은서는 재빨리 태인의 현관문 쪽으로 고개를 돌렸다. 벌컥 열리는 문 사이로 걸어 나온 건 태인이 아닌 민행이었다.

"어? 누나. 안녕하세요."

민행은 현관문을 부여잡은 채 그녀를 향해 고개를 꾸벅 숙였다. 눈짓으로 인사를 받아 주던 은서는 평소와 다른 민행의 모습에 고개를 잠시 갸우뚱했다. 평소 트레이닝복을 즐겨 입던 것과는 다르게 겉모습에 꽤나 신경을 쓴 눈치였다.

"오늘 크랭크 업이라서 그렇게 차려입은 거야?"

"꼭 그렇다기보다는……."

민행이 뒷머리를 만지며 말꼬리를 흐렸다. 곤란한 기색을 감지해 낸 은서는 촬영가는 거냐며 자연스레 말을 돌렸다.

"네. 누나는요?"

언제 머쓱했냐는 듯 씩씩하게 대답해오는 민행이었다.

"아빠 병원 가려고."

민행이 낮은 탄성을 흘리는 사이, 어느덧 7층에 도착한 엘리베이터가 활짝 열렸다. 아직 닫히지 않은 현관문 사이로 그의 모습은 끝내 드러나지 않았다. 은서는 아쉬운 얼굴로 민행 쪽을 한 번 돌아보고 엘리베이터 안으로 몸을 넣었다.

"어? 누나 그냥 가시게요?"

"응. 태인이한테 마지막 촬영 잘하라고 전해 줘."

은서가 이대로 가려는 듯하자 민행은 허둥대는 모양새로 태인의 집 안과 은서를 번갈아 쳐다보기만 했다. 그런 그에게 싱긋 눈인사를 보냄과 동시에 엘리베이터 문이 스르륵 닫혔다.

엘리베이터 벽면에 몸을 기댄 은서가 숨을 길게 내쉬며 눈을 감았다. 잠시 뒤, 1층이라는 기계음 소리가 들리자 은서가 눈을 번쩍 떴다. 어깨의 가방을 제대로 고쳐 멘 그녀가 열린 문 사이로 발을 내딛었다. 몇 걸음 뗐을까? 엘리베이터 근처를 벗어나 쭉 걸어 나오는데 우당탕거리는 소리와 함께 검은 것이 그녀의 시야를 가렸다.

"태인아."

검은 것의 정체는 검은색 코트를 입은 태인이었다.

"내 얼굴도 안 보고 그냥 가려고 했어?"

7층부터 1층까지 단숨에 뛰어 내려온 그의 입술 새로 거친 숨이 터져 나왔다. 토해 내듯 뱉는 숨 때문에 그의 말이 몇 번이나 숨소리에 묻혔다. 그래도 용케 알아들은 은서가 씩 웃더니 살짝 갈라진 그의 머리칼을 가지런히 정리해 주었다.

"이따 저녁에 보기로 했잖아."

"그건 그거고. 우리 3일이나 못 봤는데 조금이라도 일찍 볼 수 있으면 좋은 거지. 왜 도망 가."

"도망이 아니라……."

"병원가지? 데려다줄게."

그가 이렇게 나올까 봐 그런 거였다. 얼굴을 보는 것까지는 좋은데, 분명 병원까지 데려다주겠다고 할까 봐 그를 보지 않고 그냥 내려온 것이었다. 영환의 병원에 가려면 그가 가는 방향에서 한참 돌아가야 했다.

"괜찮아. 여기서 병원이 먼 것도 아닌데……."

"나도 아직 촬영 시간 아직 많이 남았어. 민행이한테는 바로 지하로 내려가라고 했으니까 차 끌고 이 앞으로 올 거야."

은서가 머뭇거리며 자신의 얼굴만 빤히 보고 있자 태인이 먼저 그녀의 손 꼭 잡았다. 평소처럼 가볍게 잡는 게 아니었다. 은서가 뒤늦게 제 손을 꼼질거려 보았지만 그의 악력을 이길 순 없었다.

"고민할 필요 없어. 어차피 내가 안 놔주면 되니까."

태인은 아예 은서의 손을 자신의 손과 함께 제 코트 주머니 안에 쏙 넣었다. 그 모습을 허망하게 지켜보던 은서는 벗어나려고 안간힘을 썼던 자신의 손을 편히 두었다. 그가 항복 의사를 밝혀 온 그녀의 손을 부드럽게 쥐자 그녀 또한 그의 손을 살짝 잡았다.

맞닿은 손끝에서부터 시작된 작은 전율이 그녀의 온몸으로 번져 나갔다. 기분 좋은 떨림을 느끼는 그녀가 살짝 미소를 머금을 때, 그의 입가에도 살포시 미소가 번졌다.

"내일부터 뭐할지 생각해 봤어?"

"난 그냥 집에서 보내는 것도 좋을 것 같은데."

태인의 들뜬 표정이 단번에 시들해졌다. 그도 그럴 것이, 크랭크업 뒤에 3일 동안 쉬게 되니 하고 싶은 거 생각해 두라고 말한 게 일주일 전쯤이었다. 3일의 휴식이 끝나면 그 뒤 길게는 두 달에서 세 달 정도 서울에 가 있어야 한다는 설명까지 덧붙여 두었건만 그녀의 선택은 결국 집이었다.

"3일 내내?"

퉁명스러운 물음에 은서가 마지못해 고개를 끄덕였다. 사실 은서도 처음부터 집에만 머물겠노라고 생각한 것은 아니었다. 나름 이곳저곳 찾아보고 고민도 해 봤지만, 어딜 가든 노출이 쉬운 그의 신분 때문에 깊게 생각하지 못하고 모조리 포기해 버렸다. 그러고 나니 역시 가장 편한 건 '집' 이라는 결론이 나온 것이었다.

"응. 그냥 집에서 DVD도 보고, 책도 읽고, 맛있는 것도 잔뜩 해 먹고."

애써 웃으며 말하는 은서와는 달리 한 번 굳어진 태인의 얼굴은 좀처럼 펴질 줄 몰랐다.

"그러지 말고 모처럼 쉬시는 건데 같이 여행이라도 가세요. 인적 드문 바닷가 놀러 가시면 되잖아요. 사람 많으면 그냥 차 안에서 봐도 되고요."

룸미러로 힐긋힐긋 태인의 얼굴을 보다 못한 민행이 한마디 거들었다. 태인은 이마를 매만지던 손을 떼고 그녀에게로 시선을 틀었다.

"하루 정도라도 바다 가 볼래?"

"괜찮을까?"

조심스러운 물음의 연속이었다. 그걸 운전석에서 가만히 듣고 있는 민행이 오히려 갑갑하게 느낄 정도였다. 하지만 그들의 심정이 충분히 이해는 가는지라 답답함은 곧 연민으로 자리 잡았다.

"나 모자도 쓰고 목도리로 얼굴도 칭칭 감고 다닐게."

아직 은서에게서 확답이 떨어진 것도 아닌데 태인은 벌써부터 싱글벙글 웃어 댔다. 하는 수 없이 은서가 고개를 끄덕였다. 그러자 기다렸다는 듯 그녀의 몸을 빠르게 껴안은 태인이 그녀의 이마에 제 이마를 가볍게 비볐다. 그의 귀여운 스킨십에 숨죽여 웃던 그녀는 별안간 몸을 크게 움찔대더니 그의 어깨를 밀어냈다.

"왜."

그 반동으로 태인의 이마는 멀어졌지만 그의 단단한 팔은 아직도 그녀의 어깨를 안고 있었다.

"여기 차 안이잖아."

은서가 민행 쪽을 눈짓하며 작게 소곤댔다.

"저는 괜찮아요. 그것보다 더 한 것도 봤는데요, 뭐."

민행은 '괜찮다'는 말에 중점을 둔 것이었는데, 은서에게 중점적으로 들린 것은 '그것보다 더 한 것도 봤다'는 부분이었다. 생각에 잠길 것도 없이 은서의 머릿속엔 곧 하나의 기억이 스쳐 지나갔다.

기억이 잠시 머물었다가 사라진 자리엔 온몸이 배배 꼬일 정도의 부끄러움만 남았다. 그녀의 볼에 슬그머니 붉은 기운이 올라왔다.

'역시 봤구나.'

은서가 눈을 질끈 감자 태인이 큭 하고 웃음을 터뜨렸다.

"민행이가 괜찮다는데 더 한 것도 해 볼까?"

이 와중에도 장난을 치는 거냐며 한 번 쏘아봐 줄 생각으로 눈을 떴는데, 그녀의 코앞엔 이미 그의 얼굴이 가깝게 붙어 있었다. 그녀가 고개를 틀거나 몸을 뒤로 뺄 새도 없이 그의 입술이 그녀의 볼 위에 내려앉았다.

"내가 많이 양보한 거야."

그의 입술은 부드러운 감촉만 전해 주고 곧바로 멀어졌지만, 그녀의 뺨 위에 자리 잡은 홍조는 그녀가 차에서 내릴 때까지도 사라지지 않았다.

TV 소리도 없이 조용했던 집 안에 초인종 소리가 울렸다. 잠결에 소리의 끝자락만 얼핏 들은 은서가 침대에서 벌떡 몸을 일으켰다. 그대로 거실에 뛰쳐 나간 은서는 태인의 얼굴을 확인하곤 현관문을 열어 주었다.

"왔어?"

그의 몸과 함께 밀려 들어오는 차가운 기운에 은서가 어깨를 움츠린 채로 팔짱을 꼈다. 그 모습을 본 태인이 현관문을 재빠르게 닫았다. 태인은 급히 신발을 벗으며 은서의 안색부터 살폈다. 붉게 열이 오른 뺨도 그렇고 방금 전 시작된 기침 소리가 끊기지 않는 걸 보니 가벼운 감기는 아닌 것 같았다.

"병원 가야 되는 거 아니야?"

은서의 이마 위에 손등을 갖다 댄 태인의 얼굴이 심상찮게 굳어졌다. 그사이 간신히 기침을 멈춘 은서는 태인의 손을 떼어 내곤 다짜고짜 그의 허리를 와락 껴안았다.

"약 먹으면 괜찮아질 거야."

"이런 식으로 대충 넘어가려고 그러는 거지?"

"그래서 안 넘어가 줄 거야?"

여전히 태인을 껴안은 상태에서 고개만 살짝 올린 은서가 태인과 눈을 마주했다. 찰나의 시간이 흐른 뒤, 태인은 짧게 한숨을 내쉬며 웃고 말았다. 항복이라는 뜻이었다.

"밥 아직 안 먹었지?"

아직 기침을 멈추지 못한 은서가 고개를 끄덕이자 태인이 그녀의 손을 이끌고 식탁으로 향했다. 그는 그녀부터 먼저 자리에 앉히고 아까부터 계속 들고 있던 흰 봉지에서 무언가를 꺼내 놓았다. 내용물을 확인한 그녀가 아픈 와중에도 방긋 웃어 보였다. 그가 사온 것은 감기에 걸리면 유독 밥을 잘 먹지 않는 그녀를 위한 죽이었다.

"다음엔 내가 직접 해 줄게."

"나 또 아프라고?"

"아프지 말라고 하는 말이야. 내가 만든 죽 형편없을 테니까."

태인은 그녀의 이마를 가볍게 툭 건드리며 대답했다. 작게 소리 내어 웃던 은서는 태인이 쥐여 준 숟가락으로 김이 모락모락 올라오는 죽을 떠먹었다. 그는 어느새 그녀의 맞은편에 앉아 젓가락으로 반찬을 집어 그녀의 숟가락 위에 올려 주었다.

"넌 안 먹어도 돼?"

"응. 회식 자리에서 많이 먹고 왔어."

은서는 고개를 주억거리고 다시 죽을 숟가락에 올렸다. 아침부터 간간이 나오던 잔기침을 무시했더니 아르바이트 할 때쯤엔 이미 목감기로 자리 잡은 뒤였다. 점점 심해지는 탓에 물을 넘기는 것조차 힘든데도 불구하고 은서는 죽을 반절이나 비워 냈다.

죽을 먹으면서 몇 번이나 인상을 찡그려 대던 그녀였기에 그는 군말하지 않고 남은 죽 그릇을 정리했다.

"여행은 천천히 가자."

남은 죽을 냉장고에 넣던 그가 물을 마시고 있는 은서 쪽을 힐끗 보며 말했다.

"나 갈 수 있어. 괜찮아. 오늘 푹 자면……."

야속하게도 말이 채 끝나기도 전에 기침이 튀어나왔다. 곧바로 입을 막아 보았지만 끈질기게 이어지는 기침 세례에 은서의 얼굴이 순식간에 새빨개졌다.

"무리 안 해도 돼. 3일이나 여유 있잖아."

"그래도……."

작아지는 은서의 목소리에 태인을 향한 미안한 마음과 여행을 당장 떠나지 못하는 서운한 마음이 실려 있었다. 은서가 앉아 있는 식탁 쪽으로 다시 다가온 태인은 그녀 앞에 서곤 그녀와 눈높이가 비슷해질 때까지 몸을 낮추었다. 그는 아직 붉은 그녀의 뺨을 조심스럽게 잡곤 천천히 제 앞으로 잡아당겼다.

"난 너한테 조금이라도 더 예쁜 추억 만들어 줄 수 있을 것 같아서 들떴던 거야. 그게 아니라면 나한텐 아무런 의미가 없어."

속상한 마음에 그녀는 뭐라 말을 잇지 못하고 컵만 만지작거렸다.

"나한테 가장 중요한 건 너야. 그러니까 나을 때까지 다른 생각 하지 말고 푹 쉬자. 알겠지?"

이 와중에 감동스러운 말을 내뱉는 그 때문에 먹먹한 마음이 밀려왔다. 잠시 울컥한 그녀의 눈가가 촉촉하게 젖어 들자 그의 입술이 그녀의 이마 위에 빠르게 닿았다 멀어졌다.

은서는 그의 숨결이 사라진 뒤에야 한발 늦게 눈을 깜빡거렸다. 바르르 떨리는 눈꺼풀을 따라 나풀거리는 그녀의 속눈썹을 보던 태인이 풋 하고 웃음을 터뜨리더니 다시 얼굴을 겹쳤다. 이번엔 은서의 두 눈이 제때에 질끈 감겼다.

태인은 어느 맛을 고를까 하고 고민하는 사람처럼 그녀의 얼굴 이곳저곳을 눈에 담다가 이내 한 곳을 지그시 바라보았다. 이내 가벼운 마찰음과 함께 그의 입술이 그녀의 눈두덩 위로 내려앉았다.

자잘하게 떨리던 움직임은 멈추었지만 그녀의 열과 그가 전해 주는 온기가 맞닿은 곳은 서서히 뜨거워졌다. 그녀의 얼굴에 자리한 홍조가 진해질 때쯤, 그가 천천히 입술을 뗐다.

"근데 말이야."

"응?"

바로 앞에서 들려오는 그의 목소리에 은서가 눈을 번쩍 뜨고 물었다.

"의외로 이런 취향이었구나? 난 여태 몰랐네."

장난기 가득한 그의 말투와 눈빛에 고개를 갸웃한 은서가 태인의 시선을 따라 고개를 아래로 내렸다. 하늘거리는 연분홍빛의 잠옷을 확인한 그녀의 얼굴이 사정없이 구겨졌다. 태인의 전화를 받고 옷을 갈아입어야겠다는 생각까지는 했는데, 물 먹은 스펀지처럼 나른한 몸 상태 때문인지 침대 위에서 그만 까무룩 잠이 들고 말았었다.

"이거 내가 산 게 아니라 엄마가 사 온 거야."

다급히 변명을 늘어놓는 은서를 보는 태인의 입 꼬리가 보기 좋게 말려 올라갔다. 서울에 있을 때, 그가 그녀의 원룸에 자주 드나들었지만 그때마다 편한 맨투맨 티에 반바지를 입던 은서였기에 태인 또한 여태 그런 모습을 봐 왔다. 이런 소녀감성이 물씬 느껴지는 잠옷이 그녀의 취향이 아니란 건 그도 알고 있었다.

"난 이런 취향 아니……."

다급하게 이어지는 은서의 말을 그가 단 한 마디로 가볍게 끊어 냈다.

"예뻐."

부끄러운지 미세하게 움찔거리는 그녀의 머리통을 바라보던 그가 빙긋 웃었다. 레이스 소재의 잠옷이 그녀의 몸을 빠짐없이 가려 주고는 있지만 팔랑거리는 느낌 때문에 묘하게 자극적이기도 했고, 그녀의 하얀 피부와 잘 어울리는 색이라 그의 머릿속엔 그저 예쁘다는 생각뿐이었다.

"앞으로도 자주 입어 줘."

그녀의 고개가 쑥 올라왔다. 보기 좋게 아래로 휘어져 있던 그의 두 눈과 그녀의 시선이 얽혀 들었다. 더 이상 오를 열도 없는데 손에 땀이 배어날 정도로 몸이 후끈거렸다.

"집에 가서 쉬라니까."

"어머님한테 말씀 안 드렸다며. 자다가 갑자기 심하게 아플 수도 있잖아."

약을 먹고 잠을 청하기 위해 침대에 몸을 눕힌 은서의 곁엔 아직 태인이 있었다. 침대 옆에 의자까지 딱 붙여 놓고 앉아 있는 모양새를 보니 밤새도록 옆을 지킬 생각인가 보다.

"많이 아프면 일어나서 연락할게."

은서가 새벽에 아프다고 연락할 인물이 아니란 걸 알기에 태인은 그저 묵묵히 그녀가 덮고 있는 이불자락을 가지런히 정리할 뿐이었다. 착잡한 마음에 숨을 크게 내쉬던 그녀가 갑작스레 자잘한 기침을 토해 냈다.

기침이 멈추지 않아 그녀가 몸을 일으키는 사이, 그는 미리 가져다 놓은 물 잔을 그녀에게 건넸다. 물을 몇 모금 넘기자 기침은 금방 멈췄다. 새빨개진 얼굴이 원상태를 찾을 때쯤, 그녀가 다시 몸을 눕히고 말을 꺼냈다.

"그럼 밤새도록 여기 있겠다는 거야?"

"응."

"안 피곤해?"

"어. 하나도 안 피곤해. 그러니까 얼른 자."

태인의 눈빛에서 그의 확고한 의지를 본 은서가 한숨을 폭 내쉬었다. 그와 입씨름을 하는 동안 약 기운이 강해진 터라 그녀는 어느덧 한계에 내몰렸다.

"졸리면 내 옆으로 와서 자."

꼼지락대면서 자신의 몸을 침대 구석으로 옮기기에 뭐하나 두고 봤더니, 대담한 그녀의 말에 태인이 기가 차다는 듯 헛웃음을 터뜨렸다.

"아주 겁이 없어졌어."

훈계하듯 눈을 가늘게 뜨고 말하는 그를 보며 그녀 또한 맑은 웃음을 터뜨렸다.

"그렇게 앉아서 밤새우지 말고 졸리면 옆에 누워서 자. 알겠지?"

재차 묻는 그녀의 목소리가 심하게 갈라졌다. 안쓰러운 마음에 태인의 눈썹 한쪽이 밉게 구겨졌다.

"알았으니까 말 그만해. 목 더 쉬겠다."

그녀가 고개를 천천히 끄덕였다. 눈꺼풀의 움직임 또한 차츰 느릿해졌다. 그가 이불 위에 가지런히 놓인 그녀의 손을 잡고 토닥였다. 반복되는 그의 손길에 은서의 눈이 서서히 감겼다.

얼마 지나지 않아 그녀의 방 안엔 숨소리가 고르게 퍼졌다. 태인은 그녀의 손을 이불 안으로 밀어 넣고 그녀의 이마를 짚어 보았다. 다행히 열은 꽤 떨어져 있었지만, 아직은 경계를 늦출 수 없었다.

태인은 새근새근 잘 자는 그녀의 모습을 빤히 보더니 몸을 앞으로 움직였다. 달빛만이 머무는 방 안에, 그의 실루엣이 그녀의 위로 짧게 겹쳐졌다 멀어졌다.

두꺼운 담요를 덮은 채 소파에 앉아 있던 은서는 김이 뿌옇게 올라오는 대추생강차를 홀짝 마셨다. 감기 때문에 여행을 못 가게 되었다고 투덜거리는 은서를 위해 낮에 잠깐 집에 들른 성희가 끓여 놓고 간 것이었다.

뜨뜻미지근한 액체가 목을 타고 넘어가면서 살짝 따끔거렸지만, 그녀는 개의치 않고 금세 반절을 비워 냈다.

하루 만에 감기가 말끔히 낫는 기적은 생기지 않았지만, 그녀는 남은 이틀 안엔 기필코 태인과 여행을 가겠노라 다짐했다. 그 일념 하나로 은서는 잔을 단번에 비워 냈다. 지금으로선 성희가 넉넉하게 끓여 놓고 간 대추생강차를 열심히 마시며 몸의 기운을 보호하는 게 최선이었다.

'그나저나 태인이는 왜 안 오지?'

성희가 집에 들른 동안 옷을 갈아입고 오겠다던 태인은 여태 소식이 없었다. 아까 보낸 메시지를 아직 못 봤나? 고개를 갸웃거리던 은서는 손에 들고 있던 유리잔을 테이블 위에 잠깐 내려놓았다. 그리곤 바로 그 옆에 놓아둔 핸드폰을 집으려는 찰나,

작게 현관문을 똑똑 두드리는 소리가 들렸다. 은서가 어깨에 덮고 있던 담요를 가슴께로 끌어당기며 현관으로 다가섰다.

"누구세요?"

은서는 문 앞에 선 이가 태인이라는 걸 뻔히 알면서도 묻는 제 심리가 스스로도 이상했다. 집에 올 사람이 그뿐이라는 것을 알면서도 그냥 묻고 싶었다. 더 우스운 건, 그의 대답을 기다리는 짧은 순간동안 설레고 있다는 것이었다.

"나야."

예상과 다르지 않게 그의 목소리가 들려오자 그녀가 방긋 웃었다. 벌컥 소리와 함께 열린 문틈으로 태인이 얼굴을 빼꼼 내밀었다. 옷만 갈아입겠다더니 몸까지 말끔히 씻고 온 모양이었다. 집 내부로 불어오는 바람 안에 시원한 스킨 냄새가 배어 있었다.

"어머님 가셨어?"

"응, 얼른 들어와."

환영의 의미인지 은서가 문을 활짝 열어 보였다. 그 모습을 지켜보던 태인이 맥없이 웃곤 안으로 들어섰다.

"그건 뭐야?"

은서가 관심을 보이자, 그는 곧바로 손에 들고 있던 작은 종이백을 그녀에게 건넸다. 크기가 작은 것치고는 꽤나 묵직한 무게에 은서는 곧바로 내용물을 살폈다.

"DVD 같이 보려고 가져왔어."

얼핏 봐도 족히 30장 정도 되는 DVD가 들어 있었다. 그녀가 어떤 영화를 보겠다고 할지 몰라 평소 좋아하던 영화를 고르다 보니 개수가 많아진 것이었다.

"그럼 그냥 네 집으로 오라고 하지."

"졸리면 바로 방에 들어가서 잠도 잘 수 있고, 너 쉬기엔 여기가 낫지."

그의 배려에 뭉클할 겨를도 없이 미안한 마음이 쏜살같이 밀려왔다. 그와 당당하게 마주하던 그녀의 시선이 차츰 내려앉았다. 하강하는 시선을 따라 숙여지는 그녀의 고개를 보던 그가 그녀의 머리칼을 가볍게 헝클어트렸다.

태인의 손길에 은서의 고개가 사뿐히 들렸다. 이내 곧게 드러난 그녀의 이마를 그의 손끝이 툭 건드리곤 물러나자 은서의 양 뺨엔 보조개가 살짝 패었다.

"근데 내가 중간에 기침하면 영화 보는 거 방해될 텐데."

"괜찮아. 영화 어떤 거 볼래?"

그가 골라온 DVD는 애니메이션부터 멜로, 액션, 로맨틱코미디까지 참으로 다양했다. 쉽게 결정을 내리지 못하는 모습을 지켜보던 태인이 불쑥 은서를 소파에 앉혔다.

"서 있지 말고 앉아서 골라."

"우리 오랜만에 인셉션 볼까?"

"그거 보고 싶어?"

"응. 뭔가 확 끌렸어."

결정을 내린 건지 그녀는 그를 향해 DVD를 흔들어 보였다. 눈에 익은 표지를 본 태인은 오랜만에 영화로 인해 제 심장이 빠르게 뛰는 걸 느끼며 씩 웃어 보였다.

인셉션은 그 당시 막 데뷔한 신인이었던 태인으로 하여금 배우가 아닌 학창시절의 꿈이었던 영화감독이라는 직업을 다시 꿈꾸게 만든 영화였다. 은서도 좋아했지만 그녀보다는 그가 훨씬 더 좋아하는 영화이기도 했다.

"앉아 있어. 내가 틀어 줄게."

DVD를 재생시킨 그가 불을 끄는 동안 은서는 새로 따라 온 대추생강차를 호로록 들이켰다. 처음 손에 쥐었을 때보다 꽤 가벼워진 유리잔을 테이블에 내려놓던 그녀는 문득 아침 내내 끊이질 않던 잔기침이 조금 잦아 들었다는 것을 깨달았다.

은서는 무언가 할 말이 있는 눈빛을 하고선 눈으로 그의 뒤꽁무니를 좇았다. 거실 끝자락에서 불을 끄던 그는 어느새 베란다 근처로 다가가 커튼을 치고 있었다. 그의 분주한 움직임에 거실이 꽤나 어두워졌다. 빛 한 자락도 용납하지 않겠다는 듯 꼼꼼히 커튼을 정리하는 그의 움직임이 멎었을 때, 은서가 말을 꺼냈다.

"우리 내일은 여행 가자."

"같이 여행 갈 수 있는 날, 앞으로도 많을 테니까 조급하게 생각하지 마."

그건 장담할 수 없는 일이라고 투정을 부릴까 하다가 은서는 자신을 돌아본 그의 얼굴에 드러난 확신을 읽어 내곤 입을 꾹 다물었다. 그가 저렇게 단호히 말하는 건 믿는 구석이 있기 때문일 거다.

속상한 마음을 반쯤 비워 낸 은서가 고개를 끄덕이는 동안 그가 빠른 걸음으로 그녀의 옆에 다가와 앉았다. 어깨에 닿는 익숙한 손길에, 그녀는 제 몸을 그에게 편히 기댔다. 어느새 영화는 시작됐다.

그러고 보니 처음에 여행 가자고 한 건 태인이었고 하루 종일 DVD나 보자고 한 건 은서였다. 돌이켜보니 자신이 말한 그대로 이루어진 거였다. 얄궂은 상황을 앞에 두고 그저 속으로 한숨을 삼킬 뿐이었다.

"내가 너 기분 좋아질 얘기 하나 해 줄까?"

영화를 볼 때 되도록 말없이 집중하는 그가 넌지시 말을 꺼냈다.

"뭔데?"

정면을 보던 태인의 시선이 자신에게로 향해 있는 걸 알면서도 그녀는 목소리를 낮추었다.

"민행이랑 영아 누나 사귄대."

"뭐? 진짜?"

놀란 마음에 너무 큰 목소리로 말한 것 같아, 은서는 뒤늦게 제 입을 손으로 막았다. 태인의 다물린 입술 새로 픽 하는 웃음소리가 흘러나왔다.

"큰 소리 내도 괜찮아. 나랑 둘만 있는 거니까."

"순간 착각했나 봐."

스스로도 어이가 없는지 은서가 고개를 절레절레 저으며 웃었다.

"아무튼 고백은 민행이가 했는데 영아 누나가 받아 줬다나 봐."

은서의 입에선 아, 하고 낮은 탄성이 새어 나왔다. 이윽고 은서는 옷차림부터 시작해서 뭔가 미묘하게 달랐던 어제의 민행을 떠올리며 고개를 끄덕였다.

"잘됐다, 진짜. 그럼 둘은 벌써 서울로 올라갔어?"

"아니. 아직 숙소에 남아 있어."

태인은 주차장에 자신의 개인 차가 있으니 회사 차를 타고 먼저 올라가라고 했지만 민행은 기다리겠다고 답했다. 태인과 함께 올라가기 위해서라는 이유를 둘러대긴 했지만, 핑계에 불과하다는 걸 태인이 모를 리 없었다. 지금쯤 아마 민행과 영아는 이곳저곳을 누비며 돌아다니고 있을 거다.

"그럼 넷이서 같이 여행 갈까?"

뭐가 좋은지 손뼉까지 맞부딪히며 말하는 은서와는 다르게 태인의 미간엔 짜증이 가득 서렸다. 한 번도 해 본 적 없는 더블데이트에 눈을 반짝이던 은서는 묘한 기류를 감지하고 그를 돌아보았다. 못마땅하다는 얼굴인 그를 보며 은서가 조심스럽게 마주잡은 두 손을 떼어 냈다.

"감기 다 나으면 말이야. 나 기침도 어제보다는 덜하고……."

"아니. 왜 넷이서 가?"

"어?"

그가 못마땅한 핀트는 바로 그것이었나 보다.

"난 너랑 둘이서만 가고 싶은데? 그쪽도 같이 가자고 하면 별로 안 달가워할걸."

가늘게 뜬 눈으로 그를 쳐다보던 그녀의 고개가 차츰 한쪽으로 기울어졌다. 민행과 영아의 의사를 묻지도 않고 멋대로 결론을 지어 버리는 그의 다급한 마음을 느낀 그녀가 끝내 웃음을 터뜨렸다.

"그럼 오늘이랑 내일 아침까지 봐서 괜찮아지면 내일 오후에도 가자."

금요일인 오늘은 어제 감기로 몸이 좋지 않던 그녀를 위해 카페 사장이 편의를 봐주어서 쉰 것이었다. 그리고 내일부터는 주말이기에 원래 아르바이트를 하지 않는 날이었다. 주말엔 영환도 재활치료를 하지 않기에 대부분 성희가 주말 내내 병원에 있곤 했다. 그러니 여행을 가기엔 더없이 좋은 기회였다. 다음 기회가 분명 있기야 하겠지만, 은서는 자꾸만 이번 기회를 놓치면 안 될 것 같다는 생각이 들었다.

은서를 지그시 내려다보던 태인은 아무 말 없이 그녀의 머리를 제 품 안으로 부드럽게 잡아당겼다. 작은 머리통을 시작으로 이내 그녀의 상반신이 그의 품으로 맥없이 끌려갔다. 그가 한 포옹이 수긍의 의미라는 걸 깨달은 은서가 그의 허리에 손을 감았다. 살포시 미소 지은 그녀가 그에게 고마워, 라고 작게 말했다.

◇

　　다행히도 은서의 감기는 더 이상 악화되지 않았다. 물론 온전히 나은 것도 아니었지만, 그녀의 바람대로 둘은 토요일 오후가 되어서야 인적이 드문 한 바닷가를 찾았다.

　　주말인데도 불구하고 전국적으로 날이 흐리다는 예보가 있어서인지 그녀의 시야 안에서 움직이고 있는 존재는 파도뿐이었다. 한 뼘 정도 열어 놓은 차창에서 찬기와 함께 바닷가 특유의 비릿한 냄새가 새어 들자, 은서는 창 쪽으로 몸을 바짝 붙였다.

　　"오니까 좋지?"

　　입가에 미소를 머금고 그녀를 바라보던 태인이 나긋이 물었다.

　　"응. 바다 보니까 속이 뻥 뚫리는 것 같아."

　　창문을 끝까지 내린 은서는 아예 두 팔을 창틀 위에 걸치고 바다를 바라보았다. 파도 소리만 들려오는 한적한 겨울 바다는 상상 이상으로 낭만적이었다. 그녀는 눈을 감고 바닷바람을 모두 흡수할 것처럼 크게 호흡을 했다. 코로 스며든 시원한 바람이 폐부까지 닿는 기분이었다. 이루 말할 수 없는 청량감에 그녀는 한껏 들떴다.

"사람도 없는 것 같은데 나가서 볼까?"

"응."

창문을 닫을 생각도 하지 못하고 헐레벌떡 내리는 은서를 보며 태인이 킬킬대며 창문을 올렸다. 모자 아래로 드러난 얼굴을 목도리로 대충 감싼 뒤에 차에서 내린 그는 거친 바닷바람에 흩날리는 목도리를 부여잡았다. 목도리뿐 아니라 그가 입고 있던 코트 자락까지 휘날릴 정도로 위력 있는 바람이었다.

차에서 먼저 내린 은서는 머리칼을 이리저리 헤집어 놓던 바람이 잠잠해짐을 느끼고 슬며시 고개를 들었다. 바람이 잦아든 게 아니었다. 어느새 다가온 그가 앞을 든든하게 막아서 주었기에 그녀가 머무는 자리에만 바람이 불지 않는 것이었다.

그녀가 싱긋 웃으며 그와 눈을 맞추자 그는 그녀의 머리칼을 차분히 정리해 주었다. 섬세한 손길은 아니지만 행여 엉킬까 조심스러워하는 그의 손길에 고스란히 애정이 묻어났다.

목도리로 눈을 제외한 부분을 모두 가린 그였지만, 그 또한 자신처럼 웃고 있다는 것을 깨달은 그녀의 미소가 점점 짙어지더니 이내 보조개가 쏙 들어갔다.

"이제 가까이 가 보자."

대충 정리된 머리 위로 그녀의 점퍼에 달린 모자까지 꼼꼼히 씌운 뒤에야 태인은 그녀의 보드라운 손을 잡아챘다. 그는 은서가 최대한 바람을 맞지 않게 앞을 막아선 채로 그녀를 바다 가까이로 인도했다.

단단한 모래사장을 지나 질퍽질퍽한 개펄에 도착하자 태인이 그녀의 앞을 살짝 비켜섰다.

"우와."

넓게 펼쳐진 바다의 모습을 눈앞에서 본 은서가 탄성을 내뱉었다. 생생하게 요동치는 파도가 내는 소리, 코끝에 강하게 와 닿는 짭짤한 바다냄새, 멀리 아득하게 보이는 수평선, 구름 뒤로 가려진 해가 은은하게 내뿜는 다홍빛까지.

은서는 모든 게 적절히 어우러진 겨울 바다 풍경 자체에 벅찬 마음이 들면서도 아름다운 풍경을 눈에 담는 이 순간, 자신의 옆에서 손을 잡아 주고 있는 사람이 태인이라는 것에 한없기 기뻤다.

제자리에서 한참이나 서 있던 둘은 고즈넉한 바닷가를 다시 걷기 시작했다.

"대학교 입학하기 전에 우리 이것저것 계획 세웠던 거 기억나?"

그녀의 보폭을 맞춰 걷던 태인이 넌지시 물었다.

"계획한 게 참 많았다는 건 기억나."

지금 당장 떠오르는 것만 나열해 봐도 대학교에 들어가서 같이 아르바이트 해 보자고 했던 것과 돈 모아서 같이 여행 다니자고 약속했던 것, 방학 동안에 해외 봉사활동 가 보자고 했던 것 정도였다. 물론 그가 1학년 1학기를 채 마치기도 전에 지금의 소속사에 캐스팅되어 들어가는 바람에 모두 불발되었지만.

"그건 못 지켰으니까 그냥 잊어버리고, 우리 다른 계획 세우자."

"다른 계획?"

"응. 앞으로 나랑 같이 해 보고 싶은 거 있어?"

그의 말을 듣자마자 그녀의 머릿속에 빠르게 스쳐 지나간 생각이 하나 있었다. 하지만 실행 가능성이 희박했다.

"글쎄……."

은서는 그가 부담을 느끼지 않을 만한 계획을 생각해 내느라 잠시 뜸을 들였다.

"괜히 다른 걸로 둘러대려고 하지 말고 괜찮으니까 말해 봐."

정곡을 콕 찔린 은서가 민망함에 콧등을 움찔댔다.

"사실 유럽으로 여행 가 보고 싶어. 물론 여행 가려면 돈을 모아야 하니까 당장은 무리겠지만 언젠간 꼭 가 보고 싶어. 물론 너랑 같이."

말이 끝나자마자 은서의 입가에 번지는 미소에선 강한 의지가 느껴지지 않았다. 그 미소에서 어렴풋이 담겨 있는 체념을 캐치해 낸 태인이 무어라 말을 꺼내려는 찰나,

"어? 비 온다."

손등에 비를 맞은 은서가 고개를 뒤로 힘껏 젖히곤 하늘을 이리저리 둘러보았다. 연한 회색과 하얀색 구름이 뒤섞여 있던 하늘엔 어느새 짙은 회색빛의 먹구름이 몰려와 있었다.

"비?"

"못 맞았어? 나 벌써 두 방울이나 맞았는데."

빗방울이 떨어진 게 눈가 쪽인지, 그녀가 한쪽 눈을 빠르게 깜빡이며 말했다.

"나도 금방 맞았어."

태인까지 비가 내린다는 걸 인지한 순간, 한 방울씩 떨어지던 빗방울이 후드득 소리를 내며 무섭게 떨어지기 시작했다. 그는 그녀

의 팔을 꽉 붙들고 차가 있는 곳으로 빠르게 뛰었다. 급히 차에 올라탔음에도 거리가 꽤 떨어져 있던 터라 이미 찝찝함을 느낄 정도로 옷이 젖은 뒤였다.

"에취."

급기야 은서의 입에서 재채기까지 튀어나왔다. 급히 히터를 틀고 온열시트를 가동하긴 했지만, 연달아 기침까지 해 대는 은서를 본 그가 낮게 한숨지었다. 답답하게 흘러가는 상황에 얼굴의 반절을 가리고 있던 목도리를 거칠게 잡아챈 그는 고개를 쭉 빼들고 주위를 두리번거렸다.

"근처에 펜션 있는 것 같은데 잠깐 쉬었다 갈까?"

"우리 자고 가는 거 아니었어?"

"오늘 여기서 자고 가는 줄 알았어?"

"아니. 그……."

황망한 얼굴을 한 은서는 더 이상 말을 잇지 못했다. 애꿎은 안전벨트를 어루만지는 그녀의 손길에 부끄러워하는 감정이 그대로 드러났다. 그 모습을 보던 그가 픽 하고 웃자 그녀의 낯빛이 순식간에 붉어졌다.

"어머님이 우리 같이 여행가는 거 아시잖아. 그러니까 일찍 가야지."

"엄마가 아는 게 왜? 너랑 하루 푹 쉬다 오라고 했는데? 그래서 난 당연히 자고 가는 건줄 알았어."

그와 눈을 마주하기 겸연쩍은 은서는 자신의 손안에서 맥없이 늘어났다 줄어들었다 하는 안전벨트를 보며 작게 얘기했다.

"뭐?"

"근데 네가 일찍 가겠다고……."

"방금 누가 일찍 가겠다고 했어? 난 아무 말도 안 했는데. 저기 3층짜리 펜션으로 가는 게 좋겠다."

금세 말을 바꾼 태인은 은서가 손에 쥐고 있던 안전벨트부터 잡아챘다. 뭐가 급한지 안전벨트를 쏜살같이 채워 주고 자신의 안전벨트까지 순식간에 착용했다. 전광석화와도 같은 그의 움직임을 멍하니 지켜보고만 있던 은서는 차가 출발하고 나서야 소리 내어 웃음을 터뜨렸다.

한 차례 폭풍이 몰아친 바닷가가 언제 그랬냐는 듯 잠잠해질 때, 그와 그녀가 머무는 방 에도 한동안 머물렀던 열기가 서서히 잦아들었다.

땀에 젖은 은서의 머리칼을 귀 뒤로 넘겨 준 태인은 이불 위로 드러난 그녀의 하얀 어깨를 끌어안았다. 서로의 살갗이 맞닿았을 뿐인데, 서늘하게 식어 있던 둘의 체온이 금세 높아졌다.

은서의 어깨 위로 미끄러지듯 내려온 태인의 입술을 시작으로 온기를 머금은 태인의 손길이 분주히 움직였다. 맞닿은 두 사람의 몸은 다시금 열기를 내뿜고 있었다.

샤워를 마치고 나온 은서는 노곤한 몸을 침대로 데려가지 않고, 테라스 앞 널찍한 창문 앞에 다가섰다. 어둠이 짙게 깔려 있는 바닷가는 파도의 움직임만 간간이 보일 뿐 고요하기 그지없었다. 검은빛의 바다가 조금은 무섭다고 느끼며 몸을 돌리려는 순간, 몰래 다가온 그가 뒤에서 그녀의 어깨를 와락 끌어안았다.

"나 이번에 서울에 올라가면 당분간 여기 못 내려올 거야. 해외 일정이 많이 잡혀 있거든."

"걱정 마. 나 혼자서도 잘 지낼 수 있어."

그가 못 온다면 자신이 그를 보러 가는 방법도 있지만 그랬다가는 파파라치의 표적이 되기 십상이라는 걸 알기에 은서는 말을 덧붙이지 않았다. 그가 서울에 있을 때 살았던 집은 이미 많은 기자들에게 노출된 곳이었다. 해외로케와 지방의 세트장에서 진행된 영화 촬영으로 한동안 파파라치의 표적에서 벗어났으니 서울에 올라가게 되면 그들의 끈질긴 감시를 받을 게 자명했다.

"오래 걸리진 않을 거야. 나 다시 올게."

"아니야. 아빠 괜찮아지시면 이제 내가 올라가야지."

태인은 말을 더 할 것처럼 입을 벙긋거리다 슬며시 웃곤 입을 다물었다. 그는 그녀의 몸을 깊게 껴안으며 그녀의 정수리 위로 자신의 머리를 가볍게 기댔다. 그녀에게서 올라오는 은은한 향이 자신의 몸에서 나는 향과 같다는 걸 느낀 그는 행복감에 젖은 채로 눈을 감았다.

12장.
네가 머무는 곳에

얇은 담요를 덮고 소파에 앉아 TV를 보던 은서는 스르륵 잠에 들고 말았다. 앞뒤로 작게 흔들리던 고갯짓이 크게 요동쳤을 때, 그녀는 눈을 부릅뜨며 잠에서 깨어났다.

평소보다 짙게 쌍꺼풀 진 눈을 끔뻑대던 은서는 무언가에 이끌리듯 거실에 드리워진 햇살에 시선을 두었다. 요 며칠 날씨가 궂더니 오늘은 베란다 쪽 창가에서 볕이 환하게 들어왔다.

얼마 전 은서는 달력을 넘기면서 계절이 바뀌었다는 것을 인지했지만, 봄다운 날씨가 오지 않아 딱히 봄이 왔다는 것을 느낄 겨를이 없었다. 하지만 오늘은 실내에 있는데도 완연한 봄의 기운을 느낄 수 있을 정도로 날씨가 좋았다.

겨울 내내 고대하던 봄이 드디어 모습을 드러냈지만 그녀의 얼굴은 마냥 기뻐 보이지 않았다. 그건 아마도 따스한 봄의 기운을 같이 느끼고 싶었던 그가 지금 그녀의 옆에 없기 때문일 거다.

그가 없는 첫 일주일은 평소와 크게 다르지 않게 빠르게 지나갔다. 지난주까지도 나름 버틸 만했는데 유독 이번 주는 더디게 흘러가는 기분이었다.

평일은 아르바이트라도 한다지만 오늘 같은 주말은 더욱 버티기 힘들었다. 그가 이곳에 오기 전까지는 주말을 한가롭게 보내는 게 좋았는데 이제는 태인과 같이 보내지 않는 주말이 무료하기만 하다니. 은서는 숨을 길게 내쉬며 앞에서 열심히 떠들어 대는 TV프로그램 속의 리포터를 바라보았다.

"이번 소식은 대한민국의 여성분들이라면 주목해야 할 소식입니다. 배우 박태인 씨가 이번엔 중국으로 향했습니다. 카메라에 생생하게 답은 박태인 씨의 출국 현장 함께 만나 보시죠."

때마침 TV에서 그의 이름이 언급되자 은서는 자세부터 고쳐 앉았다. 인터뷰 같은 건 없었지만 움직이는 그의 모습을 본 것만으로도 가슴이 뻐근해졌다.

어젯밤에도 그의 목소리를 들었지만 벌써 금단현상이 오는 모양이다. 눈은 여전히 화면에 고정한 채, 은서는 옆에 놓아둔 핸드폰을 만지작거렸다.

해외에서 체류하는 시간도 많고, 서울에서 소화할 스케줄도 많아 여태 한 번도 만나지 못했지만 태인은 틈나는 대로 은서에게 문자를 보내왔다. 뜬금없는 시간대에도 문자가 오곤 했기에 은서는 지금처럼 핸드폰을 손에 쥐고 있거나 그게 아니라면 항상 손이 닿는 곳에 놓아두어야 안심할 수 있었다.

태인과 관련된 영상이 끝나고 아쉬운 마음에 핸드폰을 툭툭 건드리는데 때마침 부르르 진동이 왔다.

은서가 재빨리 비밀번호를 누르고 메시지를 살폈지만 절로 헛웃음이 나는 스팸문자였다. 작게 한숨을 내쉰 은서는 그대로 화면을 끄려다가 다시 메시지 창에 들어갔다.

태인과 헤어지기 전엔, 은서보단 주로 그가 먼저 연락하곤 했었다. 하지만 그녀는 확실히 달라졌다. 먼저 연락한 적도 많고, 보고 싶다거나 아르바이트가 힘들었다거나 하는 소소한 내용을 그에게 자주 보내곤 했다.

답장이 매번 빠르게 오는 건 아니지만 그에게 하고 싶은 말을 솔직히 하고 나니 그를 보지 못하더라도 답답하진 않았다. 은서는 무언가 말을 하고 싶은데 딱히 뭐라 말해야 할지 몰라 키패드만 멍하니 바라보았다.

결국 그녀가 마지막에 쓴 건 '태인아, 보고 싶어'라는 문자였다. 엄지손가락으로 막 전송을 터치하려고 하는데 기가 막힌 타이밍에 하나의 문자가 왔다.

-보고 싶다.

그였다. 이 순간, 자신의 마음과 똑같은 그의 마음을 전달받은 은서의 눈빛이 애틋해졌다. 은서는 그의 문자를 몇 번이나 곱씹었다. 비록 멀리 떨어져 있지만 서로의 마음은 한 곳에 묶여 있다는 것을 깨달은 은서는 환히 미소 지었다.

주말이 다 지나고, 다시 정신없는 주중 생활이 한창이었다. 평소

찾는 손님이 적었던 요일에 모처럼 물밀 듯 손님들이 밀려들었다. 아르바이트 시간이 끝난지도 모를 정도로 내내 고된 시간을 보냈던 은서는 카페에서 나온 뒤에야 여유를 되찾았다. 곧장 집으로 갈까 하다가 은서는 불현듯 영환의 병실을 찾았다.

"어머, 은서야."

"이 시간에 우리 딸이 병원엔 왜 왔어?"

나름 깜짝 이벤트라고 생각해서 전화도 하지 않고 온 건데, 성희 와 영환의 반응에 은서는 입을 비죽대며 병실 문을 닫았다.

"반응이 왜들 그래?"

처음엔 갑작스런 방문에 놀란 거라고 생각했는데 가까이에서 보 니 성희와 영환은 마치 당황한 사람의 얼굴 같아 보였다.

"피곤할 텐데 집에 가서 쉬지."

"집에 가면 어차피 혼자 있으니까. 밥도 혼자 먹어야 되고."

피곤한데 집에 가서 혼자 밥을 챙겨 먹으려니 심란한 마음에 무 작정 온 것이었다. 하지만 영환과 성희의 얼떨떨한 얼굴이 풀리지 않는 걸 보니, 괜히 왔다 싶었다.

"엄마가 낮에 먹을 거 해 놓고 왔으니까 얼른 가서 먹어. 버스 타지 말고 택시 타고 가."

"왜 날 자꾸 보내려고 해?"

"보내려는 게 아니라 가서 밥 먹고 푹 쉬라는 거지."

집에 보내려고 작정한 것처럼 몰아붙이는 영환과 성희 때문에 은서는 병실에 오래 머물지 않고 곧바로 나왔다. 노곤한 몸을 이끌 고 버스를 탈 기력이 없어 택시를 타고 집 근처에 도착한 은서는 아파트 입구까지 천천히 걸었다. 군데군데 그와의 추억이 물든 장소를 지나치던 은서는 자기도 모르게 한숨을 내쉬었다.

'얼굴 못 본 지 벌써 한 달이 다 되어 가네.'

서운한 마음이 드는 건 찰나, 어언 한 달 동안 눈코 뜰 새 없이 바쁜 스케줄 탓에 그의 몸이 상하진 않았을까 걱정이었다.

'목소리도 많이 상했던데.'

그에 대한 생각을 하자 손이 절로 주머니로 향했다. 어느새 핸드폰을 만지작거리는 자신을 보며 땅을 보고 걷던 은서가 헛웃음을 흘리며 고개를 들었을 때였다. 순간 그녀의 눈에 환영처럼 그의 모습이 보였다.

태인의 환영은 그녀가 눈을 몇 번이나 깜빡이는 동안에도 사라지지 않았다. 그에게 영화 포스터 촬영 마쳤다고 연락 왔던 게 5시간 전쯤이었다. 그 이후론 답장 없어서 또 스케줄 있겠거니 했었다. 그런 그가 어떻게 여기에?

그에게 곧장 달려가도 모자랄 판에 은서는 걸음을 멈춰 버렸다. 멀리서부터 그녀를 지켜보고 있던 태인은 애가 바싹 탈 지경이었다.

그의 마음도 몰라주고 여전히 제자리에 가만히 서 있는 은서는 침을 꿀꺽 삼키며 주위를 두리번거렸다. 떡하니 그의 뒤로 주차된 그의 차까지 확인한 그녀의 입이 작게 벌어졌다.

"그렇게 멀리서만 볼 거야? 얼른 와."

말은 그렇게 해 놓고 몸을 은서 쪽으로 먼저 움직인 건 태인이었다. 걸음이 빨라지면서 둘 사이에 있던 간격이 급격히 좁아졌다.

어느새 둘의 몸은 남김없이 겹쳐져 있었다.

"어떻게 왔어?"

은서가 두 팔 가득 그의 목덜미를 껴안으며 물었다. 태인 또한 한 팔로 가뿐히 그녀의 허리를 감싸고 눈앞에 다가온 그녀의 가녀린 어깨 위로 제 머리를 올려놓았다. 시원한 저녁 공기와 함께 익숙한 체향이 코끝에 스쳤다.

"도저히 못 견디겠어서 왔지. 근데 누가 그렇게 예쁘게 입고 다니라고 했어?"

태인의 물음에 잠시 얼떨떨한 얼굴을 하고 있던 은서는 오늘 모처럼 치마를 꺼내 입었다는 것을 생각해 냈다. 그녀에겐 그냥 편한 H라인 치마지만, 그의 눈엔 다리가 다 드러나는 야한 치마로 보인다는 걸 깨달은 은서는 낮게 웃음을 터뜨렸다.

그녀의 싱그러운 웃음소리가 그의 귓가에 내려앉자, 요 며칠 끈질기게 달라붙어 있던 피곤함이 한 번에 가셨다. 태인은 느른한 얼굴로 눈을 감으며 그녀의 뒷머리를 꽉 끌어안았다. 더 진하게 다가오는 그녀의 향기에 그는 지금 이 순간 더할 나위 없는 안락감을 느꼈다.

"민행이는? 설마 혼자 내려온 거야?"

"응."

"피곤할 텐데 운전을 직접 했다고?"

은서는 껴안고 있던 그의 목을 슬그머니 놓고 까치발을 내렸다. 태인도 언제까지나 밖에서 이러고 있을 순 없다고 생각했기에 감았던 눈을 뜨고 순순히 그녀를 품에서 놓아주었다.

"방금 전까지는 피곤했는데 지금은 하나도 안 피곤해. 진짜야."

은서의 표정이 심상치 않게 바뀌는 것을 본 태인은 빠르게 뒷말을 덧붙였다. 하지만 걱정스러운 기색이 가득한 그녀의 얼굴은 쉬이 풀리지 않았다.

"저번보다 살도 빠진 것 같은데?"

영화 촬영 때보다도 야위어 보이는 그의 뺨을 살포시 어루만졌다.

"배고프다. 밥 먹었어?"

그녀에게 걱정을 끼치는 게 싫은지 그는 태연하게 말을 돌렸다. 아무런 대꾸도 하지 않는 은서를 보며 태인은 그녀의 손 위로 자신의 손을 조심스레 포갰다.

잠시 초점을 잃었던 그녀의 시야에 그의 얼굴이 가득 들어찼다. 그는 그녀를 보며 환히 미소 짓고 있었다. 그녀 또한 그를 따라 웃어 보였다.

"나도 안 먹었어. 오늘 바로 올라가는 거지?"

"응. 내일 아침에 스케줄 있어."

"그럼 올라가서 저녁 먹고 가."

태인은 대답 대신 그녀에게 손을 뻗었다. 은서는 모자조차 쓰지 않아 훤히 드러나는 그의 얼굴과 그의 손을 번갈아 보았다. 그녀의 눈빛에서 곤란함을 읽어 낸 태인이 손을 내리려는 찰나, 그녀가 그의 손을 살짝 쥐었다.

사람이 언제 튀어나올지 모르는 엘리베이터 앞에서까지 그의 손을 놓지 않은 건 은서에겐 엄청난 용기였다. 그걸 태인도 알기 때문일까. 한 번 내려앉은 그의 미소는 쉽게 사라지지 않았다.

"내가 뭐 도와줄 건 없어?"

집에 들어오자마자 주방으로 향하는 은서의 뒤를 쫓은 태인이 넌지시 물었다.

"혼자서도 충분해. 넌 소파에서 좀 쉬고 있어."

엄마가 만들어 놓고 간 음식을 확인한 은서는 그것을 데우기 위해 가스 불부터 켰다.

"그건 뭐야?"

소파로 가라는 말은 깡그리 무시한 채 태인은 여전히 그녀의 옆에서 어슬렁거렸다.

"갈비야. 엄마가 낮에 해 놓고 가셨대."

마침 성희가 해 놓은 음식이 태인도 좋아하고 은서도 좋아하는 갈비였다. 물론 갈비를 딱히 싫어하는 사람은 없겠지만, 그가 유독 좋아하는 음식이었다.

은서는 한 번 더 엄마의 센스에 감탄하다가 문득 병실에서 영환과 성희가 다소 수상하게 굴던 걸 떠올렸다.

"태인아."

"어?"

"혹시 오늘 아빠 병원에 갔었어? 사실 나 여기 오기 전에 병원 갔었는데 엄마랑 아빠가 좀 이상했거든. 집에 막 빨리 가라고 하고."

집에 계속 보내려고 하기에 울며 겨자 먹는 심정으로 왔는데 그를 딱 만났다. 기막힌 타이밍이라고 하기엔 성희와 영환의 행동이 영 미심쩍었다.

"여기로 오는 길에 잠깐 들러서 인사드렸어."

"역시 뭔가 수상하더라니."

턱을 매만지며 말하던 은서가 다시 갈비 쪽으로 고개를 돌렸다. 지글지글하는 소리와 함께 달콤한 양념 냄새가 올라왔다.

"다른 말씀은 없으셨고?"

"응? 무슨?"

"아니야."

어느새 그녀의 뒤로 다가온 그가 그녀의 어깨를 끌어안으려는 찰나였다.

"갈비 다 된 것 같은데 밥 좀 그릇에 담아 줄래?"

뒤통수에 눈에 달린 것도 아닐 텐데 정확한 타이밍에 그녀에게서 지시가 내려졌다. 태인은 입맛을 쩝 다시곤 얌전히 밥통 앞에 다가섰다. 그 이후로도 그녀의 상차림을 옆에서 도와준 그 덕분에 둘은 빠른 시간 내에 식탁에 자리할 수 있었다.

"밥 더 줄까?"

은서는 빠르게 비워진 그의 밥그릇을 흘긋 보곤 말했다. 태인은 고개를 젓곤 그녀가 미리 가져다 둔 물 잔을 들었다. 그가 물을 마시는 사이 그녀도 밥그릇을 깨끗이 비워 내곤 물을 들이켰다.

"설거지는 내가 할게."

어느새 몸을 일으킨 그가 자신의 빈 그릇 위로 그녀의 빈 그릇을 포갰다. 아슬아슬한 모양새로 싱크대까지 빈 그릇들을 운반한 그는 벌써 수세미에 세제를 쭉 짜고 있었다.

"그럼 난 과일 깎고 있을게."

식탁 위에 남겨진 반찬통을 냉장고에 넣은 그녀가 야채 칸에서 과일을 꺼냈다. 평소 혼자서 저녁을 먹을 때면, 설거지하고 난 뒤에 과일은커녕 아무것도 먹지 않던 그녀였다. 귀찮다는 이유 하나 때문에.

얼마 전에 사 놓고도 깜빡 잊고 있었던 과일을 접시에 담던 그녀는 문득 생각했다. 혼자보다 둘이 좋다는 건 바로 이런 사소한 것에서부터 비롯되는 걸지도 모르겠다고.

설거지를 마친 태인은 은서가 기다리고 있는 거실로 빠르게 걸음 했다. 테이블 위에서 예쁘게 다듬어진 딸기와 참외 위로 맺힌 물기가 조명을 받아 반짝거렸지만 그의 눈길이 닿는 곳은 소파였다. 바로 그녀가 몸을 기대고 있는 곳.

"과일 먹어."

소파에 엉덩이를 붙이기 무섭게 그녀가 과일을 들이밀자 그는 마지못해 포크를 들었다. 과일은 먹는 둥 마는 둥 하던 그는 곧 은서의 어깨에 머리를 기대고 앉아 자잘한 스킨십을 해 댔다. 특히나 그가 집요할 정도로 시도한 건 입맞춤이었다. 그 때문에 과일을 제대로 먹지도 못한 은서가 그의 입술을 힘껏 밀어내고 나서야 그는 그녀의 곁에서 떨어졌다.

"맞다, 태인아."

입 안 가득 있던 딸기를 우물우물 다 씹고 나서야 은서가 뒷말을 이었다.

"혹시 어머니한테 연락 왔어?"

처음 말을 꺼낼 때와는 달리 다소 조심스러워진 말투였다.

"네가 알려 드린 거야?"

은서는 접시 위에 포크를 내려놓고 천천히 고개를 끄덕였다.

"이틀에 한 번꼴로 문자가 오긴 하는데 답장을 해 드린 적은 없어."

태인과 정혜는 식당에서 만났을 때, 전화번호조차 교환하지 않고 헤어졌었다. 의아하게 생각하면서도 그에게 묻진 않았는데, 은서는 얼마 전 정혜에게서 태인의 번호를 알려 달라는 연락을 받았다.

그는 어떤 마음이었는지 모르겠지만 그때의 정혜는 적어도 은서를 믿고 태인을 그냥 보낸 것이었다. 둘의 돈독한 사이를 간파한 만큼 정혜는 은서와의 연락으로 얼마든지 그를 다시 볼 수 있을 거라고 믿었다.

정혜는 태인의 번호를 알고 난 뒤에 그에게 종종 문자를 보냈다. 처음 모르는 번호로 문자를 받았을 때, 태인은 신기하게도 그 번호의 주인공이 단번에 정혜라는 걸 깨달았다.

하지만 그녀에게 답장을 보낼 용기가 나지 않아 매번 그녀의 문자를 받기만 했고, 정혜는 그런 태인을 그저 묵묵히 기다려 주는 중이었다.

"뭐라고 하시는데?"

"그냥 뭐 밥 잘 챙겨 먹으라는 얘기나……."

말하는 도중에 태인의 핸드폰에서 진동이 울렸다. TV도 켜지 않은 실내에서 진동 소리를 또렷하게 들은 은서가 확인해 보라는 눈짓을 보냈다. 핸드폰을 꺼내서 살피는 그의 눈빛이 잠시 아련해졌다. 은서는 그의 표정을 보고 연락의 주인공이 정혜라는 것을 알아챘다.

"왜 그래?"

"문자 왔어."

"어머니한테?"

혼란스러운 얼굴로 고개를 끄덕인 태인은 은서에게 핸드폰을 내밀었다.

ー내일부터 또 꽃샘추위라는구나. 감기 조심하고 옷 따뜻하게 입고 다니렴.

하고 싶은 말이 더 많을 텐데도, 그가 부담을 느낄까 봐 절제하는 느낌이 강했다. 하지만 그럼에도 태인을 걱정하는 정혜의 마음은 여실히 드러났다. 은서는 오히려 차분한 문자 속에서 그녀의 마음이 더 간절하게 와 닿는 듯했다.

"답장 안 보내 드릴 거야?"

태인은 눈을 아래로 내리깔고 한숨을 푹 내쉬었다.

"아직 마음의 준비가 안 된 거면 재촉하지 않을게."

"그런 건 아닌데 뭐라고 보내야 할지도 모르겠고……."

"그냥 우선은 '네' 라고 대답이라도 해 드려. 분명 좋아하실 거야."

태인은 은서가 건넨 핸드폰을 받아 들었다. 한참을 머뭇거리던 그는 그녀가 시킨 대로 '네.' 라는 짧은 대답을 보냈다. 고작 답장

하나 보낸 것뿐인데 기분이 이상했다. 태인은 이번에도 숨을 길게 뱉었다. 아까와는 분명 다른 느낌의 한숨이었다.

"어? 벌써 9시네. 너 이제 올라가야 할 것 같은데."

"그냥 새벽에 갈까?"

"일찍 가. 너 졸음운전할까 걱정돼."

태인이 주저할 새도 없이 은서가 재빨리 그를 끌고 그가 차를 세워 둔 아파트 입구 근처로 나왔다. 괜찮다는데도 은서는 굳이 배웅을 하겠다며 서 있었다.

"나 이제 갈게."

태인은 은서 앞에서 차를 멈추곤 창문을 열어 인사를 건넸다.

"응. 난 괜찮으니까 앞으로는 무리해서 오진 마."

"무리한 거 아니야."

"알겠어. 조심히 올라가."

태인은 애써 웃으며 창문을 닫았다. 곧 그가 탄 차가 그녀를 지나쳤다. 은서는 그의 차 뒤꽁무니를 바라보며 계속 손을 흔들어 주었다. 막상 그가 가는 모습을 눈에 담고 있자니 마음 한구석이 찡하게 울려왔다.

'이번에 서울 올라가면 또 얼마나 못 보게 될까?'

그래도 오늘 봤으니까 당분간은 버틸 수 있겠다, 싶은 마음이 들긴 하는데 좀처럼 울적한 마음이 달래지지 않았다.

서울에 다시 올라가게 되면 이것보다는 자주 만나겠지만 아직은 그럴 수 있는 상황이 아니기에 서러운 마음이 더 컸다. 기어이 눈물이 비집고 나오자 그녀는 여태 흔들었던 손을 멈추고 고개를 푹 숙였다. 금세 멀어졌는지 더 이상 차 소리가 들리지 않았다.

여전히 고개를 푹 숙인 채로 그녀는 뒤를 돌았다. 하필이면 아까 아파트에 들어가면서 꼭 잡았던 그의 온기가 떠올랐다. 결국 그녀가 어깨를 들썩거리기 시작했다.

잠시 제자리에 서서 마음을 추스른 그녀가 다시 아파트 입구로 걸음을 떼었을 때였다. 누군가 그녀의 어깨를 뒤로 확 잡아끌었다. 순식간에 품 안으로 끌려 들어간 은서는 소리를 지르려다 자신의 뒤에 선 남자가 태인이라는 걸 알고 몸을 더 크게 들썩거렸다.

"태인아."

태인은 백미러로 계속 그녀를 지켜보고 있었다. 그런데 손을 흔들던 그녀가 갑자기 고개를 푹 숙이자 근처에 대충 차를 세워 두고 그녀에게로 다시 와 본 것이었다. 설마 하는 마음이었지만 울음기 가득한 그녀의 목소리에 태인의 마음이 아프게 조여들었다.

그는 천천히 그녀의 몸을 돌려세웠다. 눈물범벅이 된 얼굴을 본 그는 속상한 마음에 아랫입술을 꽉 물었다.

"조금만 기다려 줘."

은서는 무슨 말인지도 물으려 하지 않고 그저 고개만 끄덕거렸다. 그녀의 얼굴을 쓰다듬던 그의 애틋한 손길이 잦아들고, 어느새 그녀의 눈물 또한 멈췄다.

태인은 울음기로 붉어진 그녀의 뺨을 살며시 부여잡았다. 그에게 잡힌 뺨에 약간의 힘이 느껴질 때, 태인의 얼굴이 그녀의 얼굴 위로 사뿐히 내려앉았다.

◇

"형, 초밥 사 왔어요. 얼른 드세요."

"너도 얼른 앉아. 누나도 얼른 오고."

오후 두 시. 다소 늦은 감이 있는 점심식사였다. 허기가 질대로 졌으니 허겁지겁 먹을 만도 한데 태인은 고작 초밥 몇 개를 먹고는 탁 소리와 함께 테이블 위로 젓가락을 내려놓았다.

다소 신경질적인 움직임에 민행과 영아가 동시에 머쓱한 얼굴을 하고선 태인을 쳐다봤다. 바로 눈앞에 그의 입속에 들어가길 원하는 초밥들이 고운 빛깔을 뽐내고 있는데, 태인의 시선이 고정된 곳은 테이블 너머에 앉아 있는 민행과 영아였다.

"형 왜 그러세요?"

"왜? 입에 안 맞아?"

누가 커플 아니랄까 봐, 비슷한 물음을 던지는 민행과 영아였다. 하지만 공교롭게도 그것마저도 태인의 심술을 부추긴다. 여태 둘이 붙어 있는 모습을 봐도 애써 아무렇지 않은 척해 왔지만, 오늘은 유독 버티기 힘들었다. 아마도 은서를 꽤 오랫동안 보지 못해서 인내심에 한계가 찾아온 모양이다.

은서를 만나고 서울로 올라온 뒤로 어느덧 3주라는 시간이 더 흘렀다. 누구는 미친 스케줄 때문에 생이별을 하고 있는데, 하루 종일 꼭 붙어 다니는 것도 모자라 밥 먹을 때조차도 둘이 꼭 붙어 있는 모습을 보자니 그의 심사가 뒤틀릴 수밖에.

뭐라고 한 마디 할까 하다가 태인은 오늘이 D-day라는 것을 상기시키며 다시 젓가락을 집어 들었다.

"아니야. 얼른 먹어."

태인의 이상행동에 고개를 갸웃거리던 영아와 민행도 다시 젓가락을 움직였다.

"근데 오늘 기자회견에서 도대체 무슨 말 하는 거야?"

초밥으로 향하던 태인의 젓가락이 미세하게 움찔댔다. 그 모습을 포착한 민행이 젓가락을 내려놓곤 영아의 말을 거들었다.

"형, 저희한테는 알려 주셔도 되잖아요."

민행은 퍽이나 서운하다는 티를 냈다. 그도 그럴 것이, 그가 회사로부터 태인의 기자회견 소식을 전해 들은 건 아침때였다. 그때부터 틈이 날 때 마다 기자회견 내용에 대해 물었지만 태인은 여태입을 꼭꼭 잠그고 있었다.

"서프라이즈라서 안 돼. 영아 누나는 몰라도 넌 은서한테 곧바로 말할 거라는 걸 내가 알거든."

태인은 픽 웃더니 초밥을 입에 쏙 넣었다. 민행의 눈에 처음으로 태인이 얄미워 보인 순간이었다.

"은서 누나한테 절대 말 안 할게요."

"그럼 나한텐 말해 줄 거야?"

간절한 얼굴로 매달리는 민행과 생기가 반짝이는 눈빛을 보내는 영아. 생김새도 전혀 다르고 하다못해 둘이 짓고 있는 표정도 제각각인데 태인의 눈엔 둘의 모습이 겹쳐 보였다. 고개를 살짝 가로로 저으니 둘의 모습이 확연히 분리되었다.

"기자회견까지 이제 두 시간 남았어. 금방이야."

결국 기다리라는 거였다. 민행과 영아의 얼굴이 시무룩해졌다. 이번엔 정말로 닮은꼴인 둘의 모습에 태인이 웃음을 삼키며 마지막 남은 초밥을 집어 들었다.

모처럼 카페가 한가했다. 은서는 카운터에 몸을 기댄 채로 카페에서 흘러나오는 노래가사를 흥얼거렸다. 하루에 한 번꼴로 음반을 바꿔 트는데 오늘 카페 사장에게 선택된 음반은 그녀가 아주 좋아하는 '메이트'의 음반이었다. 은서가 아르바이트하면서 순서까지 모조리 외우게 된 음반이 몇 있는데, 그중 하나가 바로 이 음반이었다.

노래 하나가 막 끝이 났다. 귓가에 익숙한 반주가 흘러나오자 그녀는 눈을 잠시 감았다. 이상하게도 가슴이 요동치기 시작했다.

'왜 이러지?'

은서는 가슴께를 꾹 누르며 눈을 번쩍 떴다. 카페에서 처음 이 노래에 귀 기울였을 때, 그를 향한 자신의 마음을 깨달았고 그 이후로도 카페에 종종 이 노래가 울려 퍼졌었다. 그런데 한동안 그저 무감하게 들렸던 이 노래가 오늘따라 왜 이리 툭툭 마음을 건드리는 건지 그녀조차도 알 수 없는 노릇이었다.

"은서야 카페모카 두 잔 나왔다."

후렴구를 듣던 은서가 생소한 감정에 휘말리려 할 때, 카페 사장이 그녀를 불렀다.

"네."

대답과 함께 들썩이는 제 마음을 가라앉힌 그녀가 음료를 쟁반에 담았다. 세팅을 마친 그녀는 아까부터 카운터 쪽을 힐긋거리며 카페모카를 기다리던 앳된 손님 둘에게 다가섰다.

"카페모카 두 잔 나왔습니다."

"감사합니다."

짧게 인사말을 전하는 손님을 향해 은서 또한 가볍게 목례를 했다.

"야, 박태인 대박."

여자 손님들 입에서 태인의 이름이 언급되는 게 하루 이틀 일도 아니었기에 쟁반을 테이블 위에 내려놓은 은서는 아무렇지 않게 돌아섰다. 요 근래엔 그의 영화가 흥행에 성공하는 바람에 그를 입에 올리는 손님들이 특히 더 늘었다.

분명 그가 연기를 잘한다느니 멋있다느니 하는 얘기를 꺼낼 거라고 생각한 은서는 알게 모르게 미소를 지으며 카운터로 향했다.

"박태인 곧 긴급 기자회견 하나 봐."

"박태인이 왜?"

"그건 아직 안 나왔고 4시에 한다고 했대."

생각지도 못한 그들의 이야깃거리는 카운터를 코앞에 둔 은서를 우뚝 멈춰 세웠다. 하지만 자신을 힐긋 보는 카페 사장의 시선을 느낀 은서는 마지못해 걸음을 부추겼다.

카운터에 돌아온 은서는 카페 사장의 눈이 닿지 않는 사각지대에 서선 핸드폰을 꺼내 들었다. 그녀의 짐작대로 화면엔 새 메시지가 왔다는 알림이 있었다. 발신자가 태인임을 확인한 은서의 손이 메시지를 읽기도 전에 벌벌 떨렸다.

―나 4시에 중요한 기자회견할 거야. 아마 넌 아르바이트 때문에 못 보겠지만, 일 끝나고라도 상관없으니까 네가 내 기자회견 처음부터 끝까지 꼭 봐 줬으면 좋겠어.

믿고 싶지 않아 몇 번이나 다시 읽어 봤지만 바뀌는 내용은 없었다. 은서는 금방이라도 손에서 놓쳐 버릴 것만 같은 핸드폰을 손에 꼭 쥐었다. 침착하게 생각하자, 하고 속으로 몇 번이나 되뇌었지만 이미 바짝 긴장감이 바짝 오른 마음은 도저히 잡히지 않았다.

'중요한 기자회견이라니. 설마 연애가 들킨 걸까?'

불안한 와중에 가장 먼저 떠오른 생각은 그것이었다. 하지만 그와 떨어져 있던 어언 두 달 사이 그들이 만난 것은 딱 하루였다. 그나마도 서울이 아닌 지방이었고 사람이 북적이지도 않는 그녀의 집 근처였다.

'그래. 들킨 건 아닐지도 몰라.'

은서는 모든 가능성을 열어 두고 생각을 전환했다. 그러자 하나의 생각이 그녀의 머릿속을 다급하게 스쳐 지나갔다. 혹시 그는 기자회견에서 자신과의 연애를 밝히기라도 하려는 걸까? 생각을 마치기 무섭게 숨이 헉 하고 멎었다. 일말의 시간이 흐르고 그녀는 곧 숨을 토해 내듯 몰아쉬었다.

잠시 숨을 돌리던 은서는 눈으로 시계를 찾았다. 그의 기자회견이 시작하기까지 고작 5분이라는 시간이 남았다. 초조함에 은서의 입술은 벌써 엉망이 되었다. 그녀는 4시 정각에 가까워져 가는 분침을 보며 빌고 또 빌었다. 오늘의 기자회견이 결코 그에게 해가 되지 않는 일이기를, 하고.

기자회견 3분 전, 대기실에 앉아 있던 태인은 무언가를 유심히 들여다보고 있었다. 대기실 문이 벌컥 열리는 소리를 들었음에도 태인은 자신의 손바닥, 아니 정확히는 손바닥에 올려진 핸드폰 화면을 뚫어져라 쳐다보았다.

"형, 이제 올라가셔야 한대요."

다소 쿵쿵거리는 발소리와 함께 태인에게 다가온 사람은 민행이 었다. 처음부터 대기실에 들어선 게 민행이라는 것을 알았다는 듯 태인에게선 전혀 동요하는 기색이 없었다.

"응."

태인은 마지막으로 한 번 더 핸드폰 화면을 눈에 담았다. 널찍한 화면이 은서가 환히 웃고 있는 모습으로 가득 찼다. 그녀의 미소가 그에게도 옮겨 갔는지, 내내 긴장하던 태인도 어느새 작게 미소 짓고 있었다. 민행은 애틋한 눈으로 은서의 사진을 들여다보는 태인을 보며 고개를 절레절레 저었다. 눈으론 태인을 마치 팔불출 보듯 했지만 그런 민행의 입가에도 미소가 번져 있었다.

"이제 가야겠다."

화면을 끈 태인은 핸드폰을 민행에게 맡기고 몸을 일으켰다. 민행은 새삼 그의 슈트 차림에 감탄하며 그의 뒤를 졸졸 따랐다. 그리곤 그가 대기실을 나설 때, 민행이 그의 옆에 붙어 서서 외쳤다.

"기자회견 내용이 어떤 건지는 모르겠지만 뭐든 형이 내리신 결정이라면 옳을 거예요."

"고맙다. 갔다 올게."

태인은 민행의 어깨를 툭툭 두드리고 회견장으로 향하는 걸음을 재촉했다. 큰 규모의 기자회견을 앞둔 사람답지 않게 바닥을 울리는 그의 구두 굽 소리는 가볍기만 했다.

거침없이 걷던 그가 회견장 문을 앞두고는 잠시 멈춰 섰다. 이내 그가 힘을 주어 문을 열었을 때, 그의 입가엔 그 어느 때보다도 멋들어진 미소가 내려앉아 있었다.

4시 정각, 회견장에 그가 모습을 드러냈다. 걸음을 뗄 때마다 보기 좋게 달라붙어 있는 슈트가 그의 몸에 부드럽게 감겼다. 긴 다리 길이를 뽐내며 몇 걸음 만에 자신이 앉을 자리 근처까지 간 태인은 곧 정면으로 몸을 돌렸다.

빼곡하게 들어선 수백 대의 카메라와 마주한 태인은 순식간에 터져 나오는 플래시 세례에 자신도 모르게 눈살을 찌푸렸다. 하지만 곧 적응한 그는 기자들을 향해 정중하게 고개를 숙이고 자리에 앉았다.

태인은 마이크 가까이에 몸을 붙이기 전, 기자회견장을 쓰윽 둘러보았다. 기자회견 장소로 이곳을 선택했을 때만 해도 과연 이곳이 다 찰 수 있을까? 하는 의문을 가졌었다.

그런데 막상 카메라 장비들과 사람들이 뒤섞여 인산인해를 이룬 모습을 보고 있자니 헛웃음이 절로 튀어나오려 했다. 연기를 하는 배우라는 직업은 좋지만 이렇듯 언론의 관심을 지대하게 받는 스타라는 직업은 여전히 유쾌하게 느낄 수 없나 보다.

"사실 긴급 기자회견이라 이렇게 많이 모이실 줄 몰랐습니다."

태인은 담담한 목소리로 첫마디를 꺼냈다.

"제가 배우활동을 하면서 워낙 인터뷰를 안 했죠? 다들 알고 계시겠지만 소속사의 신비주의 전략으로 인해 어쩔 수 없었습니다. 저는 그렇게 생각 안 하는데 사장님은 제가 입을 열면 좀 깨는 스타일이라고 생각하시나 봐요."

간혹 능청스러운 표정도 보이며 장난스럽게 던진 태인의 말에 기자들 사이에서도 웃음소리가 흘러나왔다. 다소 딱딱했던 분위기가 풀리는 걸 느끼고 안도하려던 찰나였다.

"곧 소속사와 계약이 끝난다고 들었는데 그것 때문에 기자회견을 여신 건가요?"

한 기자가 허락도 받지 않고 돌연 질문을 해 왔다. 회견장엔 다시 묘한 긴장감이 감돌았다. 태인은 모두가 숨을 죽이는 분위기로 다시 돌아온 것이 마뜩잖다는 듯 눈썹을 살짝 일그러뜨렸다.

"죄송하지만 사전에 공지해 드렸듯이 질의응답은 마지막에 진행하겠습니다."

한쪽 구석에 서 있던 소라가 마이크를 들고 입을 열었다. 기자회견 진행을 다른 사람에게 맡기겠다는데도 소라는 굳이 자신이 하겠다며 나섰다.

기자회견 내막을 알고 있는 사람은 태인 본인을 제외하고는 미혜와 소라뿐이었다. 다소 걱정스러운 마음에 줄곧 정면을 응시하던 태인이 비스듬히 고개를 틀었다. 살짝 떨리는 목소리를 들었는데 소라는 의외로 차분해 보였다.

태인이 다시 정면으로 고개를 돌리려 할 때쯤, 소라가 태인 쪽을 돌아보았다. 둘의 시선이 아슬아슬한 타이밍에 맞닿았다. 소라는 그를 향해 천천히 고개를 끄덕였다. 태인은 씩 웃고 고개를 돌렸다.

"많이들 궁금해하실 것 같으니까 본론으로 바로 들어가겠습니다."

내내 자연스러워보이던 태인의 얼굴이 처음으로 경직되었다. 태인은 긴장을 풀려는 듯 자신의 입 꼬리를 살짝 올려 보였다. 그런 모습 하나까지도 놓치지 않겠다는 듯 그를 향한 플래시 세례가 이어졌다.

"제가 오늘 긴급 기자회견을 연 이유는……."

그가 잠시 말을 멈추자 회견장 안엔 소름 끼치도록 무거운 정적이 내려앉았다. 이 순간만큼은 기자회견장에 모든 사람이 한마음으로 숨을 죽이고 그의 얼굴만을 바라보았다. 마른침을 꿀꺽 삼킨 태인은 천천히 입을 뗐다.

"제 은퇴 소식을 알리기 위해서입니다."

그의 뒷말과 함께 비명과도 같은 탄성 소리가 회견장을 메웠다. 태인은 엄청난 플래시 세례와 기자들의 동요에 아랑곳하지 않고 꿋꿋이 말을 이었다.

"사실 제가 꿈꿔 왔던 직업이 '배우'는 아니었습니다. 그런데 카메라 앞에 서서 연기를 하는 게 의외로 저랑 잘 맞는 일이었고 배우라는 직업에 흥미를 느끼면서부터 진지하게 임했습니다. 그러다 보니 조금씩 인정을 받게 되었고 사람들이 저라는 사람에게 기대를 하기 시작했습니다. 기대를 받으니까 더 잘해 보이고 싶었고,

이왕 하는 거 더 많은 사람에게 인정을 받고자 하는 욕심도 생겼습니다. 그렇게 한 계단씩 오르다 보니까 어느 순간 이 자리까지도 올라오게 되었습니다."

연예계에 들어선 순간부터 바로 어제 소화했던 스케줄까지 모두 자잘한 기억조각이 되어 그의 머릿속을 스쳐 지나갔다. 지나온 길을 짧게 돌아본 태인은 회한이 섞인 낯빛이라기보다는 후련해 보이는 얼굴이었다.

"그런데 앞만 보고 달려오다 보니까 제가 정작 중요한 것엔 소홀했다는 걸 알게 되었습니다."

태인은 잠시 숨고르기를 했다. 기자들은 본능적으로 그의 뒷말이 중요할 거라는 걸 눈치채고 그에게 더욱 집중했다.

"제게는 제 자신보다 더 사랑하는 사람이 있습니다. 곁에 항상 머물고 싶은 사람이고, 제가 평생 사랑하고 싶은 유일한 사람입니다. 다들 아시다시피 스타라는 자리에 앉아서는 소중한 사람과의 평범한 일상을 누릴 수 없습니다. 하지만 저는 그 사람과 보낼 수 있는 평범한 일상들을 더 이상 포기하고 싶지 않습니다."

소란스러웠던 회견장 안이 순식간에 숙연해졌다. 대중들의 사랑을 받는다는 이유로 사생활을 보호받지 못하는 게 당연시되는 스타와 사랑하는 여자 곁에서 평범한 연인이 되고픈 남자. 그가 은퇴를 결정한 것은 그 둘 사이의 괴리감에서 벗어나기 위한 최선의 선택이었다.

"은퇴를 하겠다는 결정은 즉흥적으로 내린 것도 아니고, 몇 달 동안 충분히 고민한 일입니다. 긴 시간은 아니었지만 그동안 저는 배우로서 참 과분한 사랑을 받았습니다. 지금까지 제 연기를 좋아해 주셨던 많은 분들께 진심으로 감사드립니다."

태인은 자리에 일어나서 모두를 향해 꾸벅 인사를 했다. 방송국에서도 많이 왔으니 지금쯤이면 기자회견 내용이 실시간으로 퍼져 나갔을 거다.

'은서도 지금쯤 소식을 들었을까?'

잠시 그녀를 떠올렸을 뿐인데 오만 가지의 감정이 뒤섞인 채로 가슴이 벅차올랐다. 금방이라도 그녀에게 달려가고 싶은 마음을 억누르기 위해 태인은 몇 번이나 받은 숨을 몰아쉬어야 했다.

"지금부터 질문 받겠습니다."

소라의 딱딱한 어조에 퍼뜩 정신을 차린 그가 다시 자리에 앉았다. 아스라이 먼 곳을 향해 있던 그의 시선이 눈앞의 기자들에게 옮겨졌다. 질문을 받는다는 말에 기자들이 분주하게 움직이는 모습이 모조리 포착되었다.

아직 기자회견은 끝나지 않았다. 방금 전까지 자신만의 감정들에 빠져 탁하게 가라앉았던 태인의 눈빛이 다시 빛났다.

"소속사와의 계약은 어떻게 되는 겁니까?"

분명 항간에 떠도는 소문엔 태인과 소속사와의 계약 기간이 어언 두 달 정도 더 남아 있다고 했다. 이 자리에 온 대부분의 기자들이 그것을 철석같이 믿고 있었다. 하지만 그것은 태인의 은퇴를 섣불리 추측하지 못하도록 미혜가 미리 퍼뜨려 놓은 거짓소문이었다.

"계약은 어제부로 종료되었습니다."

태인은 비록 은퇴를 앞둔 시한부 스타였지만 마지막까지도 그를 최고의 스타로 만들기 위한 미혜의 노력은 멈추지 않았다. 어쩌면 그건 태인에 대한 미련을 버리기 위해 미혜의 마지막 남은 열정까지 모두 쏟아부은 걸지도 모른다.

지난 두 달 소화했던 스케줄이 태인에게 있어 가장 고단한 시간이었지만 자신을 이 자리에 있도록 만들어 준 미혜에 대한 보답으로 그는 투정 한 번 부리지 않고 꿋꿋이 버텨 냈다.

최근까지 눈에 띄게 활동한 태인이었으니 기자들이 하나같이 그의 은퇴를 예측하지 못한 것도 어쩌면 당연한 일이었다.

"몇 달 전에 고민하셨다면 왜 그때 은퇴를 하지 않으셨습니까?"

"그 당시엔 소속사와의 계약이 남아 있었습니다. 여태껏 저를 매니지먼트해 준 소속사에 책임을 다해야겠다고 생각했고, 제가 사랑하는 사람 앞에서도 떳떳하게 서고 싶었습니다."

"떳떳하게 서고 싶었다는 말은 무슨 말씀이십니까?"

과거를 회상하는 그의 얼굴이 잠시 애틋하게 젖어 들었다. 은서와 헤어진 뒤 급기야 그녀가 자신의 손이 닿지 않는 곳으로 멀어져 버렸을 때, 태인은 은퇴를 결심했었다. 몇 달 전이었던 그때에도 얼마든지 은퇴를 선언하고 그녀의 곁에 다가설 수 있었지만 그는 기다렸다. 모든 것을 원점으로 돌릴 수 있는 지금 이 시점을.

"제가 만약 소속사와 얼마 남지 않은 계약을 파기하면서까지 은퇴할 정도로 무책임한 모습을 보이며 그 사람 앞에 선다면, 분명 저를 밀어냈을 겁니다. 하지만 계약이 끝난 지금은 다시 원점으로 돌아왔고, 은퇴를 원한 건 순전히 제 선택이었기 때문에 그 사람

앞에 떳떳하게 설 수 있다는 말입니다."

"사랑하신다는 그분은 일반인입니까?"

"네, 일반인입니다. 그러니 관련 질문은 되도록 삼가 주시기 바랍니다."

지켜보는 사람까지 먹먹하게 만들 정도로 절실한 표정을 지어 보이던 그가 서늘한 얼굴로 돌변하자 질문을 던진 기자가 멋쩍은 듯 헛기침을 했다.

그 뒤로도 질문은 끊임없이 이어졌다. 예정되었던 질의응답 시간이 끝나고 태인은 몸을 일으켰다. 카메라와 기자들을 향해 다시 고개를 숙인 그가 몸을 돌리려 할 때, 한 명의 기자가 다급히 외쳤다.

"마지막으로 팬분들에게 한 말씀 부탁드립니다."

태인은 마이크 쪽으로 다시 몸을 숙였다. 마지막이라는 것을 실감한 태인은 진지한 얼굴로 입을 열었다.

"스타라는 자리에서 여러분께 정말 많은 사랑을 받았습니다. 그 사랑을 다 돌려 드리지 못해서 죄송합니다. 박태인이라는 배우는 여러분이 만들어 주셨다는 것 잊지 않겠습니다. 항상 행복하세요."

태인의 은퇴 소식은 아르바이트를 하고 있던 은서에게도 빠르게 전해졌다. 테이블에 이미 자리하고 있던 손님들, 새로 들어오는 손님들까지도 모두 그의 이름과 은퇴라는 말을 입에 올리니 모를 수가 없었다.

상상조차 하지 못했던 그의 은퇴 소식을 접한 그녀는 한동안 제

자리에서 눈만 깜빡대고 있었다. 어찌나 물어뜯었는지 아랫입술에선 핏물이 새어 나왔다. 앞으로도 배우로서 무궁무진한 가능성이 있는 그가 은퇴라니. 도저히 믿어지지 않았고, 믿고 싶지 않았다.

시간을 어떻게 흘려보냈는지도 모르겠다. 은서는 그저 퇴근하라는 카페 사장의 한마디에 헐레벌떡 카페를 벗어났다. 힘이 풀려버린 두 다리로 집에 갈 자신이 없어 은서는 택시를 잡아탔다.

"XX병원으로 가 주세요."

"예."

그녀가 택한 곳은 집이 아니라 영환의 병원이었다. 은서는 태인에게 곧장 전화를 걸까 하다가 그가 낮에 보내온 문자메시지를 떠올렸다.

기자회견 내용부터 보는 게 순서라고 생각한 그녀는 아직도 인기검색어 1위를 유지하고 있는 태인의 기자회견 동영상을 재생시켰다. 은서는 눈으로 영상 속 태인의 모습을 더듬거렸다. 오늘따라 더 멋있는 그의 모습에 그녀의 눈가엔 애틋함이 번져 나갔다.

그가 얼굴을 찡그릴 땐 그녀도 얼굴을 찡그리고, 그가 숨을 고를 땐 그녀도 숨을 골랐다. 그랬던 은서의 입에서 흐느낌이 터져 나온 건, 그가 은퇴라는 단어를 입에 올린 순간이었다.

뒤이어 그가 사랑하는 사람을 언급할 때는 그녀의 눈가에서 눈물이 흐르기 시작했다. 자신과 보낼 수 있는 평범한 일상들을 포기하고 싶지 않다는 말을 들었을 땐 얼굴 한가득 눈물로 범벅이 되고 말았다. 이미 시야가 뿌옇게 번져 버린 은서의 눈엔 더 이상 영상은 들어오지 않았다. 그저 기자의 질문에 대답하는 그의 목소리만 본능적으로 듣고 있을 뿐이었다.

병원에 도착한 뒤에도 태인의 기자회견 영상은 끝나지 않았다. 은서는 택시에서 내린 자리에 멀뚱히 서서 영상이 끝날 때까지 몸을 움직이지 않았다.

"앞으로의 계획이 있으십니까?"

재생 시간이 얼마 남지 않은 걸 보니 얼핏 마지막 질문인 것 같았다.

"사실 제겐 오랜 꿈이 있었는데 그 꿈을 위해 처음부터 다시 노력해 보고 싶습니다."

"배우 일과는 달리 본인의 적성에 맞지 않으면요? 그땐 다시 재기할 가능성도 있는 건가요?"

"재기하는 일은 없을 겁니다. 제가 꿈꾸는 일이 제 적성에도 맞으면 좋겠지만 아니라고 해도 상관없습니다. 적성은 또다시 찾으면 되지만 우선은 제가 제대로 숨은 쉬고 살아야 하니까요."

그가 낮게 중얼거린 뒷말에, 그녀의 얼굴이 다시 젖어 들기 시작했다. 은서는 눈물을 닦을 생각도 하지 못하고 태인에게 전화부터 걸었다.

─지금은 고객님의 전화기가 꺼져 있어…….

이어지는 기계음에 은서는 귀에서 핸드폰을 떼어 냈다. 아마 기자회견이 끝나고 많은 사람에게 연락이 왔을 거다. 그러니 배터리가 나갔을 수도 있고, 쉴 새 없이 오는 연락에 그가 꺼 두었을 가능성도 있다.

은서는 통화 종료를 터치하고 차례로 민행과 영아에게도 전화를 걸었다. 모두의 전화기가 꺼져 있었다. 그들이 쏟아지는 전화를 감당할 수 없어서 핸드폰을 꺼 두었다는 쪽으로 생각이 확실시되었다.

검은 액정으로 바뀐 화면을 망연자실 바라보던 은서가 병원 입구 쪽으로 걸음을 막 뗐을 때였다. 아직 손에 쥐고 있던 핸드폰에서 짧은 진동이 울렸다.

─곧 갈게

태인의 문자였다. 문자를 확인하자마자 그에게 다급히 전화를 걸어 보았지만 이번에도 그의 다정한 목소리를 들을 순 없었다. 통화를 종료시킨 은서는 그에게 받은 메시지 창을 다시 켰다.

그 문자가 그의 분신이라도 되는 듯 은서는 몇 번이나 핸드폰 화면을 쓰다듬었다. '곧'이 아니라 '지금 당장'이었다면 얼마나 좋을까.

'보고 싶어.'

마음속의 작은 외침이 던져졌다. 이내 온몸을 꿰뚫은 그 감정이 그녀의 고개를 맥없이 아래로 떨어뜨릴 때 그녀의 눈가에서 반짝이던 물방울도 함께 떨어졌다.

"누나한테 문자 보내셨어요?"

"어, 아슬아슬했어."

시트에 몸을 기댄 태인은 핸드폰을 내려다보며 낮게 웃음 지었다. 민행에게 맡겨 둔 핸드폰은 기자회견하는 도중에 여기저기서 걸려 오는 전화로 배터리가 일찍 나가 버렸다. 그의 핸드폰이 이럴

진대 번호가 더 많이 알려진 회사 식구들의 핸드폰 사정은 굳이 말하지 않아도 짐작 가능했다. 특히 민행의 핸드폰은 아예 먹통이 되어 버렸다.

미안한 마음에 소속사 식구들에게 저녁 식사를 대접하는 자리에서도 태인은 꺼진 핸드폰에서 내내 눈을 떼지 못했다. 자신뿐 아니라 다른 이들 모두 핸드폰을 켤 수 없는 상황이지만 은서에 대한 걱정을 도무지 떨칠 수가 없었다.

소속사 식구들과의 마지막 회식을 끝내고 집에 오는 길에 태인은 핸드폰을 켰고, 기적적으로 생긴 2%의 배터리로 그녀에게 문자를 보낸 것이었다. 때마침 걸려오는 전화도 없었기에 재빠르게 메시지를 써 내려간 태인이 그녀에게 전송을 완료하자 핸드폰은 저절로 꺼졌다.

태인은 한시름 덜었다는 듯 웃고 있었지만 아쉬움이 남는지 이미 꺼진 핸드폰을 자꾸만 들여다보았다. 전원이 나가 버린 핸드폰이 답을 줄 리가 없는데 습관과도 같은 행동이었다. 그 모습을 몇 번 지켜보던 민행은 잠시 신호 대기로 차가 멈췄을 때, 그에게 넌지시 물었다.

"가다가 공중전화 보이면 멈출까요?"

"공중전화?"

"네. 누나한테 전화라도 해 보세요."

"아니야."

태인은 딱 잘라 대답했다.

"은서한텐 마음 가라앉힐 시간이 필요해. 생각할 시간도 필요할 거고."

단호한 어조로 말을 덧붙인 그였지만 얼굴엔 여전히 근심이 묻어났다. 태인은 차창 밖으로 애써 눈을 돌렸다. 암흑 속에서 더욱 화려하게 빛나는 조명들이 눈을 어지럽히자 곧바로 눈이 피로해졌다. 얼마 지나지 않아 태인은 눈꺼풀을 아래로 내렸다. 그와 함께 은서를 보고 싶은 마음과 걱정되는 마음을 잠시 내려놓았다.

영환의 병실에 들렀다 집에 돌아온 은서는 내내 패닉 상태였다. 자신처럼 그의 은퇴 소식에 놀라시진 않았을까 걱정되는 마음이 한가득이었는데 성희와 영환은 놀란 기색을 보이기는커녕 오히려 그녀를 다독여 주기까지 했다.

내막은 이러했다. 성희와 영환은 그의 은퇴 소식을 이전부터 알고 있었다. 그가 은서를 만나러 지방에 내려왔을 때, 한 달 후에 있을 자신의 은퇴 소식에 그녀의 부모님이 놀라지 않게 미리 설명드리고 양해를 구한 것이었다. 또한 은서에겐 철저하게 비밀로 해 달라는 그의 부탁에 여태껏 입을 꾹 닫아 주었다.

은서의 입장에선 한마디로 그들이 모두 공범인 셈이었다.

자신의 부모님을 배려해 준 그에게 고마운 마음이 드는 한편 원인 모를 싱숭생숭한 기분이 함께 밀려왔다. 몸을 소파에 바짝 붙인 은서는 손에 쥐고 있던 리모컨을 더듬거려 TV를 켰다. 화면이 켜짐과 동시에 은서는 눈을 감으며 고개를 뒤로 젖혔다.

"박태인 씨랑 마지막 영화 촬영을 같이 하셨는데 혹시 미리 알고 계셨나요?"

기막힌 우연이었다. 때마침 TV에서 나오는 '태인'이라는 이름에 은서가 눈을 번쩍 뜨고 고개를 들었다.

"아뇨. 저는 전혀 몰랐습니다. 현장에서 선배님과 그렇게 친하게 지내지 못했어요."

은서가 화면 속에 나오는 배우를 보곤 어, 하고 낮은 신음을 흘렸다. 분명 이번에 그와 같이 영화를 찍었던 여배우였다. 이름이 다연이라고 했던가?

"평소 촬영장에서 예의 바르다고 알려졌는데 관계가 좋지 않았나요?"

영상을 보니 태인과 관련된 자리도 아니고 다연이 출연하는 드라마의 기자간담회였다. 자신에 대한 질문은 묻지 않고 태인과 관련된 질문만 묻는 기자들에게 짜증이 날 법도 한데 다연은 인상 한 번 찌푸리지 않고 웃으며 입을 열었다.

"항상 예의 바르시고 후배인 저한테도 늘 존댓말을 쓰셨어요. 다만 촬영장에서 여자 스태프분들이나 저를 포함한 여배우분들에겐 유독 깍듯하셨어요. 그래서 원래 저렇게 여자에겐 틈이 없는 분인가하고 생각했는데, 기자회견 보니 이유를 알겠더라고요. 그 여자분을 정말 많이 사랑하시나 봐요."

자극적인 제목으로 기사를 쓰려던 기자는 다연이 결론까지 깔끔하게 정리해 버리자 멋쩍은 듯 콧등을 매만졌다. 그 이후로는 드라마 관계자가 태인과 관련된 질문을 차단시켜 더 이상 그와 관련된 이야기를 들을 순 없었지만 은서는 한동안 제 무릎을 꽉 껴안고 가쁜 숨을 몰아쉬었다.

연예인으로서의 그의 주변 환경에 대해 걱정한 적이 없다면 거짓말일 거다. 영화나 드라마 촬영이 아니어도 화보나 CF를 통해 최고의 여배우들과도 많은 호흡을 맞췄던 그였다. 질투가 난 적도 많았지만 그 앞에선 한 번도 내색한 적 없었는데 그때의 그 가슴앓이까지 한 번에 다 보상받는 기분이었다.

은서는 마음 깊은 곳에서 우러나는 벅찬 감동에 몇 번이나 숨을 몰아쉬고는 무릎 위로 고개를 천천히 기댔다.

은서가 눈을 뜬 건 대낮이었다. TV도 켠 채로 소파에서 그대로 잠이 든 은서는 환한 햇살 아래서 찌뿌듯한 몸을 일으켰다. 어제 저녁, 오늘 아침엔 병원 오지 말고 집에서 쉬라는 성희의 말에 마음 푹 놓고 늦잠을 자긴 했지만 시계를 보니 이제 곧 준비하고 아르바이트에 갈 시간이었다.

물 한 모금으로 간단히 목을 축인 은서가 수건을 목에 두르고 욕실로 가기 전, 돌연 소파 쪽으로 향하더니 핸드폰을 집어 들었다. 혹시나 하는 마음에 살펴보았지만 화면은 어떠한 알림도 없이 깨끗했다.

은서는 태인에게 전화할까 망설이다 핸드폰을 내려놓고 욕실 쪽으로 몸을 틀었다. 그 순간, 소파 위에 올려 둔 핸드폰에서 긴 진동이 울렸다.

빛의 속도로 돌아선 은서가 핸드폰을 손에 쥐었다. 하지만 기다리던 태인의 전화가 아니었다. 평소 연락할 일이 거의 없는 카페 사장님의 전화였다.

"네, 사장님."

아르바이트 1시간 전, 지금 카페에 나와 달라고 하기에도 애매한 시간이다. 그러니 일찍 나와 달라는 부탁은 아닐 거다. 생각이 여기까지 미치자 그녀는 거실 바닥에 제 발끝을 툭툭 건드렸다. 묘하게 들떠 보이는 행동이었다.

—어, 은서야. 오늘 5시 이후부터 가게 열 거니까 그때 맞춰서 나오면 된다.

"5시부터요?"

금방이라도 비명을 지를 것처럼 얼굴이 밝아지던 은서가 침착함을 되찾고 물었다.

—어. 낮엔 잠깐 닫을 거니까 5시에 나와서 원래대로 7시에 퇴근하면 돼.

"네, 알겠습니다."

통화가 종료된 핸드폰을 보던 은서는 손을 위로 쫙 뻗고는 소파 위로 그대로 몸을 뉘었다. 잠을 푹 잤으니 육체적으로는 피로하지 않은데 심적으로는 여전히 불안했다. 불안감의 대표적인 증상으로는 자신도 모르게 한숨을 푹푹 내쉰다는 거였다.

이번에도 한숨을 폭 내쉰 은서는 여전히 손에 쥐고 있던 핸드폰을 빤히 내려다보았다. 그리고 마침내 그녀의 얼굴에 결심의 빛이 스쳤다. 은서는 핸드폰 화면을 켜고 손에 익어 있는 번호 열한 자리를 재빠르게 눌렀다. 발신 중으로 화면이 바뀌기 무섭게 핸드폰을 귀에 갖다 댄 은서는 허무한 얼굴로 핸드폰을 내려놓았다.

그의 핸드폰은 아직도 꺼져 있었다. 예상했었고 그녀 또한 당연한 일이라고 생각하고 있지만 자꾸만 마음이 엇나가려 했다.

'곧 온다더니. 언제 오는 건데.'

그가 들을 수 없는 외침이 그녀의 안에서 강하게 메아리쳤다.

5시에 찾은 카페는 낯설었다. 그도 그럴 것이, 은서의 눈에 비친 카페의 모습은 평소 그녀가 일하던 카페의 모습과 달랐다. 2층은 간혹 이벤트를 위해 빌리는 사람 때문에 커튼을 쳐 둘 때가 있지만 1층까지 이렇게 커튼을 쳐 둔 적은 없었다.

고개를 갸웃거리며 카페 출입구에 다가선 은서는 한 번 더 놀라야 했다. 아직 5시인데 버젓이 출입문에 걸려 있는 CLOSED 팻말이라니.

'낮에 잠깐 닫으신다더니 무슨 일 있으신가.'

카페 사장에게 먼저 전화를 해야 하나 머뭇거리던 은서는 혹시나 하는 마음에 카페 문을 힘주어 열었다. 다행히 문은 열려 있다.

"사장님."

밖엔 아직 버젓이 해가 떠 있는데 카페 내부는 햇빛을 모두 차단한 커튼 덕에 어스름했다. 그 안에서 몇 개의 조명만이 부드러운 빛을 발하고 있었다. 카운터에 있던 카페 사장은 그녀를 보고선 천천히 걸어 나왔다. 은서는 안도의 한숨을 쉬며 그의 앞에 다가섰다.

"오늘 영업 안 해요?"

"영업은 하는데 오늘은 카페를 빌린 사람이 있어."

"2층 말고 아예 1층까지 통째로요?"

"어. 난 잠깐 나갔다 올 테니까 2층 정리 좀 먼저 하고 있어."

"네."

가방을 직원용 사물함에 넣은 은서는 곧장 2층으로 올라갔다. 카페 내부가 조용해서인지 나무계단에서 삐그덕거리는 소리가 유난히도 컸다. 민망함에 괜히 헛기침을 하며 걸음을 떼던 은서는 2층 내부의 모습이 눈에 들어올 때쯤 돌연 걸음을 멈추었다.

1층처럼 커튼이 다 쳐 있던 2층엔 계단 끝에서부터 시작되는 꽃길이 있었다. 그리고 그 길의 끝엔 한 남자가 서 있었다. 비록 그녀에게 보이는 건 정면이 아닌 뒷모습이었지만 이미 그의 어떤 모습에도 익숙해진 그녀는 단번에 눈앞의 남자가 태인이라는 걸 알아챘다.

"태인아."

그녀의 작은 부름에 그가 천천히 몸을 돌렸다. 한 손을 주머니에 넣고 고개를 비스듬히 튼 채로 장난기 가득한 웃음을 보이는 것은 그녀만이 알고 있는 태인의 모습이었다. 마치 아지랑이처럼 아른거리는 그의 모습이 그녀의 심장에 콕 박혀 드는 것과 동시에 그녀의 눈가가 빠르게 젖어 들었다.

"기억나? 내가 여기서 너한테 고백했던 거."

계단 끝에 올라선 은서는 벅찬 마음에 가까스로 고개만 끄덕여 보였다. 몇 년이나 지난 일이었지만 그녀의 기억 속에 잔상으로 남아 있는 그때의 모습은 지금 그녀의 앞에 펼쳐진 모습과 거의 흡사했다.

달라진 게 있다면 주인공인 두 사람의 모습이었다. 하지만 서로를 향한 마음과 서로를 바라보는 눈빛이 그때와 지금이 여전히 같기 때문일까? 풋풋했던 고등학생 남녀는 어엿한 성인 남녀가 되었지만 은서는 마치 태인과 자신마저도 그때의 그 시간으로 회귀한 것만 같은 착각이 들었다.

"이번엔 특별히 꽃길로 준비했는데 어때? 마음에 들어?"

은서의 입술 새로 작은 탄성이 새어 나왔다. 그땐 지금처럼 꽃길이 아니라 촛불 길이었다는 걸 왜 이제야 떠올렸을까. 깨달음과 동시에 은서의 머릿속엔 그날의 추억이 천천히 되새겨졌다.

그의 고백을 받고 마냥 수줍어하던 은서는 그와 카페 안에서 오붓하게 시간을 보냈었다. 그러다가 촛농이 뚝뚝 떨어지는 촛불을 보며, 다음부턴 절대 이런 거 하지 말라고 무드 없게 그를 다그쳤었다. 정작 그 말을 뱉었던 그녀는 잊고 있었지만 그는 그 말을 아직 기억하고 있었던 거다.

애써 참은 눈물이 다시 눈가에 스며들었다. 어느새 투명하게 맺힌 눈물방울 사이로 그의 얼굴이 아롱거린다. 은서는 그에게 눈물을 보이기 싫어 풍선이 가득한 천장으로 고개를 올렸다. 그때, 조용한 내부에 발자국 소리가 울렸다.

"울지 마."

그의 목소리가 한층 가까워졌다. 은서는 눈물을 삼키기 위해 눈을 더 빠르게 깜빡였다. 하지만 이미 눈가에 덩그러니 고인 눈물은 쉽사리 사그라지지 않았다. 점점 다가오는 그의 기척을 느낀 은서가 하는 수 없이 고개를 뒤쪽으로 틀었다. 하지만 곧바로 그의 단단한 손안에 맥없이 붙잡히고 말았다.

그의 힘에 이끌린 은서는 하는 수 없이 그와 눈을 마주했다. 하필 그 순간 참았던 눈물이 한 방울 떨어지고 말았다.

"가만히 생각해 보니까 난 30살, 40살 될 때까지 못 기다리겠더라고."

'응. 미리 하는 거야, 프러포즈. 난 죽을 때까지 배우는 못 할 것 같거든. 그래서 은퇴하면 이렇게 조용한 데서 살고 싶어. 너랑.'

'까짓 거, 내가 기다려 줄게. 30살이든 40살이든.'

머릿속엔 차례로 그의 말과 그리고 자신의 말이 떠올랐다. 그의 말이 의미하는 바를 깨달은 은서의 눈물은 더 이상 머뭇거리지 않고 사정없이 아래로 추락했다.

"나 이제 연예인 박태인 아니야. 너한테 처음 고백했던 그때처럼 일반인 박태인으로 돌아왔어. 그러니까……"

그의 말이 잠시 멈추었을 때, 카페 내부를 울리는 그녀의 흐느낌이 더욱 커졌다.

"우리 이제 같이 살까?"

은서는 눈물을 펑펑 흘리며 입술만 달싹였다. 바짝 붙어 서서 그녀의 눈물을 닦아 주던 태인은 열릴 듯 말 듯 끝내 열리지 않는 그 작은 입술을 보며 애간장을 태웠다. 목이 바싹바싹 타는 느낌에 마른침을 삼키는 그의 목울대가 크게 움직였다.

"나랑 결혼해 줘. 은서야."

기껏 눈물을 다 닦아 놨더니 한 줄기의 눈물이 또 그녀의 얼굴을 적신다. 태인은 속상한 마음에 재빨리 그녀의 눈물을 훔쳐

냈다.

"이제 그만 울고, 대답해 주면 안 돼?"

은서는 입술을 우물거리다가 눈앞에 보이는 태인의 목을 급작스레 껴안았다.

"내가 기다려 주겠다고 했잖아. 근데 왜……."

어렵게 연 말문이었는데 울컥하고 밀려오는 감정의 소용돌이 안에서 은서는 다시 꿀 먹은 벙어리가 되어 버렸다. 그녀가 잠시 마음을 가다듬는 동안 그가 조심스레 말을 꺼냈다.

"여기 내려오기 전부터 계획했던 거야. 대표님께는 몇 달 전에 이미 재계약 안 하겠다는 내 의사 전했었고, 이번 영화가 이 근처 세트장에서 촬영될 거라는 소식 듣고 마지막으로 이 영화 찍기로 한 거야. 이사 온 것도 그래서 가능했던 거고."

모든 것이 은퇴로 가기 위한 그의 계획이었다. 은퇴를 한 뒤에 그녀에게 다가갈 생각도 있었지만 혹시 그사이에 그녀가 자신을 잊게 될까 두려웠고, 그래서 영화를 빌미로 그녀의 옆집에 이사를 온 것이었다.

그녀가 밀어낼 것을 예상했기에 처음엔 친구로라도 곁에 있을 생각이었다. 그리고 은퇴한 뒤에 본격적으로 다가가려던 것이었는데, 막상 붙어 있다 보니 그게 마음대로 되지 않았다. 그녀가 손 닿을 거리에 있다는 것. 그게 그에겐 버틸 수 있는 힘이자 그의 계획에 있어서 가장 큰 변수였다.

'결과적으로 좋은 방향으로 흘러가서 다행이었지만.'

태인은 아찔했던 순간을 떠올리며 은서를 안고 있는 팔에 힘을 실었다.

"그러니까 왜⋯⋯."

"다시 돌아온 거야. 네가 있는 곳으로."

"나 이제 버틸 수 있어. 너한테 다시는 미련하게 헤어지자고 안해."

악에 받친 사람처럼 그녀가 그의 목을 더욱 세게 껴안았다.

"내가 못 버티겠어. 너랑 떨어져 있는 거."

태인은 그런 그녀를 다독이듯 그녀의 등을 가볍게 토닥거리며 말했다.

"태인아⋯⋯."

"소라 누나한테 배우 해 보지 않겠냐는 제의받았을 때, 네가 나한테 카메라 앞에 서면 멋있을 것 같다고 흘렸던 그 말. 난 그 한마디 때문에 시작한 거였어. 너한테 더 멋있어 보이고 싶었거든. 근데 끝낸 건 네가 아니라 나야. 이건 오로지 나를 생각해서 내린 내 결정이야."

은서는 그의 목에 둘렀던 팔을 떼고 한 걸음 뒤로 물러났다. 여유를 부리던 그의 모습은 더 이상 존재하지 않았다. 은서는 사뭇 진지해진 그의 얼굴을 손으로 더듬거렸다. 그녀의 손이 닿는 곳마다 온기가 내려앉았다. 애정이 묻어나는 그녀의 손길에 태인의 눈빛은 더욱더 단단해졌다.

"나 영화감독 되고 싶던 꿈 다시 꿀 거고 네 옆에도 있을 거야. 너랑 함께 지낼 수 있는 날들을 더 이상 포기하고 싶지 않아. 네가 있는 곳이라면 나도 항상 같이 있고 싶어. 그러니까 이제 대답해 줘. 나랑 결혼해 줄래?"

그답지 않게 바짝 긴장한 모습이었다. 어느덧 덜덜 떨리던 은서
의 손이 멈췄다. 눈물 또한 멎어 들었다.

은서는 대답을 입에 올리기 전, 그의 얼굴 위로 제 얼굴을 살짝
기울였다. 둘의 얼굴이 겹쳐지는 순간, 두 사람은 누가 먼저랄 것
도 없이 서로의 입술부터 찾았다. 입맞춤의 시간은 그리 길지 않았
다. 그의 어깨를 살짝 밀어내고 고개를 뒤로 젖힌 그녀가 이내 그
의 눈을 오롯이 마주했다.

"그때 이미 대답했잖아. 내 대답은 평생 바뀌지 않을 거야."

그를 본 이후로 내내 울기만 하던 그녀가 처음으로 웃음을 보였
다. 하지만 반대로 그의 눈가는 젖어 들었다. 물기로 반짝이는 그
의 눈가를 멍하니 바라보던 은서가 제 왼손을 그의 얼굴께로 올렸
을 때, 그가 돌연 그녀의 손목을 휙 잡아챘다.

붙잡힌 손목을 빼낼 새도 없이 이번엔 태인의 고개가 은서에게
로 기울여졌다. 손목이 잡힌 채로 시작된 입맞춤은 얼마 지나지 않
아 짙어졌다.

길게 이어진 키스의 여운이 채 가시기도 전에, 그가 그녀의 아랫
입술을 가볍게 머금었다. 간질거리는 느낌에 웃음을 터뜨리던 은서
는 그에게 붙잡힌 왼손 위로 느껴지는 이질적인 감촉에 눈을 번쩍
떴다.

어느새 그의 얼굴은 멀어져 있었다. 그녀의 시야에 한가득 들어
찬 건, 제 왼손과 유독 다르게 보이는 네 번째 손가락. 그 위엔 투
명하게 빛나는 반지가 있었다.

"태인아."

그녀의 눈이 다시 젖어 들었다.

"응."

그가 활짝 웃으며 대답했다. 어느새 은서의 입가에도 부드러운 미소가 번져 있었다.

"태인아……."

"사랑해."

그녀가 할 말을 짐작이라도 한 건지 그가 재빨리 말했다. 잠시 허망한 표정을 짓던 은서는 이내 웃음을 터뜨렸다. 맑은 웃음소리를 들으며 눈을 감은 태인은 곧 행복한 얼굴로 눈을 떴다.

"사랑해."

라는 그녀의 말과 함께.

13장.
아직 끝나지 않은
이야기

이른 아침, 말간 햇살 아래로 쾌청한 바람이 불어온다. 갈 곳 잃은 긴 머리칼이 뺨을 간질거리자 은서가 콧등을 찡그렸다. 머리칼을 떼어 내기 위해 아이가 도리질을 하는 것처럼 고개를 작게 흔들던 그녀는 돌연 걸음을 멈춘 태인을 따라 정지했다.

"왜?"

천연덕스럽게 묻는 그녀를 향해 빙긋 웃어 보인 태인은 맞잡고 있던 손을 놓고 그녀의 뒤에 다가섰다. 이내 그녀의 머리칼은 그의 손안에 붙잡혔다. 그 딴에는 부드럽게 하는 것이겠지만 투박하기 그지없는 손길에 그녀는 태인 몰래 웃음 지었다.

그녀의 머리를 남김없이 뒤로 정리한 뒤에야 태인은 다시 은서의 옆에 다가섰다. 곧 두 손이 다시 맞잡혔다. 나란히 이어진 두 팔이 바람 따라 앞뒤로 보기 좋게 흔들린다.

주말 아침에 거니는 거리엔 사람이 많지 않았다. 하지만 간혹 스치는 사람들 중에 태인을 알아보는 사람들은 자신의 일행들과 쑥덕거리거나 눈을 동그랗게 뜨며 그를 몇 번이나 돌아보곤 했다.

그런 시선들을 한두 번 느낀 것도 아니기에 둘은 초연했다.

두 사람은 길거리에 나서기만 하면 이렇듯 사람들의 이목을 끌었다. 그에게 한 번 붙잡힌 사람들의 시선은 좀처럼 거둬지지 않았고, 그럴 때마다 그는 꼭 붙든 그녀의 손을 그들 앞에서 보란 듯이 흔들어 보였다.

시간이 지나면 잠잠해질 거라 여겼지만 아직은 그만큼의 시간이 지나진 않았나 보다. 그가 은퇴를 선언한 뒤로 두 달이라는 시간이 흘렀지만 세간의 관심은 여전했다. 은퇴한 그가 아직 브라운관이나 스크린에서 모습을 드러내고 있기 때문일까?

그가 마지막으로 출연했던 영화는 그의 은퇴 여파에 힘입어 천만 관객을 돌파했으며 아직도 소수의 영화관에서 상영 중이었다. 그가 출연했던 드라마를 연이어 재방송하는 파격 편성은 하나의 추세로 자리 잡았으며, 아직 계약 기간이 남아 있던 몇몇 CF도 TV에 버젓이 흘러나오고 있었다.

CF같은 경우는 광고주 측에서 그의 은퇴 선언으로 제품에 좋지 않은 영향을 미쳤다고 판단되면 그에게 손해배상을 청구할 수도 있는 상황이었다. 처음부터 그걸 감안하고서 은퇴를 선언한 그였지만 다행히도 은퇴 이후 대중들에게 비쳐지는 이미지는 더욱 좋아졌기에 큰 탈은 없었다.

"어? 저기 태민이 있다."

산책로를 따라 쉼터에 도착한 은서가 환히 웃으며 말했다.

"어디?"

곧게 펴진 은서의 검지가 어딘가를 향했다. 그녀의 손가락 끝을 눈으로 따라가던 태인은 연서와 함께 뛰노는 태민을 발견하곤 큭 하고 짧은 웃음을 터뜨렸다.

"태민아! 연서야!"

은서가 부르자 아이들이 그녀 앞으로 조르르 달려왔다. 아이들은 은서 뒤에 서 있는 태인에겐 짧은 인사말만 건네곤, 이내 그녀의 손을 사이좋게 하나씩 잡아끌었다.

태인의 팬이었던 연서와 은서의 인연은 그의 소개로 시작되었지만, 어느 순간부터 연서는 태인보다 은서를 훨씬 좋아하게 되었다. 그에 질투를 느끼기보단 아이들과 곧잘 어울리는 은서를 보며 태인은 그저 흐뭇해했다.

아이들에게 이끌려 가던 은서는 제 몸을 아이들의 눈높이에 맞게 수그린 뒤 무어라 소곤거렸다. 뭐가 그렇게 재미있는지 까르르 웃던 아이들이 그녀가 외치는 숫자소리를 듣더니 빠르게 흩어졌다. 술래잡기를 하는 모양이었다.

쉼터엔 아이 둘뿐이었지만 웃음소리가 유난히 크게 퍼져 나갔다. 멀뚱히 남겨진 태인은 주위를 두리번거리다 쉼터에서 가까운 입구 근처에 서 있는 정혜를 발견했다. 멀찌감치 서 있는 그녀에게 굳이 다가가진 않고, 멀리서나마 그녀를 향해 고개를 숙인다. 어렴풋하지만 정혜가 미소로 화답했다.

은퇴 후 지방으로 아예 내려온 태인은 은서의 주선으로 정혜와 동호까지 모인 자리에서 함께 식사를 했다. 두 달 동안 단 한 번 성사된 자리였고 많은 이야기가 오고 가진 않았지만 그 시간을 보낸 뒤로 정혜에게 느꼈던 거리감이 조금은 사라졌다.

정혜는 서두르려 하지 않았다. 모든 것을 두고 떠날 생각까지 한 그녀에겐 이 모든 것이 기적 같은 일이었다. 그러니 서두르지 말자고, 함께 지냈던 시간보다 떨어져 있던 시간이 많았던 만큼 천천히 가자고 그렇게 말했다.

그게 순전히 자신을 위한 배려라는 것을 태인 또한 알고 있었기에 그의 마음도 서서히 열리고 있었다. 이제는 어느덧 그녀에게 먼저 안부 문자를 보낼 정도였다.

"태인아, 이번엔 네가 술래야!"

저만치 멀어진 은서가 큰 목소리로 외쳤다. 태인은 시큰둥하게 서 있다가 갑자기 빠른 걸음으로 은서 앞에 옹기종기 모여 있는 연서와 태민을 향해 달려들었다. 겁주는 모양새로 두 손을 위로 올리며 다가오는 태인을 보더니 아이들이 빠르게 도망쳤다.

"애들아, 얼른 도망쳐."

아이들이 붙잡히지 못하게 태인을 막으려던 은서였다. 하지만 태인의 목표는 처음부터 아이들이 아니었다. 그는 제 앞을 어물쩍거리며 막던 그녀와 몇 번 장단을 맞춰 주는 척하더니 갑자기 그녀의 몸을 와락 끌어안았다.

"잡았다."

장난기 섞인 목소리였다. 그녀는 그에게 당했다는 생각에 뒷걸음질 치며 그를 밀어냈지만 그는 꿈쩍도 하지 않았다.

"뭐하는 거야. 애들 보잖아."

기껏 애들 핑계를 대 보았지만 쉽사리 물러날 태인이 아니었다.

"괜찮아. 애들 눈 가리고 있어."

"뭐?"

농담인 것 같지만 어째 농담이 아닐 것만 같아 더욱 황망해지는 은서였다.

"아니다. 어머니가 지금 애들 불러서 병원 안으로 들어가고 계셔."

"어머니 오셨어?"

"응."

아이들에게 정신이 팔려 미처 주위를 제대로 살필 겨를도 없었지만 어차피 은서의 시력은 그다지 좋은 편은 아니었다. 하지만 양쪽 다 1.5에 육박하는 시력을 가진 그가 본 것이라면 얘기가 달라진다.

"병실에 동호 아저씨도 와 계시나?"

"그럴 확률이 높겠지?"

"그럼 우리도 올라갈까?"

그의 눈치를 살피던 그녀가 그의 가슴팍을 살짝 밀어냈다. 웬일인지 그가 손쉽게 떨어졌다.

"조금만 더 있다 가."

그의 말이 무슨 뜻인지 파악하기까지는 오래 걸리지 않았다. 그들 위로 내리쬐는 따스한 볕처럼 그의 입술이 그녀의 입술 위로 온기를 내려 주었다. 누가 어디서 나올지 모르는 상황에서 짙은 키스는 할 수 없었지만 자잘하게 이어지는 키스마저도 은서의 혼을 쏙 빼놓기엔 충분했다.

'조금만'이라는 단어의 사전적인 정의를 고찰해 볼 새도 없이, 방금 전 그의 가슴팍을 밀어내던 그녀의 자그마한 손이 이제는 그의 옷깃을 꼭 부여잡고 있었다. 태인은 픽 웃더니 제 옷깃에서 그녀의 손을 밀어냈다. 그리곤 어쩔 줄 몰라 하는 그녀의 손을 자신의 체온으로 감쌌다.

그녀가 슬며시 눈을 떴다. 언제부터 눈을 뜨고 있었던 건지 모르겠지만 그가 진득이 눈을 맞춰오며 그녀의 손등을 조심스레 어루만지고 있었다. 그의 숨결, 그의 손길 하다못해 그녀를 바라보는 눈길까지도 그녀를 사랑한다 말하고 있는 순간 그녀는 더없는 행복감에 젖으며 다시 눈을 감았다.

숫자 버튼에 닿기까지 아슬아슬한 거리를 남겨 두고 은서의 손이 멈추었다.

"매점에서 뭐라도 사 올 걸 그랬나? 동호 아저씨랑 어머니 마실 음료라도……."

매점 지날 때 괜히 시선이 머물더라니, 병실에 음료수가 똑 떨어졌다는 게 이제야 생각났다. 하지만 엘리베이터 문은 굳게 닫혔고 심지어 6층으로 향하는 환자가 동승했기에 엘리베이터는 이미 위로 향하는 중이었다.

그럼에도 여전히 머뭇거리는 은서의 손 위로 커다란 손이 포개졌다. 곧 3이라는 숫자 위에 불이 들어왔다. 할 일을 마친 그의 손은 곧장 멀어졌지만 그녀의 손은 아직 남아 있는 그녀의 미련처럼 버튼 위에 고스란히 남아 있었다.

"아버님 퇴원기념으로 나가서 맛있는 거 사드리자."

손을 힘없이 떨어뜨린 은서가 언제 그랬냐는 듯 화색을 띠며 뒤를 돌아보았다.

"어머니랑 동호 아저씨도?"

눈을 빠르게 깜빡이며 묻는 그 모습이 퍽이나 귀엽다. 태인은 비집고 나오려는 웃음을 삼키지 않고 그대로 터뜨렸다.

"응. 다 같이."

"그럼 월급 받았으니까 내가 쏠게."

야무진 각오를 내비치는 그녀의 얼굴에도 다시 웃음기가 감돈다. 태인은 대답 대신 은서의 머리를 살짝 헝클였다. 그사이 엘리베이터는 3층에 도착했고, 그의 손은 자연스레 그녀의 어깨를 껴안았다.

엘리베이터에서 내린 둘은 곧 병실에 도착했다. 영환의 퇴원 준비를 돕기 위해 일찍 온 것이었는데 병실 안은 이미 깨끗이 정리되어 있었다. 입구 가까이에 차곡차곡 쌓여 있는 짐을 본 은서가 좌절한 기색으로 병실 안에 발을 들였다.

"안녕하세요."

은서는 먼저 정혜와 동호 쪽을 보고 인사를 건넸다. 동호는 장난스럽게 손을 흔들고 정혜는 인자한 웃음으로 그녀를 맞이했다.

"저희 왔습니다."

영환과 성희에게 인사를 건네는 건 태인의 몫이었다.

"왔는가?"

"왔어요? 안 와도 된다니까."

태인에겐 미소로 응답하던 성희가 은서를 돌아보고선 타박하듯 말했다.

"아닙니다. 제가 모셔야죠."

태인의 말에 성희는 호호거리며 웃었다. 그 모습을 보며 입을 배죽 내밀던 은서는 병실 안에 없는 태민의 행방에 대해 물었다.

"연서 병실에 놀러갔는데 아직 안 왔어."

"그놈 아주 그거 연서한테 폭 빠져 가지고 우린 안중에도 없더라."

차례로 정혜와 동호가 대답했다. 2주 전이었던가. 병실에 놀러 온 태민을 데리고 쉼터에 나갔다가 마침 그곳에서 놀고 있던 연서를 만났다. 태민이가 오빠니까 연서 지켜 줘야 해, 라는 은서의 한마디에 태민은 그 이후로 병원에 오기만 하면 연서 곁에서 떨어지지 않았다.

보고만 있어도 순수함이 느껴지는 아이들이었다. 둘이 어울려 노는 모습을 떠올리던 은서는 슬쩍 태인을 쳐다보았다. 그 또한 마침 그녀를 보고 있었다. 서로를 바라보는 눈가에 웃음기가 번진다.

"아, 맞다. 태인이가 드릴 말씀 있대요."

그가 은서에게 등 떠밀린 건 순식간이었다. 잠시 쭈뼛거리던 태인은 뒤돌아 은서를 보았다. 얼마 전부터 영환과 성희에게 정혜에 대해서 말씀드려야 할 것 같다는 얘기를 했었는데 웃으며 고개를 끄덕이는 은서를 보니 지금이 그때라고 말하는 듯했다.

다시 정면으로 몸을 돌린 태인은 영환을 비롯한 성희, 동호, 정혜의 시선이 모두 자신에게로 향해 있다는 걸 깨닫고는 입술을 달싹였다. 고작 여덟 개의 눈이 자신에게 향해 있을 뿐인데 수백 명 앞에서 기자회견을 할 때보다도 더한 극도의 긴장감이 몰려왔다.

"제가 어릴 때 헤어진 어머니가 있다고 말씀드렸던 거 기억하시죠?"

그가 조심스럽게 꺼낸 물음에 정혜의 몸이 크게 움찔거렸다. 동호는 그런 정혜의 어깨를 묵묵히 감싸 주었다.

영환은 아직 이상한 기색을 감지하지 못하고 고개를 끄덕였다. 그러자 태인이 다시 입을 열었다.

"여기 계신 김정혜 씨가 제 어머니십니다."

그 뒤로도 태인의 말은 이어졌다. 모든 내막을 밝혔지만 생각보다 동요는 크지 않았다. 정혜와 태인을 번갈아 보는 성희와 영환의 눈엔 놀란 기색이 가득했지만 입 밖으로 그것을 내뱉진 않았다.

오히려 감정을 감추는 건 정혜 쪽이 가빠 보였다. 당황스러우면서도 내심 기쁜 내색을 감추느라 그녀는 몇 번이나 숨을 크게 몰아쉬어야 했다.

"그럼 동호 녀석이랑 내가 사돈이 되는 건가?"

아직 얼떨떨한 와중에도 영환은 동호와 사돈이 된다는 게 썩 재미있는지 웃음을 터뜨리며 말했다.

"그런 셈이지. 성희 씨가 은서 예쁘게 잘 키운 덕분에 잘난 사위 거저로 얻게 되는 줄 알아. 인마."

영환에게서 긍정적인 기색을 느낀 동호가 곧 맞장구쳐 주었다.

"너야말로 정혜 씨 잘 얻어서 잘난 아들 거저 얻은 거지. 더불어 곧 예쁜 며느리까지 얻을 거고. 이거 괜히 억울하네. 내가 밥 올려 놓고 반찬까지 맛있게 담아 놓은 숟가락으로 이 자식 떠먹여 준 거 아니야."

죽마고우답게 말장난도 서로 죽이 잘 맞는 동호와 영환이었다. 화기애애한 분위기에 태인도 한시름 놓으려던 무렵, 그의 고개가 맥없이 옆으로 돌아갔다. 어느새 그의 곁에 다가온 은서가 그의 팔을 사뿐히 손에 쥐었기 때문이다.

그녀의 작은 손안에 그의 팔이 반절도 채 잡히지 못했다. 그런데도 그녀가 전해 주는 온기 하나로 태인은 눈에 띄게 편안해진 기색이었다.

"손 하나 까딱 안 하고 받아먹으니까 꿀맛이더라고. 아주."

"그만하세요."

끝을 모르고 이어지는 말장난을 정혜가 말렸다. 그 한 마디에 동호의 입이 꾹 다물렸다.

"하여간 누가 친구 아니랄까 봐. 둘이 똑같아요. 똑같아."

성희까지 따끔하게 일침을 놓자 뭐라고 한 마디 더 하려던 영환도 애꿎은 헛기침을 하며 시선을 회피했다. 영환과 동호 그리고 태인까지. 셋의 외양은 확연히 달랐지만 지금 이 순간 어딘지 모르게 그들은 닮아 있었다.

"어떻게 우리만 쏙 빼놓고 가실 생각을 하신 거지?"

차에 탄 은서가 가방을 소리 나게 무릎 위로 올려놓았다. 뚱하게 내민 입술에서 그녀의 서운한 마음이 그대로 드러났다. 여행을 떠날 생각에 들떠서 안전벨트부터 재빨리 매던 태인은 뒤늦게 토라져 있는 그녀의 눈치를 살폈다.

"우리도 오늘 가잖아."

"우리가 리조트 같이 가자고 할 때는 그냥 집에서 쉬겠다고 했잖아."

얼마 전, 둘은 미혜가 보내 준 리조트 숙박권을 받았다. 4인이 쓸 수 있는 티켓이라 태인이 먼저 영환과 성희를 모시고 가자는 제의를 했고 은서는 흔쾌히 받아들였다.

하지만 정작 영환과 성희에겐 거절당했다. 퇴원 후엔 당분간 그냥 집에서 쉬고 싶다는 게 그 이유였다. 그래서 민행과 영아와 함께 가기로 일정을 맞춰놓았는데, 오늘 돌연 동호 내외와 태민까지 함께 가까운 휴양림에 가기로 했다는 것이다.

그 말을 듣자마자 뭐라고 따질 새도 없이 태인과 은서는 성희에게 쫓겨나듯 떠밀려 나오고 말았다. 병실에 안 와도 된다던 성희의 말이 허투루 했던 말이 아니라 진심이었던 거다.

"다음에 다 같이 가면 되지."

"점심도 사드리려고 했는데……."

태인이 달래보아도 은서의 마음은 쉬이 풀어지지 않았다. 그래도 태인의 말마따나 오늘 그들의 일정 또한 여행이었다. 더 이상의 불편한 마음은 품고 있어봤자 그들의 일정에도 좋지 않은 영향을 미칠 터.

"그것도 다음에 사드리자."

은서가 마지못해 고개를 끄덕이자 태인이 그녀의 안전벨트를 손수 매주었다. 언성을 높인 탓에 다소 붉어졌던 그녀의 얼굴이 다시 본연의 빛을 찾을 때쯤 그가 차에 시동을 걸었다.

"노래 틀어줄게."

그의 손이 닿자 자동차 내부에 노래가 울려 퍼졌다. 그가 미리 준비라도 한 것인지, 때마침 나온 노래가사는 생각지도 못한 웃음을 만들어냈다.

떠나요. 둘이서 모든 것 훌훌 버리고⋯⋯.

쉬이 그칠 줄 모르는 그녀의 웃음소리와 낮게 울리는 그의 웃음소리가 한데 어우러져 그들의 여행길에 기분 좋은 출발을 알렸다.

핸들을 손가락으로 툭툭 건드는 태인의 손길에 즐거운 기색이 한껏 묻어 있다. 그의 눈이 닿는 곳마다 햇살이 내려앉아 있었고 열어놓은 창문 틈으로는 바람이 들어와 이마를 간질거렸다.

자동차 내부에선 여전히 잔잔한 음악이 흘러나오고 있었다. 쾌청한 날씨에 맞게 조금 신나는 음악으로 바꿔보려던 태인은 언제부턴가 움직임이 전혀 느껴지지 않는 은서 쪽을 보곤 손을 거두었다.

출발한 지 어언 두 시간째. 차창 밖을 보며 노래를 흥얼거리거나 그에게 도란도란 말을 걸며 시간을 보내던 그녀는 어느새 창틀에 머리를 기댄 채 곤히 잠들어 있었다.

간혹 앞으로 까딱거리는 그녀의 고갯짓을 보며 웃음 짓던 그가

볼륨을 낮추던 때였다. 갑자기 음악소리가 멎고 시끄러운 소리가
자동차 내부를 울렸다.

어찌나 요란하던지 세상모르고 잠들던 은서의 두 눈이 금세 뜨
였다. 도착하기 전까지 자게 두려던 태인은 머쓱한 얼굴을 지어보
이곤 버튼을 꾹 눌러 통화를 연결했다. 곧 소음이 멈춘 스피커에선
낯익은 남자의 목소리가 들려왔다.

─형. 저예요.

태인에게 전화를 건 이는 리조트에서 만나기로 약속했던 민행이
었다.

"어. 민행아. 우린 지금 가고 있어."

잠에서 막 깬 은서에겐 민행과 태인의 말소리가 웅얼웅얼 들려
왔다. 은서는 축 처진 몸을 일으키곤 고개를 세차게 저었다.

─죄송한데 저희 못 갈 것 같아요.

하필 그들의 대화에 귀 기울인 순간 민행이 뱉은 말은 그녀를
경악케 했다. 태인을 돌아보는 그녀의 얼굴에 당혹한 마음이 그대
로 드러났다.

"뭐?"

반면 그는 놀란 사람처럼 목청 높여 반문하고 있으나 의외로 태
연해보였다.

─갑자기 배가 아파서요. 병원 가봤더니 장염이래요.

"그래? 나아질 기미는 없고?"

─네. 아예 없어요. 아니, 그러니까 오늘 안엔 낫기 힘들 것 같아
요.

무언가 이상한 낌새가 풍겼다. 은서는 민행을 잘 안다고 자부할 순 없었지만 적어도 금방 그가 한 말이 석연치 않았다는 것 정도는 파악할 수 있었다.

"그래, 그럼 우선 푹 쉬어. 나중에 다시 통화하자."

태인의 황급한 마무리와 은서 누나와 좋은 시간 보내라며 덧붙인 민행의 훈훈한 마무리로 통화는 끝이 났다.

"어쩌지?"

그의 목소리만 들어보면 정말 곤란해하는 것 같았다. 은서는 의심스러운 기색을 숨기고 운전하느라 정면을 보고 있는 그의 얼굴을 살폈다. 꽤 동요한 기색이었으나 그것은 연기일지도 모른다는 생각이 들었다.

"아프다니까 어쩔 수 없지."

한 가닥 남은 의심의 끈을 아직 놓지 않은 그녀는 짐짓 시치미를 떼었다. 눈으론 그의 표정을 계속 관찰하는 중이었다.

"그러게. 우리라도 좋은 시간 보내고 오자."

완전 범죄는 성립되지 않았다. '우리'라는 말을 언급할 때 그의 입매가 실룩거리는 것을 포착한 은서는 고개를 살짝 비튼 채로 그를 쳐다보았다.

"근데, 혹시……."

이전과는 다른 묘한 뉘앙스에 그가 그녀를 힐긋 쳐다보았다. 꽉 다물린 입술이 초조한 그의 마음을 대신 전했다. 그러자 가늘게 뜨고 있던 그녀의 눈이 힘없이 풀어졌다.

"배 안 고파?"

"어? 배고프지. 휴게소 나오면 쉴까?"

"응. 너도 좀 쉬어야지."

"알겠어."

눈에 띄게 안도하는 태인의 얼굴을 본 은서는 이 상황이 태인과 민행의 합작품이라는 것을 확신했지만 더 이상 아무 말도 하지 않았다.

모르는 게 약이라는 말, 물론 지금은 모르는 척을 하는 것이겠지만 지금 이 상황엔 그것이 최선이라는 것을 안 은서는 창문 쪽으로 고개를 돌렸다. 창문에 어렴풋이 비친 그녀의 얼굴 위로 슬쩍 미소가 번진다.

직원이 안내해 준 숙소에 도착하자마자 은서는 발코니부터 찾았다. 골드 스위트룸이라 어마어마하게 넓은 객실 내부가 그들을 반겼지만 그녀를 설레게 하는 건 오로지 탁 트인 전망이었다.

은은하게 빛을 발하는 태양, 그 빛을 부드럽게 감싸 주는 옅은 구름들, 그 아래로 쉴 새 없이 움직이는 파도의 움직임까지. 오는 길에 이미 눈에 담아두었던 바닷가의 모습이 바로 은서의 눈 아래 존재했다. 드넓은 풍경을 바라보던 그녀가 가장 먼저 느낀 감정은 벅참이었다. 천천히 두 팔을 벌린 그녀는 청량한 바닷바람을 온몸으로 맞이했다.

간단히 챙겨온 짐을 소파 위에 내려놓은 태인은 내부를 천천히 둘러보다가 뭔가에 홀린 듯 발코니 쪽으로 시선을 두었다.

발목까지 닿는 긴 원피스를 입은 그녀의 몸은 세찬 바람을 맞아

굴곡을 드러내고 있었고 그녀가 입고 있던 반팔 카디건은 반쯤 흘러내려 하얀 어깨를 드러내고 있었다. 바닷바람에 몸을 실은 그녀의 머리칼이 날갯짓하듯 자유롭게 흩어졌고 그 사이로 고운 목덜미가 드러나자 그는 자신도 모르게 숨을 참았다.

본능에 이끌린 그는 단숨에 그녀에게 다가갔다. 양옆으로 쫙 펼쳐진 그녀의 팔을 본 태인은 타이타닉의 주인공들처럼 그녀의 허리를 남김없이 잡아챘다. 그러자 그녀가 아이처럼 까르르 웃음을 터뜨렸다.

시원한 바람 사이에서 그가 전해 주는 따스한 온기는 그녀를 두근거리게 만들었다. 은서는 눈을 감은 채 얼굴 가득 미소를 지었다. 그녀의 미소는 마치 세상의 모든 기쁨을 모아 만든 것처럼 완벽하게 행복해보였다.

"우리 나가볼까?"

어느새 눈을 뜬 은서는 태인의 손을 떼어내곤 뒤돌아 그를 보았다.

"나 운전하느라 피곤한데."

그는 응석을 부리듯 그녀의 몸을 다시 껴안아왔다.

"그래도 저기 산책로 가보고 싶은데."

"오늘은 쉬고 내일 일출 볼 겸 일찍 나가자."

장시간 운전한 탓에 녹초가 되어버렸다는 것을 어필하듯 그가 몸을 축 늘어뜨렸다. 은서는 '음' 하는 작은 신음을 뱉으며 다시 한 번 눈앞의 풍경을 바라보았다. 넘실대는 바다와 아득한 수평선이 가까이 다가오라고 유혹하는 듯했다.

"그럼 나 혼자 잠깐이라도……."

뒷말은 듣기 싫다는 듯 그가 급작스럽게 입을 맞춰왔다. 입술이 세게 부딪히면서 시작된 입맞춤은 그의 부드러운 움직임으로 서서히 감질나게 바뀌었다. 그의 목을 껴안은 채 정신없이 매달리던 그녀는 어느 순간부터 그에 의해 몸이 조금씩 움직여지는 걸 느끼고 눈을 부릅떴다.

그녀가 눈을 떴을 땐, 이미 그들이 거실 한복판에 들어선 뒤였다. 태인은 분주한 손길로 그녀의 옷을 더듬거렸다. 그리고 마침내 그녀의 상의를 손에 쥐었을 때 하필 소파에 다리가 걸린 그녀와 함께 소파 위로 기우뚱 넘어지고 말았다.

떨어진 두 입술 사이로 가쁜 숨이 튀어나왔다. 그리곤 동시에 웃음을 터뜨리는 그들이었다.

"미안."

그가 소파 위에서 몸을 일으키며 전혀 미안하지 않은 얼굴로 사과하자 그녀의 웃음소리가 더욱 깊어졌다. 아직 소파 위에 누워 있는 그녀를 내려다보는 그의 눈빛이 깊은 바다처럼 짙은 색을 띠었다.

천천히 몸을 기울인 그가 그녀에게 조심스레 입을 맞추었다. 그녀는 기꺼이 그의 입술을 받아들였다. 다시 시작된 열렬한 키스에 누가 먼저랄 것도 없이 손을 움직였다.

잠시 후, 쾅하는 소리와 함께 침실 문이 닫혔다. 활짝 열린 발코니에선 바다를 넘실거리게 만들었던 바람이 새어 들어와 거실 바닥 위에 남겨진 그들의 옷가지들을 파도처럼 넘실거리게 만들었다.

커튼을 치고도 어렴풋한 빛이 남아 있던 침실 내부가 어느덧 완연한 어둠에 휩싸였다. 마른 수건으로 머리칼의 물기를 툭툭 쳐내던 태인은 아직 은서가 누워 있는 침대를 지나쳤다.

그가 멈춘 곳은 커튼 앞이었다. 손에 들고 있던 수건을 어깨 위에 대충 걸쳐놓은 그는 행여나 스르륵대는 소리에 은서가 깰까봐 한없이 조심스러운 손길로 커튼을 열어젖혔다.

밤바다의 고요한 자태와 리조트의 화려한 야경이 묘하게 어우러지는 장관을 눈에 담으면서도 그는 무감했다. 은서가 보았다면 몇 번이나 탄성을 내질렀을 풍경 앞에서 그는 일말의 미련도 남기지 않고 돌아섰다.

돌아선 그의 눈이 머무는 곳은 은서가 있는 곳이었다. 눈을 현혹시킬 정도로 아름다운 장면일지라도 옆에 그녀가 없다면 그에겐 아무런 의미가 없었다. 그리고 그걸 잘 알고 있는 그의 몸은 그를 그녀에게로 이끌고 있었다.

마치 자석에 이끌리듯 점점 빠른 걸음으로 침대에 다가간 태인은 곤히 잠든 그녀를 바라보다 이불 위로 제 몸을 뉘였다. 매트리스에 작은 파동이 일었지만 그녀의 숨소리는 흐트러지지 않고 고른 숨을 내뿜고 있었다.

턱을 괸 채로 그녀를 향해 돌아누운 태인은 그녀의 얼굴 위로 손을 뻗었다. 길게 휘어진 속눈썹을 건드려보다가 괜히 그녀의 뺨을 꾹 눌러보기도 하다가 이내 도톰하게 부풀어 올라 있는 입술을 매만지던 그는 갑자기 두 손으로 침대를 짚더니 몸을 반쯤 일으켰다. 그의 얼굴은 순식간에 그녀의 위로 겹쳐졌다.

이마에서부터 시작된 자잘한 입맞춤은 이불이 미처 가리지 못한 그녀의 작은 어깨 위까지 번져나갔다. 그녀의 어깨 위에 코를 묻고 숨을 크게 들이쉬던 그가 나른한 미소를 지었다.

그 미소가 조금 짓궂게 바뀌었다고 느껴진 순간, 그녀의 몸을 감싸던 이불이 서서히 아래로 내려갔다.

"몇 시야?"

그녀가 아래로 내려가는 이불을 두 손에 꼭 잡은 채로 물었다. 태인은 겸연쩍은 얼굴로 이불에서 손을 떼고선 그녀와 눈을 맞췄다. 싱글벙글 웃고 있는 그와는 다르게 은서는 마치 심통 난 아이처럼 불퉁한 얼굴을 하고 있었다.

"8시 넘었어."

가까스로 웃음을 삼킨 그가 샤워를 하기 전 8시였던 것을 떠올리고선 대답했다. 은서는 그의 대답에 한숨만 흘리곤 창가 쪽으로 시선을 두었다. 일몰을 보고 싶었는데 이미 어둑해진 바깥상황은 일몰이 끝난 지 한참 되었다고 대신 말해 주었다.

"배고프지? 뭐 시킬까?"

"진짜……."

"응?"

"미워!"

손 하나 까딱하기 힘들 정도로 나른했지만 그녀는 힘껏 이불을 들춰 제 얼굴을 쏙 감춰버렸다. 그녀의 앙칼진 목소리에 담긴 말의 의미를 뒤늦게 파악한 태인이 은서가 꽉 쥔 이불을 들춰내려 했지만 쉽지 않았다.

"맛있는 거 사줄게. 그래도 밥은 먹어야지."

그녀는 묵묵부답이었다. 이불로 얼굴까지 감쌌으니 숨은 제대로 쉬고 있나 걱정이 되었지만 은서가 제대로 삐친 모습을 처음 보는 태인은 비집고 나오는 웃음을 도저히 주체할 수 없었다. 그녀 위에서 몸을 일으키고 있던 태인은 이불을 뒤집어쓰고 있는 은서의 몸을 그대로 껴안았다.

그녀가 안간힘을 쓰고 그를 밀어내려 했지만 처음부터 그의 의도는 그녀를 껴안는 게 아니었다. 은서는 곧 짧은 비명과 함께 맥없이 그의 팔 위로 몸이 들리고 말았다.

"뭐하는 거야?"

아직도 이불 속에 파묻혀 있는지 그녀의 목소리가 아득하게 들렸다. 태인은 그녀를 제 몸에 딱 붙인 채 잠시 오른 팔로 그녀를 들고, 왼손으로는 거칠게 이불을 벗겨냈다. 이불 속에서 숨이 모자랐던 건지 그녀의 얼굴은 잔뜩 붉어져 있었다. 그가 다시 두 팔로 그녀의 몸을 제대로 안은 채 픽 웃어보였다.

"웃지 마."

토라진 얼굴로 그녀가 고개를 팩 돌렸다. 미치도록 사랑스러운 그녀를 앞에 두고 그의 얼굴이 조금 씁쓸해졌다.

"나 너 혼자 두고 절대 못 갈 것 같은데 어떻게 가지?"

마치 독백처럼 들려오는 태인의 아련한 목소리에 은서가 고개를 돌려 그를 보았다. 거실에 다다른 그는 소파 위로 그녀를 가뿐히 내려주었다.

"또 기다리게 해서 미안해."

그는 그녀의 앞에 한쪽 무릎을 꿇고 앉았다.

"사실 그건 내가 고집부린 거잖아."

"아니야. 난 같이 있고 싶은 생각만 앞서서 미루려고만 했어. 근데 너한테도 그렇고, 나한테도 그 문제는 일찍 해결하는 게 나을 것 같아서 네 의견 따른 거야."

두 달 전, 그에게 청혼도 받았고 그 자리에서 허락도 했지만 은서의 손엔 아직 반지가 끼어져 있지 않았다. 은서가 결혼을 잠시 뒤로 미뤘기 때문이었다.

은퇴를 한 태인은 앞으로 영화 제작 일을 공부하고 싶다는 의사를 밝혔고 은서는 그 이야기를 들은 뒤부터 그의 군대문제에 대해 진지하게 생각했다. 단기간에 끝낼 수 있는 공부가 아니기에 차라리 군대를 다녀온 뒤에 제대로 공부를 시작하는 게 낫겠다는 판단과 함께 남자는 군대에 늦게 입대할수록 힘들다는 얘기도 종종 들어온 은서는 그에게 군 입대를 먼저 하는 게 좋을 것 같다는 자신의 의견을 전했다.

때마침 둘 사이에 그 이야기가 오갈 때, 그가 관심 있던 공군의 지원기간이었고 태인은 고민 끝에 공군에 지원했다. 그리고 얼마 전 1차 합격 소식을 받았고, 만약 최종 합격이 된다면 그는 한 달 후면 입대를 해야 했다.

"제대하면 결혼부터 하자."

자꾸만 흘러내리는 이불을 끌어올리던 은서는 그의 진지한 음성에 그저 샐쭉 웃었다.

"뭐가 그렇게 급해."

"한 번 미뤄졌는데 두 번이라고 안 미뤄질 리 없잖아. 나 제대하고 나면 네가 또 내 공부 다 끝내고 결혼하자고 그럴 것 같단 말이야."

뜨끔한 얼굴로 볼을 긁적이던 은서는 아직도 한쪽 무릎을 꿇고 앉아 있는 그를 보고선 콧등을 씰룩였다. 그를 제 옆으로 앉히기 위해 그의 손을 잡아당겼지만 그는 꼼짝하지 않았다.

"대답 먼저 듣고."

강압적인 눈빛은 아니었으나 낮게 가라앉은 목소리에 은서가 침을 꿀꺽 삼켰다. 그의 장난스러운 기색은 한참 전부터 사라졌었는데 그녀는 이제야 상황의 심각성을 깨달은 듯했다.

"난 이미 너랑 결혼하겠다고 했는데 결혼 조금 늦게 한다고 뭐가 달라져?"

그녀의 말은 그가 우려했던 바와 크게 다르지 않음을 시사했다. 태인은 은서의 두 손을 꽉 맞잡았다. 그의 간절한 마음이 손끝의 떨림으로 전해져왔다.

"달라져."

"어떻게?"

"우선 네가 공식적으로 내 아내가 되면 불안하지 않을 거고."

"또?"

"우리 아이……도 가질 수 있을 거고."

생각지도 못한 말에 그녀가 몸을 크게 움찔거렸다. 그에게 붙들린 손을 떼어낼 정도의 위력은 아니었으나 그녀의 손을 잡고 있던 그의 팔이 반동으로 인해 살짝 흔들거렸다.

"벌써 아이 갖고 싶어?"

그녀가 그의 눈을 지그시 바라보며 물었다.

"지금 당장 갖고 싶다는 건 아냐. 신혼생활을 포기하고 싶진 않거든. 그러니까 하루라도 일찍 결혼해서 신혼도 즐길 만큼 즐기고 아이도 빨리 낳자."

그다운 생각이었다. 아이도 좋지만 신혼도 좋다. 그러니 빨리 결혼해서 신혼을 맘껏 즐기고 아이를 낳자. 곱씹어볼수록 우스워서 그녀가 킥킥대며 웃었다.

"결혼 전에 신혼을 먼저 즐길 순 없겠지만, 불안한 건 해소할 수 있을 것 같은데."

"어떻게?"

그녀가 모처럼 쏙 들어가는 보조개를 보이며 웃었다. 멍하니 그 미소를 바라보던 태인은 가까이 다가오라는 그녀의 손짓에 제 얼굴을 그녀의 앞쪽으로 바짝 붙였다. 둘밖에 없는데 누가 들을세라 그녀는 그의 귀에다 대고 작게 소곤거렸다.

무언가를 전해 들은 그는 잠시 머뭇거리다가 그녀에게서 몸을 떼어냈다. 그의 귓가엔 쿵쿵 뛰어대는 심장박동이 제 몸을 울리는 소리만 들릴 뿐, 다른 어떤 소리도 들리지 않았다. 찰나의 이질감을 경험한 끝에 그는 눈앞에 그녀를 바라보았다.

그는 놀라운 감정, 벅찬 감정이 한데 어우러져 복잡한 얼굴이었지만 은서는 여전히 태인 만을 바라보며 환히 미소 짓고 있었다.

"할까?"

"응."

대답하는 그의 목소리가 한껏 떨렸다.

"그럼 그렇게 하자. 혼인 신고 먼저 하는 걸로."

그는 그녀의 말이 채 끝나기도 전에 그녀를 와락 껴안았다. 손에서 이불을 놓친 은서가 당황하며 그를 밀어냈지만 그의 힘 앞에선 무용지물이었다. 훤히 드러난 그녀의 어깨는 이미 그의 체온이 따스하게 감싸 주고 있었기에 그녀는 하는 수 없다는 듯 혀를 작게 내밀어보이더니 곧 그의 뒷목을 감쌌다.

부쩍 다가온 여름을 두고 봄은 안녕을 고했지만, 그와 그녀의 봄은 여전히 진행 중이었다.

—fin

Epilogue

"어머님, 저 왔어요."

"누나!"

현관에 발을 들여놓기 무섭게 쿵쿵거리는 소리와 함께 태민이 얼굴을 내비쳤다. 중학생이 된 태민은 점점 은서와 키가 비슷해지 더니 어느새 한 뼘 정도 더 자라 있었다. 누가 형제 아니랄까 봐 커 갈수록 태인과 닮아 가고 있었다.

"집에 있었네?"

"응. 누나, 아니 형수님 온다고 해서 학원 안 가고 기다렸지."

오는 길에 사 온 과일 바구니를 바닥에 잠시 내려놓은 은서는 태민의 머리칼을 가볍게 헝클어 주었다. 은서는 히죽 웃는 태민을 보며 눈짓으로 과일 바구니를 가리켰다. 그 안에 담겨 있는 멜론을 본 태민은 환호성 지르며 조르르 주방으로 달려갔다.

"은서 왔구나."

그사이 한 손에 청소기를 들고 있던 정혜가 안방에서 모습을 드러냈다. 은서가 꾸벅 인사를 건네자 정혜가 얼굴에 화사한 미소를 띠며 다가왔다.

"운전하느라 피곤하진 않았어? 들어가서 좀 쉴래?"

"괜찮아요. 일 끝내서 혼자 심심했는데 오랜만에 드라이브하니까 좋던데요."

태인의 군 제대 후 곧바로 결혼식을 올린 두 사람은 그 뒤로 고향에서 3년을, 그 뒤론 서울에서 1년을 신혼으로 보냈다. 꽤 긴 시간 동안 태인은 감독이 되기 위한 공부를 했고, 그런 그를 지켜봐 오던 은서는 영화 번역 일에 관심이 생겨 통번역 석사 학위를 따내고 현재 영화사에서 프리랜서로 일하고 있었다.

"태인이는 아직 호주라던데 정확히 언제 들어오는 거니?"

"5일 정도 더 걸린다고 들었어요."

정혜가 잔잔한 미소를 머금으며 고개를 끄덕였다. 시간이 많이 흐른 만큼 정혜와 태인의 관계 또한 눈에 띄게 자연스러워져 있었다. 여태 아버지의 아들로 살았으니 이제 어머니의 아들로 살겠다던 태인의 말을 새삼 떠올린 정혜의 미소가 더욱 깊어질 때였다.

"저 어머님께 드리고 싶은 얘기가 있어요."

이불에서 느껴지는 포근한 감각이 아닌, 무언가에 단단히 얽매여 있는 감각에 은서가 몸을 크게 뒤틀었다. 하지만 그것에서 벗어나기는커녕 더 강한 힘에 의해 속박될 뿐이었다. 은서는 미간을 일그러트리며 한쪽 눈을 살며시 떴다.

방 안은 아직 컴컴했지만 은서는 자신이 태인에게 안겨 있다는 것을 금세 파악해 냈다. 가지런히 모여 있는 그녀의 팔이 태인의 가슴팍에 닿을 듯 말 듯 한 위치에 자리하고 있었다.

은서는 씩 웃더니 그의 얼굴이 보이는 지점까지 몸을 옮겼다. 어두운 내부에 적응한 그녀의 눈이 그의 수려한 얼굴을 담아냈다. 쭉 뻗은 그의 코를 손끝으로 건드리던 그녀가 소리 죽여 웃고 있을 때였다. 눈은 여전히 감겨 있었지만 그의 입꼬리가 미세한 움직임을 보였다. 착각인가? 하고 자세히 살펴보려는 순간 그의 단단한 팔이 그녀의 작은 머리통을 품에 끌어안았다.

"언제 왔어?"

"1시간 전쯤?"

샤워를 한 건지 그의 품 안에선 산뜻한 냄새가 났다. 그것은 그녀의 몸에서 나는 향과도 같았다. 눈을 느릿하게 감은 은서는 응석을 부리듯 그의 품에 얼굴을 비벼 댔다.

"밥은?"

"배 안 고파. 다른 게 고팠지."

아까부터 파자마 속을 기웃거리는 그의 손을 애써 모른 척했는데 이번엔 아예 제 몸 위로 올라서는 그를 보며 은서가 얼굴을 붉혔다. 주춤거리는 은서를 보며 태인의 눈썹이 억울하다는 듯 축 처졌다.

"영화 촬영 다 끝나면 우리 아이 갖기로 했잖아."

한 달 전쯤 태인의 생일날이었다. 선물 대신 원하는 게 있다기에 들어주기로 약속했는데 그게 바로 그가 방금 언급한 내용이었다.

어제부로 태인은 감독으로서 자신의 첫 영화 촬영을 모두 종료했으니 이젠 본격적으로 아이를 가질 생각이었다.

할 말을 잃은 은서가 입만 벙긋거리자 태인은 씩 웃으며 그녀의 입술 위로 제 입술을 꾹 눌렀다. 밀어내기는커녕 눈을 꼭 감고 자신의 입술을 오롯이 느끼는 그녀를 기특하다는 눈으로 바라보던 태인이 그녀의 머리칼을 살짝 쓸어 주었다.

한참 동안 은서의 입술 위에 머물던 태인의 입술이 그녀의 얼굴선을 타고 아래를 향했다. 그는 어느새 그녀의 목덜미에 깊게 입을 맞추고 있었다. 코끝에 그녀의 달콤한 체취가 퍼졌다. 그는 애써 잡고 있던 무언가가 툭 끊겼다는 걸 직감으로 깨달았다.

태인의 손길은 여전히 부드러웠지만 이전과는 다르게 급해졌다. 그의 손이 그녀의 상의를 파고들어 잘록한 허리에 닿았다. 그녀가 흠칫 어깨를 떨자, 다독이기라도 하듯 그녀의 입술에 다시 짙은 입맞춤을 하던 그의 손이 서서히 위를 향했다. 지나는 곳마다 열기를 주던 그의 손이 막 가슴께에 닿으려던 찰나,

"나 할 말 있어."

비장한 멘트와 함께 그녀가 그의 손을 덜컥 붙잡았다.

"나중에 하면 안 돼?"

"지금 해야 돼."

"뭔데?"

그녀의 눈꺼풀은 느릿하게 열렸다. 찰나의 순간이었지만, 그 모습이 태인에겐 지독히도 뇌쇄적으로 보였다. 그녀를 가만히 지켜보고 있던 태인은 자신도 모르게 은서의 입술을 다시 품었다. 그녀의 입술

이 움직이지 않자, 열기를 머금은 그의 입술이 분주하게 움직였다.

결국 그녀의 잇새가 열리자 기다렸다는 듯 파고든 그가 그녀의 입 안 곳곳을 헤집어 놓았다. 그는 물 만난 고기처럼 정신없이 그녀의 입술을 탐했다. 다시 또 뜨거운 손길이 파자마 안으로 밀려 들어오자 은서가 그의 가슴팍을 황급히 밀어냈다.

"잠깐만."

은서가 어색한 웃음을 흘리며 몸을 일으키려 하자 태인이 그녀의 어깨를 덥석 잡곤 침대 위로 힘주어 눌렀다. 은서가 눈을 동그랗게 뜨고 그를 바라보자 태인은 답례로 그윽한 눈길을 보냈다.

"싫어?"

"그게 아니야. 할 말 있다고 했잖아. 나 사실……."

그녀의 가슴 근처에서 지분거리던 태인의 손길이 멎었다. 은서가 작게 중얼거린 뒷말이 그를 멈춘 것이었다.

"방금 뭐라고 했어? 다시 한 번……."

"나 아이 가졌어. 네 생일날 생긴 것 같아. 그날 약 안 먹었거든."

입을 반쯤 벌린 채로 태인은 몸을 일으켰다. 믿기지 않아 앞머리를 몇 번이나 헝클이던 태인은 아직 침대에 누워 있는 은서를 쳐다보았다. 수줍게 물들어 있는 그녀의 얼굴이 방금 꺼낸 이야기가 진실임을 얘기해 주고 있었다.

"우리한테 아이가 생겼다고?"

"응. 우리가 엄마 아빠가 되는 거야."

태인은 은서의 말이 채 끝나기도 전에 그녀를 와락 껴안았다. 갑작스러운 포옹에 놀란 것도 잠시, 낮게 웃음을 흘리던 은서는 이내 그의 뒷목을 감쌌다.

고작 그녀의 손이 제 몸 일부에 닿았을 뿐이었다. 작고 여린 그 손이 전해 주는 건 단지 미지근한 온기 하나인데 그는 주체할 수 없는 환희에 젖어 들었다. 매순간이 소중해지는 기분이 바로 이런 것일까.

"은서야. 고마워. 이렇게 내 옆에 있어 줘서. 널 만나지 못했다면 난 아마도……."

지독히 추운 한겨울, 모든 것이 불신으로 다가올 때였다. 한창 뜨겁게 타올라야 할 가슴에 차디찬 냉기를 머금고 있던 태인은 은서를 만났고, 영영 오지 않을 것만 같던 그의 봄은 그녀로 인해 시작되었다.

그때부터 그에겐 오로지 은서 하나였다. 단지 그녀 곁에 머물고 싶었을 뿐인데 정혜, 동호, 태민, 성희와 영환, 그리고 머지않아 태어날 둘의 아이까지. 어느새 그에겐 진정한 가족이 생겨났다.

"결국 만났잖아, 우리 둘. 그걸로 된 거야."

은서가 나지막이 흘린 말에 태인이 설핏 웃어보였다. 그러자 그녀도 그를 따라 웃음 지었다. 서로를 바라보며 미소 짓는 두 얼굴은 닮아 있었다.

"사랑해."

누가 먼저랄 것도 없이 동시에 새어나온 고백이었다. 이내 온몸을 나른하게 만드는 행복감에 젖어들던 두 사람의 눈이 슬며시 감겼다.

그들의 봄은 영원히 끝나지 않을 그들만의 봄이었다.

도서출판 뿔미디어 홈페이지 OPEN*!!*

안녕하세요.
지금껏 저희 뿔미디어를 응원해 주신
독자님들의 성원에 힘입어
이번에 새롭게 홈페이지를 오픈하였습니다.

저희 뿔미디어는 홈페이지에서 독자님들께서
보다 빠른 출간 소식과 미리보기 등
알찬 내용을 제공하기 위해 많은 노력을 기울였습니다.
또한 독자님들에게 도서 할인, 이벤트 등
다양한 혜택을 제공하고자 합니다.

저희 뿔미디어 홈페이지 오픈을 계기로
한층 더 독자님들과 가까워질 수 있는 기회가 되었으면 합니

보다 많은 관심과 사랑 부탁드리며,
앞으로도 더 좋은 컨텐츠 제공에 힘쓰도록 하겠습니다.

감사합니다.

-도서출판 뿔미디어 올림

 www.bbulmedia.com

Scarlet
스칼렛

Scarlet

스칼렛